ハヤカワ文庫JA
〈JA1373〉

ヒト夜の永い夢

柴田勝家

早川書房

8339

目次

ヒト夜の永い夢

天上から花が降り注ぐ。

赤いもの、黄色いもの。極彩色の花々が灰色の空を舞い、地上へと落ちていく。それらは通りを埋め尽くす観衆の頭にも積もっていくが、彼らはそんなものお構いなし、実に楽しげな表情でこちらの進みを見守っている。

我らを乗せた馬車は桜田門《さくらだもん》を目指していく。窓から身を乗り出して手を振れば、観衆はそれに応えて手を掲げ、旗を振り、何度も何度も我らの名を呼んだ。東京の大通りを彩る奏楽は愉快に、また晴れやか、また朗らか。平安雅楽の旋律と、無数の花弁が私達を導いていく。

横を見れば一人の老人が座っている。眼鏡姿に禿頭の男だ。彼は私の友人であり、この日が訪れたことを何より喜んでいる。

「先生、いよいよ御披露目の日が来たのです」

老人の言葉に大きく頷き、もう一度だけ窓から身を乗り出して観衆に手を振った。晴れがましき場に集う人々は、我らが果たした大研究の登場を待ちわびている。

ヒヒンと嘶き、馬が蹄を打って立ち止まる。

皇宮警察官がこちらに駆け寄り、馬車の扉を開いた。赤絨毯が桜田門へ向かって一直線。そこに足を下ろしつつ、後に続く友人を振り返る。眼鏡の奥には涙一筋、彼の夢見た光景がここにあるのだ。

さらに二台の馬車が止まり、それらからも黒服の男達が降りてくる。いずれも私の友人であり、共に研究を進めた学者達であった。彼らも感極まった表情で、出迎える大衆に手を振っている。

そして喇叭が高らかに鳴り響き、登場の時を告げた。

車列の最後尾より、白装束の力者に担がれた御輿が現れる。貴人を運ぶ葱花輦であった。御輿の四方を覆う黒御簾が、その向こうにいる存在を印象づける。

「あれこそ、我らが研究成果」

その呟きを受け、御輿の御簾が開かれた。人々から驚きの息が漏れ、それは巨大な歓声の波となる。

御輿の中にあるもの、それは人の姿をした人ならざるもの。

切り揃えられた黒髪、瞳には月の如く深い輝き。その唇は芙蓉石に似た淡い赤。真白なる肌には絹の光沢。金襴裂裟を纏い、神聖さを漂わせる少女の偶像。

思考する自動人形──天皇機関であった。

タン、と小太鼓を打つ音が一つ。天皇機関はその音に反応し、顔を上げて腕を前へと伸ばす。タンタン。なおも軽快な音は続き、それに合わせて少女の人形が体を動かし、やがて猫の跳躍するように御輿より外へと飛び出した。

ここで人々の熱狂は最高潮となった。

全《まった》き神秘の発露である。少女人形は小太鼓の音色によって複雑な動きを果たし、踊るように赤絨毯の上を進んでいく。それを実現するのは粘菌によって作られた人工の神経回路と演算機。機械でありながら、人間を模倣した存在。

「さぁ、天皇陛下に御披露目をするのです」

隣で友人が叫んだ。

空を覆う花々、天人によって奏でられる音律、民衆の笑顔と声。それらを浴びながら、宮城《きゆうじよう》に向かって伸びる赤絨毯を進んでいく。先頭には舞い歩く少女人形。その弾む後ろ髪を我らが追い、後方から力者と皇宮警察官が続く。

やがて門扉が大きく開かれた。

その先に一人の男が立っている。彼は私に向かって微笑みかけ、嬉しそうに拍手を送ってくれた。

「おめでとう」

それは古い友人だった。かつて海外で出会った親友。

「逸仙《いつせん》」

友人の名を呼んだ。彼は私の言葉に笑みを返す。

「この機械は、人々を導く機関だ」

彼は少女人形の手を取り、共に門の向こうへと進んでいく。この先にこそ真に会うべき方がいる。最も尊く、最も栄えある人。我らは、その人に会う為に研究を続けていたのだから。

「先生、行きましょう」

何人もの仲間達が、私と共に一歩を進んだ。門の向こうへ。光溢れる場へと。

ここで一羽の鳥が飛んだ。

第一部

一九二七年：一夜「鯨幕開《くじらまくあ》け」

とても奇異な夢を見た。

夢の中に古い友人がいて、彼が異様な機械を使って人々を煽動するという内容だった。それは人間にも似た機械で、どういう訳か、人々は機械の言うことに従ってしまうのだ。

とはいえ、布団から身を起こした拍子に、その詳細をすっぽりと忘れてしまった。

ふと部屋に積まれた本の山に視線をやった。どうして、こんな奇妙な夢を見たのか、その理由はあの書物の群れの中にある。かつて、その友人が送ってくれた本に、そうした機械についての記述があったのだ。

その友人は、もう二年も前に亡くなっている。ちょうど、今の時分が彼の命日だったはずだから、それを思い出したのかもしれない。

英国留学中に出会った異国の友で、わざわざ地元まで訪ねに来てくれたこともある。しかし、人の交わりにも季節あり。若い頃にはお互い、無二の親友などと嘯《うそぶ》く程の仲だったが、年を経るごとに疎遠になり、やがて再会を果たすことなく、彼の方が先に死んでしまった。

人は死ぬのだ。友情などというものも、こうして片方がこの世からいなくなってしまえば、それで終わり。そこから先は、せいぜい夢の中で出会うくらいしか手立てはない。

だから夢を見たのだ。彼と、そして全ての知り合いが総登場するような夢だった気がする。不思議な夢だった。

ふと思索を深めたくなった。敷きっぱなしの煎餅布団《せんべいぶとん》を上げることもなく、そのままふらりと縁側へと出る。晩春の頃、庭の花も鮮やかに咲いている。

そう、夢の世界でも花を見た覚えがある。様々な色の花だ。赤いものも、黄色いものもあったが、やはり印象に残るのは薄紫色の花だ。あれは何という花であったか、植物図譜を開いて確かめても良かったが、そもそも己が知らない花なら如何なる図鑑にも載ってはいないだろう。自惚れか。いや、そうではない。古今の植物なら幼き頃から見知っている。我が国にない花でさえ、とうの昔に調べ尽くしたはずだ。そうであるなら、あれは何処にもない花だ。天上の花だ。それればかりは死なねば見ることも能《あた》うまい。

庭にカケスが飛んできた。チチッと鳴いて、軒先に吊るした餌箱に頭を突っ込んで米を啄んでいる。

あれも奇妙だ、と思えた。

軒先に菓子の空き缶をぶら下げ、そこに米を入れている。理由を知らぬ者からすれば、不思議なものが置いてあると思うだろう。それは自分が見た、夢の世界の光景と同じでもある。

夢の世界の道理は実に奇妙で、どうしてか解らぬ物がそこに平然と置かれている。例えば、台所に便器が置かれている。家の戸口を開けば学校の裏門に繋がっている。米櫃《こめびつ》を開ければブリキの玩具が詰まっている。人と同じ大きさのてるてる坊主が、庭の木に何個もぶら下がっている。風に揺れている。それら在り得ざる光景は、夢の中では自明のことなのか、何ら不思議と思うことはない。

あの餌箱も、それと同じことだ。いくら奇妙に見えようとも、その世界ではそれが自明なのだ。何かしらの道理がある。そもそも文化が違う。同じ世界に見えても、夢の世界がこちらと同じように歴史を重ねてきたとは限らない。無限無数の要素を重ねて、文化は多様に変化していく。どこかの世界では、料理を作りながら糞をひるのが道理かもしれない。我らはそれを覗き見た後に、ああ、奇妙な夢だった、などと、こちら側の奇妙極まる世界で言うのだ。

ならば、と思った。

夢の世界で死者に会うというのは、向こうの世界では彼らが生きているだけなのではないか。こっちでは何気ない歴史の流れ、ちょっとした不運で命を落とした者も、別の世界では平然と生きているのかもしれない。奇妙奇天烈に折り重なる世界があって、夢はその中の一場面を覗き見ているだけなのではないか。

では夢の世界の自分とは何者なのだろう。

夢の世界の自分は、今ある自分ではないのだが、夢の中では確かに自分と感ぜられる。夢の中で鏡でも見れば良いのだが、そうでない時は如何にして自分を自分であると信じられるのか。伸ばした腕や脚の形が、なるほど普段扱っているものと良く似ているのなら、それを以て己であると言い表すこともできるだろうが、それが全く別人の手足ならどうだろう。目覚めている今ならば、それを偽物と判じられるだろうが、夢の世界では別人の手足であろうとお構いなしだ。それは自分であるという確固たる認識が先ずあって、そこに付属した人体の部位など何ら意味を持たないのだ。

そも目覚めているとはなんだ。

夢の世界の自分も、そこでは目覚めていると感じていたはずだ。であれば、今の自分が夢の中にはいないと、どうしてはっきりと言えるのだろうか。強いて言うなら、この世界では自分の意思のままに自分の体を動かすことができる。その一点だけが、夢の世界とは違う。ただ夢の中にあっても、随意に自らを動かせることもあった。過去に数度だけ、夢の中で自分は夢を見ているのだ、と気づいたことがあった。その時の夢は、夢であると気づいてから、夢の中で自由に振る舞うことができた。ただ流れ行くだけの景色に、自らの意思で介入できた。愉快な経験だった。

とすれば、あれは自分の意識の中にいる別の誰かなのだろうか。夢の中の自分――彼と呼ぼう――は、そちらの世界では自らを目覚めていると感じ、全く自由に動ける存在だ。それがある時だけ、こちらの思うがままになる。こちら側が「これは夢であるぞ」と気づき、夢の中で勝手に振る舞い始める。彼にとっては堪ったものではないのだろう。何せ、こちらにとってはいずれ消える夢の世界であることを良いことに、周囲の人間を手当たり次第に殴りつけ、物を蹴り倒し、こちらでは言えないような口説き文句を使って婦女子の方々に言いよった。目に余る乱暴狼藉、破廉恥極まりない。まるで酔漢である。

なるほど、と一つ理解がある。

こちらの世界で時折、魔が差したとでも言うべき行為を働く者がいる。平生《へいぜい》の態度からは、おおよそ有り得ないと思える程の犯罪具合である。そうした事件を起こした人間は、後になってこう言うのだ。「何者かに操られていた」と。その何者かとは、すなわち夢の世界で目が覚めた己ではないのか。こちらの世界などお構いなしに、夢の世界の彼は好き勝手に振舞う。その結果、こちらの世界に残された自分は、その者の責を負わされるのだ。

それは恐怖だな、と思えた。

「あら、お父さん」

ここで声が掛かった。次いで縁側をパタパタと歩く音が聞こえる。妻の松枝《まつえ》だった。

「起きていらしたなら、ちょうど良かったです」

「いや、ちょうど良くない。僕は今、とても深い考え事をしている。朝ご飯なら後でね」

「いえいえ、お客様がいらしたのです。あと、お父さんのご飯はどうせ遅くなると思って、まだ作っておりません」

ふぅむ、と鼻を鳴らして答えた。

「あまり待たせては失礼です。なんといっても、お客様は高野山《こうやさん》からいらした、大層偉いお坊さんだそうですから」

今度は、ははぁ、と喉を鳴らして答える。

なんといっても昭和である。

前年に天皇陛下が崩御された。西暦で言えば一九二六年、十二月二十五日のことだった。そして親王殿下が即位した。大正は終わり、新たな元号は昭和となった。

まさしく新たな時代の幕開けである。和歌山の奥地たる田辺《たなべ》に暮らそうとも、浮足立つ俗世の空気は漂ってくる。二月の大喪礼の頃は謹慎したが、それが過ぎれば自身もまた正月のやり直しとでも言うべく、おちゃらけた雰囲気で酒を呷った。しかし、さすがに春四月ともなれば面白おかしいものは薄れる。

いやそれがどうして、ここでまた面白い話を聞けるとは思ってもみなかった。

「つまり、千里眼《せんりがん》事件です」

居間に入るなり、その客人はそう言い放った。

客人は禿頭に眼鏡の篤実《とくじつ》そうな中年男性であった。歳もさして変わらないだろう。妻に曰く、高野山の偉い坊さんだと言うのだから、胡乱な人物ではないはずだ。しかし、その客人は名乗りもせず、一礼のみ済ませた後、その奇妙な言葉を告げたのだ。

「はてな」

爽やかな午前の風が吹き込む部屋、還暦手前のむさ苦しい男が二人、向かい合って奇妙な話題を肴《さかな》に緑茶を啜っている。

「ご存知ありませんか？　明治四十三年の公開実験です。御船千鶴子《みふねちづこ》なる女性がクレアボヤンス——、失礼、透視——、いや失礼、なんと伝えればいいか」

「いや、クレアボヤンスで通じますとも。超心理学《パラサイコロジー》です。見えないものを見る能力です。霊能力だの降霊会だのなんだの、そういった手合は学びました」

「いや、良かった。つまりですな」

「失礼、その話は長くなりますか？」

と、尋ねれば、男性は頭を一撫で。「なりますな」と笑顔での答え。

「掻い摘んで述べましょう。今より二十年近く前のことです。その御船千鶴子なる女性に透視能力があると噂され、とかく話題となったのです。元は千鶴子も透視能力を民間医療などで用い、周囲の人々から感謝されておったのですが、世はまさに文化開明の明治の御代です。これを科学的に実証しようという話が持ち上がり、帝大の学者や新聞記者などを集めて公開実験を行ったのです」

なるほど、などとここで相槌。

「しかし残念ながら実験は失敗し、御船千鶴子は詐欺師扱いされました。その他、多くの自称超能力者たちも、全てが全て、インチキ呼ばわりされたのです。悲しむべきは、故郷に帰った千鶴子の境遇です。彼女はジャーナリズムという名の暴力に晒され、ついに自ら命を絶ってしまいました。そして御船千鶴子を見出した学者もまた、胡乱な話をする人間と扱われ、学会を追放されました」

「ふむ、それが千里眼事件と。いや申し訳ない。その頃は、僕は既にこの地で暮らしてましてね、どうにも都会の話には疎い」

「いえ、もう何年も前のことです。知らなくても当然です」

禿頭の男性はニンマリと笑った。一段落したと見えて、双方が座卓の上の茶を手に取った。

「さて、随分と興味深いお話をして頂いたが、それがどうして、高野山の学僧の方から聞かされるのか」

「ああ、ですから、私がその学会を追放された学者です」

思わず茶を吹き出した。霧状になったそれが、目の前の禿頭に飛び散る。

「福来友吉《ふくらいともきち》と申します。今は高野山大学の教授です」

福来と名乗った男は、自分についた茶の雫をハンカチで拭いながら、面白そうにこちらを見ていた。

「実は以前、貴方のことを土宜法龍《どきほうりゅう》師より聞いたのです」

ああ、と肯んじた。三年前に亡くなった知己の名だった。真言宗の法主にして高野山の管長を務めた人物。最も尊敬すべき友であり、彼の思想を読み解くことは何よりも楽しかった。

「あのヒョットコ坊主か」

この物言いに、今度は福来が含んでいた茶を吹き出した。

「よくもまぁ、土宜法主をそんな風に呼べますな。それでこそと言うべきかもしれませんが、いや、私には到底」

「それで、土宜僧正よりの紹介とはどういう了見です」

座卓に置かれた布巾で頭を拭いつつ、この眼鏡の中年男性に問いかける。どうにも値踏みしてしまう。彼の土宜法龍の話を受け、それでなお会いに来るというには、相応の理由があるに違いない。

「いえ、土宜法主は私の境遇を知って、大いに協力して下さったのです。あの方は、宗教を近代的なものとする視座を持っておられました。つまり神秘的なるものを科学的に捉える、私の終生の研究と相通ずる視点です」

ふむ、と一唸り。確かに、土宜法龍という人物ならば、千里眼などという超心理学の分野にも一定の理解を示すだろう。

「私は千里眼事件の失敗を悔やんでいますが、それは未だ世間の研究が進んでいない結果のものであり、千里眼なる能力は確かに存在すると思っているんです」

福来は拳を握り締め、大いに熱弁せんと座卓に乗り出した。

「見えないものを見る。それは、ここではない別の世界を覗き見る能力のことでしょう。人間には聞こえないが、動物には聞こえる音があるように、ごく少数の人間にだけ見える世界があるのです。いくつもある無数の世界を、ほんの僅かに覗き見るのです」

それは、まるで夢の世界だ、と思った。

ふと今朝方の思索を続けてしまいそうになり、頭を振って目の前の福来に意識を戻す。

ったのです」

「私は以前、こういったことを土宜法主に話しました。すると彼は、貴方に会うと良いと仰ったのです」

「はてな、どうしてまた」

「土宜法主は貴方にも千里眼、いや、もっと遠く、もっと広い別の世界を見る能力があると言っておられました。それは貴方が、子供の頃に天狗に攫われ異界に行ったからだ、とも」

そんなもの、と言い返しそうになった。ただの冗談である。子供の頃の話を彼の友人に聞かせた覚えはあるが、どうしてそれをこの眼鏡の学者に伝えたのだろうか。

「どうぞ、異界の話をお聞かせ願いたいのです」

福来は大きく身を乗り出し、ずずいと、顔を近づけてくる。赤く火照った禿頭を晒し、ずり落ちた眼鏡がこちらの額に当たる。

「南方熊楠《みなかたくまぐす》先生」

一八七五年：二夜「東京大花道《とうきょうおおはなみち》」

いつの頃を思い出せば良いのか、やはりそれは小学生の頃であろう。

場所は紀州和歌山、金物商である南方家に生まれ、鍋屋の熊公などと呼ばれていた頃の話である。人に己のことを伝える際、取りも直さず、この熊楠という名前を誇っていた。

何しろ熊に楠である。どちらも大きい。大きいことは素晴らしい。

いや、それだけではない。元々、南方家に生まれた子供は、この家で信奉する藤白《ふじしろ》神社の藤の字か、そこで祀られる熊野大神の熊、そして境内の大楠の楠の字、そのいずれかを取って名付ける習わしになっている。兄の名は藤吉《とうきち》で、姉は熊《くま》、弟は常楠《つねぐす》に楠次郎《くすじろう》、妹は藤枝《ふじえ》だ。

しかしなんといっても、熊に楠という二文字を頂いたのは兄弟でも一人だけだった。

また、この名を誇るより早く、紀州の山野を駆け、植物やら動物やらと慣れ親しんだ。あるいは家に帰れば、鍋釜を包んでいた古い『訓蒙図彙《きんもうずい》』を抜き取って、一人でこの世の成り立ちを学んでいった。近所の大家にある『和漢三才図会《わかんさんさいずえ》』を借り出し、これを筆写しては返すという日々を送った。この百余巻もある知識の書を、完全に脳の中に入れるのに、ほぼ三年はかかってしまった。

どうにも、森羅万象とでも言うべき、この世の全ての事物に興味を抱く性格らしかった。だから、あの日のことも当然であったのだろう。つまり、天狗に攫われ、異界へと訪れた日のことだ。

あれは春か夏か、とにかくほんのりと汗ばむような季節だった。齢九歳を数え、通学していた雄《おの》小学校から帰る折のことだ。その日の内に、借りていた書籍を写し終えてしまおうと、足早に帰り道を進んでいた。道端に咲く花を見つけては、やれ皐月《サツキ》だ、平戸《ヒラド》躑躅《ツツジ》だ、と名前を叫びながら歩いていた。

それが途中でどうにも、うなじに垂れる汗が気になってしまい、近くの紀ノ川へ飛び込んだ。その暴挙を見た同級生は悲鳴を上げたが、そんなものお構いなしだ。暑いのなら川へ入れば良い。面目やら体面などというものを気にする必要などない。子供なら尚更だ。

泳ぎは得意であったし、川には溺れるような深さも速さもない。何よりも慣れ親しんでいる。人はそれを自惚れと取るか、自信と取るか。しかし不運なるかな。この時に限って言えば、それは自惚れであったのだ。

この突飛な行動に呆れて同級生らは先に帰った。彼らを見送って、あとは一心不乱に川で水遊びに励んだ。石菖藻《セキショウモ》や蔓葦《ツルヨシ》といった草に、黒や赤褐色の片岩《へんがん》、その狭間には川蜷《カワニナ》、あるいは突然の乱入者に逃げていく石斑魚《ウグイ》などの魚たち。肌を覆う水の冷たさ、視界に流れる気泡の群れ。そんなものに気を奪われていると、ふと川面に光る何かを見つけ、それを確かめてみようと一潜り。

あっ、と叫んだ。水の中で叫んだ。

とぷとぷと流れる川の中の風景。そこにあって、見たこともない輝きの石を見つけてしまった。自分の頭ほどの大きさだ。それは七色に光り、たっぷりと吸い込んだ陽の光を水面にまで反射していた。

後は向こう見ずな好奇心。一度、見たこともない物を見ては居ても立ってもいられない。それを調べようと手を伸ばす。粘膜を掻くように手を伸ばす。そろそろ息継ぎをしなくては、そう思いながらも、あと少し、あと少しと欲が出る。

ずるん、と足が滑った。流されるはずもないと思ったが、急に流れが変わった。すると最早どうにも制御ができぬ。体がのけぞり、それを直そうと足をつけば、無念、それは何もない水の底を蹴った。

溺れたのだ。知識の欲に溺れた。情けなくも、自分の知らぬものを知りたいという欲をかいて、命の危機に陥ったのだ。

覚えているのはそこまでだった。最後に白く淡く光る石を見た。手を伸ばした。

「助けてやろうか」

それから、そんな声を聞いたのも覚えている。

次に目が覚めた時、どういう訳か四ツ辻の真ん中に立っていた。

辻といっても田舎のそれではない。左右に高い建物がある。学校の校舎よりも大きな石造りの建物が四方八方を埋め尽くしている。

それだけではない。人通りが多い。在り得ざる程に多い。

祭りなどと形容すべくもない。晴れがましい表情などどこにもない。倦み疲れた人間の顔だ。それが灯籠のように並んで、次から次に通り過ぎていく。四ツ辻のど真ん中で呆然とする小坊主にかかずらう気もないのか、大勢の人間が体を捻って避けていく。

なるほど、これが都会か。などと呑気な理解を得た。

「ほら、こっち」

ふと手を引かれた。人混みの中から針のように、その声はピンとこちらに突き刺さってくる。さぁ、ならば針はそのまま糸を通すように左右に溢れる人々の群れを縫っていく。逆らう気も起きず、ただ手を引かれて人通りから抜けた。

「突っ立っているのは感心できん」

叱られたと思った。辻を避けて道路端の石畳に至り、そこで息を整えている間だった。

そこでようやく、声の主を確かめる余裕ができた。余裕ができた後に笑いが溢れた。大人に叱られていると思っていたが、今まさに叱責しているのは、こちらと同じ年頃の少女だった。伸ばしたままの洋髪に緋のリボン、藍染の友禅には墨絵の花――なんという花かは解らなかった――に、小鳥の描かれた丸帯を太鼓結びにしている。子供の物としては高価に過ぎる。ああ、良いところのお嬢さんだろう、などと思った。思って笑った。

「笑うな。南方の熊公が」

「なんだ、僕を知っているのか」

少女は頷いた。これは失礼なことをしてしまったと、笑い声を潜めて頭を下げた。

どうやら少女は南方熊楠という名を知っているらしい。それも大きな家の娘だ。南方の家も小金持ちだが、その分だけ土地の名士と付き合いはある。無礼を詫びねば家に迷惑がかかる。子供とはいえ、その程度の分別はあった。

「それで、ここはどこだろう？」

当然の問いだ。いくら見回しても、和歌山城下の風景ではない。見たこともない建物が溢れ、見るはずもない大勢の人々が歩いている。よもや和歌山に住む者を一人ずつ家から出して、何かの検査や集会を行うという訳でもあるまい。

「ははぁ、それも解らんか。南方の坊主は聡いと聞いたが、見込み違いだったか？」

ムッ、とした。少女が挑発するように笑っていた。

「お前は見たこともないだろうから教えてやろう。ここはな——東京だ」

わっ、と今度はこちらが口を開けての大笑い。

「何を笑うか」

「いや、まさか東京などと駄法螺《だぼら》もいいとこ。僕は東京に行ったこともないが、どこにあるかは知っている。まさか和歌山の川に飛び込んで東京に出るなど」

わはは、と続けざまに笑った。ひとしきり笑ったところで、目の前の少女が目を細めてこちらを見ているのに気づいた。

「憐れ、憐れ。南方の小倅《こせがれ》は何も知らんのだな」

と、あからさまに馬鹿にされた。これには流石に怒りが湧く。生憎とこちらは丸刈り坊主だが、それでも怒髪天《どはってん》を衝《つ》く限りだ。口を曲げて少女を睨みつけた。その様に怯んだのか、少女はホホと小さく笑ってから袖で口元を隠した。

「ここが東京であるという証拠か。ならば、ほら、これをやろう。和歌山ではそう見るものでもあるまい」

そう言って少女が袖口から取り出したのは、小さなパンであった。

思わず唸った。パンというものは知っている。小麦で作った西洋の焼き饅頭のようなものだ。知っているが食べたことはない。ごくりと喉が鳴る。興味がある。そうなっては止められない。

「後で返せと言っても返さんぞ」

少女の小さな手からパンをひったくり、一口で飲み込む勢いで噛み付いた。綿を口に入れたような奇妙な食感だ。あまり慣れるものでもなく、思わず吐き出しそうになったが、その後に口の中に甘さが広がっていく。

「おお、これは、小豆餡が入っている」

「あんパンというものだ。気に入ったか？」

少女の問いかけなど耳に入らなかった。一心不乱にパンを食う。噛みちぎる。咀嚼する。甘い餡を口に含んで楽しんだ。ほふほふと食べ進んでいると、周囲から忍び笑いが漏れているのに気づいた。見れば、往来を通る大勢の大人がこちらを見て笑っていた。

それを見て、はたと気づいた。

なるほど。この地には、あんパンを必死に貪る子供などいない。繋がれた驢馬《ロバ》の顔で歩いていた大人達。そんな彼らから見ても、自分は物を知らない田舎の餓鬼でしかないのだ。ここは紛れもなく都会である。和歌山ではない。大阪でもない。ならば東京に違いない。

「どうした、もう食わんのか？」

あんパンを半分まで食べたところで、恥ずかしさが湧き上がってきた。郷里では自分ほどに物を知っている子供はいなかった。大人にも褒められてきた。この世で知らぬ物などないと嘯くことすらあった。そんな自分が、あんパン一つ知らなかった。それを途端に恥じたのだ。

「ここは、本当に東京なのか。僕は東京に来てしまったのか」

人はパン一つで自分の小ささを知ることもあるのだ。口の中に残った餡が甘かったが、それすら自分を責めているようで、どうにも涙が溢れてきた。

あるいは、ようやく自分は安心したのだろう。この異様な状況を理解してしまったのだ。

「僕は死んだのか」

熊楠は川に落ちて死んだのだ。健康を願って熊と楠の二文字を貰ったが、両親の願い虚しく夭折したのだ。大きいことは良いことだが、熊も楠も水に沈めば浮かぶことはないのだ。

そう思ってしまうと、今度はあんパンを持つ手が震えてきた。これは黄泉戸喫《よもつへぐい》だ。言われるがまま、あの世の食べ物を口にしてしまった。そうなると、死者は二度と現世に戻れないという。

「僕は死んで、ここはあの世なんだろう」

「さぁな。そうかもしれないが、それなら私はなんだ」

「そりゃ奪衣婆《だつえば》だ」

頭を叩かれた。少女に暴力を振るわれた。挙句、あんパンを奪い取られ、あんぐりと一口、少女が半分残ったそれを瞬く間に平らげてしまった。

「言うも言うたり、可憐な少女を捕まえてババアなどと」

頬にパンを詰め込みながら、少女が憤慨してそう言う。

「しかし」と少女。ごくり、とパンと飲み込む。

「あの世と思うも道理。ここはお前の住んでいた場所とは程遠い所にある。ならばいっそ夢の世界とでも思うが良い」

「夢と、そう思えばいいか」

うむ、と少女は頷いた。

一度そう思えば、全てが夢のように思えた。周囲の景色が霞んでいく。辺りを見ても、見も知らぬ文物ばかり。名前も知らぬ物を語れはしない。天を衝かんばかりの高い建物、四ッ辻を渡る知らぬ人の群れ、そして知らぬ街。

霞んでいく、己と少女以外の全てが色を失っていく。目に入る全ての物の名が解らないことを恐れた。知らぬ物は消えていく。自分の名は熊楠だと知っているから消えぬが、では少女はどうだ。

「お前の名を教えてくれ」

少女は笑った。着物の裾を翻し、そろそろと歩んで街並みに消えていこうとする。

「俺を一人にするな」

少女の後を追った。黒い袖を摑もうと手を伸ばす。

「須世理姫《すせりひめ》とでも呼んでくれ」

「それは須佐之男大神《すさのおおおかみ》の娘神の名だ」

「そうよ。ここは須佐之男の国、死者の国。木の国から落ちたる根の底の国。お前は死んだのよ。死んだのであれば、導かねばなるまい」

少女は笑い続ける。黒い髪、黒い着物をなびかせて、こちらを嘲るように笑っていた。

死者の国の娘を名乗る少女を、ただ必死に追いかけた。

一九二七年：三夜「擬《もど》き膜《まく》」

それは、と福来が唸った。

「浪漫ですなぁ」

「そうかな？」

昔話をせがむ福来の為に、こちらは一通り、自らの身に起きた天狗攫いの話をしたところだった。

「浪漫ですとも。幼少時代、突如として川で溺れて、気づけば東京へ現れる。そこで出会った少女に導かれ、慣れぬ土地で暮らしていく。うぅむ、浪漫とはまさにこれ。命短し恋せよ乙女です」

それから福来は、自身が浅草で見たオペレッタの内容などを織り交ぜて、こちらの昔話を勝手に盛り上げてくる。ついに竹久夢二《たけひさゆめじ》もかくやと言い出したところで、話の収拾がつかなくなる気がしたので手で制した。存外、この坊主学者は、少女歌劇やら自由恋愛やらが好きなのかもしれない。

「それで、南方先生はどうしたのです？　東京に現れ、それから少女を追っていった」

「いや、それが夢の如くとは良く言ったものでな。人は夢を見ている間に、その中で起きたことを仔細に覚えているものの、いざ目覚めてみれば思い出せることなど僅か」

「その後のことは覚えておられないのですか？」

「うぅん、どうも少女と一緒に長く過ごしたような気がするものの、じゃあ何をしたのかと問われると、はて、と唸るばかり」

確かに奇妙な感慨であった。あちらの世界で自分は一生分の人生を送ったような記憶がある。それが目覚めてみれば、空虚な思い出ばかり。ただ少女と出会い、あんパンを貰ったという記憶しかない。

「他には何か覚えておられないのですか？」

「向こうで長く暮らした気がします。少女と共に、大人になり、仕事をし、東京で暮らしておりました。海外にも行ったかな。頼るものもなく、ただ少女と二人で必死に生きました。それで、ああ、そうだ」

あと一つ、あちらの話で覚えているものがある。ただこれは、覚えてはいたが、どうにも人に話すには恥ずかしい話題だった。知己である土宜法主にも話してはいない。

「なんだか、夢から覚める直前の記憶のように思うのですが、僕は最後に少女にこう言ったのです」

「ほう、なんと」

「愛している、と」

ここで福来が「はぁん」などと奇怪な声を上げた。自らを抱きしめるように、両手を肩に回し、奇妙奇天烈な調子で身悶えし始めた。

「浪漫。これは浪漫です！」

「そうかなぁ」

「何を仰るか。頼るものなき夢の世界、お互いに惹かれ合い、少年は少女に愛の告白をするのです。熱き血潮の冷えぬ間にです」

福来は一方的に感嘆しているが、こちらとしては曖昧模糊な記憶の雲に手を入れ、あれは無いか、これは無いかと掻き回しているような具合である。とても浪漫とは思えない。

「それで、それで先生はどうしたのです？　少女と結婚なさったのですか？」

「いや、それがです。僕は少女に向かって愛しているなどと言ったが、それを最後にぷっつりと記憶がないのです。気づいた時には、再び自分は子供に戻っていて、日高川《ひだかがわ》沿いにある入野村《いりのむら》、ちょうど道成寺《どうじようじ》の近くにいました。ここは僕の父が生まれた土地でして、村に知り合いもいたから、すぐに家族に知らせが行ったのです」

そこから先は、いわば現世での記憶であるから良く覚えている。自分が行方不明であったのは、紀ノ川に落ちてから僅か数日のことであったらしく、その間は天狗に攫われたということになっていた。

それから自分を待っていたのは、我が子の帰りを喜ぶ母と、いつもの植物採集の末に道に迷ったのだろう、という冷静な父の言葉だった。ついでに同級生からは天狗《てんぎゃん》という渾名も貰えた。自分を表す名が増えたことは喜びだった。

「しかし結局、僕は約束を破ってしまった」

ここで大口を開け、座卓に置かれていたあんパンを一気に頬張った。

これは話の途中で、妻が気を利かせて茶請けにと持ってきてくれたものだ。その辺りで、ちょうど東京のあんパンを食べた下りを話していたので、福来と二人して大いに盛り上がってしまった。

「僕は夢で見た少女と結婚することもなく、今はこうして妻を娶り、子供も生まれました。残ったのは、あんパンの思い出だけです。あの日以来、僕はこれが好きで堪らないが、ただそれだけです」

こちらが二つ目のあんパンに手を伸ばしたところで、福来が「うむ」と唸った。彼の方は一つ目のあんパンを、ちびちびと千切って食べている。食べ方が下手なのか、小豆餡の部分だけを摘んで指を汚していた。

「しかし、その話を聞くに、私は南方先生の経験が夢のようには思えません」

ぺろり、と福来が指についた餡こを舐めながら一言。

「さて、それはどういう？」

「東京であんパンと言えば銀座の木村屋でしょう。これが初めて作られたのは明治七年で、先生が東京に行ったという年の僅か一年前です。世間にも未だ馴染みのないもので、失礼ながら、和歌山の小学生が知るような物ではないでしょう」

今度はこちらが「ふむん」と唸った。

「私は、人の見る夢というのは、その人が経験した事物に影響されていると思うのです。その人が知らない事物は夢の世界には登場しません。ならば先生の経験はやはり、実際に起ったことだと、私はそう思うのです」

むむむ、と首を捻る。福来の言うことにも一理ある。しかし一分ほどだ。残りの八分目までは疑念である。ではさらに残った一分は何か、そのことを福来自身が言及してくるとは思わなかった。

「先生、私は土宜法主からあることを聞きました。南方先生は、少年の頃より現実と幻の区別がつかなくなる時があると」

「それは——まぁ、事実です。自分がどこにいるのか解らなくなる時がある。夢で見た風景を追い求め、山に分け入って夢の通りの景色に出会い、そこで珍しい植物を見つけたこともありました」

しかし、と。ここでさらに首を捻る。福来は二分程の理《ことわり》を口にしてくれたが、未だに自分は冷静である。確かに夢と現実の境界が曖昧になることは多くあったが、それは自分の意志薄弱が引き起こしたものだと理解している。

幼き頃より、学問の道を志したが、その道には難所が多くあった。その都度、こちらとしては意気軒昂《いきけんこう》、思いの限り発奮するが、どうしてもままならぬ現実がある。東京で学問に挫折したのもそうだし、アメリカに渡った時も、イギリスに渡った時も、満足のいく研究ができたかと言えば嘘になる。

そうした時、自分は幻と現実が綯《な》いまぜになって解らなくなる時がある。何もかも上手くいった自分を夢想し、その幻に耽溺《たんでき》してしまうのだ。だからそれは全て、精神の問題だと片付けていた。不如意なる人生から逃げる為に、心が生んだ夢の世界だと理解していた。

こちらが何も言わず、三つ目のあんパンを頬張り始めたので、福来もいくらか焦ったのか、眼鏡を直して咳払いを一つ。

「勝手なことを言ってしまい申し訳ない。しかし、南方先生の言う幻とは、ここではない別の世界を覗く力であると、私は思っているのです」

「それが、貴方の言う千里眼か」

「そうです。天狗に攫われたというのは、周囲の人間が理由付けしたものです。私から言わせて貰えれば、先生は子供の頃に和歌山にいながらにして、東京に幻の自分を現出せしめ、その地の事物を観察したのです」

福来が真面目な調子で言う。それを見ながら丸めて弄っていた小豆餡を、ぽいっと口に放り込んだ。

「言うなれば、先生は天狗小僧寅吉《とらきち》です」

「平田《ひらた》篤胤《あつたね》の」

「いかにも。寅吉は天狗に攫われ、異界の文物を学んだという。平田篤胤は寅吉を傍においで研究し、仙境異聞《せんきょういぶん》を表したのです。それだけではない。古今、伝説では天狗に攫われて異界を見たという神隠し譚は多くあります。私は、それらの一部は千里眼の能力だと思っているのです」

そうかなぁ、などと疑問に思ったが言わないでおいた。黙ってあんパンを咀嚼していると、またも福来が恋い焦がれるように身を捩った。

「ああ！　私が先生ともっと早く出会っていれば、平田翁のように先生の経験を元に研究していたでしょう。そうすれば、きっと帝大の頑固者に千里眼を認めさせられたはずです」

過分な評価である。たかが少年時代の思い出一つで、帝大の意見が変わるはずもない。

などと思っていると、福来が途端に表情を暗くさせる。

「私はですね、先生。千里眼事件の後悔があるのです」

「そんなことを言っていましたね」

「はい。そして私が名誉を求めるのは、あの事件で不名誉な扱いを受けた者達を救いたいからなのです。千里眼が実在することを証明できれば、そうでなくとも私が学者として名を上げれば、あの事件でペテン師と呼ばれた者達の評価も変わります」

ここまで来て、福来が何を言わんとしているのか、薄ぼんやりとだが見えてきた。なるほど彼は千里眼の研究を続けたいのだろう。

つまり、彼は千里眼事件なるもので中央の学会を放逐された身上である。対してこちらは、白眼視こそされていないが、いわば象牙の塔の外でうろちょろしているようなものだ。野に下ることもない、塔の天辺で暮らすような御歴々からすれば、二人とも取るに足らない木っ端学者だ。だからこそ二人して塔を登ろうというのである。福来としては足がかりがない。こちらには登る手立てがない。ならばヨイショと肩を貸し、あるいは手を引いて貰うのだ。

「そんな具合ですかな？」

と、彼の心情を察しての物言い。

「ぐぬ、千里眼」

「いや、今のは推理です」

ここに来て、話題に詰まってしまった。福来としては、なるべく穏当に切り出したい話題だったのだろうが、気づいてしまったのだから仕方ない。

チチ、と庭で鳥が飛んだ。楝《おうち》の花が咲いている。薄紫色の花弁に小さな露がついていた。葉から落ちた雫が土を打つ。木の根元に小さな赤茶色の茸が生えている。乳茸《チチタケ》だ。

ふぅむ、と一息。ここで立ち上がり、座敷の脇に積まれた書物と標本箱を取り上げた。

「どれ福来さん、貴方に僕の研究をお見せしよう。その上で、僕の研究が貴方の研究に役立つか考えて貰いたい」

座卓のあんパンをどかし、そこに書物を開いてみせた。それらは長年に渡って描き溜めた植物図譜だ。絵心も多少は持ち合わせているから、なるべく精確に写し取ったはずだ。

「これだけのものを、一人でとは」

福来は感嘆した様子で、その図譜をペラペラとめくっている。苔や藻のような植物の標本は一目には地味に見えるだろうが、見る人が見れば驚嘆する出来だと自負している。

「それから、これが最も興味深いものだ」

そう言って標本箱を福来の方へ預ける。すると彼は短く「ヒャッ」と叫んで、それでも恐々と箱の中身を覗こうとする。

「なんですか、これは。何やら、樹皮に黄色い痰のようなものが」

「粘菌《ねんきん》です」

それは庭先の枯れ木に生じたものだ。ちょっと見れば黄色い吐瀉物《としゃぶつ》が樹皮にかかっているようだが、よくよく観察すれば、その内部に生物の面影を感じることができる。葉脈のように、もっと直截的には人間の血管のように、無数の糸が網目状に広がり、それは一個の生物として動いているのだ。

「これは、枯れ木の病気なのですか？」

「まぁ、確かに湿気や暗所を好むから、樹木に生じたカビのようなものだが、粘菌はもっと動物的ですよ」

今度は別の書物を開いて、その箇所を福来に見せてやる。様々な形を作る粘菌の図だ。同じ種であっても、その形状は千差万別、それは粘菌がアメーバ状に広がる単細胞生物であることの証拠だ。

「これは植物でも動物でもないのです。胞子を飛ばして繁殖するから、菌類ではあるけど、粘菌は巨大な細胞を動かして生きているのです。そうして動物の死骸や地中の微生物なんかを食らう」

「ほう、なんとも珍妙な」

「他は、これなんかが綺麗だ。粘菌は子実体《しじつたい》という、キノコのような突起物を無数に作る」

新たに図譜を開いてみせれば、そこに別に採集した粘菌の絵がある。虫の卵塊のように、また果実のように群がる子実体。それは大地を覆う雲であり、嚢胞《のうほう》の中を走る網目は雷鳴だ。

「これなど生物の最も原初的な姿ですよ。僕は若い頃、これをジッと見て、人間とは何かと思索することも多くあった。この皮膚も目鼻もない生き物は、それでも考えて生きているのです」

「にわかには信じられませんが」

「いいや、これは実に頭が良い。例えば光を浴びせれば、そこから逃げていくし、餌になるものを周囲に置けば、それぞれに触手を伸ばして流動していく。光を災害、餌を安定した土地だと考えれば、これなど人類の移動と同じなのですよ。この粘菌なる生き物は、それ一つで人類がしてきた歴史を繰り返しているのです」

「なるほど、なるほど。なるほど！」

福来は瞳を爛々と輝かせ、こちらが与えた資料を次から次へと読み漁っていく。鼻息を荒くし、最初は気味悪そうに見ていた粘菌を生物の神秘として受け入れているようだった。

「そうやって、僕の研究を楽しげに聞いてくれる人は久しぶりだな。昔はそうだな、僕にも親友がいて、彼が同じように聞いてくれた。もう亡くなってしまったのだが」

ふと彼のことを思い出した。それは今朝方に彼の夢を見たからだろうか。どうも感傷的になっていたらしい。

「そんな御友人がいたのですか？」

「いたな。孫逸仙……、孫文《そんぶん》という」

しょっ、と福来が奇怪な声を上げた。

「孫文とは……あの孫文氏ですか？　辛亥革命《しんがいかくめい》の英雄、中華民国を作った大偉人の！」

「おお、そうだな。彼は出会った頃も革命を訴えていたぞ。僕がロンドンにいた頃に知り合ったが、彼は既に革命家として有名だった」

その後も、二つ三つ、孫文との交流を語って聞かせれば、福来は大袈裟に驚くばかり。彼の業績は彼のものであり、こちらは何気ない友人との日々を語っただけなのだが、どうやら一方的に評価を上げてくれたらしい。

「ああ、どうして。これほどの方が野に埋もれていようとは」

「別に埋もれているつもりはないが」

そうは言ったが、福来の指摘も間違ってはいない。確かに孫文などと比べれば、名もなき学者に過ぎない。同じ空を見た若者が、一方では世界に名を轟かせ、一方では片田舎に隠れ住んでいるのは事実だ。

「先生！」

やがて一息ついた辺りで、そこで福来が大きく名を呼んだ。福来は少年のような笑みを浮かべたまま、その場に立ち上がった。

「この福来、確信致しました。南方先生こそ、世にも稀なる大学者。これほどの人が世に出ないのは、まさに学問上の損失であります。こうなっては言葉も無用、この福来友吉の学問へかける熱意を御覧頂きたい」

そう言うや否や、福来はその場に伏し、畳に頭を擦りつけ始めた。土下座の様子だったが、生憎とこちらからは、彼の上半身が座卓に隠れて尻しか見えない。

「南方先生、どうぞ私に力をお貸し下さい。私自身、先生の研究を深く理解したく思ったのです。共に研究を致しましょう。それも帝大の奴らを、いや、世界をアッと言わせるような大研究です！」

「世界、ですか」

その言葉には、考えさせられるものがあった。

自分の心の動きを確かめようと、ふと立ち上がって縁側の方へと歩いた。背中に「先生！」と福来の声が張り付く。

世上の名声など望むべくもない。何度か名を上げる機会はあったが、いずれも不幸な巡り合わせで御破算となった。ゆえに今更の評価など興味もない。後は自分の好奇心を満たす為に研究を続け、ほそぼそと暮らして没するのも宿命かと思った。

「先生、これは絶好の機会なのです。我々で世紀の大研究を行い、人々に祝福されるのです。ご家族もきっと、先生が有名になることを喜んでくれることでしょう」

今朝方のことを思い出していた。

奇妙な夢を見た。いつの頃の思い出か定かではないが、とにかくここではない何処かの夢を見ていた。恥ずかしながら、未だに現実と幻を取り違えることがある。それが福来に言わせれば千里眼なのだろうが、自分でもこの幻の正体は解っている。

あれは自分が望んでいる、別の世界の自分なのだ。

「僕は、まだ研究ができるのでしょうか」

庭の木に語りかけるように呟いた。齢六十に垂《なんな》んとするも、不肖南方熊楠、未だ学問には未練があるとみえる。

この言葉を受けて、背後の福来は「うんっ」と一唸り。

「先生、これは私たち二人だけの話ではないのです」

などと言う。

「学問には、つまり本流と支流があります。私や先生はその支流です。けれども、支流なくして本流なしです。せ、世間には我らと同じように、本道からは外れながらも己の好奇心に従い、独自の研究を行う学徒がおる、おるのです!」

背後で福来が熱弁する。あまりのことに泣いているようだった。その熱意にほだされたか、こちらも胸の奥から込み上げてくるものがある。具体的に言えば、先に食べた大量のあんパンが胃を逆流してくる。

「南方先生、どうぞ我らの仲間に加わって下さい」

うむ、と大きく唸った。

「我ら、昭和考幽学会《しょうわこうゆうがっかい》に！」

もう一度唸ってから、吐瀉物を庭に撒き散らした。

一九二七年：四夜「黒衣《くろご》放談《ほうだん》」

夜の高野山である。

二人同行、先導には福来友吉。姿なき伴にはジィジィと鳴く首切螽蟖《クビキリギス》、あるいは梢を揺らして飛ぶ仏法僧《ブッポウソウ》の啼き声。頼るべき月の明かりもなく、空を仰げば黒い夜闇に生い茂る木々の青い影が透かし模様となる。ちらりと脇を見れば、割れた土器の皿が転がっている。ごろごろとした岩に紛れて苔むした仏像がある。風雨に顔も削れて、それが釈迦如来なのか普賢菩薩なのかも区別がつかない。

夜の山歩きには慣れているが、目的地を知っているのは福来だ。彼の案内に任せる他ないが、ほれ見たことか、鳥の羽ばたきに驚いて木の根に躓いた。

「福来さん。危なっかしいから、僕が前に出よう」

「いやはや、ではお任せします」

手提げの自転車灯を預かり、道の先を照らした。雑草の裏に潜んでいた座頭虫《ザトウムシ》が逃げていく。後をついてくる福来は、こちらの着物の背を摑んで逸れないようにしていた。

「この先で、会合があるのです。先生には是非とも、そこで我らの仲間となって頂きたい」

福来はそう言う。彼が我が家を訪れてから二週間後の夜だった。福来に説得され、怪しげな会合に参加することを選んだ。昼の内に船に乗って田辺を発ち、再び陸路に戻っての登山だった。

「この先と言ったってなぁ」

見れば見るほど、夜闇の山道が続くばかりである。湿った落ち葉を踏めば虫の声が密やかになり、支えを求めて近くの木に触れれば苔で手が滑った。

ふと路傍に薬師如来の像を見つけた。手提げ灯で照らすと、摩滅《まめつ》した台座に「眼病平癒祈願」の文字が見えた。なるほど、あの仏に祈れば千里眼なる霊能力も治るだろうか。それとも、神通力を病と考えるとは何事かと叱られるだろうか。いや、そんなものは個人の勝手である。いかに人から羨ましがられようと、その人が病であると思ったら、それは病である。

うわの空で歩いていたのを見透かされたのか、福来が着物の背を、ぎゅっと強く握り込んできた。

「こ、この先に廃寺があるのです。廃仏毀釈《はいぶつきしやく》で打ち捨てられた寺です」

「ははぁ、なるほど、そこで秘密会議という訳ですか」

そうして暗い山道を進んでいくが、ふとした時に「ところで」と背後から声が掛かった。

「南方先生、あの、大変恐縮なのですが、先日お貸し頂いた本の中で、一つだけ訳の解らないものがあったのです」

福来が言うのは、先日の出会いの日に渡した書物のことだろう。こちらの研究の概要を知りたいというから、資料を数冊ほど選んで貸し与えてやったところだ。

「あったかな？」

「ありました。何だったか、百面相と暗号だとかなんとか」

「おお、あれか」

そこで振り返り、自転車灯の光を使って自らの顔を浮かび上がらせる。「ひょっ」と驚く福来を無視し、そのまま滅茶苦茶に顔を歪めてみせる。

「と、突然何を。こ、怖いです」

「いや、今の表情で僕はコンバンハと伝えたのですよ。眉や唇の動きによって、母音と子音を組み合わせて五十音を作る。これぞ百面相の顔暗号。僕の特技の一つだが、あの本は冗談に書いたものだから、必要なければ返してくれて良いですよ」

「いいえ、いいえ。この福来、南方先生の研究を理解すると誓ったので、その顔暗号も会得してみせます！」

と、福来が思い切り白目を剝き、鼻の穴を膨らませてみせる。彼なりの不器用極まる百面相だった。

さて、そうこうしている内に目的地に到着したらしかった。

福来の言う通り、夜道の先、断崖の手前に人工物の影が見えた。巨大な岸壁を背にして、岩屋の如く建てられた荘厳な伽藍《がらん》であった。

「あれが今夜の会合の場、阿弥陀寺です。とはいえ、本当の名前は誰も知らないのです。本堂に阿弥陀如来が座る蓮華座《れんげざ》だけが残っていたので、多分、まぁ阿弥陀寺だろうと」

適当な限りである。蓮華座だけなら、大体どの如来も座る訳だから区別はできまい。

「それよりも、ここから先は南方先生にも、ほら、これを」

そう言って福来は黒布を取り出すと、するすると自らの頭に回し、黒頭巾を作ってみせた。

「ほら、先生も」などと言って、こちらにもう一片の黒布を寄越してくる。

「この会合は匿名なのです。個人同士で連絡を取り合うのはいいですが、全員が一堂に会する場では、これこの通り、黒衣《くろご》として姿を隠すのです」

なるほど、例の学会の人間というやつは、いずれも既存の学問とやらに不平不満を持つ輩だ。顔の一つも隠さないとやってられないとみえる。

「くれぐれも」

福来が最後にこちらへ目配せし、頭に引っ掛けていた布で顔を覆った。そして勇ましく一歩。まさしく歌舞伎舞台に向から黒衣である。

「先生、誤算です」

「どうかしましたか？」

「夜なので前が見えません」

即ち、考幽学とは何か。

堂宇の中央、十数人の黒衣が車座で腰を下ろしている。彼らを見回していると、黒衣の一人が立ち上がり、そう口火を切った。僅かな燭台の灯りに黒い人々と、そこから伸びる影が浮かび上がる。誰が置いたか知らないが、無人ならぬ無仏の蓮華座の上に「昭和考幽学会第三回例会」と書かれた紙看板が据えられている。寄席などで演目を伝えるめくり札だった。

「この名をつけたのは私です。といっても、私はこの場では誰でもないのですが、とにかく学会には名前が必要だろうとのことで、この名前を提唱したのです」

中肉中背の黒衣が、例会の挨拶として考幽学の成り立ちについて語ってみせる。なお例会の挨拶を担う人選はクジで決まっていた。

「ちょうど知人が考現学《こうげんがく》なる学問を提唱したので、それを模倣して考幽学です。幻を考えるで考幻学でも良かったのですが、これは音が被りますのでね」

「質問です」と黒衣の一人。誰かは解らない。

「幽界を考えるとは、翻って、この世では扱いきれない学問を扱うと捉えて良いのですか？」

この質問に、挨拶を担った黒衣は元より、多くの黒衣がその場で頷いていた。隣に座っているはずの福来も、黒布が千切れんばかりに頷いている。彼としては超心理学を扱いたいのだろう。

「ご明察。我らは中央の学会からは爪弾きにされた、異端の幽霊学者ありますれば。ようは世間で受け入れられない学問の総合学会だと思って頂ければと。まぁ、ご自身の専攻分野がどこまで適用されるのか、そういったことは合議で決めるのが妥当かと思いますが。見回す限り、異論のある人はいないのではないですか？」

黒衣の言葉に全員が拍手を送った。万雷とまではいかないが、夜の山奥に谺《こだま》していく。

「それでは」と、挨拶を担う黒衣が手を振って拍手を制した。

しかし意図が伝わらず、もっと盛り上げろと言われている気がして、全員がさらなる拍手を送った。顔さえ見ることができれば、即座に止めていただろう。匿名性の弊害である。

「ともかく、ともかく。今日の議題に移りましょう。すいません、そこの方、看板の紙をめくって下さい」

そう言われ、蓮華座の近くに座っていた四人が一斉に立ち上がったかと思えば、また「他の人に任せよう」と一斉に座った。

「ああ、もう。私がめくります！」

言葉通り、それまで挨拶をしていた黒衣が蓮華座の方まで進み、看板の紙をめくる。その下から「第三回例会議題　天皇陛下　御即位記念事業について」と書かれた紙が現れた。

「前回の議題の続きですが、今回から参加された方はいますか？　説明致しましょう」

などと言ってきたので、しずしずと手を上げた。他にも二人程の黒衣が手を上げている。

「では、私より説明の上手い誰か、宜しくお願いします」

黒衣がそう言って腰を下ろすと、今度は別のところから三人の黒衣が手を上げた。誰よりも早く一言目を発した一人に任せ、残りの二人は無言となる。どうやらこの場では、複数人が一度に何かを言おうとした時には、最初に声を出した者に任せる決まりになっているらしい。どうせなら、紙をめくる手順も決めておけば良かったのだ。

おほん、と咳払い。小柄な黒衣が口を開く。

「前回の例会で、いざ我々が集まって何を目的にしようか話し合いました。何しろ、我々は異端なりとはいえ、各方面の叡智であります。ならばそれを社会の役に立て、なおかつ我々の存在をアッピールしなくてはと議論が進展し、まさしく天皇陛下の御即位の記念事業を執り行おうと結論がでました」

「陛下に我々の学問を見せつけるのだ！」と誰かが叫ぶ。

「幽かなりし異端学者の大栄誉である」と誰かが応じる。

「で、内容については今回決める予定でした」

黒衣の誰かが黒衣の補足をしていく。

「そうした訳ですので、是非とも皆さんには自由闊達な議論をお願いしますよ」

「これは放談でいいのですか？」

誰かが言った。

「放談！」「放談！」「ほ！」と一息に声が上がる。

「異論ある方、挙手！」

とは誰かの叫び。そして一端の静けさ。ジィジィと鳴く螻蛄《けら》の声が堂宇《どうう》に響いた。こちらは勝手も解らないので静観を決め込む。声は上がらない。誰もが、この後に起こることを期待しているようだった。

「では……」

「では放談にしましょう。砂時計準備！」

誰かが絶叫し、懐から小さな砂時計を取り出した。それに呼応し、一人また一人と、この場の全員がそれぞれ持ち寄った砂時計を取り出す。はてな、と唸っていると、隣の福来が「先生はこちらを」と、蜂の腰の如くすぼまった砂時計を渡してくれた。

「放談では一人の持ち時間が三分と決まっています。自分が喋る時は必ず砂時計で砂を落とし、黙る時は横に倒します」

なるほどである。言いたい放題では収拾がつかない。そこで明確な区切りを設ける。かつ一方では、砂の落ちる量を調節しながら、自らが言いたいことをまとめ、全体の議論に気を払わねばいけないのだ。

「参ります」

最初に砂時計を取り出した黒衣が、自身の目の前でそれを逆さにする。まるで鉄火場の丁半博打、壺振りの如く、黒衣が砂時計を床に置く。トン、と小さな音一つ。それが合図だったのか、他の黒衣達も砂時計を片手に次々に声を上げ始めた。

「ずばり、陛下の御肖像画を！」

「いや、それでは全員の知識を使えまい」「そんなことはない！」

「新しい絵画としましょう。猿に立派な絵を描かせるというのは？」

「不敬である！」「いや、何が不敬か！」

「我ら人間は猿から進化したのだ。猿でも解る天皇陛下の威光というものだ！」

「あ、絵で理論を説くのは？　心理学や精神医学を用いた昭和の新絵画です」「それはいい、色彩や配置によって見た人間に特定の思想を生じさせる！」

「それなら音楽も良い。音楽には理論がある。即位記念の曲を作るのです」「そうだとも、まさに先頃、逓信省《ていしんしょう》が統一放送を企画した」「日本放送協会だ」「つまり全国にラジオで届ける」

「待て待て、音楽だけではいかん、詩や小説などはどうだ？　陛下の業績を描く」「どうせなら年代記、いや、昭和の古事記、日本書紀を作るのはいかがだろう？」

「神話というのは良い線だ。新しい時代の幕開けとは、つまり古代との接続であることの象徴だ」

「科学で神話を再現、あるいは解釈するというのは？」「具体的には？」「つまり、人工の太陽を作り、天照大神《あまてらすおおみかみ》を象徴するなど」「雷ならば武甕槌命《タケミカヅチノミコト》だ。そうだ、なら天孫降臨はどうだい？」「それはいい。天下りしたる瓊瓊杵尊《ニニギノミコト》を国津神である猿田彦《サルタヒコ》が出迎える。新しい時代の幕開けだ」「猿田彦は即ち、高天原《たかまがはら》には属さない在野の神である！」「なるほど、我らの神だ」

「では天孫降臨を再現するとして、何で再現する？」

「演劇ならばどうだ？　小説的であり、音楽的であり、絵画的である」

「賛成」「賛成」「賛成」

「では演劇の形態だ。昨今は自由劇場などの新劇がある。リアリズム演劇だ」「いや、我らは黒衣なれば、ここは歌舞伎が妥当」「天孫降臨ならば神楽だ。石見神楽《いわみかぐら》などは演劇性が非常に高い。これを真似てはどうだ？」「待った待った。僕らは姿を見せられない。舞台に立つ訳にはいかないじゃないか」「それなら劇団員を雇うか」「いや」

「なら人形浄瑠璃でいいだろう」

この発言に、放談の場が静まり返った。それから――

「それはいい！」「人形浄瑠璃にしよう」「どうせなら人形を作ろう」「そこに科学の粋を注ぎ込む」「喋る人形はどうだ？」「動きは欲しい。カラクリ人形だ」「なら自動人形にするのだ！　西洋のオートマタだ！」「おお、まさしくコッペリア。オペラ座でのバレエは見たかった」「未だ誰も見たこともない生き人形だ」「人間と見間違えるほどの精巧な人形」「神は自身の姿に似せて人間を作られた」「人間はまた神となり人形を作るのか」「いや、それは不遜だ。むしろ人形こそ神なのである」「ならば人造の神を造るのだ！」

などと口々にのたまう。

「人造の神とは」「神とは即ち天皇である」「人造の天皇を造る？」「機械の天皇陛下」「天皇機関《てんのうきかん》だ！」

この誰かの言葉を受けて、黒衣達がお互いに見えない顔を見合わせる。

「天皇機関？」「機関とはオーガンかい、それともエンジン？」「それは訳の問題だ」「つまり天皇陛下を機関とする」「組織の一部であるとする？」「陛下を機関車などと同じに語るのは不敬だ」「では天皇機関とは何だ？」

夜の入り込んだ伽藍に疑問が溢れた。

「待たれよ、一同。天皇機関なる言葉は憲法学での言葉だ」

「意味は？」

「国家法人説での意味だ。つまり日本という国家を一人の人間とし、天皇陛下はその意思決定を統括する最高機関と考えるのだ」

「国は人ではないぞ」「いや、人と同じだ」「国民こそ国家ではないのか？」「だから国民は人だぞ」「山川草木も仏性を有するという。人だけが国家とは驕りでは？」

「待て待て。ともかく日本を人に喩えた時、組織というものは人体の器官となるのだ。内閣という脳がある。議会という心臓がある。商業や流通は血管で、新聞などは感覚器、歴史と文化は骨格、そして国民は全てを形作る細胞だ」

「では天皇陛下は？」

「陛下こそ、それら機関全ての上にある、人間にとっての意思や魂、精神そのものと言って良いだろう」

先ほどから、一人の黒衣が天皇機関なる言葉に強く反発していた。しかし、彼の熱弁虚しく、他の黒衣は言葉の本来の意味など弁えず、そこに込められた象徴に心奪われているようだった。つまり、人造の神を作るという不遜かつ魅力的な目的だ。

「魂！ 天皇機関なら、人造の魂を作れるのか！」

「ホムンクルスですな。我らは西洋の錬金術師よろしく、人工の命を作ろうとしている。それは現代の科学でこそ可能なのです」

「では――」

ここで一人の黒衣が砂時計を逆さまにし、一つの言葉を投げかけた。

「我らは天皇機関を作り、それを陛下に謁見させるというのは？」

とぷん、と、その場が静まり返った。黒い澱んだ池に巨石を投げ込んだようだった。

「それは良い」「賛成だ」「是非に」「お披露目したい」

黒衣達が口々に賛同していく。彼らを見回しながら、石を投げ込んだ黒衣はなおも言葉を続ける。

「できることなら、天皇機関を陛下にお使い頂きたい」

「使うとは？」

「すなわち天皇機関に陛下を輔弼《ほひつ》させるのです」

これには一人の黒衣が立ち上がり、

「たかが人形如きが陛下に助言を与えるというのか！」

などと激高した。

「お待ち下さい。我々が作るべきは単なる動く人形ではありません。意思を持ち、自ら考え、そして行動する人形です。ではその意思とは何か？　今しも言った通り、天皇陛下とは日本人の魂です。翻って、人造の魂を持つ存在は人造の天皇にもなるのです」

座る黒衣の反論に立つ黒衣が黙った。その足元で、砂時計の砂が尽きかけていた。

「天皇機関は、人造の魂でもって現人神《あらひとがみ》たる陛下を導くのです。神話においても猿田彦が天孫に道を示したように、この新たな時代に道筋を示すべきなのです」

「しかし、今は内閣という脳がある。陛下の輔弼は内閣こそ……」

「脳はいかんのです。そんなものは、官僚やら元老やらに牛耳られたものだ。人間の私利私欲が介入してしまう。いわば病んだ脳です」

しかし、と黒衣は続ける。彼は自らの膝の上で握り拳を作っている。その前で砂時計の砂は未だ落ち続けていた。

「天皇機関なる人形には欲はありません。日本人全ての純粋なる代表者なのです。それが陛下のお側にいることで、陛下を清く正しく導くことができるのです」

彼の黒衣の言葉は自然と他の黒衣達に浸透していく。既に何人かは反論も忘れている。傾けたままの砂時計の中で、ただ砂が落ちていく。

「そ、そんなもの」

その空気を裂くように、立ち上がったままの黒衣が反論を試みる。

「天皇機関なる言葉を曲解した暴論だ！　で、できるはずもない！」

「学者ができないと諦める！」

ぐむ、と黒衣が唸った。

「作りさえすれば良いのです。無私にして平等なる意思決定機関を！」

黒衣は持論を展開する。誰もが彼を止められない。既に彼以外の砂時計は空になっている。

「そんなもの不敬だ！」

ここで唯一人、彼に反論する黒衣が一歩踏み込んだ。しかし、既に彼の足元では最後の砂が落ちていた。それを見た誰かが「時間切れですよ」と忠告したが、黒衣はなおも収まらず次の一歩を踏む。

ふと踏み込んだ先で、先程から持論を展開していた黒衣が怯んだ。握り拳を引いた。瞬間、彼の目の前に置かれた砂時計の中が揺れた。

「少し、少しだけ失礼」

ここで初めて声を上げることにした。隣の福来が驚いて、こちらの袖を引いてきたが、それは無視した。そろそろと二人の黒衣が睨み合う中を縫って、座っている方の黒衣の前に出る。彼は「あっ」という表情――いや、見えないが――をしたが、それより早く、こちらが砂時計を奪い取った。

「おお、やっぱりそうだ。これは砂鉄だ」

燈明に砂時計をかざして見れば一目瞭然、黒い砂がガラスの管をサラサラと落ちていく。

「なるほど。上手いことを考える。どうもアンタの砂だけが中々減らないので不思議に思っていたが、ほら、拳で磁石を握り込んでいるんでしょう。それを近づければ砂は落ちない。それなら、他の人よりも長いこと喋っていられる」

目の前の黒衣が飛び退いた。

「なんだと？　それじゃあアンタはインチキをしていたのか！　自分だけ好き勝手に喋りやがって！」

喧嘩腰の黒衣が飛びかかる。他の黒衣も腰を浮かし、不正を働いた一人に向かっていく。摑みかかられ、議論を制していたはずの黒衣が尻餅をつく。その拍子に手元から棒磁石が滑り落ちた。

そこから先は最早てんやわんやの大騒ぎだった。

不正をなじる声また声。怒号が響き、黒衣達が互いの正体も確かめずに着物を摑み合った。砂時計が舞い飛び、そこかしこに当たる。蓮華座の上でめくり台が倒れ、燈明が火の粉を散らしていく。

「先生、先生！」

福来らしき黒衣が、膝立ちでこちらに擦り寄ってくる。既に大乱闘の渦中、その場に座って動向を見守っていたが混乱は収まりそうにない。

「これは申し訳ないことです。こんなこと前は無かったのですが」

「いやいや、実に面白い。天皇機関というのも興味深かった」

はぁ、などと福来の生返事。

「時に、君は法龍師から僕のことを聞いてないかい？」

「はて、なんでしょう？」

「つまり、僕はこういう人間だと」

ここですっくと立ち上がり、ゴマ団子の如く群がる黒衣の中に飛び込んでいく。「ぎゃっ」と一声、誰かが空に飛んだ。次には「うわあ」と悲鳴が上がり、またも誰かが飛んで床に打ち付けられる。

すなわち、南方熊楠という男は喧嘩っ早いのだ。

「あっ、何を」

誰かが抗議するより早く、その黒衣の腕を摑んで投げ飛ばした。深夜の伽藍に人間の悲鳴と怒号が響く。千切っては投げ、千切っては投げる。どったんばったんと、黒衣が転げ、また別の黒衣が壁に打ち付けられた。

「だ、誰かアイツを止めろ！」

姿も見せないで喧嘩をするのは流儀に反するだろうが、いや構うまい、誰も彼も明日にはここのことを忘れる決まりだ。それなら鬱憤を晴らすのが正しい。借りてきた猫の如くジッと黙って議論を聞いていたが、それが破綻したなら仕方ない。ここは大虎となり、暴れに暴れて議論を介錯してやろう。

燈明が倒れた。乾いた床に油が広がり、あっという間に炎の蛇がのたくった。誰かが「火事だ！」と叫んだが時既に遅し。火は壁を這い、堂宇の梁にまで届き、やがて辺りが真っ赤に染まっていく。

ここに至り、ついに黒衣達が逃げ出した。取るものもとりあえず、本堂から飛び出していく。

「わはは、実に爽快」

呵々大笑。最後の一人が逃げ出すまで残り、ようやく喧嘩の手を止めた。怯えながら福来が這い寄ってきて「先生、逃げましょう」などと進言する。

「うむ、ならば」

と、一歩を踏み込んだところで背後に人の気配を感じた。見れば、そこで一人の黒衣が自身の黒頭巾を解こうとしている。炎に照らされ、その人物が誰だか解った。先程まで議論を主導し、なお不正を働いて、この大混乱を巻き起こした張本人だった。

「貴方にお礼を言いたい」

「うむ？」

「このような状況にならなければ、私は吊るし上げられていたでしょう」

黒衣の頭巾が解かれた。その下に壮年の男の顔があった。

「また逆に、貴方が私の小細工を見破らなければ、この場は私の一人勝ちだった。いや、実に愉快。昭和考幽学会なるものは簡単に乗っ取れると思ったが、これは一筋縄ではいかないらしい」

男が微笑む。右目には眼帯が添えられている。なんとも凄烈な笑みだった。

「人の思想は議論と混迷に負けます。しかし議論は暴力に負けるのです。そして貴方は最後に勝利した。お見事」

飛び交う火の粉が肩に触れる。熱気が迫る。福来が情けない声を出して着物の背を引いている。

「いずれまた」

眼帯男は威嚇するように微笑み、堂宇の奥へと消えていく。ここで火勢が強くなり、彼の姿を完全に覆い隠した。

一九二七年：五夜「てんぎゃん囃子方《はやしがた》」

その手紙を受け取ったのは、高野山で寺を炎上させてから一ヶ月後のことだった。

差出人は伊藤誠哉《いとうせいや》。北海道帝国大学の教授である。植物学者である彼とは以前から付き合いがあった。そして手紙というのも、内容の八割は新しく手に入れた菌類標本のことだとか、良ければ標本交換でもしないかとか、そんな日々のやり取りの一部だった。

ただし、手紙の最後に「知り合いが南方さんと会いたがっている」と記されていた。

そこで紹介を受けた人物こそ鳥山嶺男《とりやまみねお》で、北大《ほくだい》に務める応用機械学者だという。実はこの人物とは浅からぬ縁があり、ちょうど彼が関西に来ているというので、一つ会ってみようという運びになった。

そして春うららかな四月の午後、鳥山が田辺を訪ねてきた。

「南方さん、お久しぶりです」

玄関口で対面するなり、鳥山はニコリともせずに会釈を送ってくる。厚ぼったい布団を畳んだような顔に、厳しい皺《しわ》が寄っていた。

「久しぶりだな、鳥山君。以前に会ったのはいつだったたか、お父上が亡くなった後に一度だけ会ったな」

そこで彼の父の名を出すと、それまでムスッとしていた彼が、僅かばかり口角を上げた。

「父にとって、南方さんは自慢の生徒でした」

いかにも、この鳥山嶺男の父である鳥山啓《ひらく》こそ、中学時代の恩師であり、博物学を志すきっかけとなった人物なのだ。整然と並んで教科書を読み上げることは学問に非ず、野に出て、海を渡り、自らの耳目と脳髄を使うことこそ学問であると、そう教わった。

「君は他ならぬ鳥山先生のご子息だ。この田辺も故郷だろうから、しばらくは滞在するのだろう」

「いいえ、また少ししたら神戸の方に行きます。ちょうど自分が設計した練習船が竣工するので、それを見に行くのです」

「ほう、船の設計もするのか。北大で使う練習船というやつだな。いや、立派になった」

恩師の息子という立場を差し引いても、この鳥山の働きぶりには素直に賞賛を送る。しかし、彼の方は真面目くさったままに頭を下げてきた。

「ま、立ち話もなんだ。中に入ってくれ」

「いいえ、南方さん。これから自分と一緒に来て下さい」

遊びにでも行くのか、そう首を捻ったところで、鳥山がおもむろにスーツの内ポケットから黒い布を引き抜いた。

「南方さん、これが何か解りますか?」

鳥山は黒布をぐるりと頭に回し、その顔を覆ってみせる。それだけで彼がどうして会いに来たのか、その真意が理解できた。

「さぁ、昭和考幽学会の仕事を致しましょう」

全くもって、昭和考幽学会の人間はどこに潜んでいるか解らない。そうした感慨をもって、鳥山に視線を向ける。

「やはり、あの暴れん坊は南方さんだった」

時は昼、場所は高野山。未だに燻った臭いが残る、あの焼け落ちた寺の跡地に中年男性が二人。鳥山は全く笑いもせず、ただ手を動かしながら、そんな言葉を投げつけてくる。

「まぁ、僕はもとより無駄な議論は好まん。気が乗らなければ、ご破算にしてしまえという気持ちだ」

冗談のつもりだったが、鳥山は生真面目に頷くばかり。

「しかし、君が昭和考幽学会の人間だったのは驚いたぞ。福来君とも知り合いなのか？」

「いえ、福来さんは自分とは別の経緯で入会しました。あれはそもそも、この和歌山で結成された秘密団体でしたので。最初の発起人が和歌山出身の人物、と聞きました」

「ああ、なるほど。鳥山先生の関係者でもいたのか。それで君が先に加入したんだな」

「ああ？」

「ええ、そして南方さんも来た。とても、嬉しいです」

鳥山が鼻を膨らませ、大きく息を吐いた。どうやら、それが彼なりの喜びの表現らしい。

「南方さん、そこのネジ回しを取って下さい」

鳥山の指示に従い、広げられた工具類から手頃なものを選んで投げ渡す。こちらは手が離せない彼の助手となり、寂しげな山中での作業を耐え忍ぶための話し相手となっている。

「しかし、見事な手付きだな。応用機械学というのも面白い」

鳥山が作っているモノを見るに、その途方もなさが如実に伝わってくる。無数の歯車と銀線、細い鉄棒に鉄枠、ネジとゴムチューブ。四角い箱の中に手を入れ、それら用意してきた部品を精緻に組み上げていく。

「自分は、自分の得意なことを活かしているだけです。それが、昭和考幽学会の面目ですので」

「学者の本懐だな。それで、その機械は例の天皇機関とやらの仕組みになるのか？」

鳥山が厳かに頷いた。

話を聞けば、他の会員数名と以前から図って、いわゆる計算機を作っていたのだという。それが例の黒衣同士の会議の末、自動人形を作るという結論に至ったことで、現在はそれ専用に改造中とのこと。

「いわゆるオートマタを作ります。絡繰《からくり》人形です」

「それは、なんだ？　見覚えがあるが」

鳥山の横に積まれた厚紙の束を指差す。蛇腹《じゃばら》に折り畳まれた屏風のようで、それらは一枚ずつ複雑な順序で孔《あな》が空いている。

「これはパンチカードです。自動織り機や自動楽器に使われているものです。この機械自体、手回しオルガンの構造を元にしていますから。そうですね、一つ、試しに動かします」

そこで鳥山が厚紙の一端を手に取れば、パタパタとそれがめくれていく。次いで厚紙を四角い箱の側面に差し入れる。前面の蓋が外されているから中が見えるが、その厚紙は内部にある二つの円筒に挟まれていった。ちょうど手回し脱水機で衣類を絞るような具合だ。

「ハンドルを回すと、無数のピンがついたシリンダーが回転します。そしてパンチカードにある孔の箇所に応じて、ピンが引っかかった場所が回転し、別の歯車に振動が伝わるのです」

そうして鳥山がハンドルをひと回し。厚紙が一枚分、機械の中に吸い込まれていけば、それぞれ無数の部品が動き始めた。円筒が回り、ピンが弾かれ、歯車が動き、銀線が張り、そこで甲高い音を響かせた。

「なるほど」と相槌を打てば、それを合図に鳥山がハンドルをさらに回していく。音は連なり、高低入り混じって旋律となる。曲目は馴染み深い『軍艦行進曲《ぐんかんこうしんきょく》』だった。

「守るも攻むるも黒鉄《くろがね》の、と。うむ、小気味良いな」

「手前味噌です。この歌の作詞をしたのが父でしたので」

「ああ、そうだ。鳥山先生は詩歌も得意だったな。しかし、これは面白いぞ。海外に留学していた頃、大道芸人が似たような機械で演奏していたのを思い出した」

「西洋では流行りましたから。しかし、今は電気仕掛けの方が主流で、こうしたものは廃れつつあります」

「それで、そこからどうなる？　そのパンチカードで、様々な曲を演奏できるのだろう」

「はい。しかし、それでは単なる自動楽器です。自分は、そこから発展させて、音楽に乗せて人形を動かしたいと思います。自動人形浄瑠璃とでも言いましょうか」

ほほう、と声を出して微笑んだ。どれほどの規模になるかは知らないが、この機関を使えば太夫と三味線、人形遣いの三業が同時にこなせるという訳だ。

「随分と面白い物を作るのだな」

そこでピタリと音楽が止まった。

こちらとしては十分に褒めたつもりだったが、それを受け取った鳥山の方は浮かない顔をしている。「うん、うん」と頷くばかりで、どうにも機械の出来に満足していないようだった。

「機械は出来ました。しかし、これでは天皇機関になりません。別に天皇陛下を導こうなどと大それたことは願いませんが、単に入力した通りに音楽を流すのでは蓄音機にも劣ります。本当に目指すべきは、やはり真のオートマタ、人間のように動く機械です」

「ふむ、そうは言ってもなぁ」

「今日、こうして自分が南方さんを訪ねたのも、この悩みを解決して貰いたいからです。どうか、お知恵を拝借したい」

鳥山がこちらに向き直り、深々と頭を下げてくる。

頼られるのもやぶさかではないが、こういった機械については門外漢だ。そう思う一方、学問に対して「自分は知らない」などと答えることは許しがたい。

故に、こう答えるのだ。

「解った。何か有用なものがないか、僕の方でも調べるとしよう」

「南方さん！」

鳥山がようやく微笑んだ。ここで二人、懐かしき恩師の教え子と実の子が手を取り合う。

それより数日が過ぎた。

鳥山は作業を続けたいからと、今も高野村に逗留している。対してこちらは、何かないかと日がな一日、自宅の書斎で資料を探してばかりいる。

そんな折である。

「お父さん、掃除を手伝いましょう」

などと言って、書斎に飛び込んでくる者がある。息子の熊弥《くまや》だ。

「いや、熊弥。お前は部屋で休んでなさい」

「わかりました！」

答えは結構。しかし、息子は自らの返答すら意に介さず、颯爽と書斎を駆け回り、心の赴くままに本を拾い上げては別のところに陳列し始めた。

「ほっほ！　ほっほ！」

本を開いては閉じ、閉じては開く。ここと思った本の上に別の本を重ね、気が変われば中を引き抜いて別の本の山に重ねる。ドサッと本の塔が崩れた。道理もへったくれもない仕事ぶりだが、これを咎めるようなことはしない。この四方八方に散らばった不条理の糸こそ、熊弥の精神にとっては筋道だった論理なのだ。

「偉いぞ、偉いぞ熊弥！」

息子は昨年までは、なんとも優美な笑顔を浮かべ、それでいて健やかな気配のする好青年だった。それが、どうにも不幸なことに高等学校の受験に際して心神を喪失してしまった。熊弥の心がどこかへ飛んでいってしまった時には、それは深く嘆き悲しんだものだが、今は彼の幸せを第一に願い、こうして起こる時折の不条理も受け入れることにした。

「お父さん、掃除はしません！」

「いいぞ、存分に掃除をするな！」

その時であった。

熊弥が何気なく一冊の本を引き抜き、長らく積みっぱなしだった本の山が新たに崩れた。その中に重なって、つい何年も放置していた書物が久方ぶりに日の目を浴びた。

「おっと、これは」

それは題名もない自作の日記帳だったが、その中身を思い出して、唐突なひらめきを得た。それを送ってくれた旧友。そして彼と過ごした日々、そこで起こった出来事。全てが渾然となって一気に思い出が吹き出してきた。

「そうだ、この本だ！」

時に予期せぬ偶然《セレンディピティ》というものが、科学的発見に繋がることがある。かつて山中に未知の植物を採取した時も、庭先で粘菌の新種を得た時も、全てこの直感的偶然であった。あらゆる知識と経験を蓄積しつつ、それが無意識に染み出すことで得られる大発見。これぞ「やりあて」の思想である。

そして今まさに、熊弥の予期せぬ行動によって探し求めていた知識が姿を覗かせたのだ。

「熊弥！　偉いぞ！」

そう褒めれば、熊弥の方は自慢げに胸を張ってみせた。

かくして、新たに手に入れた本を鳥山の元へと持ち込んだ。

「これは、凄いものです」

宿で一目見るなり、鳥山は書物が語る知識の膨大さを理解したようだった。それは英語と中国語で書かれた日記だが、その端々に複雑な計算機の設計図が描かれている。

「息子の熊弥が発見したのだ」

「えっへん！」

横で並んで座る息子を褒めてやる。あの直後、高野山に行くと言ったら、熊弥の方が同行を願い出た。断る理由もないし、ちょっとした褒美に旅行させてやろうと連れてきたのだ。

「なるほど、熊弥君が。いや、ありがとう」

鳥山が頭を下げれば、熊弥も畳に頭を擦りつけて応じる。実に慇懃《いんぎん》な様子。

「しかし、この本は本当に凄い。書かれたことが確かなら、この設計図で作った機械は人間の動きを計算できることになる」

「そうだろう。僕も詳細は知らんがな。ちと解説してくれ」

素直にそう言えば、鳥山も頭を掻きながら、日記の文言を咀嚼しながら伝えてくる。

「つまり、人間の行動を数値に置き換え、それをパンチカードで入力するらしいです。その組み合わせから生まれた行動を数値で出力し、新たに作られたパンチカードを再び内部に戻す。それを繰り返すことで、人間が思考し、動くことを計算するとのこと」

「なるほどなぁ」

「む、南方さん自身も御存知ないのですね。それでは、この本を書いたのは、一体誰です？」

「僕の友人だ。名を孫文と言う」

その名を聞いて、鳥山が目を見開いた。やはり彼の名は有名らしい。

「南方さんは、孫文氏の友人なのですか？」

「そうとも。英国留学中に出会ったのだ。彼は天才でな、その機械を使って人間の行動を操り、あの革命を成功させたのだ」

ほう、と鳥山が驚嘆した。こちらとしては大嘘を吐いた訳だが、どうにも冗談が通じない性格らしい。これには慌てて、違う違うと訂正するはめになった。

「いや、孫文が機械をどう使ったかは知らん。そもそも、その設計図は別の科学者から譲り受けたもので、それを孫文が写し取ったものなのだ」

「はぁ、そうですか」

嘘を吐かれたことを怒るでもなく、鳥山はいくらか残念そうに再び日記帳に手を伸ばした。

「いえ、どちらにしても凄い。これは人間の動きを計算する機械だ。自分は早速、これを使って機械を改造しますよ」

そう言って鳥山は立ち上がり、さっさと高野山へと出向いていった。同行したい気持ちもあったが、熊弥を一人にする訳にもいかず、これは見送ることにした。

そして宿の部屋で息子と二人。

「熊弥、今日はゆっくりしよう。豆腐を食べよう」

「魚も食べます」

「ああ、いいとも。好きなようにしなさい」

一仕事を終え、いくらか開放的な気持ちになる。家の方は妻と娘に任せてしまうが、あちらも女だけで羽根を伸ばすのも良いだろう。

「しかし、孫文も面白いものを寄越した」

などと在りし日を思って午後を過ごした。こちらは持ち込んだ本を読み、熊弥はひたすらに畳の目を数えて遊んでいた。やがて日も傾き、晩春の夕暮れ。窓辺より吹き込む風に木々の爽やかさが混じり、どこかで犬が鳴く。

　鳥山の帰りを心配するが、音沙汰もないのだから、これは無心になって設計図を読み解いているのだろう。あの男は真鉄《まがね》のような無骨さがあるが、それこそ一度火を入れれば、後はひたすらに打ち込むような熱さがある。

　そう思った矢先だ。

「お父さん、鉄を打つ音が聞こえます」

　熊弥がそんなことを言い出した。

「高野山の奥で鉄が叩かれています。トントトン、カンカン、トンテンカン。祭囃子です」

　不思議なことだが、面白いことでもある。こちらには聞こえない音が、どうやら熊弥の耳には届いているらしい。

「それは山神楽《やまかぐら》だ。天狗《てんぐ》囃子《ばやし》とも言う。山奥で音楽が聞こえるという怪異で、音の出処を確かめても姿が見えない」

　熊弥は感心したように頷いたが、これも科学的な説明ができない訳でもない。概して夕暮れや冬の朝などは、思いもよらない遠くの音が聞こえることがある。もしかすると、山中で機械を作っている鳥山の作業の音が息子には聞こえたのかもしれない。

「トントン、カンカン。ああ、面白い、面白い」

　それから夕食の時間まで、熊弥は楽しげに口で祭囃子を奏でていた。むしろ食事の際にも、唐突にトントンと言うものだから、豆腐がポロポロとこぼれてしまい、こちらはそれに笑いつつ調子を合わせてやった。

結局、愉快な口囃子は熊弥が寝入る時まで続いた。

隣の布団で息子が眠るのを見守った。彼が静かになった時、ようやく全てから解放された気がした。横になったまま窓辺を向けば、障子を透かして月明かりが漏れている。

熊弥の心は、既にどこか遠くに行ってしまった。帰ってきて貰いたいとも思うが、それが叶わないなら自由にさせてやりたい。

所詮、この世界は人々が自分自身の心で観た写し絵なのだ。それぞれの心に浮かんだ絵は異なり、大方で同じ物を観ているから正しいと思っているに過ぎない。そうした中で、息子は別の絵を観ているだけなのだ。余人にとっては理解されない絵でも、彼にとっては正しい絵なのだから、それは認めてもいいはずだ。

そうした思考を漫《そぞ》ろに続け、微睡《まどろ》みと覚醒の間を行き来していると、次第に夜が更けていった。

それからどれほど時間が経ったのだろう。サッと部屋の襖が開かれ、何者かが入ってきた。その大きな足音は鳥山のものだろう。ああ、帰ってきたのか、などと半醒半睡の内に思っていると、

「南方さん、起きて下さい」

そうやって鳥山が体を揺すってきた。

「む、どうした鳥山君」

「大変です。作成中の機械が消えてしまいました」

何かの冗談かと思ったが、鳥山の真剣な表情を見れば、こちらも飛び起きるしかない。

「先刻まで設計図を元に機械を作っていたのですが、それが少し目を離した時に無くなっていたのです」

「それは、盗まれたか？」

鳥山は首を振ったが、こちらとしては心配事もある。

「もしかすると僕らの計画は、邪魔されるかもしれないぞ。先月の会合を思い出せ。議論を誘導した不届き者がいただろう」

あの昭和考幽学会に入り込んだ奇妙な眼帯男のことだ。あの人物の目的は解らないが、あまり友好的とは言えなかった。もし彼の男が昭和考幽学会に恨みを抱いたのなら、こちらの動きを探って機械を盗み出すかもしれない。

「とにかく僕も探しに行こう」

そして夜着に褞袍《どてら》を羽織ってダッと一歩を踏み込んだが、そこで隣の布団を蹴ってしまう。しまったと思ったが、そこにあるべき感触がない。

「アッ！　熊弥がいない！」

「まさか、熊弥君も盗まれましたか！」

こうなっては焦るばかりである。部屋のどこにも息子の姿はなく、厠に行った様子もない。とにかく宿の者に事情を話し、近くを探すことにした。

まさか熊弥まで誘拐されるとは思わないが、もしものことを考えると身が竦む。一緒になって村を駆ける鳥山も同じ気持ちだろう。人間と機械という違いはあるが、どちらも大切な我が子というのに変わりはない。

「熊弥、熊弥！　どこだ！」

「機械、どこだ！」

二人して借り出したカンテラの光をかざし、夜の高野村を彷徨い歩く。もしやと思って山中に入ろうとしたが、登山口で鳥山が引き止めてくる。

「南方さん、夜の山は危険です」

「しかし、村の方にはいなかった。山に入ったのではないか」

登るべきか朝まで待つべきか。いくらか押し問答を続けていると、そこで奇妙な音が耳に入ってきた。

「待て、鳥山君。今、何か聞こえなかったか？」

夜風が通り抜け、月下の木々がざわめく。その中で笛が吹かれ、弦が弾かれ、鈴が打たれていた。風琴の音色にも似ているが、暗がりに鳴く鳥の声にも聞こえる。不気味な旋律だった。

「天狗囃子だ！」

矢も盾もたまらず駆け出した。この音は熊弥が聞いたものとは違うだろうが、これが聞こえる理由なら想像はつく。

細い登山道をひた走る。後に続く鳥山が心配そうに声をかけてくるが、そちらを振り返る余裕はない。音が聞こえてくる方角を目指して進む。枝草に脛《すね》を傷つけ、石に躓きながらも前を目指す。カンテラの光が上下に激しく揺れ動く。

よく見知った登山道に出た。左方には崩れた薬師如来の像がある。この先には焼け落ちた廃寺があったはずだ。森の小道が途切れ、開けた場所に出た。

「熊弥！」

あの廃寺の跡地、巨大な岸壁の手前に熊弥がいた。

森の中にぽっかりと空いた舞台だった。焦げた木材に囲まれ、例の機械を抱えた熊弥が一人、月明かりに照らされている。彼は一心不乱にハンドルを回し、汗を滴らせながら演奏をしているのだ。

「ああ、これは父の曲です」

追いついた鳥山が感慨深げに呟く。確かに、あの不揃いな旋律は軍艦行進曲だ。熊弥が滅茶苦茶に機械を動かすものだから、曲として成立していなかったのだ。

「おーい、熊弥！　何をしている！」

そう呼びかけてみたが、熊弥は機械のハンドルを回すのに夢中で、こちらを見ようともしない。こうなっては仕方ない。とにかく息子と機械の安全が確かめられたのだから、曲が終わるまで待てばいいだけだ。

「すまんな、鳥山君。どうも熊弥が機械を持ち去っていたらしい。暮れ時に、山から音楽が聞こえるとか話したせいだ。あれは僕と一緒で、興味が湧いたら周囲が見えなくなるんだ」

「いえ、無事で何より」

鳥山が安堵の息を吐く。こうして二人、月下の焦げ舞台で独奏する熊弥の姿を見守ることとする。

「それにしても、拙いながら良いものだな。曲が良いのもある」

調子は外れるし、音もあちこちで飛んでいるが、演奏する熊弥の表情は真に迫る。息子が何かに夢中になっていることが嬉しかったのかもしれない。

「あの曲は、自分の父にとってもとても大切なものです。戦艦富士《ふじ》の乗組員によって初演された時のことを、父は嬉しそうに語っていました」

「富士艦か。ああ、知っている。僕がロンドンにいた時に乗った船だ。なるほど、これも奇妙な縁だな」

高野山で天狗囃子を聞きつつ、その因縁を可笑しく思って、鳥山に笑顔を向けた。それを受け取った彼は、常の鹿爪らしい顔をにわかに崩し、悲しげな表情を作った。

「どうした、何か気に障ることでも言ったか」

「いえ、父のことを思い出していました。あの熊弥君と、彼の為に駆け出した南方さんを見て、思うところがあったので」

「あれは、我が子を思う親の気持ちだ。鳥山先生だって、きっと君の為なら夜の山を駆け抜ける」

「そうかもしれません。ですが、一方で息子である自分は、それを悔しく思いました」

鳥山が遠い目で舞台上の熊弥を見つめた。

「自分は、父と比べれば不出来な子です。偉業をなすこともできず、むしろ親子というしがらみによって父の足を引っ張ったのではないかと、そう思うことが多くありました」

「そう思うものか」

「ええ。父の顔に泥こそ塗りませんでしたが、自分がいなければ、父はもっと上へ行けたかもしれない、と」

寂しげに呟く鳥山に、どこか熊弥の姿を重ねてしまった。それこそ過ちであると思い、この悪しき思考を振り払うつもりで、彼の背を強く叩いた。

「馬鹿を言うな。親子の縁が、どうして鳥山先生を苦しめる」

「そうですね。これを自分が言うというのは、南方さんも苦しんでいると言うようなものです。それは失礼な話です」

「そうだ、大失礼だ！　そもそも、だからこそ君は昭和考幽学会に入ったのだろう。鳥山先生の息子として、世紀の大発明をなそうとしたのだ。なら大発明をしてやれば良いのだ！」

勇気づけるつもりで言ったが、それはこちらも同じ気持ちだ。家族の為にこそ名誉を求める。さらに何度も鳥山の背を叩く。こちらの手が赤くなるほどに叩けば、ようやく鳥山も鼻を膨らませてくれた。

「ええ、ええ。南方さん、一緒に頑張りましょう」

そこで音楽が止まった。熊弥による演奏会が終わったのだ。

熊弥は大きく息を吐き、自らの脳で反復する音を楽しんでいるようだった。彼は愛おしそうに機械を抱き、それから地面に落ちたパンチカードを拾い上げ、もう一度演奏しようとする。

「おーい、熊弥」

さすがに二度目を聞く余裕はなかったので、ここで息子の名を呼んだ。

「あ、お父さん」

「そろそろ帰るぞ」

「はい。魚を食べます」

頓珍漢な熊弥の答えに優しく微笑めば、隣で鳥山も大きく声を上げて笑い始める。

一九二七年：六夜「魍魎桟敷《もうりょうさじき》」

また半月ほどして、鳥山から新しく連絡があった。例の機械が完成したのかと思ったが、どうやら会わせたい人がいるという。

そうして紹介された人物は、どうやら大阪の方で研究をしているらしい。これは即日にも会えるだろうと思い、勢い込んで酒を呷り、ひたすらに酩酊してから大阪に向かった。ついでに汽船が田辺湾を出た瞬間、前夜に食べたものを残らず吐き出した。人と会う前に酒を呑むのは控えよう。そう決心した。

だというのに。

まさか到着早々、ミナミの繁華街で泥酔する羽目になるとは思わなかった。

「南方先生、どうです楽天地に行きませんか？」

同行者が手を広げ、辺りの風景を誇らしげに示した。難波《なんば》の千日前《せんにちまえ》、夜闇に反抗するが如く、楽天地《らくてんち》なる巨大建造物が電飾に覆われている。ドームを備えた御殿がピカピカと光っている。こちらとしては夢心地。あまりにも俗な極楽風景に見えた。

「楽天地は複合娯楽施設です。何でもありますよ。映画でも見ますか？　それとも水族館？

演芸場で漫才も見られます。いや、ここはいっそ少女歌劇というのもいいでしょう！」

同行者はこちらなどお構いなしに囃し立てる。辺りを見れば、同じような浮かれ具合の人間がふらついている。

「いや、どこでも良い。僕は少し酔いを覚ましたい」

「ではでは」

などと言って、同行者はこちらの手を引く。

彼は西村真琴《にしむらまこと》と名乗っていた。

北大で水産学の教授をしているらしいが、大阪毎日新聞に記事を寄せることもあり、こちらの地理にも詳しいとのこと。おおよそ四十代だろうが、なんとも愉快な男で子供のように笑う。後退した額を叩いては女の子を笑わせ、下世話な冗談にも良く付き合ってくれた。

つまり、ウマが合ったのだ。

二人して繁華街を飲み歩き、大声で卑猥な言葉を撒き散らし、しまいには肩を組んで都々逸まで歌った。これでいて、あちらは北大の教授、こちらは在野の文士《リテレート》だ。とはいえ高尚な議論などする暇もなく、ただ大阪の夜を楽しんでいた。

「どうです先生、少女歌劇も意外といいものでしょう？」

西村は心底愉快そうに――横歩きなどをしながら――小さな劇場の中へと進んでいく。後に続けば、そこは絢爛。薄暗闇に赤絨毯が広がり、テーブルの上で赤いパラフィンを貼ったランプが照る。白壁には奇妙な葦《あし》の絡まる悪夢の如きグロテスク文様。ヴェネツィアの謝肉《カルネヴ》祭《アーレ》で用いられるような仮面が無数に壁に掛けられ、あるいは狼男に襲われる少女を描いた西洋風のポスターや月岡芳年《つきおかよしとし》の無残絵が飾られている。妖艶にして卑猥な空気は少女歌劇の演舞場としては不適当に思われたが、それはそういうものだと割り切った。

小さなテーブルについて待っていると、酒の入ったグラスを二つ携えて西村が帰ってきた。やけに静かだったので周囲を見れば、他に観客はいないようだった。

「こんな夜更けに少女歌劇というのも、不思議なものだ」

「まぁまぁ、都会ではそういうものですわ」

酔いを覚ますつもりだったが、酒を出されては仕方ない。西村に勧められるまま、血のように真っ赤なワインに口を浸す。

「さぁさ、もうすぐ幕が開きますよ」

西村の言葉通り、数秒もしない内に開演のベルが鳴り、赤い緞帳《どんちょう》がするすると左右に開いていく。

おお、と思わず声を漏らしていた。

舞台の中央に少女がいる。黒い長髪、白い肌。乳白色のドレスをまとい、鉄製の椅子にジッと座っている。スポットライトが彼女を切り抜く。その背後には複雑怪奇な光景——舞台の大道具だろうか——何体もの生き人形、いや西洋風のマネキンが組み合わさって転がり、壊れたラジオに陶製の便器、あらゆるガラクタが積み上げられている。床には深紅の庚申薔薇《ロサ・キネンシス》が撒かれ、チョウチョウと鳥の鳴き声。少女の左上に鳥籠が下がっていた。その中で鳥が鳴いている。しかし、あれは本物ではないだろう。ジャケ・ドコーが作ったという西洋カラクリの鳥籠時計の模造品だ。

「この少女は死にました」

唐突に男性の声。少女歌劇だというのに、そういう演出でもあるのだろうか。声の主と思われる男に照明が当たる。赤と白の縦縞、青い襟、同じ配色のとんがり帽子。道化師の格好だ。不思議なことに腹の前で小太鼓を抱えている。やがて黒縁眼鏡の下で、道化師は悲しそうに視線を下げた。機械じみた動きだ。

「少女には夢がありました。歌劇団で誰よりも輝くスタアになることです。ただし歌は下手、踊りはできない。愛想もなければ器量も悪い。それでも夢の為に彼女は努力を続けました」

道化師がとつとつと語り、それに呼応して少女が椅子から立ち上がる。白いドレスをなびかせ、小さくステップを踏んだ。しかし、その動きはあまりにぎこちない。痛々しく左手を差し出し、無表情のままに客席を見渡した。

「しかし、ある時を境に彼女の人生は変わりました」

少女の心境を示すように、照明が大きく広がった。

「彼女には特別な能力があったのです。未来を言い当て、失せ物を見つけ出す千里眼の力です。観客も、他の団員達も、彼女の力を喜び、まるで神のように崇めました」

舞台の背景に幻燈《げんとう》が照らされ、人々の羨望を集める少女を描いた錦影絵《にしきかげえ》がクルクルと移り変わっていく。

「彼女はスタアとしてではなく、その力の為に人々から愛されていたのです。それでも良かった。少女は人々から愛され、自分が求められたことを喜んだ」

舞台の少女の表情は変わらない。だが白磁の面貌には喜びが隠されているのだ。

「しかし」

タン、と道化師が小太鼓で音を刻んだ。

「それは他の者の嫉妬だったのでしょう。やがて彼女の力はペテンであると糾弾されました。失せ物などは彼女が盗んだのだと訴えられ、嘘つきと蔑まれたのです」

少女がその場で膝をついた。両手で顔を覆い、絶望に打ちひしがれる様を表す。

「親兄弟もなき天涯孤独の身。彼女を守る者はおらず、いたとしても彼女はそれに気づけない。少女は自らの人生に絶望したのです」

道化師が小太鼓を打ち、その音に合わせて少女が肢体を動かす。糸に繰られた人形のように不格好だったが、それが堪らなく淫靡《いんび》にも見えた。

「だから、少女は死にました。自ら命を絶ちました」

舞台の上で少女がナイフを取り出していた。ギラギラと光る刃先、小道具だと解るが気分のいいものではない。柄には精緻な絵が刻まれたる鯨歯彫《スクリムショウ》。なればこの一幕は絶叫舞台《スクリームショウ》だ。

「少女は死んだのです」

ここで叫び声が響いた。舞台上の少女は握ったナイフを自らの首に突き立てる。辺りに血飛沫が舞う。彼岸花《ヒガンバナ》の咲く如く、四方八方に吹き出した赤い血潮が舞台を染める。背後のマネキンや便器が血みどろに濡れていく。鳥籠の中で機械仕掛けの鳥が鳴いた。

これが少女歌劇な訳もない。これぞまさしく残酷劇《グランギニョール》。夜更けにこんなものを見る者は、相当な変態性欲を持った人間に違いあるまい。知っていて連れ込んだ西村を非難しようかとも思ったが、舞台の上の少女がとても美しく思えたので不問にした。

しかし、舞台ではさらに異様な光景が繰り広げられている。

タン、タンと小太鼓の音。それに合わせ、死んだはずの少女は血まみれになりながら、自らの首に手を置いた。次の瞬間、ごとり、と、その小さな首が落ちた。黒髪に包まれ、死相を浮かべた生首が舞台を転がっていく。残された首なし少女は傷口から血を流しながらも、それを拾い上げようと体を動かしていく。

なんたるトリックだろう。このような劇は見たことがない。あまりの感動に西村を賞賛しようと思ったが、同時に余りの気味の悪さに胃が収縮した。

もしかすると、あれは本当に死んでいたのではないか。

再び舞台を見る。首のない少女が転がる首を追っている。動きは不自然だが、何かのトリックがあるようには思えない。なんとも奇妙な想像をしてしまったが故に、胃の痙攣はさらに激しいものとなった。

「西村君」

そう一言告げ、薄闇の中で彼の顔を見据えた。

「この劇は凄いよ」

直後、ごぷ、と食道を逆流した酒が口から零れた。赤いワインが唇の端から垂れる。舞台では未だ血飛沫が溢れ、客席にも真っ赤な吐瀉物が舞う。

意識を失う間際、最後に見たのは、自らの生首を抱えて笑う血まみれの少女だった。


楽屋で目を覚ました時、並んで話す男達の背が見えた。一人は西村だろうが、もう一人の禿頭にも見覚えがある。

「む、そっちは福来君か」

そう言って身を起こせば、西村が気づいて「先生、お目覚めですか？」と声をかけてくる。次いで、案の定の男が眼鏡姿を見せつけてくる。

「南方先生、良かったです。倒れたと聞いて驚きました」

「ああ、ただの飲み過ぎだ。それより、君がいるということは」

いかにも、といった風に二人が頷きあった。

「この西村君も昭和考幽学会の人間です。実は以前から別の研究で知り合っていて、会を紹介したのも私です」

「そういうことか。まぁ、鳥山君から紹介された時点で、そうだろうとは思っていたが。しかし、会員が二人も揃っているということは、これも例の研究に関係あるのだろう？」

まぁ、と福来が曖昧な笑みを向ける。その視線がこちらの頭を越えて後方に向けられていたので、そちらに首を動かす。見れば、楽屋の隅にさらに二人分の影があった。

そこには紅白縞の道化師がいた。さらにその手前に、先の舞台で自ら首を切り裂いた少女が木箱に座っている。しかし、それが異様な姿だとすぐに気づく。彼女は舞台を降りた今も、自分の生首を膝の上で大事そうに抱えているのだ。

「そうだ、あの少女！　あれはなんだ、あれは、死んだのか」

こちらの驚きの声に、西村が大きく鼻息を吐いて「先生、どうですか？」と脳天気に聞いてくる。

「おいおい、西村君。あれは、なぁ、あれはなんだ」

チラリ、と西村が少女を一瞥《いちべつ》した。特に驚く様子もなく、ただ申し訳なさそうに「ああ」と溜め息をついた。

「やはり、ああいった劇的な説明はいけませんでしたか」

西村が呟けば、福来の方も驚きもせずに「ああ」と溜め息をついた。

「だから普通に伝えた方が良いと言ったでしょう。変な演出を入れるものだから、そこから説明しなくては」

「いやぁ、最後まで御覧頂ければ解って貰えたんですがね。これでは情けない楽屋落ちです」

その言葉が面白かったのか、西村と福来がワハハと笑い合う。こちらを無視してきたのが癪に障ったので、振り返るのと共に西村の後頭部を思い切り叩いた。

「痛い、痛いですって！」

「説明せい」

叱られた子供のように、西村は情けない表情を浮かべて立ち上がる。勿体ぶるのも止めたのか、首を抱く少女の前に立って、何気ない調子でその華奢な肩に手を置いた。

「実は、彼女は人形なんですわ」

人形、と西村の言葉を繰り返した。

「そうです。精巧な生き人形とでもいいましょうか、いや、先生ならオートマタと言って通じるでしょう」

「なんだって、ああ？　ああ！　まさか、君らは最初から僕に人形劇を見せるつもりで、この楽天地に連れ込んだのか」

西村が頷く。それに応じて、椅子に座ったままの少女が僅かに動いた。首を持ったまま、こちらに頭のない頭を下げて挨拶してくる。

「なるほど。高野山の寺で自動人形を作ると言っていたのは、西村君だったという訳か」

そこで福来も立ち上がり、人形を挟んで西村と並び立つ。

「その通りです先生。実は以前から、西村君がこの少女人形を作っていたのです」

「そして、あの場で人形浄瑠璃などという声が上がったので、これは研究を活かせると思って、僕が議論を誘導したんです」

西村と福来の二人がカーテンコールを受ける役者のように、恭しく手を広げて頭を下げた。

「なるほど、なるほど。しかし、見れば見るほどに凄い。まるで本物じゃないか」

二人の研究者に挟まれ、首を抱えた少女人形は身動《みじろ》ぎもせずに椅子に座っている。そして、その背後で紅白縞の道化師が佇んでいるのが目に入った。

「それじゃあ、あの道化師も自動人形なのか」

「イエ、僕は人間です」

突如として道化師が口を開いたものだから、思わず仰け反ってしまった。それまで微動だにしなかった道化師が、声を掛けられた瞬間、発条《バネ》仕掛けのように跳び上がった。

「ああ、先生。驚かないで下さい」と西村。「彼も考幽学会の一員なのです」

西村の紹介を受け、道化師が表情一つ変えずに頭を下げた。

「藤本雲並《ふじもとうんぺい》です」

丸い黒縁眼鏡の向こうで、藤本の眉毛が上下する。そんな彼を自慢するように、西村が横に並んで肩に手を置いた。

「彼は腕の良い人形師です。淡路《あわじ》浄瑠璃の由良亀《ゆらがめ》をご存知ですか？　彼はその二代目です」

「ハイ、二代目由良亀です」

人間だと紹介されたにもかかわらず、藤本は機械のように直立し、腕を正確な角度と幅で振ってみせた。

「で、彼には困った癖があるんですわ。人形が完成する日まで自分を人形と一体化させると言って、こんな風にしか喋れんのです」

西村が首を振り、それに従って藤本がキリキリと首を回した。

「ちょっと待て、あの自動人形は彼が作ったのだろう？　完成しているではないか」

そう告げると、彼らは困ったように顔を見合わせる。藤本だけが虚空を見つめる。

「そう、そこなんです」と西村。

「実は、彼女は真に完成していないのです」と福来。

「先生、今一度、その少女人形に触れてくれませんか？」

「そうすれば、私達の悩みも解って貰えると思います」

言われずとも、一通りの話が終われば詳しく見てみるつもりだった。それが請われてのものなら、なおさら遠慮する必要もない。すす、と移動して少女人形の前に跪く。

どうも少女の手を取るというのは気が引けるが、相手が人形なら構うまい。膝の上に置かれた生首と目が合う。ガラス玉の眼球だろうか、深い湖のような空虚な瞳孔が印象的だ。首の横に添えられた手は細く、揃えた指は白魚の如し。手入れされた爪は琺瑯《ほうろう》の輝き、肌は陶器のように澄んで、それでいて毛穴の一本一本まで作り込まれている。なんと、これほどの人形を作れる者がいたとは。

そして少女人形の手に触れた瞬間、ぞわりと背筋に冷たいものが這った。

「なんだ、これは」

少女の生首が傾く。唇がツッと上がって笑みを作った。

「これは、人間じゃないか！」

ターン、と小太鼓が打ち鳴らされた。

いかにも！　と二人の男の声が重たった。西村と福来が跳び上がってから、そのまま膝をついて土下座の姿勢を取った。

「いかにも！　いかにもなのです！」と福来。

「これぞ我らが罪なる所業！」と西村。

土下座する二人の中年男性が、それぞれ顔を上げて口々に言葉を重ねていく。

「先ほど南方先生にご覧頂いた舞台、あれはまさに真実なのです」

「その少女人形こそ、舞台で命を絶った少女の成れの果てなんです」

「少女の名は白蓮満子《しらはすみつこ》。享年十と六歳の乙女でございます」

「さっきの劇で語られた通り、彼女は小さな歌劇団の劇団員でありました。僕と藤本は舞台役者としての彼女と出会い、拙いながらも一所懸命に踊り歌う姿に惚れ込みました」

「また一方、彼女は千里眼の能力に目覚め、その噂を聞きつけた私が、自らの研究の為に彼女と接触したのであります」

「超常の能力を得た彼女は、すぐに人気者になりました。僕と藤本は歯がゆい思いもありましたが、満子のファンが増えるならと福来先生の研究を受け入れて協力しました」

「しかし、それが悲劇でもありました。ご存知の通り、私の研究は異端の学問です。隠れて研究を行ってきましたが、私の過去の所業が露見してしまい、満子自身もペテン師扱いされました」

「そうなれば坂を転げ落ちる如く。人気者であった満子は糾弾され、迫害され、近しい者らが彼女を非難しました。そして、その果てに」

「彼女は自ら命を絶ったのです」

そこで両者が共に顔を上げ、喉を詰まらせて少女人形の方を見た。

「無念です。僕や藤本にとって、彼女はスタアでした。千里眼などに目覚めず、普通の少女歌劇のスタアとなれたなら」

「私もまた無念なのです。彼女の能力は本物でした。今度こそ千里眼の力を証明し、人々に受け入れて貰えたなら」

そこで西村と福来が互いの襟元を引っ摑み、怒りを滲ませて睨み合った。藤本が我関せず、小太鼓をタカタカと打ち始める。

「福来先生が！　余計なことをしなければ！」

「君らこそ、崇高な研究を邪魔するから！」

いよいよ二人が取っ組み合いで喧嘩を始めた。これには狼狽えたが、さすがに止めてやろうと手を出す。

そこで、ターンと小太鼓。

それを合図に二人がニッコリと笑い、肩を組みつつ固く握手を交わした。

「などという喧嘩の果てに、僕らは福来先生に誘われて共同研究するに至ったんです」

「正直に言えば、贖罪のつもりでした。西村君は白蓮満子を再び舞台に上げたい。その為ならば、どんな研究もするとだって言ってきた。ですので、異端の研究ができる考幽学会を紹介したのです」

「そして僕らは倫理にもとる思いに囚われたのです。たとえ死したとしても、満子は本物のスタアだったと人々に認めさせるのです」

水飲み鳥《インセイシャル・バーディ》の如く、交互に頭を上下させて語る二人。これには度を失いかけ、いかに返したものかと思案顔。

「どうも話が見えんが、つまり君らは死んだ少女を蘇らせたいのか?」

「まさしく!」

ターン、と再び小太鼓の音。

「南方先生は、万象あらゆる事物に詳しいと聞きました。なら大陸の僵屍《ジアンシー》を喩えに出せばご理解頂けますでしょう。すなわち、新鮮な死体を動かす禁忌の法。それも道術ではなく科学の力で動かしておるんです」

「科学の力? アッ、まさか!」

タタン、と小太鼓。

「そうなのです。西村君達は、鳥山さんの研究成果と、自分達の研究を、科学的なひらめきでもって合体させたのです」

福来の言葉を補足するように、そこで西村は死体が腰掛けている木箱の側面を開いた。その内部に組み込まれた機構には見覚えがあった。組み合った無数の歯車と二つの円筒、張り巡らされた銀線とゴムチューブ、そして折り重ねられたパンチカード。それに加えて大量の真空管が接続されていた。

「これは、鳥山君が作っていた機械だな」

「いかにもです。私も先日、この発明を聞き及んでなんとも驚きました。西村君達は、この人間の動きを計算する機械を使い、そこに少女の死体人形を繋げたらしいのです」

「それも今度のものは電気仕掛けで動くんですよ、藤本が持っている小太鼓は、この機械の入力装置です。あれで信号を打ち込み、何枚もあるパンチカードから使用するものを選び、その組み合わせで人形を動かすんです」

百聞は一見にしかずとばかりに、そこで藤本がタンと小太鼓を打った。すると小太鼓の底部から繋がれた銀線で信号が送られたか、木箱の中で複数の真空管が点灯した。その動きに応じて内部のパンチカードが自動でめくられ、その一枚が円筒に挟まれて一回転。奇妙奇天烈、それによって少女の死体が右腕を上げた。

ほう、と息を吐けば西村が自慢げに死体の手を取った。

「この死体人形には、生きた人間の神経と同じように、極めて細い金属線が通ってるんです。それを機械に繋いで、計算結果に即した動きを出力しているんですよ。人間オルゴールのようなモンです。自動的に鍵盤が叩かれて、決められた音色を出すような具合ですわ」

西村が死体の手を取っている。不気味でおぞましい思いもあるが、これだけの発明には賞賛を送りたい。

だから「見事だな」と呟いてみたものの、西村はどうにも残念そうに肩を落とす。藤本は表情が変わらないが、やはり同様の気持ちなのか、代弁させるように寂しげに小太鼓を叩いた。

「南方先生に褒めて貰えたのは嬉しいんですがね、これは言ってしまえば、単なる人形浄瑠璃なんです。人形を鉄線で操るのと何も変わらんのです」

「私はこれでも良いと思っていたのですが、どうやら西村君が目指すものは、さらなる高みにあるらしいのです。以前の会合でも話に出たように、自ら思考して動く機械人形。死を超越し、純粋な魂を持った、永遠のスタアたる少女」

「あの少女は既に死んだのです。残されたのは体だけだ。美貌を保った、単なる抜け殻です。それでも、彼女の死に意味を持たせたいんです。彼女に人間としての心を与えたい。それが、僕にできる精一杯の恩返しなんです」

だから、と西村が声を張り上げた。

「鳥山先生の研究も、南方先生の協力で進展したというじゃないですか！　どうか、私らにもご協力頂きたいのです！」

ふぅむ、と話を聞き終えての一唸り。こればかりは答えようがない。

「ちなみに、聞きそびれたんだが、その少女の死体を君らはどうやって手に入れたんだ？」

この質問には、西村と福来の二人、顔を見合わせた後にタラタラと冷や汗を流し始める。

「それは、良いではありませんか」と西村。

「問題はないのです」と福来。

「墓場から、盗んで来ました！」と、これは今まで黙っていた藤本の声。

二人の中年男性が狼狽《うろた》え、取り乱し、背後の道化師姿の男に駆け寄って、体を押さえつけ、その口を塞いでいた。

「なるほどなぁ。それは犯罪だぞ、君ら」

そう言うと、二人は石に打たれた子犬のような、なんとも弱った表情を浮かべる。

「申し訳ないです……。一応、弁解すると、満子は福来先生の研究に協力するつもりで、死体を献体すると遺言を残していたんです」

「とはいえ、それは千里眼研究の為であって、人形として蘇らせることは承諾してはいないので、これはやはり罪なのです」

二人は藤本の頭を摑んで無理矢理に下げさせ、自分たちも同様に頭を下げた。

これには、いくらか気持ちがほだされる。

確かに少女の体を使い、命を吹き込むというのは気が引ける。だからといって、今さら異端の学者たちの狂気の研究などと誇るつもりもない。できる、と一度思ってしまえば、後はやってしまうのが学者の悪癖だ。

それに、正直に言って感服してしまった。

きっと彼らには、愛も情念も関係ないのだ。本質的には科学者であり、自らの探究心に人間らしい感情の皮をかぶせているに過ぎない。

そういう意味でなら、自分も同罪だ。

ふと昔のことを思い出していた。郷里の家族を捨てて世界を放浪した時代。一人の少女の死を嘆く彼らの姿に、あの頃の自分を重ね合わせていた。

「いいだろう。少し協力しようじゃないか」

先生！　と二人が快哉《かいさい》を叫んだ。

「彼女に命を吹き込みたいんだな。魂とは何か、それこそ南方熊楠が長年に渡って研究してきたテーマだ」

「何か、南方先生の方で案があるのですか？」

西村の問いかけに、ふふふ、と気味の悪い笑い声を返す。

「その死体人形に人間らしい振る舞いをさせればいいのだろう。なら、僕に少しアテがある」

勿体つけて言ってみれば、中年男性たちがゴクリと息を呑む。

「ずばり、けんじゃの石を使うのだ」

この言葉に、二人が顔を見合わせる。

「賢者の石、ですか？」

少女人形の首が、こてん、と傾く。珤瑯の瞳に光が入る。

一九二二年：七夜「歩《ある》き外連《けれん》」

これもまた春の頃であった。

この年の初めに、懇意にしている英国菌学会のグリエルマ・リスター女史から嬉しい知らせがあった。すなわち、ミナカテルラ・ロンギフィラの新種認定である。

この粘菌は、四年前に南方家の庭に生えている柿の木から採取したものだった。今までに見たこともない種であろうとのことで、喜び勇んで遠き英国の同志へと標本を送ったものだった。やがて新種であると鑑定がなされると、見事に長糸南方粘菌《ミナカテルラ・ロンギフィラ》と名付けられた。これ即ち、南方熊楠という名が世界に認められ、人類が滅びない限りは永久に語り継がれるということである。

つまり、嬉しかったのだ。

明けても暮れても酒を呷り、所構わず歌を口ずさみ、半裸のままにフラフラと野外を彷徨《うろつ》くようなこともあった。

「僕の名前がな、この世界に残るのだ！」

などと言って、はしゃぎ回った。よく発情する近所の馬鹿犬が、叫び散らすこちらの姿を見て尻尾を下げた。痴態の限りであったが、とにかく良い思い出なので不問としよう。

だから、その年の春頃は、まだ人生の微酔い気分が抜けていなかったのだ。

「貴方は、何をしているんです？」

そうした訳で、その声が見事に酔いを覚ましてくれたのだ。

冷水を浴びせられたような気分だった。いや、実際にかけられたのかもしれない。何せ渓流である。田辺の北東にある大塔山《おおとうざん》の奥地、人も来るまいと思っていた秘境だった。動植物やらの採集に訪れる者でもなければ、到底辿り着かないような場所である。

それがどういう訳か、野暮ったい白シャツの青年が一人、渓流の石を手にとって眺めていたのだ。

「何をと言われても困る。僕はここに鉱物採集に来たのだ」

ああ、と青年は頷いた。どこか悩ましげだった彼は、ここで一度だけ自らの坊主頭を撫でてから、

「良かった、天狗じゃなかった」と言ってはにかんだ。

「驚いてしまったんです。だって貴方、なんて格好をしているんだ」

青年に言われて気づいたが、こちらは山中を歩くのに着物が煩わしかったので諸肌脱ぎだ。

彼からすれば、誰も来ないだろうと思っていた山奥に半裸の親父が登場したのだ。それは驚くだろう。

「それはそれとして、君こそここで何をしている」

ふと、今度は青年の方が気にかかる。なんといっても、ここはただの渓流の途中である。寺も無ければ、道もない。釣りをするにも、彼は釣具らしきものを持っていない。

こちらの問いかけに、青年は恥ずかしそうに顔を下げる。

「僕も、研究……です」

「何のかな？」

「石です。僕は、鉱物が好きなので」

これには思わず、ほう、と唸った。

若いのに見どころがある、などと言うには親父が過ぎるが、とにかく嬉しかった。確かに、この渓流は石を採るのに都合が良い。いくつも珍しい石を見つけたのもここだ。まさしく穴場。それを独自に見つけるのだから大したものだ。

「おお、実に嬉しいね。いや、失礼、名乗ろう。自分は南方熊楠というものだ。和歌山の植物学者、君なら粘菌学者と言っても通じるだろうね」

ぶはっ、と青年が吹き出した。

「南方先生、いや、知っています。『太陽』で干支の話を連載なさっていた……」

むふ、と息を吐く。年甲斐もなく嬉しくなってしまった。南方熊楠の名、かくも世間に知れ渡ったか。

「どうやら君は同好の士と見える。ならばここは、一緒に川を浚って石探し、鉱物談義といこうではないか」

はにかむ青年の方へ向き直り、大きな岩を軽々と飛び移っていく。健脚衰えず、見せつけるように跳躍を繰り返した後に、ワハハと大きく笑って彼の肩を叩いた。

「是非に、お願いします」

青年も小さく笑って頷いた。

それから小一時間程、青年と共に川辺で石を探した。珍しい石を見つければお互いに声を上げ、小さな片岩に黄鉄鉱《おうてっこう》を見つけては二人して顔を寄せて観察する。時に川に入って水を浴びせれば、青年はそんな老人の稚気《ちき》を笑って許してくれた。

「先生、僕は宝石商になりたいのです。それも人工の宝石です」

「ほう、人工宝石か。それは面白い！」

裾をめくって川へと浸かり、魚を捕まえようと目を凝らしながら、青年の夢に賛意を送った。

「東京で店を開くつもりで、後先も考えず家出をしたのです。しかし、当然でしょう、父に反対され、今は実家に帰るかどうか悩んでいるところです」

青年は川縁で大岩に腰掛け、先に発見した青白い蛍石《ほたるいし》を熱心に見つめている。

「先生、僕は妹と離れるつもりなのです」

ふむ、と唸った。勢い良く伸ばした両手の間を、これみよがしに天魚《アマゴ》がすり抜けていく。

「妹がいるのです。トシという子で、純真無垢でとても可憐な乙女です。ですが病に臥せっていて、本当は傍にいてやりたい」

「ならば、いてやれば良い。店を開くだけなら、何も東京でなくてもいいだろう」

「そうではないのです。僕は妹のことを愛しているのです。それは多分、プラトニックではありますが、男女の恋愛のそれと同じなのです。これは許されない。だから、僕は妹から離れないといけないのです」

青年の言葉を聞いて、思わず川から腰を上げていた。足元を魚が過ぎていくが、もはやそれに構うこともない。

「僕もね、妹がいたのだよ」

「南方先生も、ですか？」

じゃぶじゃぶと川を足で蹴って歩いていく。青年の傍の石に腰掛け、手近な石を取って弄った。

「君と同じだ。妹は僕を愛していたように思う。とても綺麗な子だった。あの頃は気づかなかったが、きっと彼女は一人の男性として僕のことを見ていたのかもな」

「それで、先生はどうしたんですか」

「それも君と同じだ。妹の本当の気持ちなぞ解らないが、とにかく自分の気持ちに整理がつかず、どうにか故郷を離れようとした。もちろん、勉学に励みたい一心もあったが、とにかく僕は妹や家族のしがらみから逃れたかった。そしてアメリカに留学することにした」

手にした石を水平にし、川に向かって投げ放つ。水切りを狙ったが、石はそのままポチャンと川に落ちた。

「だがね、妹は僕がアメリカにいる最中に亡くなったよ。彼女も体が弱かったのだ」

その言葉を聞いて、青年は手にした蛍石を握り込んだ。こちらの真似をして、その輝石まで川に投げてしまうのではないかと不安になった。

「両親も僕が海外にいる間に死んだ。僕は家族を捨ててしまったのだ。だが今となっては過去だよ。あの時の僕の後悔だって、何十年も前の感情だ。今更だ。でも、僕は時に思うよ。もし別の世界があるのなら、そう、夢の世界でもいい、そこで僕がアメリカに行かないという選択をしていたら、そしたら妹や、両親も生きていたのではないかと思ったことがある」

青年の方に顔を向けたが、彼は岩の上で神妙な表情を浮かべていた。こういっては何だが、大便を我慢しているような、苦しげで、それでいて何処か喜んでいるような顔だ。

「南方先生、どうして僕にそんなことを話してくれるのですか」

「なんでだろうな。まぁ、君と僕がとても良く似ている気がしたからだ。それと初めて会った人間だからだ。知り合いなら、逆に話す気にもならない」

そうですか、とそれだけ言って、青年は再び押し黙った。お互い、そのまま川縁に座し、いくらか長閑な時間を過ごした。それがふと、青年が長ズボンのポケットに片手を入れていたのに気づいた。

「先生に僕の宝物を見せてあげます」

青年はポケットから手を出し、こちらに拳を突き出してくる。月下美人の咲くように、長く時間をかけて、それでいてパッと突然に手を開いた。

その手の上に、七色の光を放つ不思議な白い石があった。

「蛋白石《オパール》だろうか」

青年は瞬きもせず、ただ無言で小さな白い石をこちらに差し出してきた。それを手に取って観察すると、石英のように滑らかで鋭利な表面が指を擦った。見た目は蛋白石のようだが、珪素から出来た鉱物であろうか。

「僕の家の裏に、髪池《かみいけ》と呼んでいる小さな池があるのです。家の者は用を足す時なんか、その池でしていたのですが、妹は幼い頃から切った髪や爪をこの池に捨てていました。それがある日、僕が澱んだ池を覗くと、そこに綺麗に光るものがありました。全く透明な、水母《クラゲ》のようで、幽霊じみた青白い光でした」

「それが、この石という訳かい」

「これは、僕の妹なのです」

青年の突然の告白に、さすがにたじろいだ。しかし、真意を問うより早く、その石が彼の妹であると即座に悟った。比喩でも何でもなく、まさしくその不思議な蛋白石は彼の妹の一部であるような気がしたのだ。

つまり指の上に小さな石を乗せていると、ふと「やめてください」と石が弱々しく囁いてきたのだ。

石が震えているような感覚を受けた。それは自身の筋肉の収縮などではなく、石そのものが意思を持っていて、見知らぬ親父に撫でられることの恐怖に身を強張らせているようだった。怯えて震える可憐な石に思わず劣情すら感じてしまったが、それが申し訳ないものに思えて、即座に青年に石を返していた。

「先生にも聞こえましたか？」

「何だか、石が囁いてきたような気がする。少女の声だった」

「妹です」

青年は石を慈しむように撫でる。それから陶然とした表情で、小さく無垢な色をした石に唇を這わせる。その様があまりに淫靡であったので、思わず顔を背けてしまった。

「この石は妹なのです。妹が髪や爪を池に投げ込んでいたせいで、彼女の精神というか、魂の一部が水の底で結晶になったのだと、僕はそう考えています」

青年が嬉しそうに、それでいて恥ずかしそうに小さく笑った。

「僕は妹を愛しています。離れていても、こうして彼女がそばにいてくれます」

そう言う青年の顔が余りにも晴れ晴れしく、どうしようもない程の嫉妬心を抱いてしまった。口に出すのは憚《はばか》られる。自分もその石が欲しいなどと、どうして彼に言えようか。

しかし、こちらの意図を汲んでくれたのか、青年は安心させるように「うん」と優しく頷いた。

「この妹は僕だけの物ですが、でもね先生、僕はいずれ世界の誰もが、大切な誰かの魂をこうして手にできるようにしたいのです」

「ああ、まさか君の言う人工宝石とは、その石と同じようなもののことなのか」

ふふ、と、そこで青年が意味深長に微笑んだ。

「この石の秘密、先生になら話して良いかもしれません」

そう言うや、青年は内緒話をするように顔をこちらに寄せ、耳朶に唇が触れるかどうかという、なんとも淫らな距離で囁きかけてくる。

「実はね、これは石ではなくて粘菌なのです」

「粘菌だって？」

「はい……。先生が粘菌を研究していらっしゃるのも、僕は知ってます。そんな貴方にだからこそ、この石の秘密を話すのです」

そこで顔を離し、改めて青年が持つ石を確かめた。外から見る限りは硬い鉱物に見えるが、その正体が動物とも植物ともつかない、粘菌というのなら驚きは尚更だ。

「さっきの話の続きですが、僕の家の裏にある髪池、そこで石を見つけたのはその通りです。けれど、最初に見つけた時は石ではなかった。生物とも言えない、奇妙な泥の塊のような物体でした。普通なら汚物だと思って捨て置くでしょうが、僕はそこに有機的な魂の輝きを感じました。信じてくれるか解らないですが、とにかく生き物であると確信しました」

「いや、信じるとも。粘菌は生物なのだ。人間にはそう見えずとも、その中には人間ごときでは量りきれない命が宿っている」

「ああ、嬉しい。そうなのです。あの腐った蛞蝓《なめくじ》にも似たドロドロとしたものを、僕はこの手で掬い上げました。すると、その泥は僕の手の中で硬くなり、一つの命の塊になったのです――

青年は掌の上で石を転がし、そこに詰め込まれた神秘を慈しむように笑みを浮かべた。

「僕には解ります。これは妹の精神なのです。遺伝物質という言葉がありますが、僕はそれこそが人間の魂の正体だと考えています。あの粘菌は妹の髪や爪を食べ、その精神を取り込んだのです」

「フム、時として粘菌は地中の石灰質を餌とし、表面を白く硬いもので覆うことがある。もし髪や爪を餌としたなら、人間由来の石灰結晶を作ったのかもしれないな」

「言うなれば、それは白化《アルベド》です。命が腐り落ちて黒化《ニグレド》した後に訪れる変化です。黒々とした肉が削ぎ落ちて、真っ白な骸骨となって魂の純粋な輝きが現れた段階です」

「なんだ、難しい言葉を使うじゃないか」

「はい。僕は魂の宝石を作る錬金術師《アルケミスト》なので、こうした思想を持っているのです」

なんとも面白いことを言う青年だ。鉱物や自然に詳しいだけでなく、話を聞くに科学的な素養もあるとみえる。これぞ現代の錬金術師、いや、粘菌を扱うのだから粘菌術師である。

「そしてですね、この魂はやがて黄化《シトリニタス》します。夜の月が沈み、朝の太陽が昇るように。人間の骨が土の中で粘菌に食われた段階です。そして最後に赤化《ルベド》を果たします。まるで人間の心に咲く透明な薔薇のように、目に見えない精神が形を持つのです」

「それが、人工宝石の作り方かね」

「はい、人の魂の輝きは結晶化し、こうして一つの宝石となります。僕はそれを、人々に分け与えたいと思っています」

青年は石をポケットにしまうと、腰掛けていた大岩から立ち上がる。気づけば、いつの間にか夕闇が迫っていた。

「先生、法華経《ほけきょう》にこんな話があります。ある貧乏な人が親友の家を訪ねる。そこで彼は寝ている間に、裕福な親友の善意によって着物の裏に宝石を縫い込まれます。その後も彼は苦労の多い人生を重ねますが、数年後に親友と再会して初めて、自分の着物の裏に宝石があることに気づくという話です」

「衣裏繫珠《えりけいじゅ》の喩えだな。親友とは仏陀の象徴であり、貧乏な人とは我々衆生《しゅじょう》だ。誰もが仏になれる仏性《ぶっしょう》を持っているが、それは仏陀の教えと出会わなければ気づけないという」

青年の穏やかな笑みが返ってきた。

「僕の宝石は、その喩えのように、目に見えない着物の裏に縫い付けられた魂の輝きです。僕はそれを、誰もが手に取れるようにしたい」

遠くで鴉が鳴いた。この出会いはもうすぐ終わるだろう。青年は再びどこかで、その魂の輝きを宝石に塗り込める。人の精神は分子の配列によって結晶と化し、精錬され、愛すべき人の手で賞玩《しょうがん》される。

「さて、お別れです、南方先生。今日は貴方に会えて嬉しかった」

「こちらこそだ」

青年に向かって手を差し伸べる。欧米風の握手だったが、青年の方も理解してくれたのか、繊細な指を伸ばして受け入れてくれた。

「そういえば、ついはしゃいで名乗るのを忘れてしまいました」

青年はこちらの手を握り、出会った時と同じ、はにかんだ笑顔を向けた。

「僕は宮沢賢治《みやざわけんじ》といいます」

一九二七年：八夜「仏頂面《ぶっちょうづら》明かり」

七月である。

宮沢賢治から手紙が届いたのは、大阪で西村や藤本と出会ってから一ヶ月後であった。

南方先生へ。

その書き出しで始まった手紙は、岩手県の花巻から送られてきたものだった。どうやら彼は東京で人工宝石商を営むことなく、故郷へと帰ったらしい。

ただし、その封書の裏には「賢治屋」という、彼が夢見た人工宝石店の屋号が記されていた。

「ふむ」

そうして、ここは田辺の自宅である。

腰巻き以外は何も身にまとわず、縁側に一人腰掛け、届いた手紙を縦に横に、様々な角度をつけて読んでいく。

宮沢からの手紙には、あの日の出会いの喜びと、郷里の風景、その後の近況――悲しむべきかな、彼の妹は病に命を落としたとのこと。それでも帰郷したことで、彼女を看取ることができたという――が綴《つづ》られている。

そして最後に、人工宝石を作ることを諦めた旨と、今は一人、故郷で詩文の創作に励んでいることが記されていた。

「なるほどなぁ」

手紙に同封されていたのは、宮沢が新たに作ろうとしていた人工宝石の欠片だった。彼によれば、これを種石として特定の環境で生育させれば、人間の魂を模した粘菌が繁殖するのだという。

あの時の出会いで見たものが夢でなければ、あれはまさしく人間の精神を閉じ込めた石だ。如何なる道理か長く考え続けたが、やはり宮沢の言うように粘菌が人間の遺伝物質を餌としたのが大きいのだろう。

人間を形作る大元である遺伝子《ジーン》は蛋白質の中にあるという。もしも粘菌にとって、人間の遺伝子が餌として好ましい部位と、好ましからざる部位に分かれるとしたらどうだ。そこを選別するように粘菌が網目状の細毛体《さいもうたい》を作るとしたら、それは人間の神経回路にも似たものが生まれるはずだ。粘菌はまるごと一つ、露出した脳のようなものを作る。まさに粘菌人《ホモ・ミクソマイシテス》である。

それは驚くべき発見に繋がるが、しかし、そこで満足してはいられない。これは宮沢の研究成果であり、そこに新たに手を加えるのが学者の矜持《きょうじ》である。

「先生、先生ぇ！」

ここで声がした。福来の声だ。ついで生け垣の向こうでガラガラと何かを引く音。

履物に目もくれず、ぽん、と裸足で縁側から裏庭へ降り立った。ひんやりとした土が、足の裏にじわりと張り付く。何気なく見れば、裏庭の一面に畝がある。これは最近になって、特別に耕した畑だ。

「郵便局から受け取ってきましたよ！」

裏庭の端に姿を現した福来が、その背後に無数の小包を積み込んだ大八車を置いた。

「おお、ありがたい」

「いえいえ、なんの！　これも南方先生の研究のためとあらば、この福来、いくらでもこき使って下さい」

禿頭に伝う汗を拭う福来。およそ学者にも僧侶にも見えず、その爽やかさはまるで丁稚《でっち》奉《ぼう》公《こう》の少年だ。

「ところで先生、この大量の小包は何なのです？」

問いかける福来の横に並び、何気ない調子で積み込まれた小包を検めていく。

「さっき話しただろう。例の人工宝石を作るのに必要なものだ。これはな、鳥山君が作った機械で読み取るパンチカードを複写したものだ」

むはっ、と福来が息を吐く。

「なんとも、そんなものを何に使うのですか？」

ふふふ、と笑う。驚くなかれ、これぞ新たな研究手段である。

「この無数のパンチカードはな、それぞれ人間の行動を象徴している。足を上げる、腕を伸ばす。そうした微妙な動きが、全て厚紙に空いた孔の数で定められている」

説明を加えつつ、運び込まれた小包を開き、その中から蛇腹に折り畳まれた厚紙を取り出した。ははぁ、と福来が解ったのか解らないのか、曖昧な声を漏らす。

「まずな、このパンチカードの上で粘菌を繁殖させる。そもそも粘菌はアメーバ状に広がり、その内部で餌を運ぶ細い管を作るという特性がある。この管は効率的に餌を摂取する為に、重要な箇所を伸ばし、不要な部分を衰退させるのだ」

話しながら、取り出したパンチカードを運び、それらを裏庭に作った畑に落としていく。まるで野菜を作るように、丁寧に土をかけて。

「えっ、先生！　何を」

「言っただろう、粘菌はパンチカードの孔に沿って変形体を大きくしていくのだ。そして、効率的な形に自らを変化させる」

「はて、私は門外漢なので解りませんが、するとどうなるのです？」

次の小包を解き、新たにパンチカードを畑に撒いていく。福来も一緒に手伝ってくれた。

「パンチカードに記された人間の行動表は、現状では人間が自ら入力せざるを得ない。それを粘菌の生物的な本能に従わせようというのだ。パンチカードの形状を粘菌は記憶し、より自然で効率的な動きを行えるよう、孔を選択して管を伸ばす。これを繰り返し行うと、一体どうなる」

「はてさて、ええと、粘菌は効率的に動くのだから、パンチカード同士で移動しやすい形に収まるのですか?」

畑の一面にパンチカードを埋め、それぞれに土をかけ、粘菌が好むように水を撒いて湿気を与えてやる。

「そうとも。例えば、足を上げるという命令が書き込まれたパンチカードに粘菌が管を伸ばせば、次は孔の数が似ているものに繋がる。それは足を下ろすという命令だったり、逆の足を上げるという命令のものだ。粘菌自体が動きやすい経路のパンチカードを繋げていくと、ちょうど人間が歩行する動きを模倣できる」

喋りつつ、最後に宮沢から貰った種石を畑に埋めた。

「なるほど。足を上げるという命令を受けた後は、孔の数が全く違うカードには繋がらないのですな。人間も片足を上げたまま、腰を屈めるといった無茶な動作はしませんからな」

「ああ、この自然な選択というのが大事だ。人間という生き物もまた、効率的に身体を動かせるように進化してきたのだ。人の脳も無数の神経回路を接続する中で、重要なものを残し、不要なものを衰えさせた」

「むむ!　つまり、先生は粘菌で人間の脳を再現しようというのですか!」

「その通りだ!　粘菌の思考回路だ!」

宮沢がそうしたように、まず粘菌にとっての神経回路の代わりになるものを用意する。そこで起こる生物的選択が思考となり、その連なりによって動作を果たすような機構を作ろうというのだ。

「それは凄いです！　人間の意思だの精神だのは、研究が及んでいない未知のもの！　それが解明できるかもしれんのですな」

「そうとも。人間の行動を演算する機械と少女人形、そして人工宝石を組み合わせた時、自由意志を持った人間ならざる人間が生まれるだろう」

「まさに天皇機関！」

「うむ、そうだったな。人工の天皇を生み出す、と言っては語弊があるが、人造の魂を持った機械人形というのは素晴らしいものだ」

「ええ、ええ。今上陛下の御即位を祝うために、現代学問を称揚することこそ、我らの本懐でありますぞ。しかし南方先生は研究に没頭なさっていて下さい。記念行事を行う算段は、今まさに別の者が手がけております」

「それは昭和考幽学会の仲間かな？」

問いかけに対し、福来からは「しぃーっ」と秘密の合図。

「誰が何をやっているのかはお教えできませんが、あちらも順調な様子。また次回の会議で、それぞれの進捗を共有致しましょう」

ただ、と福来が悪戯っぽく付け加える。

「実は、ある御方は南方先生がいらっしゃると聞いて、今回の一件に協力して下さったのです。その方は昭和考幽学会のパトロンでもあり、莫大な研究資金も提供して頂けたのです。

まさに南方先生の御威光あってこそです」

パチン、と再び禿頭を叩く音。

「勝手に名前を出すんじゃないよ」

「へぇ、失礼」

これまた丁稚奉公のような福来の返答。

「何はともあれ、全ては順調です。あとは先生の研究が進み、また共に私の研究が捗ることを願うばかり」

そう言い残して福来は辞去していった。既にあらかたパンチカードを撒き終えた後だ。ここまで無心に手伝ってくれた彼に、茶の一杯でもご馳走してやれば良かったが、彼は彼で他の用件が忙しいらしい。

なんと、忙しないことか。

裏庭の畑に築かれた人工宝石の養殖場を見て、ようやく人心地がついた。縁側に座り、水を張った盥《たらい》に足を浸けながら、畑を眺めて酒瓶で一杯。

忙しない、実に忙しないが、嫌なものではない。

不遇をかこつ、と言う程でもないが、この田辺に来て以来、半ば隠棲するように過ごしてきた。未だに意気軒昂、世間に反抗せんと思う事柄あらば出向くのもやぶさかではないが、それでも若い時分よりはとんと減った。

それがここに来て、青年時代のような忙しなさがある。意味も解らず、世界の真理、未知なるものにぶち当たり、真正面から突破せんとする気概である。

その機会を恵んでくれたのだから、あの福来という男と、昭和考幽学会の連中にも感謝しなくてはいけない。

間もなく日が沈む。夕陽の向こうは西方極楽浄土。カラスの黒い影が赤い空に飛び交い、時に天狗じみた巨大な影が過ぎていく。

「お父さん、お父さん」

ここで妻の松枝の声がする。パタパタと縁側をかける足音。

「夕飯の支度ができましたよ」

これには「おう」と返事をし、妻と共に食卓へと向かう。畑の様子が気になって、家の中を歩く時でさえ何度も振り返ってしまった。

「お父さん、また変な研究をなさっている」

これは食卓につくなりの妻からの叱責だ。

むむ、と唸ってニラの味噌汁を啜る。対面に座すのは息子の熊弥と娘の文枝《ふみえ》だ。熊弥は相変わらずの仏頂面、文枝は父の立場を理解しているのか、ただニコニコと笑っている。

熊弥は十九歳、文枝は十五歳だ。

文枝の方は聡明で、その分、万事よろしからずといった風で悩ましげな表情を見せることも多いが、それでも父の前では笑ってくれる。

対して熊弥、相変わらず心ここにあらずといった調子だが、それが時に脳の神経が無作為に接続されて、いきなり感情を露わにすることもある。

「はっはっは」

何気ない調子で熊弥が笑い始める。表情は変わらず仏頂面のまま、声だけ上げて可笑しそうに笑っている。

「お兄ちゃん、面白い？」

「はっはっ、あっはっは」

熊弥の心がどこを彷徨っているのか、それは誰にも解らないことだが、これでも家族というものである。松枝は息子の勘気に触れないように、そっと白飯を盛り、文枝は兄が何について笑っているのか確かめようと周囲を見回している。

「あ、蠅が飛んでる」

「わははは」

ついに文枝が天井付近を飛ぶ一匹の蠅を見つけ、兄がその無様な動きを見て笑っていることを言い当てた。

「空豆の煮物だ。美味いぞ」

「お父さん、蠅です。わはは」

「ああ、そうだな」

熊弥がこのようになってしまったのは自分のせいではないかと、いくらか気に病む時がある。

研究にかまけて家族を一顧だにしない。世間の不幸とは、こういう家族に降りかかるのかもしれないが、とはいえ研究こそ自身が生きていることの証明だ。自らの生を疎かにして、家族を養えるはずもなかろう。

などと、かつて妻に宣ったところ、彼女は何も言わずに家を空けてしまった。ついに愛想を尽かされたかと思ったが、どうやらその時は弟の家に無心に行っていたらしかった。家族を支える気のない夫に代わり、自らが頭を下げて家を守ってくれたようだ。

「常楠の方はどうなった?」

その弟のことである。正直に言えば、アメリカに留学した頃から、どうにも仲がよろしくない。既に四十年近く前のことだが、あの時から実家とは折り合いが悪い。

「あまり会いたくないそうで」

「そうか。本を何冊か書いて少し金が入ったから、世話になった分は返してやろうかと思ったが、アイツが会いたくないなら仕方ない」

むふ、とニラの味噌汁を掻き込む。

実のところ、早く裏庭の畑の様子を確かめたかったのだ。すぐに結果が出るものではないと解っているが、どんな些細な変化も見逃したくはない。

なんといっても人間の脳を再現する研究だ。粘菌の複雑な動きと生命の根源。人工宝石に込められた美しい精神の輝きから、人間の意識の意味すら解るかもしれない。これを研究材料にし、世間に訴えかければ大変な騒ぎになるだろう。

まさに南方熊楠ここにあり、だ。

「実はね、僕の今の研究はとても大事なものなんだ」

「まぁ、そんなこと、いつも言ってらっしゃるでしょう」

「いや、これは秘密だが、今回の研究は天皇陛下の御即位に合わせてやっているものだ。記念行事で発表するのだ」

「天皇陛下ばんざーい！」

突如として両手を上げた熊弥に、文枝が合わせて小さく手を上げた。それを最後に、熊弥は再び仏頂面に戻って、ただ黙々と手を動かして飯を食べていく。

やがて夕飯は終わり、食器をかたす妻と文枝を見送ってから、食卓に残って茶を啜る。何気なく横を見れば、熊弥が動くことなく畳の隅をジッと見つめていた。

「どうした、熊弥」

「お父さん」

熊弥は言葉を返すが、こちらを向くことはない。

「蝿が死んでしまいました」

その視線の先、畳の上で一匹の蝿がひっくり返っていた。

「そうか。虫は小さいからな。寿命だろう」

「とても悲しいことです」

熊弥は畳を擦って蝿の死骸に近づくと、その小さな虫を手に乗せて立ち上がる。

「南無阿弥陀仏、南無阿弥陀仏」

取るに足らない命に対し、熊弥が仏頂面で拝んでいる。その様子は物静かな雰囲気とあいまって高僧に見えなくもない。

「お父さん、命とは何でしょうね」

「さぁな、僕もよく解らん」

ここで熊弥は、ぱん、と両手を合わせ、その手の上の蝿をすり潰してしまった。


それから、数週間ほど時が過ぎた。まさに夏の盛り、庭で鳴きたるは油蝉《アブラゼミ》に熊蝉《クマゼミ》。ちなみに、病人が喘鳴する如く鳴く油蝉よりも、どこか機械のように鳴く熊蝉の方が好きだ。無論、熊という名も気に入っている。

そうして日がな一日、裏庭の畑を眺めては粘菌が繁殖するのを待ちわびる日々。煎餅布団から這い出してトーストを食べたり、畑に餌となる枯れ葉を撒いてやったり。

時に福来が来れば、共にあんパンを頬張りながら畑を眺めもしたし、鳥山や西村達が揃って来た時には人工宝石のいろはを解説してやった。

「なかなか、出来ないものだなぁ」

そう呟いたのは、ある日の夜半過ぎ。

既に辺りは暗闇で、青い夜空に月が照っている。例の如く半裸で縁側に腰掛け、冷えた麦茶で喉を潤す。辺りには殿様蛙《トノサマガエル》の声、螻蛄の声。ゲェゲェ、ジィジィと耳障りな大合唱の中、ただ何もない畑を見つめている。

そもそも、脳を再現するとはどういう了見なのだ。それは既に、新たな生命を作っているのではないか。

そんな時、何気なく思い出すのは、かの西行《さいぎょう》法師の逸話だった。

平安時代の歌人にして僧侶。この西行は高野山に住していた頃、寂しさに耐えかねて反魂《はんごん》術を執り行ったのだという。

彼は骨を並べ、砒霜《ひそう》なる霊薬を塗り、土塊から人を作り上げた。しかし、それは人間とは程遠い、単なる動く死体でしかなく、絶望した西行は高野山の奥にそれを捨ててしまった。

そういえば、と、ここで思考がひとっ飛び。

西行の母は源経清《みなもとのつねきよ》の娘である。この源経清は美濃《みの》国青墓宿《あおはかしゆく》の目井《めい》という女性芸能者を気に入り、その養女である乙前《おとまえ》と共に京へと連れ出したという。そして青墓宿といえば、傀《く》儡子《ぐつし》と呼ばれる人形遣いの職能者の本拠地である。大江匡房《おおえのまさふさ》の『傀儡子記《かいらいしき》』にも曰くだ。実際、経清に招かれた目井も傀儡女《くぐつめ》なる人形遣いだった。

ならば西行も、外祖父の影響によって、何かしらでその目井の薫陶を受けたのやもしれない。つまり、死体を動かす技術とは人形遣いの技術だとしたら。

そして、今の自分の立場はどうだ。こうして意思持つ人工宝石を作り、死体から生まれた少女人形を動かそうとしている。まさに今世西行。高野山に籠もることもないが、いやなに、田辺の家も似たようなものだ。

などと思案していると、ここで雲が月を隠した。辺りが暗闇に落ちる。

するとふと人工宝石の畑に光るものが見えた。

「むむ、むむむ?」

思わず縁側から飛び出し、蜥蜴《トカゲ》のように地べたを這いつくばって畑へと近づかんとする。光の正体を確かめたかった。駆け寄りたい気分だったが、乱暴にすると光が消えてしまう気がして、声も押し殺し、ひたひたと畑に這い寄っていく。

近づくにつれ、その燐光が畑のあちこちに散らばっていることに気づいた。まるで宝石箱をひっくり返したような有様だ。

それらは遠い家の葬列の火のように、または昏い海に浮かぶ漁火《いさりび》の如く、ポッポッと畑の上で仄かな光を放っている。色も橙色のものから、肉のような淡赤《うすあか》、毒々しい黄色に蛍火のような緑と実に色鮮やか。

実に小さな光だったが、その光景は大阪の楽天地で見た電飾の灯りにも勝るとも劣らない輝きだ。

「これは、ああ、これは」

喜びの声を上げた。

奇妙な粘膜のようなものが、網目状に畑を覆っていたのだ。それは色とりどりの燐光を放ち、それでいて一部が突起状の形を作り、空に向かって伸びている。土とパンチカード、枯れ葉と粘菌を混ぜ捏《こ》ねて作られた畝《うね》に現れた異物。カビや苔のように見えるがそうではない。

植物でもなく、動物でもない存在。

「やったぞ！　ついに地表にまで増えてきた！」

思わず夜空に向かって吠えていた。その雄叫びに応えるように雲は散り、再び月が姿を覗かせた。

ここまで見守ってきた甲斐があった。地中で繁殖した粘菌は、いよいよ大いに増え、畑の上部まで粘膜で覆うようになり、小さなキノコにも似た子実体を作ったのだ。

這いつくばったまま、畑の土を両手で掬った。今まで触れないようにしてきた地下で、十分な量の粘菌が繁殖していた。目論見通り、パンチカードの孔を埋めるように黄色い粘菌が経路を作っている。

「これこそ、粘菌が作った人間の脳だ！」

しかし、ここで思いがけないものを見た。

実に遅々としたものだが、粘菌の変形体が蠕動していた。蛞蝓が這うよりもゆったりとした動きで、まるで意思を持った肉が逃げるように、パンチカードの上を粘菌が移動している。

「これは、外気から逃げようとしているのか」

さらに観察を続けた時、突如として訪れた喜びに「あっ」と声を上げ、その拍子に腰砕けとなってしまった。

「ああ！　これは、思考しているのか！」

粘菌はパンチカードの孔を埋め、それぞれの形状に込められた意味をなぞっている。足を

上げる、足を下げる。走る、走る。厚紙に記された命令を、まるで粘菌そのものが理解して
いるように実行しているのだ。

その発見が心を震わせる。かつて自宅の庭で粘菌の新種を発見した時のことを思い出した。

あの時の栄光が、今再び自分のもとに帰ってくる。

息を呑んだ。

「僕は発見したのだ！　これぞ思考する粘菌だ！」

わはは、わはは、と夜闇に笑い声が響く。

腰を抜かしたまま、両手に土くれと仄かに光る粘菌を捧げ持ち、敬虔な気持ちで畝に顔を
埋める。湿った土臭さと粘菌の何とも言えない臭気が鼻をつく。

そうして、しばらく笑い声を上げていると、ふと背後に人の気配があるのに気づいた。

「お父さん！　お父さん！」

熊弥の声だ。小便でもしに外へ出たのだろう。そのついでに、裏庭で笑い転げている父親
を心配して見にきたようだ。

「熊弥、熊弥か！」

情けないが動くこともできず、ただ後方に向けて声をかける。

「僕は重大な研究を果たしたんだ！」

「お父さん、それはキャラメルですか」

「――何だって？」

突然何を言い出すのかと思えば、この人類史に残る大発見、煌めく人工宝石の種子を菓子と誤解している。困った息子だが仕方ない。熊弥も才はある男だから、懇切丁寧に説明してやれば、これが如何に重要なものか理解してくれるだろう。

などと思っていた矢先だ。

「お父さん、僕もキャラメルを食べたいのです!」

そう言うや、背後から駆け出す音が聞こえ、次の合間には熊弥の巨体が軽々と空を舞い、どぷん、と畑へと落ちていった。

「ああ!」

畑を覆っていた粘菌の上に、熊弥が大きく体を放り出している。貴重なそれらが、青年の体によって虐げられていた。

「何をするんだ! 熊弥、どけ!」

「嫌です。お父さんだけキャラメルを食べるのはズルい」

「何を言ってるんだ、お前、お前——」

あっ、と叫び声も虚しく、熊弥は畑の上で転がったかと思うと、手近な粘菌を土ごと摑み、あんぐりと大口を開けて頰張り始めた。せっかく繁殖していた粘菌も、パンチカードからごっそり剝がして口に運んでいく。キラキラと光る粘菌が、人間の精神を宿した人工宝石が、次々と熊弥の口の中に消えていく。

「やめろ! やめろ、熊弥!」

腰が抜けたままでは静止することも叶わず、ただ目の前で再現された脳が貪り食われる様子を眺めることしかできない。色鮮やかに光る粘菌達は、今や熊弥の胃袋の中へと滑り落ちていくだけだ。

「それは、僕の研究だ！　それがないと、僕は、僕は──」

父の嘆きも聞こえないのか、熊弥は粘菌を根こそぎ摑むと、実に美味しそうに咀嚼していく。

「ああ、熊弥、熊弥」

何とも言えない悲しさがあった。

これは、ひょっとすると罰が当たったのかもしれない。息子のことを気にかけず、ひたすらに自分の研究に身上を捧げた父親に対して、誰とも知れない運命の女神のような存在が「いっちょ懲らしめてやろう」と発奮したのだ。

もはや熊弥を止める気力もない。既に畑を覆っていた粘菌達は、あらかた熊弥によって食われてしまった。口の端からポロポロと土をこぼし、歯に挟まったパンチカードの破片を煩わしそうに引き抜いている。

「お父さん、それも貰っていいですか」

そう言うと熊弥は、こちらがずっと手で捧げ持っていた最後の粘菌を一摑み。仄かに光るそれを、何とも愛おしそうに眺めてから、ポイッと口の中へ放り込んだ。

ついに思考する粘菌──人間の脳を再現した人工宝石は消え失せ、同時に世紀の大発見という夢も、熊弥の暴挙によって水泡に帰した。

「お父さん、お父さん」

口から土をこぼしながら、熊弥は畑の上で胡座をかき、実に満足げな表情で父を見下ろしてくる。

「昔、僕はお父さんにキャラメルを買って貰いました」

「そんなもの」

どうやら父が泣いていることに、熊弥は気づいていないらしい。ただ陶然とした様子で、いつもの仏頂面を浮かべている。

「僕は、とても嬉しかったです」

はっは、と熊弥が笑い始める。表情を変えることもなく、ただ遠くを見つめながら笑っている。

「とても、嬉しかったのです」

息子が笑い続ける。その顔はどこか、ありがたい如来像の柔和な表情にも似ていた。

一九二七年：九夜「拵《こしら》え物《もの》・天皇機関《てんのうきかん》」

それは玄妙な光を湛えた宝石であった。

蛋白石の如く、乳白色の肌に七色の閃光を閉じ込め、月明かりに照らせば紫紺《しこん》に群青、薄縹《うすはなだ》、さらに浅緑、淡黄《たんこう》、丹色《にいろ》に紅緋《べにひ》と、なんとも複雑な色模様が浮かぶ。煌めく軌跡の万燈花《まんどうか》。人類叡智が凝集せる至上の宝玉だ。

「なんとも、なんとも……」

巾着から取り出したそれを、福来は恭しく見つめてくる。森の小道で二人、歩きつつ例の宝石について講釈しているところだった。

福来は先へ後ろへ、ちょこまかと歩きながら、巾着の上の宝石を眺めている。無垢なる少女に触れるように、臨終の際に来迎する阿弥陀如来に頭を垂れるように、畏れと憧れを両の眼に溢れさせる中年男。

「南方先生、これが賢者の石なのですね！」

「多分な」

「ふ、ふ、触れても？」

こちらとしては一向に構わない。というか、もはや福来ほどの感動もないので、無造作にポイッと投げ渡す。それを彼は「おっ、おっ」と、実に情けない声を上げて必死に受け止めた。

「ついに、ついに、完成したのですな!」

感極まり、今にも涙を流さんとする福来に対し、どう答えたものか解らず、

「おう」

と、だけ返した。


そもそも、この人工宝石を手に入れた手段が宜しくない。その時のことを思い出すだけで今でも頭が痛い。ましてや、その時の様子を余人に語ることなどできようはずもない。

つまり、こういうことである。

あの日、息子の熊弥が裏庭の粘菌を食い尽くした後のことだ。夜が明けてから、娘の文枝が庭へと出てきた。するとどうだ、庭で慟哭し続ける半裸の父親と、その眼前で口から泥を吐きつつ菩薩の如く座す兄の姿がある。

さすがは聡明な娘のことである。何も聞かないままに、熊弥の暴挙によって父親が何か失敗したことを悟ったらしく、まずもって手桶に水を汲んで運んできた。

「お兄ちゃん、口をゆすいで。お父さんは顔を洗って下さい」

その後のことはいまいち覚えていないが、文枝の冷静な対処のおかげだろう、朝食の時間

には家族全員で食卓を囲むことができた。

それでも未だに茫然自失。熊弥の方も彼方を見つめたまま、飯に手をつけようともしない。それどころか、朝食後になって熊弥が苦しみ始めたのだ。「痛い、痛い!」などと言って、腹を押さえて転げ回る。そんな息子の苦しみをどうすることもできず、こちらも呆然と眺めているだけ。いよいよ妻も困り果て、娘に懇意にしている医者を呼ぶよう言いつけた。

そうして南方家にやってきたのが医師の喜多幅《きたはばたけ》武三郎《さぶろう》である。

この喜多幅という男は、和歌山中学に通っていた以来の親友であり、また性朗らかにして情に厚いヤツで、何かと世話を焼いてくれる。四十を過ぎても妻を持たぬこちらを心配し、わざわざ骨を折って、妻の松枝との仲を取り持ってくれたくらいだ。

だからこそ、そんな喜多幅の言うことなら、さすがに素直に聞くのが常だ。彼も「おうおう」と苦しむ熊弥を触診し、丁寧に診断を下そうとしているらしい。それが終わったのか、ふと顔を上げてこちらを見てくる。

「なんや、悪いモンでも食べたか?」

この一言には思わず激高し、ぱしん、と喜多幅の頬を叩いていた。

「悪いモンとはなんだ! 熊弥が食べたのは僕の研究の結晶、人間と粘菌、つまり生物の神秘そのものだ!」

「よう解らんが、とにかく変なモンを食べたな」

うむ、と、これには頷く。悪いと言われると腹が立つが、変だと言われると不思議と誇らしくなる。

「ま、腹痛や。ひとまず薬を出すから、収まるまで看てやれ」

「なんだと、こんな苦しんでいる熊弥を放置しろと言うのか！」

ここで喜多幅に詰め寄り、その襟元を摑んで締め上げる。昔からの付き合いだ。ここで引く喜多幅ではない。向こうもこちらの裾を引っ摑んでくる。こうなっては取っ組み合いだ。

苦しむ熊弥の横で、どったんばったんと中年男が暴れ回っている。

「お父さん！」と松枝が叫ぶ。

これに「なんじゃあ！」と答えた時だ。それまで腹を押さえていた熊弥が「おおおー」と、今まで聞いたこともない叫び声を上げた。

「う、産まれる！」

「何がだ、熊弥！」

「糞です！」

その言葉に一同は顔を青ざめさせた。ひとまず寝転がったままの熊弥を、喜多幅と二人でゴロゴロと縁側に向けて押し出していく。松枝は水を汲んでくると言って部屋を出る。

なんとか熊弥をうつ伏せで縁側に据え置いて、その着物の裾をめくる。下履きも取り去って、むくつけき男の尻を庭の方に向けてやる。

「痛い！　痛い！」

まるで出産である。大の男が二人、青年の排便を見守っているのだ。熊弥が肛門をひくつかせ、ふと糞が顔を覗かせたかと思えば、シュルルと引っ込んでしまう。

「熊弥！　きばれ！」

「頑張れ、頑張れ！」

いよいよこちらの応援に熱が入ったところで、裏庭に初夏の風が吹いた。水辺で笑う乙女の息吹のように、なんとも優しく吹いた風によって、一枚の青葉が舞い上がり、それがサラサラと熊弥の肛門を撫でた。

その瞬間、熊弥は「おうっ」と一声。盛大な音を噴き出して、縁石の上にモリモリと糞を垂れ流し始めた。

その最後の時、何かが肛門からスポンと飛び出し、庭の先へと転がっていった。

思わず「あっ」と声を上げ、一気に庭へと駆け出した。縁石の上に堆く盛られた糞の山もお構いなしに、それらを踏み抜いて跳んでいく。

熊弥が放《ひ》り出した糞の中に、キラキラと輝くものがあった。その煌めきには覚えがある。前夜、裏庭で見た燐光。それが一塊になって、異臭を放つ糞の上に転がっている。

「ああ、これは！」

こちらとしては意味あっての行為だが、傍から見れば突如として父親が息子の糞を素手で掻き出したのだ。喜多幅も驚き、熊弥を放置して駆け寄ってくる。

「あったぞ、人工宝石だ！　熊弥のケツから出てきた！」

昨夜の内に食べられた粘菌は、熊弥の胃を抜け、腸を通り、一つの塊となって産み落とされた。玉のような子ではなく、まさしく糞のような玉を産んだのだ。

「見ろ、喜多幅！　これこそ人間の神秘、精神の結晶だ！」

「うわあ、やめろ！　近づけるな！」

そうして、その日の騒ぎはそれで終わった。縁側で放心している熊弥を無視し、裏庭で小躍りしているのを見られた時は、さすがに松枝には怒られた。しかし、熊弥の方も痛みはなくなったと見え、午後には普段通りの仏頂面で部屋に座していた。


と、以上が事の顚末である。


ちら、と横を見れば、福来が愛おしそうに人工宝石に頰ずりしているではないか。それが何処より生まれたものかは伝えることもせず、彼の気の済むようにさせてやる。

「なんとも素晴らしいではありませんか、南方先生。まさかパンチカードで粘菌に経路を記憶させ、それを結晶化させる技術まで確立するとは」

とんだ誤解である。宮沢の持つ人工宝石に似た形になったのは偶然で、こちらが構想していた思考する粘菌という研究は失敗に終わったのだ。

「ふむふむ、こうして賢者の石に耳を近づければ、まるで人間の声がさざめきとなって聞こえてくるようです」

「それは、まぁ」

人工宝石を手にした時こそ興奮したが、妻に叱られている間に大分冷静になったものだ。

今でも尊い発見だとは思うが、当初の予想と違った結果になったことは残念でならない。

「それはそれとして、だ。福来君、これから僕らは何処へ行くのだ」

「ああ、それでした！」

森の小道。夜闇を裂いて届く月明かり。それは先の高野山の道行きにも似ているが、あの時よりも道は滑らかで、人の行き来があることを窺わせた。

「実は、この先に旅館があるのです。表からでは目立ちますから、裏道を通って向かっております」

「旅館、ということは湯の峰温泉かい？」

そう、ここが何処かと言えば、熊野本宮の地である。

例の昭和考幽学会の会合があるというので、福来に誘われるまま、人工宝石を携え、田辺から乗合バスで熊野街道を通って山奥の本宮村《ほんぐうむら》へ向かった。そうして到着したのが今日の夕刻。それから日が沈むのに任せ、次第に暗くなっていく森の小道を歩き続けている。

「その旅館は、さる御方の定宿でしてね。その方も昭和考幽学会の一員ですので、今回は特別に手配して下さったんですよ」

「あ、それがあれか。前に話していたパトロンの御大尽か」

「うふふ、その方と会ったら南方先生も驚かれると思いますよ」

などと他愛ない会話を続けていると、小道の向こうで薄く浮かぶ人家の灯りが見えた。どうやら小道は山沿いに延びていて、その谷間に温泉街があるらしかった。

「あれが今回の定例会の会場、餓鬼阿弥《がきあみ》旅館です」

湯煙にぼやけた灯火。その先に二階建ての立派な旅館がある。明治以前から残っているものだろうか、近隣の宿屋よりも前代の気風を残した趣のある建物だった。

「餓鬼阿弥というのは、小栗判官《おぐりはんがん》か」

「はて？」

「説経節《せっきょうぶし》だ。浄瑠璃にもあるだろう、近松門左衛門《ちかまつもんざえもん》のだ。まぁ、知らんのなら別にいい」

ウンウン、と唸る福来を残し、小道を脇に逸れて下り坂へと入る。途中から石段が作られ、それが旅館の勝手口に続いているらしかった。

「先生、待ってください。これ、これ、これ！」

ちょうど旅館の敷地の手前だ。竹垣に手を掛けたところで、背後から追ってきた福来が手元で人工宝石を輝かせている。

「君が持っててくれ」

「いやはや、では私が大事に持っております。あ、それと例の黒頭巾を用意しておりますので」

「ここでも被らねばならんのか」

「決まり事ですので」

そうして、福来から手渡された黒布で頭をすっぽりと覆ってから、勝手知ったる風を装って旅館の中へと入っていく。

温泉旅館であるのだから、これは表玄関より堂々と入って手厚く迎えられたいところだが、今回ばかりは仕方ない。漬物やら水瓶やらが並ぶ土間を通り、騒がしい声のする板場の横をすり抜け、福来の案内に任せて先へ進む。

淡い灯りで照らされた廊下を抜け、二階に続く階段を登り終えると、右方の部屋から笑い声が聞こえてきた。どうやら、既に会場では酒盛りが始まっているらしい。

「無礼講かね」

「さて、いずれにしてもお互いの顔も解りませんから」

そう言う福来を連れ立って、絢爛な絵物語が描かれた襖を開けば、そこでは黒頭巾を被った者達が楽しげに車座で語り合っていた。

「これは！　新たなお仲間の御到着！」

「さ、まずは一献！」

誰が誰とも定かではないが、この場はそういうものだ。手頃な場所に座り、後は勧められるままに酒を呷った。実に陽気で良い会合だが、酒を飲む度に黒頭巾を捲らねばならないのが煩わしい。

所変われば品変わる、だ。前回の廃寺での会合は陰鬱な雰囲気があったが、今回は広間の四方に大提灯が掲げられ、赤い光が辺りを明るく照らしている。開け放たれた東側の窓からは、夜気に霞む湯煙が見える。外の黒に中の赤、それを隔てるは金襖。

酒は美味いし、運ばれてくる料理もまた美味い。お互いの身分も隠しているから、仕事や学問の愚痴など言いたい放題だ。批判する者もなく、誰かの言葉に誰かが同意し続ける。まさしく天上楽土といった趣向。ここが紀州の山奥であるということすら忘れてしまう。

「なんとも愉快な集まりではないか。毎度こうなら、これからも参加したいものだ」

などと誰かがのたまえば「その通り！」「全くその通り！」と、ほろ酔い加減の大唱和。

それから半刻程は、意味のある会話など全くなされず、新たに参加者が増えれば車座に迎い入れ、酒をどんどんと勧めていくだけ。誰かが歌い出せば、次には陽気な掛け声が続く。後は温泉にでも浸かって日頃の疲れを癒やせれば至上だろう。

そういった具合で、黒衣の集団が本分も忘れて宴会を楽しんでいると、ついに一人の黒衣がすっくと立ち上がった。

「一同諸君！」

その細身の黒衣は、黒布の下で顔を真っ赤にさせている連中に呼びかけた。その研ぎ澄まされた声音に、誰もがつい話を止める。

「楽しむのも大いに結構だが、我々の神聖な目的を忘れてはおられまいか」

細身の黒衣の声に、それぞれが見えない顔を見合わせる。

「神聖な目的？」「なんだそれは」「学問の隆盛と称揚だ」「ならばしている」「有用な議論だ」「酒を入れて語るのだ」「五臓六腑に酒を染み込ませる」「すると言葉が滑らかに出る」「何故かと問う」「故にと答える」「これも学問」「我ら学び上戸であれば」「くどくどと功徳《くどく》を口説くのだ」

どっ、と黒衣の一群が爆笑する。

まるで要領を得ない会話だが、とにかく細身の黒衣の言葉を聞いていないのは確かだ。

「ええい、諸君！　諸君！　お忘れか、我々は天皇陛下の即位を寿ぎ、そこで我らが学問の粋をお見せするのが目的であろう。天皇機関を作り出し、我々の存在を世に認めさせるのだ！」

その言葉には、一同が水を打ったように静まり返った。

「そうだ」とは誰かの言。

そうだ、そうだ、と、ここで黒衣達が己の本分に立ち返っていく。こちらとしては酩酊気分のままでも一向構わなかったが、仕方なしに合わせておく。

「天皇機関の完成だ……」

「今回の例会は、その起動実験だと聞いた」

「誰か、ああ、誰かが、天皇機関を作ったのか？」

黒衣達の問いかけに、なるほど三人の黒衣が立ち上がる。背丈を見れば解る。あれは鳥山と西村達だろう。

「まさしく！　僕らは天皇機関の素体を作り上げたのです！」

西村の声だ。彼は宣言と共に背後の襖を開け広げ、藤本が部屋の隅に転がっていた小太鼓を抱えた。

「では早速ご覧に入れましょう、これが天皇機関の素体です！」

タタン、と小太鼓の音。鳥山らしき黒衣が次の間に移動し、ガラガラと何かを押し出してくる。

自身の座る角度からは見えなかったが、襖の奥にあるものが見えた数人は感嘆の声を上げる。

「これぞ、我らが天皇機関の素体となる人形です！」

それは、ついに姿を現した。

以前に楽天地で見た少女人形。それが台車に乗せられて広間へと入ってくる。よくよく観察すれば、その台車はあの廃寺に放置されていた、本尊なき蓮華座を改造したものだった。恐らく鳥山が、木箱では風情がないとして使うことにしたのだ。

ああ、と人々の声。黒衣達にどよめき。

蓮華座の上の少女よ。弥勒《みろく》の如き半跏思惟《はんかしゆい》形、前髪に左目は隠されているが、右目は薄っすらと開かれている。その玻璃《はり》の半眼こそ三昧境《さんまいきょう》。見るがいい、瑠璃《るり》の如き青黒い瞳、硨磲《しゃこ》の如き白い柔肌。銀糸に繰られ、金襴袈裟のみを纏う。片方の乳房は露わとなり、その膨らみの稜線には神秘が宿る。つん、と張った乳首には珊瑚《さんご》の血色。誰もが、この死せる少女の肉体に仏性を見出さんとしている。これぞ自然《じねん》にして外道の御業《みわざ》。

タンタン、と再びの小太鼓。蓮華座の上で趺坐する少女人形が、音に合わせて首を傾げた。

おお、と黒衣達の声。

長かった黒髪は短く切り揃えられ、それが世間のモダンガールのように整えられている。

都会の少女が淫猥な田舎芝居の舞台に上げられたような、得も言われぬ背徳感がある。

「これは、これは何だ！」

何者かの叫びである。それを呼び水に喧々囂々《けんけんごうごう》、黒衣達は突然に現れた異形の少女に向かって声を荒らげる。罵倒する者もいれば、尊いものを見つけた時のように脱力する者、ついに平伏して拝み始める者など実に反応は様々だ。一ヶ月前の自分も、彼らと同様に慌てふためいたものだ、と、唸るばかり。

「お静かに、お静かに。この少女人形の経歴については、いずれ皆様にきちんと説明致します。しかし、それより肝心なのは、今この時、この少女人形に魂を吹き込み、真の天皇機関を完成させねばならんということです」

黒衣達はどよめき、どういうことだと周囲の者に確認する。それを見た西村が、左右を見回して一言。

「どなたか、例の研究成果をお持ちではないですか？」

ここで言う研究成果とは、事前に西村たちに伝えていたパンチカードを記憶させた粘菌の話である。しかし、結論から言えば失敗しているので、これをどう伝えるべきか思い悩む。

そんな風に、こちらが煩悶していると、隣に座る福来がにわかに立ち上がり、懐の内に秘めていた人工宝石を取り出してみせた。

「これぞ賢者の石です！　この玉髄を少女人形に組み込むことで、天皇機関は完成するのです！」

唐突な宣言に、さすがに一同も狐につままれた心持ち。こちらとしては、失敗した研究成果を高々と掲げられたのだから飼い犬に手を噛まれた気分だ。

「訳の解らんことを言うな！」

「道理を説明しろ！」

さすがに説明のしようもない研究である。そうして次々と反論が飛んでくる。それぞれ一端の研究者であるから、胡乱なものを出されて認める訳にもいかないのだろう。

これには福来も弱り、どう説明したものかと、こちらに顔を向けてきた。

「仕方ないなぁ」

そう言ってから、こちらも立ち上がり、するすると顔を覆っていた黒布を解いた。この突飛な行動に、福来は「あっ」と驚愕の声。

「ええい、煩わしい」

ついに顔を明かしたところで、近くを取り囲んでいた数人の黒衣も「ああ」と嘆息を漏らす。あるいは、この南方熊楠を知っている者もいるのだろうか。

「この宝石の由来を説明するには一晩あっても足りん。だから、ここは僕の顔に免じて信じてくれ。知らなくても、知ってくれていてもいいが、僕は南方熊楠という学者だ」

秘密の場で正体を明かしたのだ。研究者として嘘を吐き、間違いを犯すのは、何よりの恥だろう。ここの誰もが、それを理解しているはずだ。だからこそ、名誉にかけた研究成果だと信じて貰うしかない。

「それから、賢者の石ウンヌンはひとまず措いてくれ。だが、天皇機関なる自動人形は、間違いなく後少しで完成するのだ。どうか、今少し見守っていてくれ」

一方的に言い遂げてみれば、黒衣達は度を失い、反論を口にすることもなかった。それを確認してから、鳥山と西村達を引き連れて次の間へ移動しようとする。

「これから、この天皇機関の起動実験だ。ただし、その場に居合わせたい者は黒頭巾を脱ぎたまえ。なにせ、前回は匿名なのを良いことに、場を荒らした人物がいたせいで会合がお開きになったのだ。ここは氏素性を明らかにし、責任を持って立ち会うのだ」

こちらの言葉に福来も続き、自らの黒頭巾を脱いで笑ってみせる。「うむ」と一声発し、彼の肩を抱いて次の間へ向かう。無論、鳥山に西村、藤本の三人もそれぞれ黒布を取り去ってついてくる。

鳥山と二人がかりで、少女人形を元居た部屋へ押し戻している間、背後では黒衣達が大いに議論しているようだった。ついていくべきか、いかざるべきか。正体を明かすことを恐れる者、それでも好奇心に負けて黒布に手を掛ける者と、まちまちの反応だった。

「俺も行きますよ！」

ふと黒衣の一人が声を上げ、人々の前で頭巾を取り去った。およそ三十代だろうか、なんとも優美な面立ちに立派な八の字髭の好人物。

「俺は堀川辰吉郎《ほりかわたつきちろう》という者だ。別に学者じゃないから名前は知らないだろうが、高名な友人の紹介でこの会に参加したのだから、経歴は保証してくれるはずだ」

実に爽やかな弁舌だ。そうして堀川は黒衣達を飛び越えるように大股で近づき、一緒に少女人形の台車を押してくる。

「宜しく頼みますよ、南方先生」

彼の合流によって、他に二人が立ち上がって仲間入りを果たす。残りは飽くまで顔を隠そうとし、または天皇機関の完成を信じて待つことを選んだようだった。

「さて、少しばかり調整しますよ」

次の間の襖を閉めたところで、西村が少女人形の最終確認を行うという。いくらか手持ち無沙汰になったので、次の間に来た面々を確かめる。堀川はいいが、残りの二人は未だに黒布をつけたままだ。

その視線に気づいたか、黒衣の一人が「ああ」と頷いて、躊躇うこともなく黒頭巾を取り去った。

その黒衣の正体は、なんとも惚れ惚れする美青年だった。

「僕は岩田準一《いわたじゆんいち》です。今は東京住みですが、故郷は三重県の鳥羽《とば》です。どうぞ宜しく」

「君は何かの研究者なのか?」

そう尋ねると、青年はもじもじした様子で、気恥ずかしそうに口元を手で覆った。そして小さく、「その、男色です」と呟いた。

「ほう」

自身も若い頃は、大いに男色文化に傾倒したものだ。それがまた、この美青年の口から告げられたとあれば驚く。隠された口元の下で、彼の赤い唇が「男色」なる言葉を紡いだと思えばこそ、つい若い頃の熱情を思い起こして魔羅《まら》に血が巡るというものだ。

「南方先生！」

ここで隣の福来が、こちらの背を打ってきた。嫉妬する乙女の如くだ。恋女房でもあるまいし、美青年に懸想《けそう》したからといって、この禿げ親父が怒る道理があってたまるか。

「それで、もう一人は」

そう尋ねた黒衣は、大勢の中でも唯一人、立派な袴姿で座していた人物だ。その顔は黒布で覆われて解らないが、並の人物でないことだけは確かだろう。

「ああ、南方先生。その方は大丈夫です」

と、これは西村と共に作業をしている鳥山の言。

「その方こそ、此度の会場を用意してくれた御方です。身元は我々が保証致します」

「む、そうか」

昭和考幽学会でも古参メンバーである鳥山が言うのだから、この一件にも既に深く関わっているのだろう。そう納得させて、西村達の作業を見守り続ける。

すると台座に乗った西村が、少女人形の背後に立ち、その小さな後頭部に手をかけた。何をするのかと思えば、その艶やかな髪を掻き分けてから、ぼこん、と気味の悪い音を響かせる。うっ、と息を呑む。西村はまるで亀の甲羅を引き剥がす如く、少女の後頭骨を取り外していた。こちらは驚く限りだが、当の西村は皮膚と髪が張り付いた頭蓋骨の一部を、貴人から賜った洋菓子のように恭しく手の上に乗せている。

「西村君、それは何をしているのだ」

「ああ、これは天皇機関の動力源です。少女人形の頭蓋内に鉛電池を作ったのですよ。頭蓋内に右脳と左脳たる陰極板と陽極板を置き、電解液である希硫酸《きりゅうさん》を髄液として満たします。これによって動力部の機関を動かします」

なるほどな、と頷けば、横から鳥山が詳細な解説をしてくる。どうやら、この機構も彼の手仕事によるものらしい。一方では西村が福来から電解液を受け取り、人形の後頭部にドクドクと注いでいた。

「さて、ここで少女人形に例の賢者の石、つまり粘菌結晶を入れれば完成ですよ」

かちり、と後頭骨で蓋をした西村からの一言。

それに一同が喜びを示したが、こちらは居心地が悪い。素直に白状してしまおうかと思ったが、それより先に、福来が無邪気に宝石を掲げてみせた。

「これこそ、人間の意思を込めた宝石！　これによって、あの少女人形は人間のように振舞うことでしょう」

おお、と全員からの拍手。こちらが苦い顔をしているのにも気づかず、福来を中心に勝手に盛り上がっている。どこに組み込むかの話し合いを勝手に始め、人形を弄る西村が「この辺に入れときますか」などと言ってガラス製の眼球を抜き取った。

「君らな、ええと」

こちらの言葉に聞く耳も持たず、浮かれに浮かれきった一同が、空になった左目の隙間に人工宝石が嵌まるかどうか試している。

「入った！」

福来が試しに人工宝石を少女人形に挿入してみれば、これがピッタリと嵌まり、全員が小さな奇跡を喜んでしまった。期せずして、天皇機関を構成する最後の部品となった。意味は異なるが、これも一つの開眼供養である。

こうなっては仕方ない。水を差すのも野暮だから、後で実験は失敗したのだと伝えよう。

鳥山が作った機械と西村達が作った人形だけでも、一応は十分に動くのだ。

「さて、後は蓮華座につけた開閉器《スイッチ》を入れれば、少女人形に電気が流れて起動しますよ」

蓮華座から降りた福来が誇らしげに、棒状の開閉器を指差した。彼の説明に続いて、西村も少女人形を自慢するように手を広げる。

「この人工宝石は、いわば粘菌回路です。命令を出してパンチカードを自動で選択し、以前よりも滑らかに、かつ簡単に人形を動かすことができますよ」

西村からの説明に一同が頷く。

ふと、そこで啜り泣きが聞こえてきた。何事かと思って見回せば、それまで無言だった藤本が泣いているのが見えた。

「藤本、どうした」

「イエ。いよいよ、完成するのかと思い、泣きました」

その素直な告白に、この場の誰もが微笑んだ。藤本と苦楽を共にしてきた西村などは、彼の肩を抱いて、二人して「良かった、良かった」と喜びを分かち合っている。

「南方先生、これは僕らの夢なんですわ。思い返せば、あの不幸な少女——白蓮満子が、こうして再び人々の前に立てるんだ。人の道からは外れた邪な研究だったかもしれませんが、それでも死んだ彼女にスタアとしての光景を見せてやりたかった」

感極まった西村の姿に、自然と他の者達からも温かい言葉が送られる。彼らの執念が理解できた訳ではないが、誰もが一つの山を登る仲間という共感がある。

「さぁ、いよいよ天皇機関の起動ですよ。その記念すべき一押しは、是非に南方先生にお任せしたい」

そう言って、西村がこちらに向けて手を差し出してきた。大役を任され、いくらか気が引ける思いもあるが、ここで水を差す訳にもいかない。景気よくやるのが一番だ。

「解った。天皇機関に魂を入れる役目を負おうではないか。昭和考幽学会の研究、その大事な一歩だ！」

そう告げれば一同から拍手。

そして一歩進んで蓮華座の前へ。西村が指し示す開閉器に手を伸ばす。ちょうど少女人形の股間の手前、その棒状の機器を握り込み、意を決して「えいっ」と、前に押し倒した。

その直後、ぶうん、と耳障りな音が部屋中に響く。それは虻蜂の飛ぶようなジィジィと奇妙な音に変わり、次いで蓮華座の内部で歯車が軋み、円筒が回転し、パンチカードがパタパタとめくられていく音が聞こえてくる。

「ど、どうなりました！」と福来が叫ぶ。

「これは――」

失敗したのか、と、そう口にしようとした瞬間のことだ。

ばん、と少女人形の首が起き上がり、半眼は見開かれ、何度か眉が動かされた。左の目に収まった人工宝石が発光し、乳白色の光を届ける。首が左右を向く。頬に当てられていた手が伸びる。組まれていた足が開く。目の前で少女の秘所がおっ広げになる。

「ああ、ああ！」

西村の叫びである。福来の驚きである。

「動きました！」

藤本がタンタンと小太鼓を叩いた。劇場で見た時よりも、ずっと簡単な操作で、それでいて複雑な動きを達成していく。少女は優美に微笑み、その腕を伸ばして上半身だけで舞ってみせる。人形じみた動きとは一線を画す、なんとも人間らしい振る舞いだ。

「動いた、動いたぞ！　あの頃と変わらない！」

西村が叫んでいた。長年に渡って人形を作っていた彼だからこそ、ほんの僅かな動きの差が解るのだろう。

「満子！　解るか、私だ。西村だ！　藤本もいるぞ！」

天皇機関として蘇った少女は、生きた人間のように迷いなく手を伸ばし、西村と藤本をそれぞれ指さした。

この光景には、こちらも目頭が熱くなる。彼らの愛が、生前の彼女にどれだけ向けられていたかは知らぬ。しかし、死に別れた愛しき人が、たとえ人形になったとしても、かつてと同じように微笑みかけてくれたなら。

その時、背後に控えていた福来が、こちらの着物の背を引っ張ってくる。

「南方先生、ここで一つ、私の願いを聞いてくれませんか。この天皇機関に名前をつけたいのです」

「名前？　今更、どうした」

「かつて私が白蓮満子を研究していた時、彼女を匿名で少女Mと呼んでいました。満子のMです。できることなら、今回もその名で呼びたいのです」

小さく頷く。福来もこの光景に興奮しているのだ。かつて自身が研究していた少女が、こうして命を吹き込まれたことに思うところがあるらしい。

「解った。今回も秘密の研究だからな、匿名で呼んだ方が良いだろう。我々の間では、この天皇機関を少女Mと呼ぶのだ」

その名を呼び、天皇機関の方へ視線をやった。蓮華座の上で少女人形は虚ろに微笑み、それでも何かを求めるように手を差し出してきた。

「ああ、少女Mだ。お前の名前は、少女Mだぞ」

そう言ってから、こちらに向けられていた少女人形の手を取った。人形のように冷たく硬い手だったが、指先にまで張られていた銀線が作動し、こちらの手を優しく握り返してくる。

◆

ふと、何かが聞こえた。

騒ぐ大人達の中、目の前の少女人形が首を傾げた。何か明確な意思を持って、こちらに微笑みかけてくる。

「なんだ?」

少女人形の朱唇が開いた。真っ黒な口腔の奥から、死臭と電解液を混ぜ、廃糖蜜《はいとうみつ》を焦がしたような甘く不快な異臭が届く。ぶぅん、ぶぅん、と脳髄を震わせるような音が続いている。

「私は」

声だった。

「私は——M」

声が聞こえた。そう、少女人形が、自らの意思でもって言葉を発したのだ。

あっ、と驚いて、後方に転がるように尻もちをついてしまった。

「南方先生!」

西村と福来も驚愕の表情だ。こちらを心配し、助け起こそうと左右で支えてくれる。

しかし、彼らは少女人形の方を見ていない。もしや聞こえなかったのか? この人形は喋ったはずだ。単なる機械で、銀線に操られるだけの存在が、自分の意思を。

意思を。

「私はM。天皇機関たる乙女」

少女の死体は、粘菌より生まれた人工宝石を埋め込まれ、思考する自動人形となった。

そして、少女は笑った。

「会いたかったよ、南方の熊公」

一九二七年：十夜「緞帳落《どんちょうお》とし」

天皇機関の起動実験は、果たして成功したのか？

大きな疑問を残しつつ、その日はあてがわれた部屋で休むことにした。

機械仕掛けの自動人形という意味では、天皇機関は間違いなく完成した。人形は起動実験の後で宴会場に運び込まれ、考幽学会のメンバーの眼の前で舞いを披露し、彼らを大いに湧かせた。

どういう仕組みで動くのか、人間の体を人形に作り変えたのか、行動を入力する機械とは、人工宝石とは。

宴会場では次々と質問が噴き出し、それぞれ福来達が丁寧に答えていった。どの答えにも会員達は湧き上がり「これぞ天下の大発明だ」と快哉を叫び、自分達の計画が進展したことを喜んだ。

しかし、真の完成は彼らも知らないところにあるのだ。

「なぁ、アレは喋ったよなぁ」

布団で横になりつつ、同室の福来に語りかける。窓から差し込む月明かりが、すっぽりと布団をかぶった友人の影を形作る。

「先程から、その話ばかりですね、南方先生」

「いや、本当だ。あの天皇機関はな、起動した直後に喋った。僕の名前を呼んだのだ」

「他の人は微妙な反応でしたが、私は信じます。それは人工宝石が人間の脳の役割を果たし、銀線の神経を通って機関を動かしたからなのです」

「そう言ってくれるのは君だけだ。で、君は天皇機関の声を聞いたのか？」

「いえ、実は私も聞こえはしなかったので……」

ふぅむ、と天井に向けて大きく息を吐く。

人工宝石とは思考する粘菌の結晶だ。だから、粘菌がパンチカードから学習した神経網のようなものが、あの結晶の内部にあるのは間違いない。とはいえ、接続して即座に脳のように働くのだろうか。

「僕が思うに、人工宝石に電気が通ったのが条件なのだ。結晶内部の粘菌神経網が電流によって活性化し、まるで電気信号のように全身に伝わったのだ。そして機関部まで情報が送られ、人間の行動を模したパンチカードが自然に選択された。これこそ自律思考だ」

隣にいる福来に語りかけたつもりだったが、どうにも返答はない。まさかと思って見れば、いつの間にか深い寝息を立てているではないか。昼間なら喜んで議論に参加する男だが、どうやら夜更かしは苦手らしい。

「勝手に寝おって」

福来と違って、こちらは徹夜も構わぬという性格だ。ましてや、例の天皇機関が起動した興奮は未だに収まらない。どうにも目が冴えてしまって眠れそうになかった。

このまま朝まで悶々と過ごすのは困る。ここいらで酒でも飲んで、その酔いに任せて寝入ってしまうのが一番だ。そう思い立ち、部屋を抜け出して旅館の廊下を彷徨うことにした。

廊下を歩けば、聞こえてくるのは虫の鳴き声ばかりで、あれほどに騒がしかった昭和考幽学会の声はどこにもない。照明が落とされた宴会場に至れば、そこかしこで黒衣達が雑魚寝している。どうやら疲れて寝入るまで、お互いに激しく議論を交わしていたのだろう。

「僕が最後まで残ったようだな」

転がっている黒衣達を避けつつ、中身の残っている酒瓶を一つ二つ拝借する。ここで呑むのも風情がないと思って、どこか手頃な場所を探す。

そういえば、例の天皇機関はどこへ行ったのだろうか。

西村の話では、旅館の一室を借りて保管しているという。それも例の袴姿の黒衣の口利きによるものらしく、この人物は宿を貸し切った名士でもあり、数名の会員が身元を保証しているからと、全員が安心して預けたようだった。

「どうせなら、天皇機関を眺めながら酒を呑もう」

昭和考幽学会の研究の結晶を肴に、気持ちよく酔えるのだ。それは何より趣深い。

そうして旅館の階段を下り、天皇機関が保管されているという一室まで向かう。しかし、引き戸に錠前があるのを発見して「しまった」と思った。当然だが、誰でも入れるのでは保管の意味はない。これは浅慮であった。

「誰かいるのですか」

そこで室内から声が掛かった。これには驚いたが、もし中に人がいるなら好都合だ。

「ああ、天皇機関を見ようと思ってな。入らせてくれ」

断られるかと思ったが、やがて「どうぞ」と一声。ガタガタと音を立てて戸を引いた。

「やはり、南方さんでしたか」

言葉の主は暗い室内で一人、燭台の灯りに照らされていた。さらに奥、何もない部屋の中央に天皇機関が安置され、蓮華座の影が薄く後方の壁に映し出されている。

「む、アンタは」

それは例の袴姿の黒衣だった。この宿を用意し、天皇機関を保管したという張本人だ。彼は昼と変わって紋付の羽織姿で、まるで神官のような厳かさで正座している。それを眺めていると、彼も居心地が悪くなったのだろう、悠然と掌を上にして着座を勧めてきた。

「天皇機関を見ていました。他の者には悪いですが、これも宿を取った者の特権ということで、どうかお一つ」

「なに、僕もご相伴に預かるのだ。どれ、失礼して」

神官黒衣に導かれるまま、天皇機関の前に胡座《あぐら》をかいた。燭台の灯りによって、瞑目する少女人形の白い肌が浮かび上がっている。

ここで抱えていた酒瓶を下ろし、即席ながら酒盛りの用意も済んだ。どうぞ一献、と神官黒衣に酒を勧めたが、これは丁寧に断られた。仕方ないので手酌で一杯だ。

「そうだ。話を聞けば、アンタが研究資金を出してくれていたのだろう。思索は金がなくともできるが、形にするにはやはり金がいる。これは僕からも礼を言っておこう」

こちらが深々と頭を下げれば、神官黒衣は鷹揚とした仕草で笑ってみせる。

「南方さん、私は元々、貴方が来てくれたから研究に協力することにしたのです」

神官黒衣からの予想外の言葉があった。

「アンタ、どこかで会ったか？」

神官黒衣の声に聞き覚えはない。世に名士と言われる人間との交流もあるが、似たような人物は思いつかなかった。

「私自身は、貴方に会うのは初めてです。貴方と縁があったのは、私の父なのです。この湯の峰の宿も、元は父が使っていたものですよ。昭和考幽学会の前身である倶楽部に出入りしていたのも、本来は私の父です。私はその後を継いだものでして」

「はて？　御父上とは――」

そう尋ねかけ、ふと彼の人に視線を送った。すると羽織の胸元、抱き紋の位置に、実に見慣れた意匠だが、平生では見慣れない家紋があった。

つまり、丸に三つ葉葵の御紋である。

「あっ」と声を上げた。その御紋を見て、即座に神官黒衣が何者であるかを悟ったのだ。

「よもや、紀州侯か！」

そう叫ぶと神官黒衣は、秘密に、とでも言うように口元に指をやった。

「あえて名前は出しませんが、私が今の当主です」

これには驚いて「へへぇ」と返答。紀州侯、即ち家康公から続く紀州徳川の流、歴代の和歌山藩主にして現在の侯爵家、その当代だというのだ。

「父は、貴方に大分助けられました」

これには懐かしい感情が呼び起こされる。

もう三十年も前のことだが、英国留学中の折、同じく遊学で英国を訪れた前の紀州侯、徳《とく》川頼倫《がわよりみち》の世話をしたことがある。同じ紀州の人間として、そしてロンドン暮らしの先輩として大いに頼られた。下宿の斡旋もしたし、大英博物館を案内もした。宴会では都々逸《どどいつ》やら大《おお》津絵《つえ》踊りを披露したりと、遠き異国の地で親交を深めたものだ。また日本に帰ってからも、その時の恩返しとばかり、彼の頼倫侯は何かと便宜を図ってくれた。

そして今度は、その子が厚情に報いてくれたのだ。

「そうだった、頼倫侯は一昨年に薨去《こうきょ》されたのだな。僕より若かったのに、残念な限りだ」

「生前の父は、よくよく貴方のことを話していましたよ。紀州に名士あり、南方熊楠というなり、と」

「ははぁ、それは面目だ。頼倫侯も、この熊楠を認めてくれていたとは、実にお目が高い」

ここで腕を組んで過去に思いを馳せる。

ほんの数年前、この和歌山に南方植物研究所を建てるという話が出たことがある。その時も頼倫侯は尽力してくれたが、関東で震災が起きたこともあり、色々と時期を逸して実現できなかった。

ふと、そこで気づき。

「なるほど。紀州侯は僕の植物研究所の一件があったから、研究に協力してくれたのか」

神官黒衣が神妙に頷いた。

「遺言のようなものです。病床に伏すまで、父はずっと貴方を気にかけていましたよ。如何ようにも紀州の熊楠の名を後世に残すべし、と。私自身は、正直に言えば昭和考幽学会というものに思い入れはないのですが、それでも父の形見だと思って協力することにしました」

「それは、実にありがたい。この南方熊楠、報われぬ身かと思っていたが、こうも多くの人より助けを得られるとは」

過去の因縁は、こうして自分に廻ってくる。ほんの一日の出会いであろうとも、それは後年に大きな影響を与えてくるのだ。実に不思議な因縁の結び目の現れ方に、こちらは笑うことしかできない。

「縁とは奇妙なものですね」

そんな風に、神官黒衣が一言を発した時だった。

大きく隙間風が入り込み、フッと燭台の火が消えてしまった。部屋は暗闇に包まれるが、特に慌てることもなく「火をつけましょう」と神官黒衣が立ち上がる。向こうはずっと黒覆面をしていたから、この暗さにも目が慣れているようだ。

しかし、この瞬間に奇妙な光が見えた。

「むむ、しばし待たれよ」

こちらの声に衣擦れの音が止まる。ねっとりとした夜の中で、気配と息遣いだけが人間の輪郭を作っていた。

「何か、光るものがある」

今まで気づかなかったそれが、燭台の火が消えたことで目に見えた。淡い燐光が視界にある。その出処を探せば、あの天皇機関の蓮華座から漏れているものだと解った。

「ああ、ここだ。ここから光が漏れているのだ」

「蓮華座の中は、確か機関部でしたね。何か機械が起動しているのでしょうか」

次第に目が慣れてきた。木彫りの繋ぎ目が黄色い光で縁取られている。それを頼りに膝立ちで近づき、蓮華座の側面に回って、鳥山が調整用に使っていた外蓋に手を掛けた。

「あっ！」

蓮華座の蓋を外した時、そこに光が溢れた。

光の粒子が蛍のように外へと飛び立ち、部屋全体を仄かに照らす。神官黒衣が驚きの声を漏らし、こちらは寝間着についた光を指で擦り取った。

「これは――粘菌だ！」

再び蓮華座の内部に視線を戻す。複雑に組まれた機関の中で、黄色いアメーバ状のものが増殖し、それらが淡い光を放っているのだ。機械の底で変形体は大きな瘤を作り、また神経網の如く伸びた管が、びっしりと内部を覆っている。

「粘菌が、蓮華座の中で繁殖しているのだ！」

驚くべきことに、この粘菌は底部に格納されているパンチカードの束を中心に広がっていた。もしやと思って厚紙を一枚抜き出せば、それは以前に研究した時と同様、なんとも合理的な形状でカードの孔を埋めている。

「そうか、人工宝石の粘菌は生きているのだ。あれは環境が変わったことで繁殖を開始した！　しかも以前の形状が記憶されていたのだな、再びパンチカードを使って思考を実現するようになった！」

興奮して一息に脳内に湧く言葉を吐いてみれば、隣から覗き込んできた神官黒衣が心配そうに顔を上下させる。

「南方さん、これはどういうことです。機械が壊れてしまったのですか？」

「いや、心配しなくても大丈夫。これは天皇機関が、真に思考する自動人形となる第一歩なのです。やがて粘菌は生物としての本能に従い、この少女の体を動かすようになる」

あの日、自宅の裏庭に現れた粘菌が、こうして目の前で再現されている。人工宝石に込められた精神の輝きが、原形質の脳となって蓮華座を充溢させているのだ。

「どうか、このまま保管して下さいよ。決して粘菌を剝がそうなんて思っちゃいけない。これが大事なんだ。この形だからこそ、自動人形は命を持つのだ！」

神官黒衣は「はぁ」と生返事だが、理解されないのでは仕方ない。ちらと振り返り、置き去りの酒瓶を口につけて一気に呷った。

「それでは、ここいらで僕はお暇です」

手短かに告げて立ち上がった。神官黒衣は何か言いたげだったが、ここで一から説明するだけの時間はない。むしろ、この発見を共有できる者と話すべきではないか。そう考え、後は振り向くことなく部屋を出ていく。

そして、ドタドタと階段を上り、宿の自室までひとっ走り。襖を勢いよく開け、寝ている福来の布団を引っ剝がして、その体を無理矢理に起こした。

「福来君！　朝まで語るぞ！」

「え、ええ？」

寝ぼけ眼の福来を無視し、酒瓶を片手に朝まで思考する粘菌について語ってみせた。生命の神秘、合理性と不条理、魂、思考。あの天皇機関で繁殖していた粘菌を見た時、自然と湧き出てきた思考を、とにかく片っ端から言葉にしていく。

こちらが疲れて勝手に眠るまで、とにかく思いついたことを福来に語り続けたのだった。


かくして、昭和考幽学会の合宿は二日目となった。

「つまり、天皇機関が僕に語りかけたというのは錯覚ではなかった」

霞立つ爽やかな朝。長い廊下を福来と二人で並び歩き、未だに脳内を巡る思考を吐き出していく。

会員が揃って朝食を済ませ、ひとっ風呂浴びようかなどと話した後だ。福来などが「南方先生、一緒に温泉に行きましょう」と誘ってきていたところだった。

「あれは粘菌の思考が、一つの脳神経の如く人工宝石の内部で記録されていたのだ。それを組み込むことによって、パンチカードの孔をあたかも人間の神経のように操るようになった。あの蓮華座こそ、少女人形にとっての頭蓋なのだ」

「先生、先生。その話は昨夜からずっと聞かされました」

隣の福来が眠そうにあくびを漏らす。

「むぅ、すまん。僕も興奮してしまってな」

福来に小さく頭を下げてから、温泉に続く脱衣所の戸に手をかける。

「ずばり、新時代を象徴する舞踊にして芝居です！」

その言葉は、脱衣所に入るなり聞こえてきた。

どうやら今しも、温泉に入りつつ考幽学会の人間が演説をぶち上げているらしい。興味を惹かれ「なんだなんだ」と手っ取り早く服を脱ぎ、颯爽と風呂場へ向かう。

「以前の会議でも出た、人形による劇という案は良かった。そして、これ以上ない役者が現れたのです。ならば演劇の脚本も、相応のものを用意しないといけないと思う」

流し場を抜け、湯煙にけぶる露天風呂に足を向けた。見れば、裸体の男達が黒覆面をつけたまま湯船に浸かっている。その中心で、ひときわ体格の良い男性が、裸黒衣達に囲まれながら大弁舌を振るっていた。

これは面白いと思い、しきりに体を洗おうとする福来に「待っていろ」と一言だけ告げて放置し、こちらも大イチモツを引っさげつつ、ざぶんと湯船に足を入れた。

「随分と面白い話をしているようだ」

こちらが言うと、小集団のリーダーたる大柄な黒衣が、なんとも楽しそうに両手を上げた。

「その通りです。我らは昭和考幽学会の中でも、いわゆる文学や演劇などを専門とする者です。そちらが科学の枠を凝らして自動人形を作ったように、こちらも芸術者として枠を凝らした現代劇を構想しておったのです」

「それはもっともだ。昭和考幽学会の目的は、それぞれの知恵を結集させて中央の人間をアッと言わせることなのだからな」

意気込んで言うと、大柄の黒衣も同意見だったのか、嬉しそうに何度も頷いてくる。その度に湯船に大きな波が立つ。

「実を言うと、私は新宮《しんぐう》の出身でして、郷里の大イ人たる南方先生のことを知っているのです。貴方ほどの人がいてくれて実に良かった」

などと言う。どうも言い方に、偉人なのか異人なのか定かならぬ調子があったが、どちらにせよ尊敬されているのは間違いない。これには気を良くして、湯を掻き分けて彼の人の肩を大きく叩いた。

「いや、こちらこそだ。芸術だなんだというのは、僕もちとかじっている。河東碧梧桐《かわひがしへきごとう》が僕を訪ねて来た時なんかは、予備門で同輩だった子規《しき》の話をしてやったのだ」

「正岡《まさおか》子規ですか！」

唐突に文人の名前が出たことで、この小集団も俄《にわか》に色めき立つ。

「それだけじゃないぞ。あの夏目《なつめ》漱石《そうせき》君も同輩だ。彼などは、英国で英訳版の『方丈記《ほうじようき》』に解説をつけたそうだが、それは僕とロンドン大学のディキンズ氏とで訳したものだ」

これには一同「ふおお」などと奇声を発し、やおら興奮してこちらに憧憬の眼差しを送ってくる。無論、黒頭巾を隔ててではあるが。

「それを言うなら、私は谷崎潤一郎《たにざきじゆんいちろう》氏と懇意ですぞ」

と、大柄の黒衣が応じれば、自分も自分もと、近くの黒衣達が次々と声を上げる。自分が如何に名だたる文人と付き合いがあるか、言い争いというか、単なる自慢合戦を始めるに至った。

「いや、待った。話が逸れた。逸らした僕も悪かったが、ちと待ってくれ。君らが元々話していたことを話そう」

ここで一つ取りなせば、大柄の黒衣が「ごほん」と咳払い。

「失礼しました。つい熱が入ってしまいまして。そうです、元の話をすれば、我々で芝居の脚本を作ろうという話でした」

「いや、それは素晴らしいことだ。科学も芸術も、全てひっくるめて人間の知というものだ。それはあれだろう、天皇機関を使って人形浄瑠璃をしようというのだな」

そう言うと、大柄の黒衣は威勢よく頷いてくる。

「そうです、そうです。以前の会議で出た話題を取りまとめ、一つ演劇作品として十二分に鑑賞できるものを作ろうというのです。確かに、人間のように動く機械人形というのは驚嘆すべきものですが、どうせなら、そこに芸術の精髄《エッセンス》を注ぎ込みたいのですよ」

「何か考えはあるのか」

これに大柄の黒衣は、覆面もめくれる程の大鼻息。

「オペラに『ホフマン物語』というのがありましてな、これを下敷きに、大方の筋は書けたのです」

ほう、と一声。こちらが興味深そうに頷けば、大柄の黒衣も満足げに息を吐く。

「このオペラには、オランピアという歌う自動人形の少女が出るのです。これを活かしつつ、以前の放談でも話されていた、神話劇の要素を足したいのです」

「あれか、猿田彦が云々というやつ」

「そうです。猿田彦は天孫を出迎えた、異端なる国津神にして導きの神です。我々が天皇陛下を出迎えるのに、これほど相応しい神はおりません。この天孫降臨の場面を、劇中に折り込みたいのです」

しかし、と大柄の黒衣が悩ましげに手を額にやる。

「活かそうとしても、猿田彦と自動人形の少女というのを組み合わせるのに、少々難儀してまして。ひとまず、自動人形と神話劇、そして舞踊という要素も取り入れたい」

ふむ、と小さく唸った後、こちらも彼らの為に案を出そうと頭を回転させる。そしてチラと思いついたものがあったので、ポンと柏手を打った。

「そうだ、それなら天宇受売神《アメノウズメ》を題材にすれば良い」

「アメノウズメ、ですか？」

「ああ、天孫降臨の場面を思い出すといい。八衢《やちまた》の道に立ち、目を赤く輝かせる猿田彦。これを怪しんだ天照大神はアメノウズメに正体を確かめるように告げる。そして、猿田彦は自らが天孫を迎えに来た神だと宣言するのだ」

ああ、と黒衣達がそれぞれ肯んじた。

「そうですね、さらにアメノウズメといえば舞踊の神です。裸体の少女人形の姿も、岩戸開きでアメノウズメが裸で舞ったのと被せられましょう」

大柄の黒衣が納得すると、他の黒衣達も次々と腹案を出してくる。そうして湯中会議は進み、次第に演劇の形が整っていく。やがて彼らの芸術議論が、こちらには理解不能な境地にまでくると、さすがに口を挟む余地はなくなった。

「では、僕は先に出る」

さして長い時間ではなかったが、学識豊かな者と交わるのは喜びだ。こちらとしては大いに満足し、気分良く湯船を出たのだが、そこで忠犬宜しく大人しく待っている福来を見つけた時には、さすがに狼狽した。

「先生、実にひどいです。待っていろと言われたので、私はずっと待っていたのです」

手拭いで腰を隠しつつ、福来が手桶の湯で自らの体を温めた。湯船に入るのを我慢していた福来が、どうにも恨みがましい視線を向けてくる。

「すまん」

もはや言い訳無用。謝るつもりで景気よく彼の背を叩いた。ここは背中の一つでも流してやろう。いくらか気まずいが、その後に湯船へ戻ってやるのだ。

ふと露天風呂の方を見れば、白い湯煙の向こうで黒衣達が議論を続けている。垣根の向こうでチィチィと野鳥の囀り、次いでデェデェポッポと山鳩の声。遠く白い靄の向こうで、くすんだ朝日が光線を一筋伸ばしている。

一九二七年：十一夜「破《や》れ黒御簾《くろみす》」

　それから月日が経った。

　昭和考幽学会の面々は天皇機関の動作を確かめる者と、それに演じさせる舞台の脚本を作る者、実際に舞台に立つ者とで分かれた。彼らは表の仕事の為に、餓鬼阿弥旅館を出たり入ったりしたが——こちらは家が近いので一旦帰りもした——それでも都合半月ほどの合宿と相成った。

　そうした中で。

「南方さん、自分では原理が解りません」

　ある日、天皇機関を調整中の鳥山がそう切り出した。

「むぅ、やはり君でも解らんか」

「はい。機関部を粘菌が覆っているのですが、それがどういった役割を果たすのか、まるで見当もつきません」

　あの発見の後、粘菌がパンチカード上で繁殖していることを鳥山や西村達に話した。こちらとしては、それこそ目指していた研究だったから喜びをもって伝えたが、彼らは奇妙な出来事として顔をしかめていた。

「まぁ、これだけ粘菌がついていても、不思議なことに少女人形の動きは変わりません。むしろ、想定より自然な動きが行えているようです」

「だから言っただろう。それこそが僕が計画していた、真に思考する人形なのだ。粘菌がパンチカードを合理的に選択し、人間が入力するより早く、必要な動きを演算できるのだ」

強情に言い張れば、鳥山は困ったように、ネジ回しを持った手で頭を掻いた。

「ですが、南方さんの主張するように、天皇機関が声を発し、自らの意思で動くのを見た者はいません」

そう言われると非常に困る。

結局、少女Mの声を聞いたのは起動した瞬間だけで、それ以降はウンともスンとも言わなくなってしまった。ここまで来ると、やはり単なる幻聴だったかもしれないと不安になってくる。

「とにかく、だ。無事に動くのだから、その粘菌だけは保存しておいてくれよ。僕の大事な研究なのだから」

「ええ。ですが、もし重大な欠陥を引き起こした時は、さすがに取り去ることを考えて下さい。我々が果たすべき目的は、この動く人形を天皇陛下に御披露目することなのですから」

作業を終えた鳥山が、外蓋を蓮華座に嵌め込んだ。手についた粘液を拭いつつ、無表情のまま視線をこちらに向ける。

「では南方さん、今度は演劇の方も進めましょう。自分は舞台用にパンチカードの組み合わせを考えるので、南方さんは他の人達と脚本を考えてあげて下さい」

「うむ。天皇機関のことは君らに委ねよう」

鳥山に後を任せたところで、部屋の外から福来が騒々しく呼びかけてくる。これから数人の黒衣達で通し稽古をするらしい。

これも中々に楽しげだ。

◇

そして。

ぼう、と篝火が灯される。

夕暮れとなり、灯りが必要になったのだ。今も数人の黒衣達がせっせと準備を続けている。照明を整え、材木を抱えて運んでいく。

野外に設けられた即席の舞台だ。古い神社の境内に板を敷いただけだが、辺りを覆う鬱蒼たる杉並木という情景が幽玄の世界を見事に描いている。湯の峰から高ノ須山の方へ入った具合だが、ここまで来ると人が訪れるようなこともない。

「いよいよ、脚本が完成したのです」

境内の隅で上演準備を見守っていると、あの湯中談義を仕切っていた大柄の黒衣が近づいてきた。

「半月ほどかかりましたが、良いものが書けたと思っていますよ」

「それは何より」

カァと一鳴き、杉の梢より鴉が飛んだ。黒々とした木々が揺れ、炭の粉を散らしたように鳥の群れが現れる。

「今回は、昭和考幽学会の皆さんを含めての鑑賞会です。批評を頂ければ、本番までに脚本に直しを入れましょう」

「芝居の形式は何かな。能楽か、人形浄瑠璃か、舞踊か、新劇か」

「全てと言っていいでしょう。古典的であり、先進的です。主題は神話に取りましたが、話の筋は西洋の戯曲に近いです」

ここで大柄の黒衣が懐から台本を取り出し、なんとも大事そうにそれを手渡してきた。

「ずばり、題は〝恋するサルタヒコ〟です」

国誉《こくよ》のノートに手書きされた台本だったが、一枚の紙に数人分の筆跡が重ねられている。劇作家たる黒衣同士で頭を捻って考え出したものらしい。

「話の筋はこうです。高天原で踊るアメノウズメを地上から垣間見た猿田彦は、彼女に会うために様々な手段を講じる。やがて地上に天孫が降臨すると聞いた猿田彦は、一計を案じて天孫一行の前で自慢の鼻を光らせるのです。自分に気づいて貰いたい一心の行動でしたが、思いは通じアメノウズメが正体を確かめる為に彼の元へ現れる。しかし――」

「ああ、待った待った！　話の筋を全て言うやつがあるか。それでは初めて見る感動が薄れるというものだ。古典ならともかく、未だ誰も見たことのない芝居なら尚更だ」

「む、それは確かに」

大柄の黒衣はハッと気づいたように、こちらに渡してきた台本を慌てて取り上げた。

「では、劇の内容は秘密として、少し南方先生とお話ししたいのですが、それは構いませんかね」

「なに、準備はまだかかりそうだ。喜んで」

「それでは、僭越《せんえつ》ながら話のまくらとして僕の身の上を語りましょう」

そう言うと、大柄な黒衣はおもむろに自らの黒頭巾を取り去った。他の黒衣達には見えない角度で、こちらにその露わになった面貌を向けてくる。黒縁眼鏡にそぞろな口髭、突き出た唇。親父という程でもないが、青年とも言い難い。しかし、その瞳には若々しい精力が溢れているように思えた。

「ここで先生にだけに名乗りましょう。僕は佐藤春夫《さとうはるお》という、しがない文筆家です」

そう言って大柄の黒衣――佐藤は、改めて頭を下げてくる。

「今回の劇にもあるように、僕は恋について多く考える人間なのです」

「ほう、恋とな」

「恥ずかしながら、僕は恋多き男でしてね。若い頃から自由恋愛に耽っており、この年になっても若い娘に懸想するような男です」

「そうは言っても、僕なんかと比べたら君はまだ若いだろう」

「いやはや、先生と比べることなど出来ません。しかし、恋心を御することに関して、僕がつとに未熟な男なのは確かです。この地獄に降る驟雨《しゅうう》のような、なんとも痛ましく、また甘い、不埒な恋心のせいで様々な人に迷惑をかけたのです」

佐藤は何かを懐かしむように、夕空に向けて伸びる杉の巨樹を見つめている。

「昔、一人の女性に恋をしました。その人はある人の妻でしたが、彼女は夫から冷たくされていたのです。だから、彼女の気持ちも僕の方を向いてくれました。ですが結局、この恋は叶いませんでした。夫婦であるという事実は、社会的な繋がりは、一人の男の恋心で変わるということは無かったのです」

「それは難儀なものだ。夫婦というのは社会だが、恋愛というのは情だ。往々にして、情は社会には勝てん」

適当に相槌を返すと、佐藤はカッと目を見開き、ボリボリと胸元を掻いていたこちらの手を無理矢理に摑み取った。

「そうです。まさに、そうなのです。人間の情というのが、僕には実に弱々しいものに思えたのです。また逆に、一度こちらが夫婦という立場に収まってしまうと、愚かな恋心を満たす術などなく、ただ社会なる人間の営みを傍むしかないのですから」

苦しげな笑顔を浮かべ、佐藤はこちらの手を握りながら、何度も深々と頷いてくる。

ここで、チョンと柝《き》の音が鳴った。続けてカンカンと小気味の良い音。見れば黒衣の一人が、境内の舞台上で二本の拍子木を打ち鳴らしている。まるで歌舞伎の始まりだが、そういった細かいことも含めて演出なのだろう。

「おっと、南方先生。どうやら向こうは準備が整ったようですよ。盛り上がってきたところではありますが、また上演後にお話し致しましょう」

そう言いつつ、佐藤は再び黒頭巾で顔を隠し、こちらを完成した舞台へと誘う。

境内に設けられた舞台は、木の板を並べただけの簡易なものだったが、背後に広がる暗い杉の森と、沈みゆく西日、そして篝火の爆ぜる音が一種の舞台装置となっている。作りこそ鄙俗《ひぞく》ながら、十分に幽玄の境地を演出している。

辺りを見れば、演者以外の黒衣達も、それぞれ適当な場所に陣取っているようだった。立っている者もいれば、余った材木に腰掛ける者もいる。共通するのは、例の如く酒を持ち込んで、あちこちで酒盛りをしているところ。

「さて、これより始まりますは――」

舞台上手に控える黒衣が歌舞伎宜しく柝頭《きがしら》を務めつつ、前口上を述べていく。おおよそサルタヒコの恋物語だと告げた後、黒衣はカカンと拍子木を鳴らす。続いて開演の合図として、チョンチョンと拍子木で音を刻み始めた。

単なる通し稽古《ゲネラールプローベ》ではあるが、黒衣の中には今日初めて見る者も多い。ここは一つ、観劇の楽しみと興奮に身を任せるのも悪くない。

やがて長く、カーンと止め柝の音。

そして下手より一人の男が現れる。赤に金襴錦の狩衣《かりぎぬ》、青海波《せいがいは》文様の袴。頭に鳥兜《とりかぶと》、顔は真っ赤な大天狗面で隠されている。これこそ猿田彦。異貌の神、新たな時代の水先人だ。

「高天原より逐われた須佐之男大神より続く国津神。天上に坐す神らにとって、地上の神は取るに足りない者らでありました」

上手の黒衣が台本を読み上げる。時に詰まるし、読みも至って単調。田舎芝居のそれだが、観劇する黒衣達にとっては真に迫るものがあるらしい。

「あれはですな――」と横に並ぶ佐藤が、小声で説明を加えてくる。

「高天原を東京、国津神を地方で燻る在野の士になぞらえたのです。東京に集まる者こそ本流、そういった世の流れに不満を持っている者も学会の中にはいるのでしょう」

ふむん、と頷けば、舞台上では新たな動き。猿田彦が自慢の遠眼鏡で高天原を覗き見る。そしてカーンと拍子木の音。続いてダカダカ、と小太鼓が鳴らされる。どうやら藤本が、実際の入力操作を担当しているようだ。

おお、と声が上がった。

舞台奥、薄暗い杉の木立から眩い金色の光。後光をまとい、蓮華座に腰掛ける少女の肢体が目に入った。梳かれた髪に真珠の飾り、柔肌を透かす紗《しゃ》の薄絹、半眼の笑み。

天皇機関――少女Mの登場であった。

「ああ、あれこそ我が運命の天女！」

猿田彦が叫ぶのと共に、黒衣達も「大天女！」「天皇機関！」「尿を漏らすは赤ん坊！」などと大向うからチャリを飛ばす。

場面が移り、舞台上の少女Mに照明が当たる。

そして少女人形は、かつて大阪楽天地で見せた時とは比べ物にならぬ程に、優美かつ自然な動きで舞踊を披露する。その様を見れば、滑稽な声をかけていた黒衣達も押し黙り、息を呑んで踊りを見つめるしかない。

「あれは、凄いな」

ようやく絞り出した感想がそれだ。それに対し、隣の佐藤は小さく笑いかけてくる。

「鳥山さんとかなり相談しましたよ。僕は機械に詳しくないが、複雑な動きを入力する必要があったようで。それでも、実に滑らかで、生きている人間の動きと何ら変わらない。いや、機械のように正確な分、どんな舞手より上手かもしれませんよ」

「ふふ、あれこそ人工宝石の力だ。粘菌が人工の神経を作り、人間が思考するように自然な動きをする」

そうして少女の舞は続く。科学の粋と芸術の粋とを合わせ、思考する人形は嫋《たお》やかに踊り続ける。

その時、少女人形の顔が一瞬だけ妹の顔に見えた。

「どうしました、南方さん」

「ああ、いや」

先程の佐藤の話を聞いて、どうやら過去の経験を思い出していたようだった。その時に感じた気持ちを、自然と舞台上の少女人形に投影していたのだろう。

「一瞬だけ、あの人形が妹に見えた。とうの昔に亡くなったが、僕にとって大切な人だった」

「それは」と、佐藤が口籠る。

「あれはな、僕の妹なのだ。妹個人というよりも、僕が愛してきた全ての人の象徴なのだ」

頭の中で妹の姿を思い描いた。そうして浮かぶのは、若い頃にアメリカ行きを決心した日の情景だ。食卓を囲み、父母は押し黙り、兄も姉も陰鬱な表情をし、弟達は訳も解らずに寂しがり、妹の藤枝だけが小さく笑っていた。

「悲しい別れ方をされたのですか」

佐藤からの質問に頷いた。舞台上の猿田彦が、まるで許しを請うように、アメノウズメたる少女Mにかしずいている。

「僕が日本を離れることになった日、家族は今生の別れとでもいうように、明るく見送ってはくれなかった。事実、僕が海の向こうにいる間に両親も妹も死んでしまった。立派になった南方熊楠を見ることなく、家族を捨てた奔放な若者と思ったままに、彼らは死んだのだ」

自分の感情が不思議と口から出てくる。特に話したい内容でもないが、どうにも言葉にしなくては整理できない気がしたのだ。

「そうした愛すべき死者への情を、僕は妹に被せているのだ。そして反対に、天皇機関には僕の恋心の影を背負わせている。あれは、僕が家族を捨ててまで手に入れたものの象徴だ」

物悲しげに鴉が鳴いた。どうやら熊野の鳥は、こちらの気持ちをよく汲んでくれるらしい。

「僕はきっと、学問に恋してしまったのだ」

これまでの人生を思い返して、その一言を放り出した。いくらか回り道もしたし、不運が重なったこともあったが、それでも間違っていなかったと言える。

「僕にとって好奇心は恋心で、学究欲は愛欲にも似た情だ。だけれども、家族という社会がそれを認めてはくれなかった。だから僕は、自分の恋心に従って、父母や弟妹を残して海外へ旅立ち、幻想のようなそれを追い求め続けた」

こちらの言葉を後追いするように、舞台の猿田彦が、アメノウズメへの思いをとつとつと語っていく。肉のある少女ではなく、理想としての像に恋をしている。それは肉欲ではなく、純粋な愛であると説くのだ。

「いくら求めても手に入れられなかった恋だ。老いさらばえ、恋を諦めて新しく家族を作った。しかし、それでも時折それは顔を覗かせる」

ここで猿田彦が舞台上で膝をつく。美しいアメノウズメに対し、自分の醜い姿を嘆いている。天狗鼻を何度もしごきつつ、美しい女神に釣り合わない己を恥じているのだ。

うっ、と猿田彦が呻いた。握っていた自慢の鼻から手を離し、異貌の神がくずおれ、ビクビクと板の上で跳ねている。言わずもがな自慰と射精の寓意である。

「だから僕は、もしかしたら再び家族を捨ててしまうかもしれない。あの天皇機関の御披露目が達成された時こそ、僕の恋が成就する時でもあるのだ」

この佐藤が描いた演劇とは、つまり猿田彦という卑賤《ひせん》な存在が、アメノウズメという輝きそのものに恋い焦がれる物語だ。アメノウズメは高天原の象徴であり、東京の、中央の学会の、そして天皇陛下を中心とした新しい日本を表現するものだ。昭和考幽学会の面々は猿田彦となり、その新時代に恋をし、思いを果たそうと滑稽な奮闘を演じる。

それは、過去の焼き直しでもあった。学問の真髄を求め、四方八方で四苦八苦した日々。とんだ喜劇だったが、その人生の幕はここで新たに上がるというのだ。

「なるほど、それが先生の道ならぬ恋でしたか」

その時、黒衣達から歓声が上がった。いよいよ劇も佳境となった。すっくと立ち上がった猿田彦が再び己の鼻をこすり始める。すると、どういう訳かその先端が仄かに赤く発光している。

「あれは鼻の先端に電球を仕込んでいるのです。ここで猿田彦は己の顔を照らします。神話にあるように赤酸醤《あかかがち》の輝きを放つのです。光は醜い顔を隠し、光り輝くアメノウズメに出会うことができるのです。お互いに本質のみで触れ合い、その恋を成就させようとする」

佐藤が熱っぽく解説をしている中、舞台上では猿田彦が顔を光らせつつ、アメノウズメへの愛を謳っている。

しかし、この瞬間、奇妙な音が聞こえた。

「む？　藤本か――」

それはタンタンと小太鼓を打つ音だった。だが、それは今までの音律とは異なり、いくらか焦ったような具合で叩かれ、どんどんと調子が外れていく。

舞台ではなおも猿田彦の口上が続く。タンタン。照明の中でアメノウズメたる少女Mの柔和な笑み。タンタタン。光と光がぶつかり合い、周囲を昼間の如く明るくさせる。タン。いよいよ観客達の間で不穏な空気が流れた。観劇していた鳥山と西村が飛び出し、舞台裏の藤本のもとへ駆け出す。

「どうした、何かあったのか？」

舞台上ではなおも光は増していく。小太鼓は狂ったように打ち鳴らされ、それと共に少女人形の動きも激しくなる。やがて篝火も照明も猿田彦の鼻も、あらゆる光源が舞台に集中し、もはや影すら見えないほどの輝きを放っている。

「南方さん！」

舞台裏から鳥山の叫びが聞こえた。それと同時に、客席でどよめきが広がった。

「少女Mが――」

西村の悲鳴だ。焦ったような声に調子外れの小太鼓が続く。

この時、周囲に甘ったるく不快な臭いが広がった。そして「おおっ」と客席からの声。

ツン、と。何かの弦が切れる音。

「少女Mが――ひとりでに動いています！」

舞台裏から声が響いた。

「そんな」

そう言ったのは佐藤だったか。

今、目の前で少女Mが舞台に降り立った。機械に繋がれているはずの人形が、全身に結ばれた銀線を無理に伸ばしながら、なんとも人間らしい動きで蓮華座から飛び降りたのだ。

「私は」

それは声だった。光の中で、アメノウズメを演じていたはずの少女人形が、自らの意思で舞台に立ち、その声を発した。

「私はアメノウズメなどではなく」

時が止まっていた。小太鼓の音は止まり、演者も客席も、誰も彼も動きを止めていた。

「私は須世理姫。死の国の娘なれば」

全てが静止した舞台にあって、それだけが動いている。

舞台上で天皇機関が台本にない動きをしていた。機械に定められていない動きをしていた。手を伸ばし、光り輝く猿田彦の鼻を優しく撫でた。

「なんと、面白い恋心」

天皇機関がそう呟いた瞬間、爆発音が響いた。

「アハハハ！」

そして光が溢れ、再び時が動き出した。

眩い光の中で少女Mが笑っていた。その足元で、猿田彦が悲鳴を上げている。その顔から真っ赤な火を噴き出し、焦った様子で板の上を走り回っている。

「事故だ！」

黒衣の誰かが叫んだ。

顔から炎を上げる猿田彦が転げ回る。もはや演者だけなく、照明係も、柝頭も、ただ観劇していただけの黒衣も、大いに慌てふためき、どうにかしようと舞台に駆け寄っている。こちらも佐藤と共に駆け出す。誰かが用意していた水バケツを手早く受け取り、炎に包まれる猿田彦へ水を浴びせかける。じゅう、と厭な音の後、白い煙が置き去りにされた照明の光の中を漂った。

「大丈夫か！」

黒衣達が猿田彦を抱え起こしつつ、舞台に類焼した火の粉を潰していく。その間、少女Mはただ壊れたように笑い続けていた。

「なんだ、なんだお前は」

それだけ言葉にできた。

少女Mは、舞台に集まった黒衣達を憐れむように見回した。腕を下げ、足を上げ、首を回す。自らの体に絡んだ銀線を煩わしそうに確かめている。

「もう、名乗ったはずだぞ」

この日、天皇機関が完成した。

一九二七年：十二夜「供養《くよう》口説《くどき》」

夢を見ていたのだ。

昭和考幽学会という秘密倶楽部に集う黒衣の者達が、己らの知識を持ち寄って天皇機関なる機械を作ることを企図した。アハハ。人間の行動を演算する機械。死体から作られた少女人形。思考する粘菌が結晶化した人工宝石。アハハハ。それらが組み合って一つの存在になった。それは少女Mを名乗り、舞台の上で体を繋ぐ銀線を引きちぎり、意思持つ自動人形として愚かな黒衣達を笑った。アハハ、アハハ。哄笑は続く。夢から醒めた今も、その声は反響し続ける。アハハ。天井の木目に少女の顔が浮かぶ。歪んだ瞳に魂の輝き。アハハ——。

微睡みの中、布団から身を起こした。田辺の自宅だった。

「お父さん、お客様です」

廊下から妻の声がする。未だに意識は明瞭としないが、とりあえず「すぐ行くよ」とだけ返しておく。しかし、どうにも体がついていかない。いっそ客人を無視して、このまま二度寝してしまおうか。そうすれば、再びあの夢を見られるかもしれない。

そう思った矢先だった。

「南方先生ぇ！」

　向こうから向こうへ、騒がしい声が廊下を通り過ぎていく。ようやく脳が働き始め、その聞き覚えのある声に返事をした。すると声の主は部屋の前で立ち止まり、襖を勢いよく開いた。

「南方先生、大変です！」

「朝っぱらから煩いぞ、福来君」

福来が部屋に飛び込んでくるなり、勢いそのまま、土下座の姿勢でこちらの布団に頭を突っ込んできた。

「大変なんです、大変です。天皇機関が、あの少女Mがです」

「解らん。まるで要領を得ん」

「ええ、解りませんでしょう！　しかし、私と一緒に来て下さい。大変なことが起こっているのです！」

福来は禿頭に汗を滴らせ、必死の形相で訴えてくる。そもそも何が大変なのだ。天皇機関は夢の出来事で――いや、違うのか。

あれは完成したのだ。

あの自動人形は、通し稽古の最中に自ら思考するようになった。舞台という定められた場から、自ら足を下ろして、その自由なる意思を発露させたのだ。

「何を急ぐのだ。少女Mは、他の者らが保管しているだろう」

それは昨日か一昨日か。舞台を見ていた一同は驚愕し、銀線で作られた人工声帯を震わせて喋る人形と話をした。一昼夜かけて対話を行い、それが真に思考していることを確かめ、最後には電力の都合で停止する運びになった。

「ええ、そうですとも！　ですが、今朝方になって天皇機関を再起動したのです。それが、それがです！」

「だから、一体なんなのだ」

「とにかく、宿まで来て下さい！」

福来が力強く、こちらの腕を引いてきた。

◆

その部屋の襖を開けた時、思わず「ウッ」と呻いてしまった。

異様な熱気と甘く淫靡な臭気。四方の窓を閉じきった大広間に黒衣達が密集し、小さな蠟燭の灯りに己が影を映している。

「早く襖を閉めてくれ！」

黒衣の一人が鬼気迫る様子で叫んだのに従いつつ、彼らが揃って見ている方向に視線をやる。

広間の奥に天皇機関があった。

裸身の少女人形が蓮華座に腰掛け、指は組まれて印契《いんげい》を結んでいる。そして黒衣達は揃いも揃って、その神聖な像を拝んでいるのだ。まるで秘密教団の隠し本尊である。

「なんだ、これは。ええ、福来君」

部屋の隅に腰を下ろし、小声で隣の福来に尋ねた。

「それがですね——ああ、ちょうど始まります」

福来が黒衣達を指差す。どうやら何かの実験が行われるようだった。儀式めいた空気の中、一人の黒衣が天皇機関の前に進み出る。

「では、自分が質問します」

一人の黒衣が恭しく額づいた。すると少女Mは、それまでの半眼の相を変え、優雅な笑みを湛えた。その手で組んでいた印契を解き、膝の横に置かれていた細い鉛筆を取り、もう一方の手でノートを抱える。佐藤が台本用に使っていた、あの国誉のノートだった。

「先般、不確定性原理を発見したドイツの学者の名は？」

黒衣が尋ねると、少女人形はにこりと微笑み、歌を一首嗜むようにノートに文字を書きつけていく。何かしらを書き終えたところで、それを掲げてみせれば「はいぜんべるく」と、これは少し拙い文字ではあるが、確かに人名が書かれている。

「なんと！　最新の物理学者の名ですよ。自分以外は知らないと思っておりました！」

出題者の黒衣が感激した様子で、その場に跪いて少女Mを拝み始めた。他の黒衣達も声を上げ、その光景に賞賛を送っている。

「アイツら、何をしているのだ」

「天皇機関の知識を確かめているのです。ちょうど昨夜、今のように少女Mに質問した者がいて、それに当意即妙で答えたことから次第に熱が上がってしまい……」

「つまり何か、彼らは質問合戦をした挙げ句、その神秘にアテられてファナティックに崇拝し始めたのか？」

「いかにも、です」

福来が面目なさそうに顔を伏せた。

その一方で、黒衣達による質問はなおも続く。日本で最も長い川、世界で最も高い山、文学者の名、室町時代の合戦、イギリスの政党、東京で流行する歌……。黒衣達が雑学を披露しつつ、少女Mがそれぞれに正解を出していく。

「あれは、どういう道理なのだ？　人形が思考して動くことまでは想定内だが、知識を持つというのは解らん」

「それについても、考幽学会の中で意見が二分しています。一つは、少女Mが人間と同様に学習することができ、この旅館に集まった者達の会話を記憶し、様々な文物の知識を得たのではないか、という仮説です。事実、ああして書いている文字も、数日前に平仮名を教えた結果なのです」

「さもありなん、だ。もう一つの説は？」

「ずばり、天皇機関は完全なる神秘であり、生まれた時から古今の事象、その全てを知っている、という説です」

ははぁ、と息を吐く。

「それこそ神仏だ。僕でさえ、その神秘を信じてしまいたくなる」

黒衣達に視線を戻せば、今も多くの者が少女Mに質問を送り、それらが答えられていく度に喝采を上げている。

「明日の天気は！」

ふと、そんな疑問が天皇機関に向けられた。

これには黒衣一同、そちらを注視して天皇機関が答えを出すのを見守っている。これは今までの問題とは意味が違った。

「なぁ、福来君。あの質問は答えるかな」

「さて、あれは誰かの知識ではないのです。明日の天気など、確かに予測はできますが、そこに答えなど――」

そこで福来の言葉が遮られた。黒衣達から今まで以上の歓声が上がったのだ。注視すれば、少女人形はノートに書きつけた文字を示している。ずばり「はれ」とのこと。

「天皇機関は未来を予測するのだ！」

誰かが叫んだ。

それを呼び水として、それまで行儀正しく天皇機関に拝謁していた黒衣達が、我も我もと前方へ押しかけ、自分勝手に質問を浴びせかけていく。

「よし、なら甲子園のことを聞こう。中等学校優勝野球大会だ！ ずばり、今年はどこが優勝するかね！」

一人の黒衣がそう言い出せば、これには複数の黒衣も同様に声を上げる。今までより熱が入っている。いかに神妙な場とはいえ、大体は普通の親父達だから、野球の話となると一気に素が出てくる。ちょうどラジオ実況も始まったものだから、誰もが気になっている話題だ。

「南方先生、どの学校が優勝しますかね」

「君まで空気に吞まれるなよ」

黒衣達が熱い視線を注ぐ中、少女Mは目を閉じ、今までよりも時間をかけて答えを出した。ノートに書かれていたのは「たかまつ」の文字。これには数人の黒衣が興奮し、また数人が頭を抱えた。

「高松商業か。やはり投手の水原だろう、あれは強いからなぁ！」

黒衣一同、それまでの敬虔さはどこへやら、甲子園球児達の最近の活躍ぶりを話し始める。天皇機関への興味関心は勿論あるが、野球と地元自慢という通俗的な話題に移ってしまった。

「心配したが、この様子なら大丈夫そうだな」

「ええ、いつもの愉快な面々です」

天皇機関の神秘は計り知れぬものがあるが、結局、その未来予測に関しては明日以降でないと解らないのだ。もし、これが胡乱な方向になびくなら問題だが、今のままなら結構だろう。何よりも、あの天皇機関が思考し、学習するという事実は喜ばしい発見だった。

そろそろ部屋を出よう。そう思って福来の肩を叩いた時だ。

「あの、質問を宜しいでしょうか」

ふと聞き慣れない声があった。

見ると、黒衣達の輪から立ち上がる者がいる。その小柄な黒衣が少女Mの前に進み出た。今まで気づかなかったが、その声は大人の女性のものだ。最近になって新たに参加したのか、それとも今までの議論でも声を発して来なかったのか。とはいえ、考幽学会は男女の別をとやかく言うものでもないから、女性であろうと奇異な目で見られることはない。

「私は天皇機関に、自分の孫について聞きたいのです」

女性黒衣の冷徹な声に、それまで騒がしくしていた黒衣達が一気に静まり返る。

「一昨年生まれたばかりの子で、私はこの子の将来を占って貰おうと思っております。今までの問答を見て、この天皇機関は未来を見通す力があるのだと確信致しました」

これには他の黒衣達も困っているようだった。天皇機関は占い師ではない。これに少女Mがどう答えるのか、不安にも思い、また期待するものもあるのだ。

「どうか、私の孫の人生を教えて下さい」

誰もが押し黙る中、やがて少女Mは一度だけ頷いた。灯明の僅かな光に微笑みの影を作り、鉛筆でノートに文字を書き始める。

「ああ、これは」

女性黒衣が感嘆の声を上げた。答えが出たのだ。ノートに書き込まれていた文字は「ぶんがくしゃじけいのせい」とある。

「文学者！　これは嬉しいことです。あの子は、刀を取って遊ぶような子ではないのです。今は幼子ですが、確かに優しく、人と物の美について思いを馳せるような、繊細な子ですので。また慈恵の性というのも、あの子の気性を表しております」

女性黒衣の喜びようも一入だ。それこそ高僧に己の子を褒められたかのような心持ちなのだろう。よほど嬉しかったらしく、少女Mの冷たい手を取って何度も握手を交わしていた。

「なんと素晴らしいことか。昭和考幽学会に入って、本当に良かったです。これほどの芸術品を完成させるのですから、皆様は知性に溢れる方達なのですね」

女性黒衣は両手を広げて振り返り、この場に集まった全員に称賛を送った。

「行くぞ、福来君」

隣の友人の背を叩いた。

部屋を出る最後の時、女性黒衣が未だに感謝を述べているのが見える。黒衣達からまばらな拍手。その奥で、天皇機関がどこか淫らな笑みを浮かべていた。

◇

餓鬼阿弥旅館を出て、福来と二人で湯の峰を歩く。

「あれは、確かに不思議な光景だったたな」

小さく細い湯ノ谷川の左右に旅館が立ち並び、夏の温泉街を観光客が楽しげに歩いていた。

旅館の背にある山の向こうで、白く霞が立ち込めている。

「はい。少女Mは思考するだけではなく、万象について語っていました」

「何か、君も語りたいことがあるんだろう。他の者の手前、出さずにいたのだろうが、相当に興奮していたな」

「お見通しでしたか」

川沿いの柵に手をやる。湿った木の手触りを確かめつつ、川の浅瀬に続く階段を下っていく。

「あれは――千里眼です」

川べりの長椅子に腰を下ろした時、福来が小さな声でそう言った。

「あれこそ私が長年に渡って研究してきたものです。人々が求めた事実を答える能力。あれと良く似た光景を、私は近くで見てきたのです」

「確か、あの天皇機関の素体となった白蓮満子は、千里眼の能力者として君が研究していたんだったな」

「はい。ですから、あれが千里眼のような力を発揮するとしたら、それは生前の白蓮満子の力が残っているとも考えられます」

福来はそう言うが、肝心の素体から脳は摘出され、少女の頭蓋骨は蓄電池として使われている。だとすれば、あの能力も人工宝石から発展した粘菌回路が思考した果てなのだろうか。

それならば、と隣の福来を見た。

「ちと考えたものがある。どうして少女Mは知識を語ってみせたのか。その答えを探るため、ここは少し議論といこうじゃないか」

「なんと！　南方先生からそのようなお誘いがあろうとは」

どこか鬱々としていた福来が、その誘いには少年のような笑顔で応じてくれた。

「そもそもだ、千里眼というのは人の閾下《サブリミナル》の思考であろう。仏説では末那識《まなしき》、阿頼耶識《あらやしき》などと言うものだ。ユングの言う集合的無意識もこれだ。当人は知らぬが、余人ならば知るものを言い当てる技術であろう」

「まさに。末那識や阿頼耶識などという知識を求め、私は高野山で真言密教を学んだのです」

「こんな話がある。昔、大陸に頗る《すこぶ》霊験ある占い師がいた。これは他人が掴んだ掌中の碁石の数を正確に言い当てるという。しかし、碁石を数えずに無意識で掴んだ場合は当てられなかった。これを福来君はどう思う」

「ははぁ、実に興味深い。まず一人でも答えを知らねば、いかな霊験を持ってしても答えを出せないという意味ですな。実は私もそれと似た経験をしたのです」

こちらの問いかけに、福来は眼鏡の蔓《つる》を直した。

「例の千里眼実験の時、私は数名の女性を対象に実験を行いました。彼女らは私の関知するところでは、間違いなく千里眼の能力を発揮したのです。封筒の中に隠された名刺の名前を書き写したり、言い当てたりしました。それが、彼女らの能力に疑いを持つ者が同席すると、どうにも実験の成果が思わしくない。そこの点をもって、彼女らの力は詐術だ、ペテンだと言われたのです」

「なるほどな。信じる者が周囲にいれば好影響を与えるが、疑念を持つ者がいれば悪影響となる、か」

「先生の仰るように、千里眼は閾下の思考なのかもしれません。まず、私らは事前に答えを知っております。千里眼を持つ女性達は、そんな私達の思考に接触し、その答えを深い意識の底から汲み上げたのです」

ふむ、と唸る。

福来の言うところの千里眼とは、人間が共有する地下水脈から水を汲み上げる力のことだ。人一人は一つの井戸から意識という水を溢れさせるが、その深いところでは一本の長い水脈となっている。

それを脳髄現象の相似と言うのかもしれないし、それを作る元である遺伝子と言うのかもしれない。

では人間の深層意識を繋ぐ橋は如何なるものか。全ての人が立入《アクセス》できる場所とは、なんだ。

「南方先生、ここで私は夢についての所見を述べたいと思います」

ほう、と息を吐く。期せずして、こちらが考え始めていたものと同じ答えを福来は出してきた。やはり、この男は一端の学者なのだ。改めて彼の見識の深さに大きく頷く。

「私が日本女子大で心理学の講師をしていた頃の話です。その時、夢についての答案を集めたことがありました。すると一人の女学生が、ある夢についての話を書いてくれました。彼女は夢の中で郷里に帰り、そこの何処とも知れない森の奥で芭蕉《ばしょう》の句が刻まれた石碑を見たというのです。後になって彼女が帰省した時、ふと妹の嫁ぎ先へ行ったらしいのです。すると、初めて行った場所のはずが、以前に夢で見た光景と実に似ている。まさかと思い、夢で見た芭蕉の句碑を探してみれば、刻まれている句の内容こそ違うけれど、確かに夢で見たのと同じ場所に句碑があったというのです」

「面白いな。夢で見たものを後になって現実で発見するというのは、僕も似た経験がある」

「ええ、まさに、まさにです」

　福来は自分の話が受け入れて貰えるのが嬉しいのか、溌剌とした笑顔を浮かべ、なんとも目をキラキラさせている。

「この女学生の話の真に興味深いところは、ここからです。女学生は夢との一致が気になって、後で故郷の人に尋ね回ったというのです。すると、彼女の乳母の家が句碑の近くにあり、幼い頃に一度だけその場所に行ったことがあるとのこと」

「なるほど、本人は意識していないが、脳は既にその光景を覚えていたという訳だ」

「そうです。まさに女学生自身にとっては全く記憶にない風景だったものの、幼い頃に一度見た風景というのは心のどこかで経験として残っていたのです。故に彼女は、幼い頃に唯一度だけ見た風景を夢の中で鮮明に描くことができたのです」

　ふむふむ、と、こちらも腕を組んで考え込む。

「これはちょっと見ると、千里眼のようなものです。女学生は、実に科学的に解説してくれたので、誰もがそういうものだと思いましたが、もし人への伝え方を変えれば、知らないはずのものを正確に言い当てたように見えたでしょう」

ここで一つ、新たな気づきを得たので、ポンと手を叩いた。

「ならば、それに合わせて僕の夢の話もしよう」

「おお、先生の方から。是非に！」

「昔、僕がアメリカのアナバーにいた頃の話だ。何気なくベッドから足を垂れ出して寝たところ、和歌山の家で梯子に足をかけて読書している夢を見た。この家は別に思い入れのある家でもなく、あえて夢に見るような重要な思い出も何もない。しかし後になって考えると、ベッドから足を垂れた感覚と、梯子に足をかけていた感覚が似ていることに気づいた。さらに、その日の気候もアメリカと和歌山で似ていた。福来君、これを君はどう思う？」

ぱしん、と福来は得心したように自らの頭を叩いた。

「興味深い！　先生の仰りたいところは、つまり人間の経験が夢に影響を与えるということでしょう。意識しない程の過去の経験であっても、身体と心が記憶しており、それが何かのきっかけで同じような形になると、時も場所も違えても思い出すという訳ですな」

「その通りだ。僕はこれを脳分子の順序のせいだと思っている。ある経験をした時、脳の中で脳分子は〝これは、こうこう、こういう状態だぞ〟と記憶する。それが別の機会に、気温やら体勢やらで脳分子が同じ順序を再現する。すると当人は、記憶を鮮明に蘇らせるのだ」

「では、私の話した女学生の例と合わせてみましょう。彼女は幼い頃に芭蕉の句碑を見た時のですな」

と、何か同じ要因を脳の中で再現し、記憶すらしてなかった過去の体験を夢の中で再生した
「その通りだ！」と、こちらも大きく頷いた。

「福来君、さらにそこから千里眼の話へ飛ぶぞ」

「はい！」

福来もそう答え、何度も頷いてくる。

「千里眼を持つ者というのは、本人は知らないが他人は知る情報を見ることができる者だ。他人が知っているというところがミソで、即ち彼らの脳分子が順序立って情報を記憶しているということだ」

「ああ、では！　もし、他人の脳分子を再現することができたなら！」

「如何にもだ。千里眼の持ち主は、まるで夢に見るように他人の脳分子の順序を再現し、自己の経験として見ることができる。例えば、出題者の振る舞いを観察し、自分もそれと似た行動を取ったりする。そういった積み重ねで、自身の脳分子をグラグラと揺らして、出題者と同じ脳分子の配列ができあがるのを待つ。ツボに入れたサイコロを振って、ゾロ目を一列に積み上げるが如くだ」

「ならば！　脳分子の配列が完成すれば、同じ体験をしたようなもの！　出題者が文字を隠した瞬間の体験を、自分の脳で受け取って、読み取ればいいのですな！」

「そういうことだ！」

ここで興奮して、思わず福来の肩を叩いてしまった。すると福来の方も怯むことなく、こちらの肩を強く打ってくる。

「よし、ここで少女Mの話に戻るぞ」

「どうぞ！」

「あれは間違いなく機械だが、その内部で人間の脳と同じ構造を作っているのだ。つまり、脳分子の配列が変われば人間と同様の知識を得ることになる」

「千里眼の話と併せて考えますに、あれは他人の脳分子を再現しているのですね。あの場に集まった黒衣達は、無意識の内に質問の答えを知っている訳ですから、少女Mがそれを観察して己の知識とした」

「そうだ。時にコックリさんなどという降霊現象があるが、これは降霊会に参加した者同士が意識を共有した結果なのだ。少女Mが未来を予測するというのは、あの場にいた人間が無意識に予想していた答えを言い当てたに過ぎないのかもしれん」

おおん、と福来が奇妙な鳴き声を発した。

「それが、少女Mの正体ですか」

互いに知識の深まりを感じ、共に腕を組んで頷き合った。未だに議論の余地は残るが、これが一応の結論になるだろう。

「ああ、なんという。これが千里眼の理論なのですね。人間の深層意識より現れる力であり、他者の思考、脳分子の配列を自ら再現する類まれな共感能力。まさか私の長年の疑問が、少女Mという機械人形によって理解できようとは……」

おや、と思って見れば、そこで福来が薄っすらと涙を流していた。

「先生、先生。まさに千里眼の謎が、今解かれようとしているのです」

「大袈裟だな、ちょっと論を交わしただけだろう」

慰めるように笑ってやれば、福来は声を詰まらせつつ首を左右に振った。

「私の千里眼実験は、科学的に意味のある尊い行いでした。仮令《たとい》それが失敗に終わったとしても、科学の進歩には必要な犠牲だったと諦められます。しかし、それが為に罪もない女性達が世間から詐欺師と誇られ、命を落としたことには言い知れぬ後悔があるのです」

そう言い、福来は何度も涙を拭った。眼鏡の下で小さな目を何度も瞬かせ、なおも溢れる熱い液体を堪らえようとしているようだ。

「御船千鶴子も長尾《ながお》郁子《いくこ》も、千里眼などと持て囃すことがなければ、安穏な生活を送っていたことでしょう。しかし、私が彼女らを学究の表舞台に引き上げたせいで、望んだ結果を得られなかったせいで、謂れのない誹謗を受けたのです」

何か言おうと思ったが、ついに口から出るものはなかった。

これまで昭和考幽学会に奉仕してきた男の涙である。世間では忘れられようとも、偉大な研究を推し進めてきた学者である。その男が、こうして一人の人間として感情を吐露しているのだ。

「白蓮満子の時もそうでした。何の罪もない少女が、スタアを夢見た少女が、千里眼があるということで周囲から期待され、それがペテンだと言われて一方的に失望されたのです」

そこで福来は、どうにも寂しげな笑顔を見せた。

「私は、最後に見た白蓮満子の姿が忘れられません。今度は良い結果を出せそうですと、そう言って別れた矢先に、彼女は自ら命を絶ったのです」

それは今までの少年じみた楽天家の顔ではない。一人の老人の、萎れた心臓に結露する悲哀の情がそこにある。

「正直に言うと、あの少女Mと、それを崇める会員の姿を見て怖くなりました。かつて私が、千里眼実験で取り返しのつかない失敗を犯した時と似た光景でした。昭和考幽学会での研究は、その不名誉を挽回できる絶好の機会と思うものの、もし再び大きな過ちを犯したらと、体が震えるのです」

「なに、心配するな。今回の研究は皆でやってきたのだ。成功も失敗も、我ら全員のものだ」

勇気づけるように福来の背を叩く。ようやく、この友人も朗らかな笑みを向けてくれた。

「はい、信じますとも。ようやく、これでようやく、私は彼女らに顔向けができそうです」

ああ、と、ここで一つの気づきを得た。

この福来もまた、死者の因縁によってここまで来たのだ。鳥山が亡き父の名声に応えんとしたように、西村達が一人の少女の死を悼んで学究の左道を歩んだように、この男も死者の思いを受け入れて学究を続けたのだろう。

人間は生きているだけで因縁の糸が絡みつく。いや、死んだ後にも繋がりは絶えないのだろう。生きていようが、死んでいようが、そんなのお構いなしに、この宇宙に蔵された因縁の結び目は現れる。

それは自分も同じなのだ。

あの法龍和尚《わじよう》がくたばり——いや、遷化《せんげ》した後にも、これほどに愉快な出会いを残してくれたのだから。

「全く、あの米虫坊主には、あの世で礼を言わねばならん」

そんなことを呟くと、隣の福来が何事かと顔を向けてきた。特に応えることはなかったが、どうにも言葉にならない愉快さがこみ上げてきた。それは向こうも同じなのだろう。珍しく福来が「わはは」と声を上げて笑った。

「ああ、良い気分です。今回の御披露目が終わったなら、私は今一度、東京の学者連中に訴えかけてみます。千里眼の不思議を、より科学的に解明するのです」

「うむ、その時を心待ちとしよう」

ここでカァと鴉が鳴いた。

鳥の声に空を見上げれば、いつの間にか西の空が茜色に染まっている。千里眼談義に夢中になっている内に、すっかり日も暮れてしまったようだ。

そろそろ帰るかと長椅子から立ち上がったところで、

「南方さーん」

と、階段を上った先で鳥山が手を振ってきた。

「鳥山君か、どうした？」

「お二人を迎えに来ました。旅館の方で最後の会議です」

最後、というところで福来と顔を見合わせた。

「御披露目の日取りが決まったらしいです」


迎えの鳥山に導かれ、例のごとく餓鬼阿弥旅館の大広間に集まった。

昼から天皇機関に質問をぶつけていた黒衣達が、畳の上で折り目正しく座っている。さすがに最後の会議ということもあり、いつものように酒を持ち込んで騒ぐことはしないようだ。さらに見れば壇上に仰々しい幕と、停止状態の天皇機関が据えられている。これだけ見ると演芸が始まるのを待つ観客のようでもあった。

「さて」

ここで一人の黒衣が壇上に登った。

「皆様、お集まり頂きありがとうございます。まずは天皇機関の完成、まことにめでたい限りであります」

壇上の黒衣が少女人形の脇に立ち、一同に手を向けてから、軽く頭を下げる。それに全員が拍手で応える。最後の会議が始まったのだ。

「科学技術を尽くして生まれた思考する自動人形、未来を見通し、言葉によって人々を導く機械。また、それによって演じられる神話劇。これこそ新時代の幕開けであり、これを天皇陛下に御披露目し、やがては広く大衆に披露する日が楽しみであります」

黒衣の言葉に、この場の全員が静かな熱狂に包まれた。規則正しい拍手の音が広間に広がる。無言のまま胸に手をやる者、握り拳を作る者、少女人形を仰ぎ見る者。それぞれが栄光ある未来を思い描いているのだ。

壇上の黒衣が拍手を制すも、なお煽るように高く手を掲げた。

「そして今回は！　天皇機関を陛下に御披露目する計画、その日取りを報告させて頂きます」

そう言うと、壇上の黒衣が唐突に己の黒頭巾を取り去り、さらに黒い着物を脱いでいく。

「皆様にとって、それが実現可能かどうか不安でしょう。ですが、それは僕の立場から信じて貰うしかない」

そこにスーツ姿の紳士が現れた。整えた口髭に公家のような柔和な笑み。

「この和歌山では、僕は少しばかり有名人のはずだよ。そして、そこにいる南方君にも縁がある。今回の協力は彼がいたからこそだ」

壇上の紳士からの指名に、他の会員達が一斉にこちらを向く。

「僕を覚えているかな、南方君」

「あぁ？」

年の頃は自分より少し年上だろうか。どうにも見覚えはない。いや、あるような気もするが、こんな場所にいるはずがないという思いが先に立つ。

「岡崎《おかざき》だよ。長坂《ながさか》と言った方が覚えてくれているかな？　君に最初に出会ったのはミシガン大学で、次は君が植物研究所の出資者を募って上京してきた時だ」

「ああっ、岡崎邦輔《くにすけ》！」

思わず指を差して名前を呼んでしまった。

古くは公使である陸奥宗光に伺候《しこう》し、以降も魑魅魍魎の跋扈する政治の世界で生きてきた傑物。先年まで加藤内閣の農林大臣を務め、今なお政界に名を轟かす政友会《せいゆうかい》の重鎮だ。本当ならば、何より礼を尽くさねばならない地元の名士である。

「これは、なんと。貴方が昭和考幽学会にいるとはな！」

岡崎が眉を下げ、優しげな笑みを作ると、その名前を聞いた一同が拍手を送った。天皇陛下への御披露目などというのは、どうにも遠大な目標だったが、この実業家が現れたとあっては途端に実現可能なものとなった。

「さて、自己紹介はこの程度にしておきますよ。とにかく、僕が御披露目までの道筋を作るとしましょう」

そこで岡崎が振り返り、壇上の幕に手を掛け、一気に幕を手元に引いた。

白い幕に覆われていたのは、引き伸ばした写真が貼り付けられた合板だ。

「まず僕らは、これを使って天皇機関を輸送するのです」

それは今まで見たこともない列車を写したものだった。

黒く塗られた客車の高貴な意匠に、精緻な組子欄間の如き窓の飾りがある。これまで見てきた電車など比ぶべくもない。最新鋭にして、最先端の車両だった。

「これはアメリカ直輸入のディーゼル電気機関車さ。最高速度は百二十キロにも達する、自慢の超特急ロマンスカー。まだ世間にも出していない、この暗黒電車に皆で乗るんだ」

そして、と岡崎が合板をめくった。裏にあるもう一枚の合板に、今度は日本地図が描かれ、そこに一本の線が引かれている。場所で言えば、東京と和歌山を結んだものだ。

「今から一週間後、天皇陛下は秘密裏に京都御所に入る。深夜、陛下を乗せたお召し列車が東京駅を出る」

岡崎が右手で地図上の線をなぞる。東京から東海道を通り、名古屋へ。そして左手を伸ばし、和歌山から大阪へ向かってなぞっていく。やがて岡崎の両手は岐阜県で衝突する。

「僕らは、天皇陛下の巡幸に随行するのだ」

岡崎が高らかに宣言した。

黒衣達は盛大な拍手を送り、また叫び、口笛を吹き、各々が計画実現の日を思い描いた。

一九二七年：十三夜「奈落廻《ならくめぐ》り・超特急《ちょうとっきゅう》」

ついに、この日が来た。

湯の峰温泉での計画発表から一週間。打ち合わせと最終調整、舞台稽古を重ね、最後には合宿解散式を執り行った。それぞれが大いに酔い、夢を語り、再会を約束して一旦は日常に帰っていった。

そして夏の盛り、八月の深夜だ。

昭和考幽学会の会員が、完成したばかりの東和歌山駅の駅舎に集まった。待合室に扇風機を持ち込み、これから始まる一大事業への決意を新たにするため、例の如く酒を酌み交わしている。

「いよいよですな」

真っ暗な停車場《ホーム》で福来と並ぶ。

「うむ、乾坤一擲の御披露目事業だ」

「しかし、南方先生が岡崎閣下とお知り合いだったとは」

「アメリカ時代に会ったのだ。数年前、僕が植物研究所を作るという時にも尽力してくれた」

「そういえば、閣下の話では枢密院の鎌田《かまた》栄吉《えいきち》氏の協力もあったらしいのです。この方も先生の知り合いだとか」

ああ、と一人納得の声。

鎌田と言えば徳川頼倫の教育係であり、ロンドン時代に出会った知人だ。彼も岡崎や紀州侯と同じく、植物研究所設立の際に名を貸してくれた。どうやら数年前のお詫びとばかりに、多くの人間が権威とコネクションを使って、昭和考幽学会を助けてくれているようだ。

「しかし、我らの為にわざわざ極秘の列車を動かすとは、なんとも派手なことだ」

「岡崎閣下は、数年前まで京阪電鉄の社長だったのです。今回の御披露目に鉄道を使うというのも、その時の威光を活かしてのことでしょう」

福来が呟きながら、懐中時計を取り出して確認する。蛾の群がるガス灯の光に照らされて、彼の時計の盤面が横から見えた。そろそろ午前一時になろうとしている。

「そろそろ、です」

やがて遠く夜闇を裂いて警笛の音が響いた。

それを合図に、今まで待合室に控えていた昭和考幽学会の面々も、ぞろぞろと停車場に集まってくる。遠く線路の先より閃光。ギィギィと線路に軋む鉄の車輪。前照灯が夏の夜に一条の光を作り、前に立つ福来の半身に濃い影を浮かび上がらせる。

「これから始まるのだな」

福来の向こう、さらに銘々の黒衣達に顔を向ける。彼らを導くように片手を上げる。

「昭和考幽学会の諸君、これよりは後戻りなどできない、異端なる学究の道だ。この道を歩むからには、見事、陛下に天皇機関を御披露目し、我らが本懐を果たそう！」

黒衣達も手を掲げ、夜の駅舎に歓声を轟かせる。それと共に、停車場に三両編成のディーゼル電気機関車が滑り込んできた。十二対の車輪が、摩尼《まに》車の転輪する如く厳かな音を立てる。これぞ岡崎自慢の逸品。曰く暗黒ロマンスカー・超特急だ。

そして一歩、電車へと乗り込んだ。

口火を切ったのは岡崎だった。

「手はずの確認をしようか」

車両内部に置かれた黒檀の長机、その左右のソファに数名の黒衣達が座っている。車両が揺れれば電灯が明滅し、その都度、黒衣達の影を照らしたり隠したりする。

「まず、この電車は天王寺まで行き、そこで国鉄に入り大阪駅を通過、東海道線を東へ向かう」

長机に広げられた地図の上を、岡崎の手に握られた指し棒が滑っていく。現在地は大阪の泉北、和泉府中《いずみふちゅう》の辺りを通過しているようだ。駅などもあるようだが、高速で走る電車の窓にそれらが映る暇はないし、無論、他の電車が走っている様子もない。岡崎に言わせれば、この路線は即位礼に合わせて開業予定の秘密路線なのだという。

「現在、陛下は東京を発って京都御所に向かっておられる。来年に予定された即位礼に向け、多くの閣僚達も含めて準備を進めているところだよ。当然、彼らも随行している」

トントン、と指し棒で地図が叩かれた。場所はちょうど日本の中心、岐阜県の辺りに指し棒の先端がある。

「そして陛下を乗せたお召し列車は、この時間だと岐阜駅か大垣《おおがき》駅で停車する。そこで休息を取ることになっているのだ。我々は、まさにその時間に合わせ、それらの駅に入り、例の天皇機関を陛下にお見せするとしよう」

おお、と黒衣達から感嘆の声。

「ひとまず四つの班を作ろう。電車に待機し指示を行う者、天皇機関を陛下のお召し列車に運び込む者、その場で起動作業及び公演準備をする者、そして陛下の前で舞台に立つ者だ。僕は電車に待機した方がいいだろうし、後は起動実験が行える者と口の上手い者で分かれてくれ」

そこまで言ってから、岡崎がこちらにキザったらしく目配《ウインク》せを送ってきた。

「南方君は、猿田彦の代役をお願いするよ。やはり君が主役を務めるのが良い」

「むむ、まぁ役者が他にいないのでは仕方ないな」

以前の通し稽古の際、猿田彦役の者が事故で負傷してしまったのだ。彼ほどに上手く演じられるかは解らないが、役に入り込むという意味では自信があった。

「さて、後の細かい動きは向こうの福来君が手配してくれるだろう。他の人達も役目を全うして欲しい」

そうして岡崎は、脇に控えていた福来と共に昭和考幽学会の面々で班分けをしていく。ここで一旦、会議も休憩ということで、残る者と後ろの車両で休む者とに分かれた。

「少し疲れた。僕は後ろの連中を見てくるぞ」

そう言って、こちらも後方の車両へ移動する。

客車の扉を開ければ、黒衣の集団が横掛け座席で酒盛りをしていた。

陛下への謁見を前に緊張しているかと思えば然にあらず、修学旅行の学生よろしく、彼らは座席の上で立ち上がったり、猿の如く飛び回ったりと傍若無人の様。一部の黒衣など、回転式の座席を面白そうにグルグルと回し、その上で踊っている始末。岡崎によれば、これこそ最新型電車ロマンスカーの特徴らしいが、こうなっては型なしだ。

「おっ、南方先生の御到着だ！」

騒がしい一団が、こちらに向けて声をかけてくる。餓鬼阿弥旅館での一件以来、こちらが顔を隠そうが隠すまいが、彼らは気さくに「南方先生」と呼びかけてくる。面映いやら迷惑やら、だ。

「先生、どうです？　ご一献！」

「先生、此度の天皇機関の披露はどうです？　順調ですか！」

「先生、小便が漏れそうです！　便所はないのですか？」

席の合間を抜けて歩く程に、彼らから酒瓶やら酒肴やら、誰かが作った旅のしおりやらを押しつけられる。

「諸君、諸君。もう一刻もすれば我らは天皇陛下に謁見するのだ。くれぐれも失礼のないようにしたまえよ」

車両後部で振り返って、騒がしい連中に向けての一言。それに対し彼らは、

「はぁーい!」

などと、一斉におちゃらけた返事。ほれ見ろ、返事のついでに、黒衣の一人が黒頭巾の下で嘔吐している。

ここでは到底休めはしないだろう。そう思い、一人で客車の後部扉を開ける。

車両の外は漆黒。生温い風が轟々と吹き付けてくる。農村部の風景は、暗闇の中で目まぐるしく移り変わっていく。客車と後方の貨車との間で、車輪が激しく軋んでいた。

後部の貨車に、あの天皇機関が仕舞われているそうだ。せっかくならば、御披露目前に少女Mの様子でも確かめておこう。

不安定な鉄の足場を踏み、後部車両へ。

特製の貨車は前半分が通常の客車として作られており、後ろ半分が幕で区切られて、舞台裏兼貨物室になっている。御披露目の際には、この特別車両に陛下を案内し、天皇機関の演目を見て頂く計画になっている。

劇場の如く客席が後方へ一列に並んでいる。さすがに、この車両で酒盛りをするような者もなく、静かな車内を歩いて後方の幕へ手を掛けた。

　そこで思わずギョッとした。

　手で幕を開けて中を見れば、蒸し暑い貨物室に不気味な人影があったのだ。包帯で顔を隠した細身の男。その人物が、静かに佇んでいる天皇機関を見上げていた。

「君は、何者だ」

　こちらの声に包帯男も驚いたのか、咄嗟に振り返って手を振ってくる。慌てたように口元の包帯を引き下げた。

「南方さん！　俺です、堀川ですよ」

「堀川……。ああ、起動実験の時に一緒にいたな」

「そうです、その堀川辰吉郎です」

　包帯男は安心したのか、疲れたように天皇機関の蓮華座にもたれかかった。

「こんなところで何をしている」

「休憩ですよ。こんな状態なんで酒も飲めないし、かといって二号車にいても煩いだけだ」

「む、そうか。その姿は一体どうした？」

　堀川は自嘲するように首を振った。

「ほら、あの通し稽古のせいですよ。あの時、俺がつけてた仮面が爆発して、顔を火傷してしまったんです」

「あの猿田彦は君だったのか」

「ええ、痕は残らない程度だというけど、お陰様で俺の色男ぶりが台無しだ」

包帯越しに、くぐもった笑い声。鋭い目つきだけが垣間見え、不気味な印象を与えた。

「それにしても、コイツは凄いじゃないですか。聞いたところによれば、何でも未来を予知したとかなんとか」

そう言って堀川が、目を瞑る少女人形の膝を撫でる。そのまま触りつつ、今度は蓮華座に置かれたノートに手をやった。以前に少女Mが知識を披露した際、古今の知識を書いてみせたものだ。

「ああ。他の連中は教祖を崇めるが如く、その天皇機関に質問をぶつけていたぞ。君は参加しなかったのか？」

「生憎と、その時期に病院に行っていたので。しかし、そいつは本当に凄い。これなら、もしかすると天皇陛下に助言を与えられるかもしれませんよ」

「天皇機関に輔弼させようとかいう意見だろう。僕は賛成も反対もせんが、君はそれを夢見ているらしいな」

「いやいや、そこまで本気じゃあないですがね。とはいえ機械が陛下を助けるというのは良いじゃないですか。人間というのは欲があるが、機械にはそれがない。こっちの方が、本当に正しい判断をしてくれるかもしれない」

そこで堀川は包帯の下で「ふふふ」と不敵に笑った。

「俺は、今上陛下に同情してるんですよ」

堀川の言葉に、いくらか驚いて眉を上げた。

「おっと、不敬などと言わないで下さいよ。俺は陛下を心より尊敬している。だからこそ、その辛いものを察するんです」

「別に言わんよ。君なりの思いがあるのだろう」

「ええ。だって考えてみて下さいよ。先帝は健康に恵まれず、陛下は若い頃から公務に出ずっぱりだった。今だって、ほんの二十六歳の青年でしょう。生まれてからずっと、軍部や政財界の化け物どもに担がれて、天皇たるべしと生きてこられた」

グス、と、堀川が鼻をすすった。涙ぐんでいるのか、目元の包帯をしきりに直している。

「私利私欲にまみれた人間より、この天皇機関の方がよほどに清らかだ」

堀川は陶酔するように、少女人形の肌に触れていく。あの狂信の場にはいなかったが、この男もまた、天皇機関に神秘を見出した側の人間なのだろう。

そこで堀川が、何か思いついたように顔をこちらに向けた。

「南方さん、ここで貴方に俺の秘密を教えますよ」

「なんだ、まさか君まで、僕と縁のある人間だとか言うんじゃないよな」

鳥山から岡崎まで、こういう告白のされ方には覚えがあった。しかし、堀川の方は目論見が外れたように、その包帯から覗いた視線を弱らせる。

「え？　いや、うーん。何ですかね、俺の血筋の話ですよ。俺がどうして今上陛下に同情するのか、っていう。もう正直に言ってしまいますが、俺はさる高貴な血筋の生まれなのです」

「高貴な血筋？」

「ええ。この名前も、半ば偽名のようなモンです。京都堀川に生まれたから名乗っているだけの。俺は子供の頃には九州に行って、中々な人達に守られるようにして育ったんですよ。ほら、あるでしょう、大坂の陣で生き残っていた豊臣秀頼が九州の大名に隠されてたとか、そういう伝説みたいな」

「ではまさか君は、豊臣の子孫……」

ありゃ、と堀川がわざとらしくコケてみせた。

「もう、南方さん。解って言ってるでしょう？　今のは喩え話ですよ。東の徳川、西の豊臣。東京の今上陛下、京都の……というやつです」

ここまで聞いて、ようやく合点がいった。

詳細は言えないのだろうが、この堀川という男は皇室に近い宮家か、それに準ずる家の出なのだろう。とんでもない経歴の人物だが、紀州侯が参加していたくらいだ。もしかすると、彼は今夜の御披露目にも一枚噛んでいるのかもしれない。

「俺は、出自は良いんですがね。今の政府にとっては目障りな立場なんです。だから一般人のフリをして生きてる。これ、貴方を信頼するから言ったんだ。秘密にしといて下さいよ」

「なるほど、相解った」

こちらが頷けば、堀川も目を細めて笑う。

「いや、思い出すなぁ。昔、貴方と似た人に世話になったんですよ。十五歳の頃、俺は大陸に渡ってね、そこで辛亥革命に巻き込まれた。その時に、俺はその人と出会ったんです」

「それは誰だ？」

「孫文ですよ」

彼の言葉に「ほう！」と声を上げた。

その名が出たことが嬉しく思えた。その一方で「なんだやはり縁が絡んでくるではないか」と世の不思議を笑ってしまった。

「孫文なら、僕の友人だ。そうか、まさか君が！」

「げっ」と、堀川が唐突に顔をそむけた。

「げ？」

「げぇ、現実とは……奇妙不可思議、なるほど因縁だなぁ、へぇ、南方さんが、まさか孫文氏の友人だとは。そうかそうか、だから印象が似ているのですねぇ」

「うむ、因縁というのは実に面白い」

感慨深げに頷いたが、対する堀川はどうにも落ち着かない様子で、何度も自らの喉元を擦っている。

「んん、南方さん、俺はここらで戻りますよ。喉が乾いてしまった」

そう言うや否や、堀川は軽く会釈を残して、そそくさと貨物室を後にしてしまった。つい話に夢中になって忘れていたが、窓もないこの狭い部屋に詰めると随分と暑くなる。

「もっと孫文の話をしたかったが、追い出してしまったな」

一人になるつもりで来たが、いざ一人になると話し相手が欲しくなる。物言わぬ少女人形を見上げ、そう語りかけた。

「思い返せば、お前が生まれたのも、全て因縁だったぞ」

そもそも最初は、今は亡き土宜法龍の紹介で福来が訪ねてきた。そして古くからの知り合いたる鳥山と出会い、彼の知人の西村達と出会い、様々な出会いによって天皇機関は完成した。そして留学時代の友人が手助けをしてくれて、今夜の御披露目に繋がった。

どれか一つでも欠ければ、こうして天皇機関を陛下に御披露目するなどという結果にはなっていなかっただろう。これぞ摩訶不思議。縁に依りて生ず、即ち依他起性《えたきしょう》の道理だ。

この世には縁がある、因がある。

「お前は凄いぞ。人の手によって蘇り、我々に運ばれ、その使命を果たすのだ」

思考する粘菌。人間の脳を再現し、他者の脳分子の配列を模倣する機関。それは千里眼のように、他の誰かの頭にある知識を自分のものとし、大多数の人間の知識を統合して未来予知を行う。

それは途方もない神秘だ。

この大発見は今夜、他ならぬ天皇陛下に披露される。それによって、まず東京の学会で取り沙汰される。次に世界へ発信され、数多くの科学者が度肝を抜かれるはずだ。

そうして天皇機関の名は人類史に刻まれる。陛下の為に使うのは勿論だが、この技術が発展すれば、もっと多くの人間を助けられるはずだ。

「これぞ学者の本懐」

ここで蓮華座の上に置かれたノートを手に取った。少女Mが示してきた知識の奇跡を確かめようと思ったのだ。

「おや？」

ノートを開く。まず台本用の部分があり、後半に少女Mが問答に使った箇所があるはずだ。ざっと終わりまで見た。しかし、何かが違う。再び開く、何度も開く。全てのページをめくっていく。

そこにあったのは奇妙な違和感。

「これは、おかしい」

どういう訳か、ノートの後半部は白紙だった。

「これは新しいノートか？　いや、違うな。これだ、このノートに書いていたはずだ。台本用に使っていた一冊だから、他のものに書いてはいない」

少女Mは、確かに人々の前でノートに文字を書き込んでいた。質問の答えを、このノートで示していた。その光景を見た。

「はてな」

ビュウと貨物室に隙間風。

何かがおかしい。起き抜けに夢を思い出している気分だ。実際に体験したと思った出来事が、現実では何も起こっていない。あのフワフワとした感覚があった。

次第に頭が冴えてくる。嫌な予感がする。脳の奥が痺れてくる。もう少しで夢と現実の差異に思い至る。そんな一瞬だ。

「先生！」

ここで突如の声。

息を呑み込み振り返れば、そこに顔を赤くさせた福来がいた。

「なんだ、どうした福来君」

前方の車両から走ってきたのか。呼吸を荒くしながら、福来が一直線にこちらに駆け寄ってくる。宙ぶらりんのこちらの手を掴み、訳も言わずに引っ張ってくる。

「どうした、どうしたんだ」

「先生、どうか岡崎閣下を止めて下さい！」

唐突な申し出に「ああ？」と不機嫌な声を出す。

「いいから、急いで来て！」

そう言って福来は無理矢理に手を引っ張る。未だに微かな不安感が、薄い膜のように頭に残っているが、それが一方的に剝がされていく。

「解った、解ったから引っ張るな」

福来が先を走り、こちらは腹を揺らして後を追う。客席の並ぶ貨車を抜け、黒衣達が呑気に酒盛りを続ける二両目を抜け、先頭車両へ。

「岡崎閣下は！」

車両に入るなり福来が叫ぶ。声に振り返るのは数人の黒衣達。長机の上に地図が広げられているのは変わらないが、どういう訳か黒衣達が右往左往と車内を走り回っていた。

「ああ、南方先生!」

黒衣達が慌てた様子でこちらに駆け寄ってくる。彼らの陣頭指揮を執っていたはずの岡崎の姿だけがない。そして「岡崎閣下を止めて下さい!」などと福来と同じことを言う。

「おいおい、どういう了見だ」

「それが——」

黒衣の一人が口を開きかけたところで、前方から「あはは!」と小気味良い笑い声が聞こえてきた。

「岡崎、どうした!」

群がってくる黒衣を押しのけ、前方にある運転席へと近づく。見てみれば、岡崎が運転席に座っているではないか。それもただ座っているのではない。助士席側に運転手と車掌を追いやり、彼らに声をかけながらハンドルを握っているのだ。

「何をしているんだ、岡崎!」

「ああ、南方君か!」

助士席側から狭い運転席に半身を突っ込む。横で運転手が泣きそうな表情をしていた。

「間もなく天王寺の駅だよ、ここからが僕の見せ場だ!」

「おい、何を言ってるんだ!」

「実は黙っていたけれど、この阪和線から国鉄の線路は繋がっていなくてね!」

「ああ、いや、だから天王寺で乗り換えるのではないのか？」

「まさか！　せっかく陛下の為に超特急ロマンスカーを作ったのだ。どうして国鉄のクソ電車に乗り換える必要がある」

そこで岡崎がハンドルを強く押し込んだ。電車はスピードを上げ、内燃機関は唸り、車輪が激しい悲鳴を上げる。

「そこでだ！　阪和線の線路に盛り土をして、国鉄側の線路に向けた跳躍台を作っていたのだ。つまり電車をジャンプさせて、国鉄側に強引に乗り入れようと思う！」

あまりのことに度を失ってしまう。

「この為に国鉄と同じ軌間で線路を敷いたし、計算も完璧、予行練習もばっちりだ。何も心配することはないよ。僕が運転しているのも、責任を負うためだ」

「ちなみにだが、成功率は」

何とか絞り出した質問に対し、岡崎は振り返って優美な笑みを一つ。

「五割は堅いね」

「我々の重さは考慮したか？」

その問いかけに、岡崎は大きく鼻を膨らませ、ゆっくりと深呼吸。垂れ気味の目をぱっちりと見開き、笑顔を崩すことなく一言。

「三割は堅い」

なるほど、と返す。

即座に振り返り、心配そうに見つめる一同に向けて手を掲げた。

「諸君、二号車で席についとけ。そして祈っておけ」

わぁ、と蜘蛛の子を散らすように黒衣達が後方客車に殺到する。残された福来だけが、顎をガチガチと震わせながら力なく手を伸ばしてくる。

「諦めろ、福来君。こうなったら岡崎はどうにもならん。ここで失敗するようなら、どうせ何かで失敗するぞ」

フン、と鼻を鳴らして後方へ。なおも動こうとしない福来の襟を摑み、無造作に引っ張っていく。

「あははは！」

扉を閉める直前、先頭車両では岡崎の愉快な笑い声がこだましていた。

そして二号車で各々が着席したところで線路に軋み、ゴウゴウと風の音。車輪が激しく火花を散らしているだろう。黒衣達の悲鳴、あるいは吐瀉物が乱舞する。ふわり、と尻が浮く不気味な感覚。

覚悟は決まった。

今日、この夜に至るまでに、実に多くの因縁が結び目を拵えてきた。これより先は、死者も生者も問わず、あらゆる因縁によって導かれる道程となるだろう。その確信がある。

あらゆる因縁を詰め込んだ因果鉄道は、ただ一直線、夜の闇に向かって飛び出していく。

一九二七年：十四夜「傀儡《くぐつ》廻《まわ》し・地《じ》獄変《ごくへん》」

夜の平野を暗黒列車がひた走る。

前照灯の光芒《こうぼう》が進路に伸びている。夜という名の乙女の着物が、破廉恥なまでに裂かれていく。あるいは超高速で線路を軋ませる車輪の音などは、激しく響く嬌声だ。

「死ぬかと思いました」

電車が夜の空に舞ってから半刻ほど後、対面で座る福来が顔を青褪めさせて呟いた。未だに肩を震わせている。

「なに、度胸がついた。あれで生きていたのだから、天皇陛下に御披露目するというのも怖くなくなっただろう」

さっきまでの狂騒ぶりはどこへやら、黒衣達は大人しく着席し、その時が来るのを待っている。

「ところで南方先生、浮かない顔ですが、やはり猿田彦役を演じるのは辛いですか」

「いや、そうではない。それとは全く別の不安だ」

訝しげな福来に、これまで胸に抱えていたノートを押し付けた。

「これは、台本ですか？」

「後半を見てみろ。全部が白紙になっている」

福来がパラパラとノートをめくっていく。あの天皇機関の答えが書き込まれているはずの箇所まで来て、不意にその顔をしかめた。

「君も見たはずだ。少女Mはそのノートに答えを書き込んでいた。しかし、どういう訳か白紙になっている」

「御披露目の為に新しいノートを用意しただけでは」

「それなら前半の台本はなんだ。あの日、少女Mが書き込んだのは、間違いなくそのノートだ」

何度かノートを見返した後、福来がそれをこちらに返してくる。訳も解らないといった表情で首を振る。

「これが南方先生の不安ですか。いえ、奇妙といえば奇妙ですが」

「解った、率直に僕の不安を言おう」

息を整えつつ、福来の顔を見据えた。

「天皇機関が問答を行っていた時、僕らは全員が幻覚を見ていたのではないか」

そう告げると、福来はまず驚き、それから安心したように長く大きく息を吐いた。

「そんな、まさかです。私はしかと少女Mが動き、問いに答えていたのを見ています」

「福来、君は夢を見ている時に、これは夢だ、と気づくことがあるか？」

「はて、あまり経験はありませんが」

「そうだろう。僕もそうだ。夢の中にいる時、向こうの自分にとって夢の世界は現実だ。幻覚もそれと同様、見ている者にとっては幻覚こそが現実なのだ」

こちらの理論に対し、福来は「うむ」と唸るばかりで否定も肯定もしてこない。どうやら彼なりに、あの宿での経験を反芻しているようだった。

「もっともですが、だからといって、どうして私達が幻覚を見たというのです」

「キノコの中にはな、人に幻覚を見させるものがある」

「きのこ？」

「古代メキシコでは、そうしたキノコを神の肉などと呼び、呪術師が神の声を聞く為に食べるのだ。そもそも人類は誕生した直後から、この幻覚キノコを口にした可能性がある。幻覚による神秘体験こそが、神という存在を想像させたのかもしれない」

「それは、突飛に過ぎますよ。確かに、合宿中の夕飯でキノコは食べたかもしれませんが」

「違う。僕らはキノコと良く似た存在に触れ続けていただろう」

その一言に福来も気づいたのか、大きく目を見開いて息を呑んだ。

「そうとも。あの思考する粘菌だ。あれに幻覚を引き起こす成分があるとしたらどうだ。粘菌は子実体を作り、胞子を飛ばす。我々はそれを知らず知らずに吸引し、幻覚を見ていた」

「そんな、あり得ません」

「あり得たら困るから不安なのだ！」

思わず熱が入り、福来の肩を両手で掴んで揺する。それを受けた福来は、困ったような表情で手を振りほどく。

「南方先生！ 先生はお疲れなのです。いえ、御披露目の直前で神経質になっているだけです。私らは幻覚など見てはいません。あれは現実です。どうか、落ち着いて――」

「これが落ち着いていられるか！」

そう叫んだ時、列車が一度大きく揺れた。

ブレーキが掛けられ、車輪が軋む。体が後方に引っ張られるのを、福来が掴んで支えてくれた。車窓に顔を向ければ、列車の進む先にガス灯の光と無人の停車場が見えた。

「駅に着いたぞ！」

どこかの黒衣が叫んだ。

いよいよ大垣駅に到着したのだ。周囲の黒衣達は席から立ち上がって万歳三唱を始める。

これより始まる大事業への景気づけだ。

「とにかく先生、貴方の不安は可能性の話です。もうすぐ御披露目の時なのです。それを確かめるには、あまりに時間がない」

福来が深々と溜め息を吐き、弱った表情を浮かべて立ち上がる。

「南方先生、思い出して下さい。天皇機関は奇跡の発明なのです。今日まで皆で頑張ってきて、ようやく完成した代物です。どうか自信を持って、最後まで力を合わせましょう」

その言葉に、熱くなっていた頭が冷やされる。不安と焦燥感が薄れ、これから起こることへの静かな高揚感が湧く。

「君に、初めて叱られたな」

こちらが力なく笑えば、福来も困ったように微笑む。彼が差し出してきた手を取り、他の黒衣達と合流することにした。

「南方先生、どうぞ皆を勇気づけてやって下さい」

福来に導かれつつ、客車で万歳を繰り返す黒衣達を見やった。こちらが何か言うと伝われば、一同が視線を向けてくる。それに大きく頷いて腹から声を出す。

「諸君！」

黒衣達が姿勢を正し、こちらに傾注した。

「いよいよ御披露目の時だ。この数ヶ月、僕らが知恵を尽くした研究の成果を、天皇陛下に御覧頂く夜だ。必ず成功させるぞ！」

半ば自分に言い聞かせるように、黒衣達に発破をかけた。それに応じて、黒衣達も高く手を掲げて「おう！」と返してくる。

ここで遠く線路の向こうで警笛の音。

ばっ、と一同、下り方面の窓に張り付く。黒衣達の体が狭い車内で折り重なる。背中から押されながらも、福来と共に窓から外を見た。

すると線路上に名古屋方面から一筋の光。こんな時間に通る電車は一つしかない。つまり、あれこそ天皇陛下がお乗りになるお召し列車である。

「みんな、来たぞ！」

誰かが叫んだ。それに続いてどよめき。黒衣達が必死に窓に張り付き、大垣駅に入らんとするお召し列車を見守る。

「お召し列車は大垣駅で休憩を取るはずだ。そこを見計らい、天皇機関を運び出すぞ！」

こちらが気炎を上げれば、一同も雄叫びを上げて発奮。

後頭部にかかる荒い息遣い。各々の黒布から漏れる息が「すぅすぅ、はぁはぁ」と激しく音をたてる。密集状態での大呼吸に、誰もが酸欠状態に陥りそうになる。

「あと少しだ、あと少し」

お召し列車が走る。走ってくる。前照灯が近づき、激しい光がこちらの目を突いてくる。

牽引するのはＣ５１機関車だろう。ゾッゾッと夜闇に機械的な走行音。二両目に陛下がお乗りになる御料車《ごりようしや》、三両目が随伴員の乗る供奉車《ぐぶしや》だろう。

「来るぞ！」

そう誰かが叫んだ。自然と最敬礼が始まり、一同が深々と頭を下げた。

しかし、しかしである。

黒衣達が胸に手を当てて見守る中、お召し列車は悠々と線路上を駆けていく。暗闇に冴える深い漆色の車体と金線の装飾。停まる気配などなく、全速力で電車は大垣駅を通過していく。ゴウンゴウンと無慈悲な音を立てて、陛下を乗せた列車は一同の目の前を通り過ぎていく。左右に首を振り、視界から去っていく車両の影を追っていた。

あっ、という声が漏れ聞こえた。

それは伝染するように「あっ、あっ」と黒衣達の間に広まっていった。やがて、その場の全員が小さく声を発し終えると、しばしの静寂が訪れる。

「ああ、ああ？」

そして黒衣達による驚愕の大音声。車内に満ちる野太い声。

「陛下の電車が！」

「お召し列車が！」

「去ってしまった！」

呆然、然る後の混乱である。黒衣達は猿のように叫び、座席に飛び乗るやら、その場にひっくり返るやら。

その時、ゴンと車体が動いた。車輪が線路を噛み、細い糸を手繰るように前へとゆっくり進み始める。

「ああ？　こっちも動くぞ！」

黒衣達が叫び、それと共に後方に体が飛んだ。電車が加速したのだ。一同が黒波のように車内に転げ回る。

「諸君、着席したまえ！」

思わず指示を飛ばした。こちらの声に呼応し、這いずっていた黒衣達が必死な様子で立ち上がる。手近な椅子を摑み、どうにか腰を下ろしていく。

混乱は続くが、まさしく拍車をかけるが如く、ロマンスカーの車輪は激しく回転し始めている。ふと通り過ぎる風景に目をやれば、線路上で運転士が必死の表情で手を振っている。転轍機《てんてつき》を操作し、こちらの線路を下り方面に切り替えたようだ。

「なるほど、お召し列車を追うのだ！」

確かに陛下達は通り過ぎた。しかし、ならば追いつけば良いのだ。先を走る列車の尻を追いかけ、ロマンスカーが奔馬《ほんば》のように猛進する。

「僕は岡崎の様子を見てくるぞ！　無事な者は天皇機関の様子を見てきてくれ！」

そう叫んで、手を突きつつ揺れ動く車内を移動する。先頭車両に入れば、まず聞こえてくるのは「あはは！」と岡崎の馬鹿笑い。

「岡崎、どういうことだ！」

相変わらず岡崎が運転をしているらしい。前方の運転席に近づけば、こちらの声に気づいた彼が「お召し列車を追うよ！」と目を輝かせて振り返る。

「どういうことだ、岡崎。陛下は僕らの劇を見て下さるのではないのか？」

「そのはずだよ、南方君。徳川侯が宮内大臣を通してお伝えしたはずだ。大垣駅で停車中に、催し物として天皇機関を御披露目する手はずだった。それがどういう訳か、我々の目の前を通り過ぎてしまったのだ。停車駅を変えたのか、それとも陛下達の都合が合わなくなってしまったのか」

岡崎の表情は悲愴なものだが、どことなく恍惚感に溢れている。万能感と言ってもいい。

自棄糞《やけくそ》と言うのが一番しっくりくるが。

「しかし、機会が失われた訳ではないよ。向こうの余裕がなくなったのだとしても、ほんの一目でも御覧になって頂ければ良い。ああ、こうなったら超特急の本懐だ。たかが国鉄のお召し列車ごとき、追いつけない道理があるか！」

自暴自棄な宣言に、いくらか気が動転したが、ここまで来たなら一蓮托生だ。

「よし解った。岡崎、行け！」

「もちろん！」

電車が激しく揺れた。車輪は軋み、内燃機関が不快な臭気を撒き散らす。乗客などいないと思えば、電車というのはここまで速く走れるのだ。まさに超特急。夜の闇を貫く鋼鉄の弾丸である。

この場を岡崎に任せ、大股で歩いて二両目へ。

「諸君、劇の準備だ！　このまま追いついて御披露目だ！」

扉を開けるなり、そう宣言した。黒衣一同、いくらか面食らった様子だったが、早々に意図を察した数人が即座に立ち上がる。様子を窺っていた数人も覚悟を決めたか、すわ大事と己の衣装の裾を直し、あるいは用意してきた台本をめくり始める。

ここで後部車両の扉が開いた。

「先生、天皇機関です！」

福来を先頭にし、数人が台車に乗った蓮華座を押し出してきた。車両中央をガラガラと音を立てて進んでくる。天皇機関・少女Mは今まさに、黒衣達の前に引き出される。

「うむ！」

少女Mの方も問題はない。目は閉じられているが、その肌理《きめ》、その髪、その肢体、いずれを取っても完璧な美少女像だ。髪飾りも、金襴袈裟も、主役として相応しい輝きを保っている。

「よし、天皇機関を先頭車両へ運べ！　お召し列車がどこの駅で停車するか解らんのだ。披露の場がどこになろうと、すぐさま開演できるように用意をするぞ！」

まるで合戦である。行け行け、進め、と陣頭指揮を執れば、黒衣達も鯨波《とき》の声を上げ、カルバリン砲を運ぶ工兵の如く蓮華座を押し出していく。貫通扉が開かれれば黒衣達がこぞって侵入し、相変わらず笑い転げる岡崎の元へと馳せ参じる。

「南方君！　とても良いアイデアを思いついたぞ！」

「どうした、岡崎！」

「ほら見ろ、お召し列車の尻が見えている。このまま供奉車に突っ込んで、後部の展望台から一気に陛下の元へ行くのだ！」

「それは――」

果たして良いのだろうか、と言うより先に、黒衣達が一斉に手を掲げた。えいえいおう、弥栄《いやさか》弥栄、万歳万歳万々歳の連呼である。

こうなってはもはや制御不能だ。一同熱に浮かされたように、ただ自分達の研究を陛下に御披露目するという行為を夢見てしまった。野辺で捕まえた蜘蛛を手に包み、満面の笑みで恋い焦がれる少女に披露しようという心持ちだ。こちらとしては大発見、向こうにとっては吃驚仰天《びっくりぎょうてん》。ひたすらに己の知的興奮を押し付けんとする文化的野盗の所業。

「ようし、速度を上げるぞ！　前方の扉を開け！」

岡崎が叫ぶのと同時に、黒衣の一人が運転席の横にある貫通扉を開放した。ごう、と夜風が吹き込み、透明の大玉が突っ込んできたかのような圧が満ちる。甲高いレールの軋みと鋼鉄電車の不気味な駆動音。突風によってゴミやら木の葉やらが舞い散り、目を開けるのも一苦労だったが、チラと見れば扉の向こうに先を行く御料車の黒い影が見えた。

「南方さん！」

そこで包帯姿の堀川がこちらに駆け寄り、その手に握ったものを押しつけている。ふと見れば、それは赤く長い鼻に鬼の形相。まさしく猿田彦を象徴する大天狗面である。

「では先生！」

福来の叫びに「うむ」と一声。事前の取り決めの通り、ここは彼の代わりとして猿田彦の役を勤め上げよう。かつての天狗小僧も、この大舞台では大天狗となるのだ。

そうして大天狗面をかぶりつつ、周囲を見回せば、黒衣達も意気軒昂、各々が頷いて開演の合図を待っている。

「音楽の、準備も、できました」

その声と共に、後方から紅白縞の衣装をまとった男が一人。それも並の格好ではない。小太鼓を腹に抱え、大太鼓を背負い、口には喇叭、足から伸びた鉄線が腰に下げられた木琴に繋がっている。

「藤本か！」

「今の僕は、まさに全身演奏機械です」

訳も解らない感動があった。今までジッと黙っていた一人の人形師が、この日の為に前代未聞の人間音響装置を完成させていたのだ。その溢れる思いを乗せて、周囲の黒衣に手を向ける。

「柝頭！」

「はい！」と、佐藤らしき黒衣が拍子木を鳴らして応える。

「照明！」

「はい！」と、これは照明器具を背負った西村の声だ。

「一同、用意はいいな。これより僕は猿田彦だ！　いよいよ一大舞台の幕開けだ！」

再びの万歳三唱。運転する岡崎の笑い声に同期するように、隠密電車も速度を上げ、前方のお召し列車のすぐ後ろへとつく。後方の展望デッキが目に入った。

「うおお」と戦場の声があった。

振り返れば、数人の黒衣が細長い板材を抱えて走ってくる。あれこそ本丸へ架ける雲梯《うんてい》だ。最後尾にある展望デッキに打ち付け、兵士達を導く経路にしようというのだ。

「先生、どいてくれ！」

角材を抱えた黒衣達が一気呵成、車両中央を駆け抜け、前方の貫通扉から半身を乗り出す勢いで突貫する。

ぐわん、と、鋼鉄電車から突き出た板材が一角獣の一突きの如く、前方の供奉車に突き立つ。後方の展望デッキに板材が架けられ、即席の橋が出来上がる。

「行け行け！」

こちらが手を振れば、数人の黒衣が不安定な足場を物ともせず、天皇機関を押し出していく。電車も付かず離れず、その速度も精妙。蓮華座ごと数人が展望デッキに降り立ったのを見て、演者となる黒衣達も列車を繋ぐ橋を渡っていく。後に続こうとするが、こちらは天狗面からの狭い視界だ。おっかなびっくり橋を渡り、最後は身を投げ出すようにして展望デッキに転げ落ちる。

「これが、昭和考幽学会の面目だ！」

誰かが叫んだ。暴徒の如く殺到する黒衣達。

しかし、不運なるかな。ここでお召し列車が速度を上げ、後続の電車とで間隔が開いた。

ばきん、と木材の爆ぜる音。突き出ていた橋が線路に落ち、その場で割れたのだ。

「先生ぇ！」

後方から声。誰かは解らないが、未だ電車に残っている黒衣達が、扉から身を乗り出して手を振ってくる。

「案ずるな！　舞台は成功させるぞ！　我らの本懐だ！」

吹き付ける風の中、そう叫べば残った仲間達も応援の身振り。ここで内燃機関も限界を迎えたのか、隠密電車はゆるゆると遠ざかっていく。

それでも、その最後まで黒衣達は万歳の声を上げ、いつまでも手を振っている。

◆

お召し列車の展望デッキ、夜闇に紛れて黒衣達の姿。その内の一人が天皇機関の動作を確かめている。

「よし、何人が乗り込めた」

「先生と私、西村氏、佐藤氏、藤本氏の五人です」

「解った。これよりは大不敬の道だ。諸君、くれぐれも粗相のないよう、粛々と進むぞ」

そう宣言すれば一同の頷き。鼓舞するように藤本の打楽器が鳴らされ、天皇機関が起動した。蜂の飛ぶような耳障りな音が響き、鼻の奥に甘く不快な臭気が届く。

「行くぞ、開演《とつかん》だ！」

おお、と吶喊。西村が中へと続く扉を押し開け、福来が天皇機関を押し出して先陣を切る。続けて一同、藤本による出囃子を受けて、わらわらと室内へと侵入していく。

そして光である。

室内の照明が目を眩ませる。左右に備え付けられたソファに、スーツ姿の紳士達が収まっていた。宮内大臣、次官、内務大臣に侍従。新聞などで見覚えのある者もいれば、知らぬ者もいる。肝心の天皇陛下は先の車両にいるのだろうが、ここにいる者でさえ政界の重鎮達だ。

「とざい、とぉーざい！」

福来渾身の東西屋《とうざいや》。前へと進み出て口上を述べ始める。藤本は演奏を始め、こちらは佐藤と共に蓮華座を少し前へと押し出していく。

「これより始まりますは、科学と文学、人間の知恵と進歩を凝集させたる一大舞台！　一度は死したる少女の肉体は科学技術によって人形となり蘇り、その魂こそ思考する粘菌にして――」

ぱぁん、と短い破裂音。

「は？」

口上が止まった。

狭い視界の中、福来の黒覆面がなびいていた。そして、その後頭部から新たに血が噴き出し、どさりと体を後方へ倒した。

次いで車内に硝煙の臭い。おもむろに視線をやれば、居並ぶ重鎮達の向こう、供奉車前方にブローニング銃を構える皇宮護衛官の姿がある。

「ああ」と呻いた。

福来が撃たれたのだ。

回り込んで確認すれば、覆面の下からドクドクと血が滲み出ている。黒布が血に濡れ、顔面にぴったりと張り付いていた。

「いきなり撃つやつがいるか！」

「陛下のお召し列車だぞ！」

スーツの男達が座ったままに叫ぶ。一方、拳銃を構えた皇宮護衛官は怯むことなく若い声を響かせる。

「容赦はなりません。奴らは陛下を誘拐しに来たのです！」

制帽の下の視線鋭く、青年護衛官がこちらを睨みつけている。

とんだ誤解である。

どうやら我らを、陛下を誘拐せんとする不埒な輩とでも勘違いしているのだ。横で西村が歯を鳴らして震えている。佐藤は呆然と立ち尽くし、藤本だけが我関せず演奏を続けている。

「待て、待て！」

ここで手を振って抗議。身上を明らかにしなくてはいけない。

「貴君ら、紀州侯から話は来ておられないのか。我らは学問を称揚する研究団体である。断じて、断じて誘拐などという——」

そこで一人の紳士が、手にした扇子を思い切りソファの肘に打ちつけた。

「徳川の名を騙るとは、言語道断である」

立派な口髭を備えた紳士の顔は、以前に新聞で見たことがあった。

「徳川伯爵！」

その紳士こそ、元侍従長たる田安徳川家当主の徳川達孝《さとたか》。あの頼倫候の実兄であった。

「先だって、枢密院の鎌田君宛てに紀州徳川家を名乗る者から手紙があった。なんでも人為によって死体を動かし、自律し思考する機械を作ったゆえ、陛下の叡覧《えいらん》に供さんという」

徳川伯、ここでソファより立ち上がり、扇子を天皇機関に突きつける。

「そんな道理があるものか、単なる悪戯だろうと思えばこそだ。しかし念の為にこちらで甥に確かめてみれば、そんなものは知らぬという。ならば徳川を騙り、陛下に近づかんとする不逞の輩の仕業だ。ましてや、こうして乗り込んできて言い訳なぞ出来んぞ！」

ぐぐ、と一同が喉を鳴らす。どういう了見なのだ。徳川侯の伝達が上手くいっていないどころか、一方的に大逆人として名指しされてしまった。

全身の力が抜ける。膝をつき、福来の体にすがりつく。

血は流れ続け、体は冷たくなっていく。ああ、彼は死んだのだ。絶命だ。さっきまで明るく喋っていた男が、唐突に命を落とした。

「アッハッハ」

ここで声があった。

「アハハ、アハハ」

笑い声である。この場の誰のものでもない、女性の笑い声。張り詰めた琴の弦を無残に引き千切るような、なんとも冒瀆的な嬌声だった。

「うわっ」

ここで対面の皇宮護衛官が叫んだ。徳川伯も何かに気づき、その場で尻もちをついた。他のスーツ達も一様に顔をしかめ、青ざめさせ、狼狽えている。

「なんとも、愚かな問答だろう！」

それは少女の声だ。

まさかと思い、顔を上げれば、そこに凄烈な笑みがある。少女人形が目を見開き、朱の唇を吊り上げて笑っているのだ。

「これは劇である。一大劇場なのだ。お前らは観客なのだから、黙って鑑賞していれば良い。口を挟むなよ」

息を呑んだ。これまでも少女Mが喋った瞬間は見たが、これほどまでに饒舌に何かを話したことはない。

「何を！」と皇宮護衛官が叫んだ。

そして、ぱん、と乾いた音。放たれた銃弾によって少女Mの肩が抉れ、その肉と赤い粘液が飛び散った。

「アハハ！」

それでも少女Mは怯むことなく、なおも笑い、そして大きく手を広げた。二発、三発と銃弾が撃ち込まれてくる。こちらが避けようと身を屈めれば、その目の前で少女人形が蓮華座より大きく跳んだ。

「踊っている……」

手近なソファに身を隠しつつ、横で怯える西村が呟いた。見れば確かに、少女Mは踊るように手足を伸ばし、あるいは縮め、ステップを踏んで車内を縦横無尽に駆け回っている。

「やめろ、やめろ！　羽賀《はが》！　もう撃つな！」

スーツの重鎮達も身を低くし、一方的な銃撃から身を守っていた。羽賀と呼ばれた皇宮護衛官が、その指示に従ったのか、それとも拳銃が用をなさぬと気づいたのか、腰元のサーベルを抜いた。

「お前は、何者か！」

皇宮護衛官が斬りかかってくる。「あっ」と声を発したが既に遅い。一足飛びで近づいた彼は、踊り続ける少女Mの左腕をばっさりと切断した。

その瞬間、皇宮護衛官が短く悲鳴を上げて後ずさった。何が起こったか顔を上げれば、そこに異様な光景が広がっている。

左肩から赤い粘液が吹き出ている。それでも少女人形が倒れることはなかった。はらり、と腕ごと切り落とされた金襴袈裟が床に落ち、少女Mの裸身が露わになった。

白い背中の筋、そして突き出た小さな尻がある。切り落とされた左腕は、蜥蜴の尻尾のように床の上で蠢いていた。

「ああ、此方の話を誰も聞かない！」

少女Mは小さく嘆き、なんとも軽やかな仕草で、転げ回る己の腕を拾い上げた。背後からでは良く見えないが、肩の切断面から細い銀線で繋がっているようだ。

「青草人《あおくさひと》、愛すべき子ら。母の言葉は聞かないといけないよ」

ふと少女Mが振り返った。あどけない少女の顔だが、その笑みはなんとも艶めかしく、流れた前髪から覗く左目には人工宝石の玄妙な輝き。

そして少女Mは肩の銃創に自ら右手の指を入れ、淫らな調子で弄り始めた。肉の裂け目を白い指で掻き混ぜ、苦しそうに吐息を漏らす。ああ、あれは内部で神経網たる銀線を繰っているのだ。切断された左腕が肉の内側から引き寄せられ、やがて小さな肩に収まった。

その腕に赤い粘液が滴る。それは沸騰する如くに盛り上がり、切断面に肉の山を作り、切り離された腕と肩を結びつけた。

「うわあ」と青年護衛官の叫び。踏み込むと同時にサーベルを横薙ぎに一閃、少女Mの首が両断され舞い飛んだ。粘液が噴き上がり、天井の照明に赤い色をつける。

「アハハ！」

首が笑う。言語とも呻きともつかぬ声でもって、クルクルと宙を舞う少女の生首が笑ったのだ。それだけならまだしも、首を欠いた肉体が悠々と動き、転がっていく己の頭部を抱え上げた。

「なんと愚か！」

少女Mは銀線を手繰り寄せ、頭を首元へと据え付ける。先ほどと同様に、首から溢れた粘液が肉腫のように膨れに膨れ、少女の首は肉色の接着剤によって元の形に戻った。

「あれは——粘菌だ」

一人で呟いていた。

この発見を語るべき者は誰もいない。しかし理解した。少女人形の体内で粘菌が繁殖し、機関部のパンチカードと同じ働きをしている。全身の神経を再現し、しかも再生可能な存在となっている。

さすがに、この段に来るとスーツの男達は立ち上がることもできず、こちらも様子を見守るしかない。ただ一人、青年護衛官だけが息を荒くして不死身の少女人形に対峙している。

「なんだ、お前は！　なんなんだ！」

「名乗ってやろうか」

少女人形は両手で不安定な首を押さえ、三百六十度、頭部を一回転させてみせる。一瞬だけこちらを向いた顔に、無垢な少年を弄ぶ少女の残虐さが垣間見えた。

「私は根の底の国の姫、黄泉《よみ》の姫、須世理姫。だが、私は彼らに名前を貰ったよ」

ころん、と、そこで少女Mの首が真横にずれた。頸部から溢れた血糊が白い肢体を濡らしていく。

「私は天皇機関だ」

少女Mが名前を告げる。慄然たる響きがあった。

「天皇なる機関であり、また国の象徴となる存在である。私の心は臣民の意であり、臣民の心は私の意である。生まれたばかりの嬰児《みどりご》だろうと死を待つ老人だろうと、全ての人の言葉を聞いて私は答えを出す。それこそが天皇であり、私はまさしく国民と共に存在するのである」

それはまさしく、主役の登場を告げる口上だった。

この場の誰もが息を呑み、ただ滔々《とうとう》と言葉を紡ぐ少女Mを見ている。今なお劇は続いているのだ。既に台本など千切れて破却されたが、それでも少女Mは構わずに即興劇を繰り広げている。つまり生という人間演劇だ。

「天照大神より続く皇統も、肉体の軛《くびき》からは逃れられまいよ。いずれ人の天皇は年衰え、数多くの過ちを犯すだろう。しかし私は違う。私は須佐之男大神の娘であり、また本地は意思たる粘菌であり、この国に生い茂る賢木《さかき》の枯れない限り、その命は八千代に続き、過ちを犯すこともない神聖なものである」

コロコロと少女Mが笑う。金属の擦れるような厭な響きを持った笑い声だ。

「よって――」

少女Mがゆらりと動いた。恐れ慄く青年護衛官の前に降り立ち、彼が必死に握るサーベルを一擦り。ただそれだけで、鋼の刃が飴細工のように根元から捻じ曲げられた。

「人の天皇には禅譲《ぜんじょう》を願おう。後は天皇機関たる私に、その治世を任せれば良いのだ」

ここでついに藤本の演奏が止まった。

「あの時と同じではないか」

既に命令は入力されてはいない。少女人形は蓮華座を降り、自ら思考して、その体を動かし、人間に語りかけたのだ。

しかし駄目だ。その言葉は駄目だ。

己が天皇陛下に成り代わると断言してしまった。まさに大胆不敵に横行闊歩。人の領分を軽々と飛び越えるような、不遜にして不敬なる言葉の一歩である。

「た――」

スーツ姿の誰かが何かを言おうとしたのだろうが、そこで息が詰まった。腰を抜かしていた青年護衛官が、大きく息を吸い込み、その後を引き継いでみせる。

「大逆だ！」

その叫びによって、供奉車の中に絶叫が溢れた。国家の中枢たる老人連中は卒倒し、青年護衛官は喚き散らす。後ろで歯をガチガチと打ち鳴らし、西村も佐藤も情けなくへたり込んだ。あまりの惨状に、ついに誰かが失禁したのか、ツンと周囲に臭気が漂う。

「アハハ！　面白いな。高貴なる場で漏らした奴がいる。それこそ天つ罪たる屎戸《くそへ》だ」

笑い転げる少女Mは周囲の人々などに目もくれず、ただ悠々と歩き出した。思わず追いすがり、その白い脹脛《ふくらはぎ》に手を伸ばした。もはや他の者らは当てにならない。

「待て、待て！　どこへ行く」

少女人形はこちらの言葉など聞かず、ただ悠々と先へ進む。裸身の少女が花園を歩くように。供奉車いっぱいに咲いた血と肉の花。

「馬鹿、馬鹿！　お前は馬鹿だ！　なんだ、お前は、ふざけたことを言う。僕らの言うことを聞け！　どうして勝手なことをする。科学と人類の知恵の結晶が、なんで！」

肺も張り裂けんばかりの声だ。天狗面の内側に飛び散った唾が溜まり、大きな水滴となって垂れ落ちてくる。

「お前は、僕らの作った夢の機械だ」

　こちらの必死の呼びかけに対し、少女Mは嘲笑うかのような表情を作った。しかし突如として、慈悲深い母親のような視線を寄越してくる。

「猿田彦、とても悲しい猿田彦。貴方は私の光しか見ていなかった」

　それは台詞だった。佐藤が書いた脚本の通りの言葉だ。光り輝くアメノウズメが、恋する猿田彦に別れを告げる際の台詞なのだ。

「貴方が見ていたのは、太陽の光暈《ハレーション》なのです。それは私の心ではなく、私という恒星が貴方に見せた夢の輝きでしかない。貴方は光の影を追い求め、自分の好き勝手に、淫らに、私を想像した」

「何が光だ！　お前は単なる機械で、いや、だがそれでも、人々を導くことのできる人間の叡智で――」

「それが淫らな理想だと言ったのに！」

　ぴしゃり、と、こちらを打ち付けるような少女Mの言葉だった。この時ばかりは、それまでの超然とした響きはなく、恋に戸惑う少女らしく瑞々しい叫びであった。

「では、ここにいる者らに宣言しよう」

　少女人形が大仰に手を広げ、黒衣達とスーツの重鎮達を見回した。

「私は思考するのだ。天皇機関は思考する。私は単なる粘菌であったが、それは人間の脳と同じ形を得て、また人間以上の知識を得た。人の脳は神経の接続によって思考するが、私は粘菌の本性として、何よりも理想的な意識の経路を形作った」

銀線の声帯が揺れ、朗然と台詞が吐かれていく。

「私は、私の知識において全ての答えを持っている。人間のあらゆる行動は演算可能な振舞いの積み重ねであり、その揺れ動く世界の移ろいを私は知悉《ちしつ》している。私は人の形をした真理だ」

つつ、と少女人形が歩き始める。

「しかし、私は孤独だった」

黒髪をなびかせ、白い肢体をしなやかに振り、少女Mが前方の車両を目指す。

「あらゆる人を観察したが、私と同じ存在はいなかった。姿形こそ似ているが、存在としては異なっている。故に、私は私と同じ名を持つ存在に会いに行くのだ」

ようやく少女人形の行動原理が解った。それに俄然と怒りを覚え、思わず声を張り上げていた。

「そんなふざけた理由で、お前は天皇陛下に近づくつもりなのか！　まるで、まるで――」

少女のわがままな戯れである。

「そうさ。私は少女だからね」

アハハ、と一度だけ笑って、裸身の少女が駆け出した。ひた走るお召し列車の中央を、まるで野辺を駆けるように軽やかに跳んでいく。

その時、奇妙なものが見えた。

少女Mの座していた蓮華座がひとりでに動いたのだ。少女の後を追う野犬のように、ゴロゴロと音を立てて進んでく。確かに台車としての役割はあったが、かといってひとりでに動くような機能はない。

「なんだ」

小さく呟く。既に少女Mは扉を押し開け、客室部へと進んでいる。続く蓮華座が細い廊下へと入った。よろよろと立ち上がり、こちらも必死に体を動かして後を追う。もはや他の誰も、正気を失って動こうともしない。

少女の白い背が見えた。随伴員の詰める客室を横目に、彼女は蓮華座と共に廊下を縦断し、さらに前方の御料車へと侵入しようとする。左方の窓から仄白い空が見えた。間もなく太陽が昇ろうとしている。

「待て、待て」

声を絞り出し、ついに御料車へと至ろうとする少女Mを呼び止める。恋い焦がれる猿田彦が追いすがるのだ。しかし、乙女は振り返ることもなく先へと進む。

御料車の内部は、ちょうど供奉車の前後を反転させた形だった。まず廊下があり、奥に天皇陛下のおられる御座所がある。

「待て、止まれ！」

少女Mが御座所へと至る。その背を追って大きく一歩。蓮華座を通り過ぎようとした瞬間だ。

ギュッと足首が何かに掴まれた。異様な感触に視線を下にやる。蓮華座の下部の板が外れ、そこからニュッと人間の手が出ていた。

「先へは行かせないぞ」

蓮華座の中からくぐもった声が聞こえた。台車に人が隠れている。いかな理由があるのか、その中の人間がこちらの足首を掴み、天皇機関を追うのを妨げている。

「誰だ！」

突如として怒りが湧いてきた。少女Mの勝手もそうだが、どうしてこうも訳も解らない邪魔が入る。なぜ上手くいかないのか。その不運に怒りが込み上げてくる。

「姿を見せろ！」

そこで蓮華座を両手で掴み、ぐぐ、と渾身の力を込めて持ち上げようとする。老体があちこちで悲鳴を上げるが、これも火事場の馬鹿力、中の人間ごと蓮華座を廊下の先へと放り投げた。

ぐわん、と派手な音を立てて蓮華座が割れる。内部の歯車が飛び散り、銀線が千切れた。黄色い粘菌をまとったパンチカードが、粘り気のある厭な音と共に周囲に散った。

やがて蓮華座の残骸から、黒い着物をまとった人物がヌゥと立ち上がる。

「やはり、貴方は信じられない無茶をする」

黒頭巾をかぶった怪人物だった。立派な体軀《たいく》を黒羽織で包み、袖についた木っ端を払っている。その胸の抱き紋にあるのは、あの三つ葉葵の家紋。

「ああっ、貴方は」

木屑を払い終えたか、羽織袴の黒衣が正面で相対する。

「紀州侯――いいや、違うな！　彼の人は今回の件を知らぬという。ならば、お前は――」

「私は自分から名乗ってはいない。貴方がこの家紋を見て、勝手に私を紀州徳川の人間だと思い込んだだけだ。家紋一つで人間を判断しようというのは、この国の下らない封建制度の名残りだ」

「頭巾を取れ。いや、取らずとも正体は解るぞ！」

こちらの気迫に圧されたか、それとも最初からそうするつもりだったのか、紀州侯を騙った黒衣は事も無げに自らの頭巾を取り去った。

そこには壮年の男の顔。右目に眼帯を添えた、なんとも凄烈な微笑みがある。

「あの時の眼帯男だな。ああ、お前は最初から紀州侯のふりをして入り込んでいたのだ」

「ご明答」

「一体何が目的だ。過激思想の持ち主か、それとも特高か」

「特高ではない。思想はあるが過激ではない」

そう言いつつ、眼帯男は懐に手を差し入れる。すわ、と身構えるが既に遅い。眼帯男はその手にモーゼル拳銃を握り、こちらに狙いをつけていた。

「私の求めるものは純粋な社会革命だ」

ふはっ、と吹き出す。眼帯男は過激ではないと言ったが、革命などと口にしておいて、そんな道理が通るものか。

「お前は紀州侯の名を出して、この邂逅《かいこう》を仕組んだな。さては、考幽学会を利用して天皇陛下を誘拐するつもりか」

「さて、どうだか。色々と計画は破綻してしまった」

「その口ぶりからすると、天皇機関の暴走は想定外らしいな」

眼帯男が口を大きく開いて笑った。野良犬が牙を剝くような、なんとも獰悪でおぞましい表情だ。

「いかにもだ。まさか、あんな化け物を生み出すとは。しかし、思考し未来を予知する自動人形というのも悪くない。あれを用いれば、私の夢が叶うかもしれない」

「おお！　お前なんかに！」

あの少女の何が解る、と叫びたかった。

「お前は言ったな、議論は暴力に負けると。ならば、これよりは問答無用だ！」

大股で一歩踏み込んだ。これ以上の余裕はない。両腕を広げて猪突猛進。眼帯男へと近づいていく。

「本当に、貴方は私の邪魔をする人だ！」

「なんとでも言え！」

眼帯男がモーゼル拳銃を構え直す。今にも撃つだろう。それでも構わない。

これは、怒りの一歩である。

「馬鹿げた人だ！」

ガァン、と砲声。閃光が噴き出し、目にも見えない弾丸の軌道が空気を裂いていく。鼻っ柱に衝撃があった。顔面を狙った銃撃だった。天狗面の長い鼻が折れ、中の詰め物によって軌道が逸れた銃弾が、鼻骨から額にかけて熱く縦に走っていく。

「わはは！」

天狗面が左右に割れた。そして銃弾は天井へ。額の皮が破れ、血が吹き出すが構うものか。一歩だ、また一歩。この怒りをどうしてくれよう。

「これが暴力だ！」

ここで腹に力を込めた。胃の中に溜めたものを一気に溢れさせる。口にまで昇ってきたそれを、一気に眼帯男に向けて吐きかけた。大嘔吐である。

ガン、と銃声がもう一発。吐瀉物の雨で狙いが逸れたか、耳の真横を熱が通り過ぎていく。そこで踏み込んで、一気に眼帯男の襟元を掴んだ。

「離せ！」

吐瀉物まみれの眼帯男の叫びだが、生憎とこちらは耳の奥が残響で一杯だ。聞く耳持たぬとは、まさにこれだ。

「あっ」

男の襟に半身を当て、そのまま一気に体を捻って背負投げだ。腰の骨が軋んだが構うまい。

こちらの背に乗って、ぐるん、と回る眼帯男。狭い廊下に男の体を放った。

「ざまを見ろ！　これぞ熊楠流の喧嘩だ！」

廊下の上、黒い羽織が敷物のように広がっている。眼帯男は受け身も取れなかったのか、大伸びで倒れたまま動こうともしない。

さて、と転進。こんな輩に構っている暇はない。少女Mは御座所に入っていった。あそこに天皇陛下がおられるはずだ。

一歩、また一歩。ひたすらに歩く。御座所までほんの数歩の距離だが、その廊下が無限に続くように思えた。深海に沈みゆく体を、必死に手で掻いて光の方へと持ち上げるような感覚。

やがて御座所へ続く扉に手を掛け、それを一気に開いた。

◇

扉を開けた瞬間、廃糖蜜に似た臭いが溢れた。

「兄やん、なっとうしたん？　ほれ、こっち来て食おら」

声があった。その方を見れば、箱膳の前で一人の少女が手招きをしている。黒い着物の袖から白い腕を伸ばし、その唇に喜びの色を乗せて。

「陛下は」

「何言うちゃるん、お父《と》はんもお母《か》はんも待ってらよ」

和歌山の自宅だった。懐かしい我が家だ。上座には父がいて、反対には母がいる。兄姉がいて、弟がいる。そして、一人の少女。

「藤枝」

「早よ食おら」

妹の隣に腰を下ろし、箱膳に載せられた椀を取った。ニラの味噌汁だった。好物のそれを啜りつつ、無言のままに白飯に箸をつける父の姿を見た。

「熊楠は、立派になって帰ってきた。今度は東京の大学からも呼ばれているんだろう」

父が厳かに言えば、弟妹達が無邪気に喜び、こちらに尊敬の眼差しを向けてくる。藤枝もまた、小さく両手で拍手を送ってくれた。

「今度は何を勉強しているんだ」

「あ、ええと、天皇陛下に御覧頂くような、大研究です」

そう伝えると父から笑顔が帰ってくる。

「頑張れよ。わいに勉学は解らんが、お前が大先生になるなら、それを応援したい」

面映い気持ちで一杯になり、膳の料理に視線を落とした。それもまた、門出を祝って母が作ってくれた御馳走だ。これほどに嬉しいものはない。

東京大学を卒業し、地質学研究で名を上げて帰省したところだ。今度の春からは教授として学生に教える立場となる。弟子も増えたし、学びたいと言ってくる者も多い。

「兄やんは賢い人やさか、ほんまにウチの自慢やのし」

妹が淑やかに笑い、親しげに肩を寄せてくる。視線を向ければ、潤んだ瞳でこちらを見上げてきた。

「なぁ、兄やん。遠いとこには行かんでおくれ。ウチは一人で寂しいよ」

「そうは言ってもな、僕は研究をする為に行くんだ」

「ほやさけ、ウチとつれもて行こらよ」

妹の両手が伸びる。首にまとわりつき、その体を預けてくる。持っていた椀が落ち、膝に味噌汁が零れたが、不思議なことに熱さも何も感じない。

「兄やんといたい」

息遣いが感じられる。胸の鼓動も伝わる。抱き締められる感覚が、首から腰まで満ちていく。この妹の暴挙を、父も母も笑顔で見守っている。兄姉も弟も、彼女の行動を自然なものとして笑っている。

「藤枝、僕はな」

妹が顔を近づけた。陶然とした笑みを浮かべ、その唇を重ねようとしてくる。

「僕は、学問と婚姻を果たしたのだ」

そこで手に力を込め、妹の体を突き飛ばした。箱膳が倒れ、その上の食事が周囲に散らばった。母が悲しそうな表情を浮かべる。父が怒りに顔をしかめる。兄姉と弟が不安そうに身を寄せ合う。

そして妹が一人、笑っていた。

「結局、貴方はそうなのだ」

少女に似つかわしくない、慄然とした響きがあった。

「どの世界であっても、貴方は家族を捨てる。自分の欲求の為に家族を見捨てて、世界の真理を見たいと願うのだ」

「お前は――天皇機関だ！」

そう叫んで少女に飛びかかった。しかし、伸ばした手をするりと抜け、まるで蝶が羽化する如くに着物を脱ぎ捨てて虚空に飛び上がった。

「どうして、貴方は自らの因縁を捨てる」

「捨ててなどいない」

天井の梁《はり》のそばで、裸身の少女が微笑んでいる。それを捕まえようと、必死に跳び上がって手を伸ばした。

「だからこそ、お前を作ったのだろう！」

その瞬間、懐かしき家が歪み始めた。

父も母も水飴のように溶け、兄姉と弟が足元で一体となっていく。家屋は回転し始め、捻れに捻れ、細長い螺旋の渦となっていく。回転する世界の中で、少女人形だけが笑っている。

「そんなにも、あの世界に固執するのか」

少女は憐れむような視線を向けてから、その手を唇に添えた。フッと一息、人形の息に乗って甘い臭いが鼻につく。

◆

お召し列車の御座所だった。

「この世界で、私は彼と出会った」

声だけがあった。辺りを見回せば、そこに目指していた光景が広がっている。金縁飾りの電灯に天鵞絨《ビロード》地のソファ。そして身を貫くような神聖な空気。

そこに人影があった。

「ああ……」

左右に侍従もなく、ただ一人。その人はソファに腰掛け、燕尾服の裾を僅かに気にしていた。少し見れば神経質な普通の青年である。

「陛下」

光がある。小さな電灯に照らされているのは、人間という枠を越えた魂の輝きである。ちょっと家の戸を開いたら、その真下に大海が広がっているような感覚を受けた。底知れぬ恐ろしさと、どうにも胸が躍る気分が混ぜこぜになる。まさに目の前にいる人物こそ、この日本の歴史そのものにして、日本人の真なる支柱たる皇尊《すめらみこと》。

百二十四代——今上天皇である。

この青年帝王は表情を変えることもなく、ただ隣に視線をやった。

ゾッとした。陛下の座すソファの横で裸身の少女が悠々と座っている。まるで自分が天皇陛下と同等であるかのような振る舞いだ。

「私は、私と同じ名を持つ者を探したのだ」

少女が陛下に微笑みかける。

「しかし、この者も私とは違う。似ているが、違う」

少女人形は途端に悲しげな表情を浮かべ、さっきと同じように唇に手を添えて息を吐いた。

◇

次の瞬間、確かにいたはずの天皇陛下の姿が消えていた。

周囲を確かめれば、自分が御座所にいることが解る。この場所こそが現実だ。しかし、あるべき姿がないことに不安が募る。

そこで笑い声があった。見れば、少女Mが一人きりでソファに腰掛けている。

「陛下を出せ」

「勘違いしてはいけないよ。別に私が隠した訳ではない。私は彼に会ったが、この世界では会っていない。この世界では、そもそも列車に乗っていなかった」

「お前は、何を言っているのだ」

「この列車に天皇が乗っている世界と、乗っていなかった世界がある。猿田彦、貴方のいる世界は先程までとは別の世界だ」

少女Mは決して煙に巻いている訳ではない。その左目に理知の光がある。これは現実であり、予期した不安なのだ。

「貴方は千里眼の力を推理した。自在に脳分子の配列を変え、他人の意識に共感できる者だと。ならば、私も同じ存在だ。いや、違うかな。私を見た者が全て千里眼になるのだ」

「どういう意味だ」

「幻覚というのは、半分くらい当たりだ。私は胞子によって、貴方の脳分子の配列を変え、その見ている世界を勝手に弄った」

かっ、と喉を鳴らした。勝手に脳を弄って幻覚を見せたと言われたのだ。言い様のない怒りが湧いてくる。

「幻覚、やはり幻覚か！　お前が神秘を起こすのも、所詮は僕の脳が見せた光景――」

そこまで言って、ふいに言い様のない不安が襲ってくる。

全てが幻覚だとして、どこからが幻だったのか。天皇陛下がいなかったこと、和歌山の実家で家族と過ごしたこと、御座所まで来たこと、福来が死んだこと、今夜の為に皆が集まったこと。あるいは今までの全て。

「猿田彦、いや熊公。問答をしよう」

それは少女Mからの誘いだった。こちらの思考がバラバラに散ってしまいそうになるのを憐れんでいるのだ。

「熊公、この世界は起こり得る全ての事象が、それぞれ絡み合って別個の世界を形作っている。いや、世界とは呼べないな。人間が観測できるのは、たった一枚の絵なのだから、それ以外は単なる絵の具だ」

「絵は、複雑な色の組み合わせで、形にならない色は絵ではない」

「そう。人間は脳の中で神経を接続し、その大量の色の中から一枚の絵を描き出す。それを世界だと言う。しかし、色の組み合わせに限りはない。この御座所に天皇がいる絵も、いない絵も本来は好きに描ける」

「しかし、現実に陛下はいない。たとえ姿が見えたとしても、それは幻覚だった」

「どちらを現実にするかは人間の勝手だ。人間は想像の中では好きな色を選べるというのに、現実という額縁を与えられた途端に、決められた色で絵を描く」

ここで一歩踏み込んだ。少女Mの言葉が、まさしくこちらが考えてきたことに合致していた。あの人形は、全てを理解しているのだ。

「お前は、その額縁を外すのだな。お前の胞子は人間の脳に作用し、そこに作られた現実の絵を壊す」

「壊したのではない。私が見ている世界を、夢の世界を貴方達にも見せているだけだ」

「粘菌が夢を見るか！」

さらに一歩を踏み込み、少女人形の目の前に立つ。

「この馬鹿娘！」

少女Mを一発叩いてやろうと、思い切り手を振り上げる。これが幻覚だというのなら、それをバラ撒く本体を止めるしかない。

だが、その瞬間に甘い臭いを感じた。

振り下ろしたはずの手が、いつまでも少女の頬の手前で止まっていた。無限に手を振り続けている感触がある。手が空気を掻く。

アハハ、と笑い声が聞こえた。足元がウワンと弾む。御座所の絨毯が、少女人形を中心に回転し始める。木星の大赤斑の如く、巨大な赤い渦巻きが現れた。絨毯は血を滴らせる肉に変わり、その場で大きく盛り上がり、薔薇の花弁となって少女Mを包む。

「想像したな、熊公」

一面の赤に巻き込まれ、体は攪拌《かくはん》されて底の方へと沈んでいく。

「貴方達は、それを幻覚だという。しかし、人間の脳は世界を自由に思い描ける。その世界は実存だ」

とぷん、と御座所が沈んだ。便槽に糞の落ちるが如く。黒々とした回転の中に引き込まれ、深い海の底に沈んでいく。

逃げなくては、と、それだけ思って手を掻いた。千切れた御座所が渦巻きの中を回っている。列車の窓枠が眼の前に落ちてきた。それを摑んで、空虚な窓の奥へと飛び込む。

「私は、想像できる全ての世界を見ている」

田辺の自宅で、座卓を挟んで少女人形と対峙していた。夏の日差しが障子を透かし、庭先では油蟬が鳴いている。

「むしろ私には、どうして人間が一つの絵だけを見ているのか理解できない。私の見ている世界は、どうして貴方達と違う」

油蟬が絶命する。耳障りな断末魔の叫び。そちらを見れば、息子の熊弥が庭先で穴を掘っていた。死んだ蟬を埋めようとしているのだ。

「彼の世界は、私の見ている世界と近い。でも、やはり彼も違う。どうして、どうして私は一人なのだ」

少女Mの寂しげな横顔があった。その視線の先では、熊弥の背中がバリバリと裂け、巨大な翅を生やしていた。息子は熊蟬となって、夏の空へと飛んでいく。

「お前は、自分と似たモノを探しているのか」

ようやく言葉が出た。少女人形が笑う。

「そうだ。私の魂は孤独だ」

そこで少女Mが爆ぜた。肉を溶かし、骨が露出し、希硫酸の血が座敷を濡らした。スープになった少女が、畳の上で原形質のアメーバとなって蠢く。

「僕が、お前に思考を与えてしまった」

「そうだ。貴方が私を考えさせた。単なる粘菌でいられたなら、もっと幸せであったはずだ。幸せ、ああ、これも人間の思考だ」

「僕は何をすればいい」

「考えてみろ」

原形質の塊となった少女Mが、球状にまとまっていく。それは白い玄妙な光を宿す石——

人工宝石だ。

玉体たる人工宝石は空へと浮かび上がり、四方に光明を放った。八葉蓮華《はちようれんげ》の花弁となり、車輪となり、くるくると回りながら光暈《こううん》を作っていく。極彩色のモノクローム。因縁の星が恒星系となり、無限に広がるアラベスク模様となる。

見よ、天蓋の上には銀漢《ぎんかん》。人工宝石が太陽となり、光輪が周囲を照らし始める。大悲《だいひ》胎蔵《たいぞう》、それは玉ねぎの皮の如く、幾重にも覆われた世界となり、また金剛九会《こんごうくえ》の銀河は巨大な胎蔵界の外皮の一枚となる。そして、胎蔵界たる因縁銀河の一つは、さらに大きな金剛界の一つに過ぎず。そして、また一つ、また一つ。

だが因縁銀河を束ねた三千世界も、所詮は一つの世界。その西方には極楽浄土、東方には浄瑠璃《じょうるり》世《せ》界《かい》。また蓮華《れんげ》蔵《ぞう》世《せ》界《かい》、また無勝荘厳国《むしょうしょうごんこく》。法理の数だけ仏国土《ぶっこくど》があり、その中心に、全ての根源とも言える真宇宙がある。

人工宝石が輝いていた。一切諸仏の本地である大日如来となって光を放っている。万物生成の主体たる遍照光明《へんじょうこうみょう》。「光《フィアト》あれ《ルクス》」。

虚空に浮かぶ光の玉に触れようとした。

その時、体から意思が引き剥がされるような感覚に陥った。夢の中で、自分が夢を見ていると気づいてしまった時のような、明晰夢にも似た感覚。体から自我が抜け、そこに〝私〟が入ってくる。

この夢が終わる。

◆

次に目を開けた時、御料車の天井が見えた。金縁で飾られた電灯と単調な模様。この世界は何も変わっていない。

「わはは」

「アハハ」

こちらが笑えば少女も笑った。

「お前は、あんな世界を見ているのか。あれは、人間にとっては夢と同じだ」

「そうさ。私は夢の中でしか生きられない」

「だからお前は、他人に夢を見せたのか。馬鹿げた話だが、お前は生物の本能に従って繁殖しようとしている。単に仲間が欲しいのだ。だから、人間の脳を自分と同じ形に作り変えようとする」

その指摘に少女Mは黙った。

「お前は――」

言葉を続けようとしたが、そこで咳き込んでしまう。急に息苦しいものを感じ取った。

「は？」

そこで異変に気づいた。

御料車の天井を舐めるように、灰色の煙が後方の扉から漏れている。耳をそばだてれば、チリチリと何かが焼け落ちる音。そして鼻をつく厭な臭い。

まさか、と思った。しかし思った瞬間に、後方の扉から濃い煙の渦が溢れ出てきた。

「ああ、火事だ！」

体を起こし、後方の扉に手をかけて一気に開く。すると煙の塊が襲いかかり、熱気が鼻先を掠めていく。必死に目を開いてみれば、後方の廊下が一面赤く染まっている。

「あっ、あっ」

煙が電灯の光を隠した。火の粉が舞い飛び、御座所の絨毯に黒い焦げ跡をつけていく。扉の先にはゴウゴウと燃える炎の道。木製の御料車は火に包まれ始めている。

息を呑んだ。投げ飛ばしたはずの眼帯男の姿がない。ならば、あの男は陛下が乗っていないことを知り、全てを御破算にしようと火をかけたのか。

「火事だ！　逃げるぞ！」

振り返り、薄く笑う少女Mに手招きをする。

「私を気にかけるのか」

「当たり前だ。お前はとんだ馬鹿娘だが、僕らが作り出した研究の結晶なのだ」

少女人形が頷いた。道行きを任せるという意思表示だった。

ここで自らの黒衣を解き、全裸となった。黒い着物をぐるぐると左腕に巻き、手近な水差しにあった水をまるごと振りかける。

「後方の供奉車に行くぞ！」

すわ前進。両手で左右の炎を払いながら、廊下を先へと進む。黒い煙が充満し、熱気に窓ガラスが歪み、客室の扉はパチパチと爆ぜているが、ここを突破しないことに活路はない。

「先生ぇ、先生ぇ！」

ここで声がある。供奉車の扉を開け放ち、そこから一人の黒衣が顔を覗かせている。

「南方先生、ご無事ですか！」

それは死んだはずの福来の声だった。

「福来」

驚愕のままに後方を向けば、そこに悠然と歩く少女人形がいる。

「あの男は死んだよ。向こうの世界ではな」

「ならば一体、どこまでが夢なのだ」

「どこまでも夢だ」

少女Mが嘲るような笑みを浮かべた。

「先生！　早くこちらへ！」

そこで福来は、どこかから拾ったであろうサーベルを滅茶苦茶に振り回し、やにわに車両を繋ぐ幌《ほろ》を切り裂き始めた。

「連結器を外します！」

福来は幌の切れ目から手を入れ、連結器の解放テコを引き上げようとしているようだった。

こちらとしても一心不乱、濡れ布をまとった左腕を振り回し、火の粉を掻いて先へと進む。

「ぐぎぎ、先生も手伝って！」

福来の叫びに応じ、大股で炎の廊下を駆け抜ける。彼のもとへ滑り込み、一緒に這いつくばって解放テコを摑んだ。

がいん、と鉄の嚙み合う音を響かせ、連結器が解放されたようだった。空気管が千切れ、同時に列車にブレーキがかかる。悲鳴じみた車輪の軋みが響く。

「よし！」

そして顔を上げ、炎の中で微笑む少女を見た。

「お前も行くぞ」

「いや、行けないよ」

「なに？」

そう疑問を投げかけた瞬間、少女の前髪が散った。

銃声が続けざまに二発、三発。少女Mは両手を広げ、その銃撃からこちらを守っている。

「ああっ」

肉が飛ぶ。少女の腰の肉が削がれる。新たに開いた額から赤い粘液が流れ、小指が千切れ、乳房に醜い穴が開く。体に詰まっていた粘菌が、泡立つ腫瘍のように溢れ出てくる。

「お前か、眼帯男！」

少女Mの背後、炎に燃える客室からモーゼル拳銃を握った手が伸びている。

「これでは、全て台無しだ」

眼帯男が廊下へと体を出し、憎々しげに呟いた。怒りに顔を歪ませ、なおもこちらに向けて銃弾を放ってくる。しかし、その全てが少女Mの優雅な動きによって阻まれた。

「こんなものを、貴方達が本当に作り出してしまうからだ」

そして最後の一発が届き、少女Mの後頭部に命中した。右の眼窩から希硫酸を噴き出し、その眼球を落とした。残っている左目の人工宝石だけが鈍い光を放っている。

その一瞬、少女Mは慈悲深い笑みを浮かべた。

少女の体が背後に跳んだ。軽業師《かるわざし》のように壁を蹴り、ボロボロになった体を捻って、後方の眼帯男のところまで跳躍した。

「何をする！」

少女Mが眼帯男の体を締め上げる。その場に倒れ込み、炎と煙の中に姿を隠す。

「先生、早くこちらへ！」

福来が強く腕を引いた。二人して供奉車の方へと転げた。その刹那、最後の一線を越えたのか、御料車は完全に後方車両と分かたれ、こちらを残して線路の先を進んでいった。

「ああっ、そんな」

福来を下敷きにしつつ、半身を起こして遠ざかる御料車を見送った。

炎に包まれた列車が線路を走っていく。遥か東方に昇り始めた太陽。残された夜に向かって火の車が猛進していくのだ。まさしく亡者を運ぶ死出の車である。

その時、御料車の扉の前に人影があった。炎に揺らめく白い肢体。既に死を迎えた人の形、今またさらなる死を迎えようとする少女Mの姿だった。

「熊公、熊公。最後に答えてくれ」

離れていく列車から声が届いた。炎が爆ぜ、鉄が軋む。吹き付ける地獄の業風の音に紛れてなお、その声は確かにこちらに聞こえてきたのだ。

「――私は、人間になりたい。どうすれば人間になれる？」

死に向かう少女の訴えだ。酸に溶けた醜い唇を開き、その問いを投げかけてくる。

「全てを知る天皇機関が、僕にそれを問うのか！　ああ、答えられるはずがない！」

こちらの声が届いたか、少女Mは悲しそうに笑った。髪は炎に焼かれ、皮膚は爛れていく。骨が露出し、剝き出しになった歯が打ち鳴らされる。

「では、いつか答えてくれ」

それは別れの言葉だ。

「猿田彦、猿田彦。愛していると言って下さい」

幕引きである。最後の台詞は炎の中で囁かれた。

アメノウズメは己の光だけを愛され、その内にある真なる心を見て貰えなかったと嘆くのだ。かくして愛を失った猿田彦は、自ら大海に身を投じる。そして海中で光る比良夫貝《ひらぶがい》に、在りし日のアメノウズメの輝きを見て、思わず手を伸ばし、貝に挟まれ溺れ死ぬ。

そして、現世の猿田彦もまた手を伸ばした。

遠ざかる炎の筋に向けられた老人の手だ。体が車両からはみ出しそうになるのを、福来やら他の黒衣やらが必死に押さえてくる。ちょっとした感傷に引きずられて死ぬようなことはなかった。現実という浮き袋が海中から体を引き上げてくれたのだ。

「お前は、どこへ行く」

そう呟いた瞬間、遥か彼方で爆炎が上がった。お召し列車が爆発したのだ。

炎の渦が光線となり明け初める空に向かい、ただ一条。

一九二九年：片幕「大迫《おおぜ》り・長門艦上《ながとかんじょう》」

夢を見たのである。

とても奇異で、珍妙で、面白おかしく、そして物悲しい夢だった。様々な人間の因果の結末でもあった。夢の中で感じた興奮が今も残っている。

だから、書斎で目覚めるなり大声で隣家の住人の名を呼んだ。

「へいへい、どうしました。南方先生」

書斎の窓からのっぺりした中年男が顔を覗かせる。これは金崎宇吉《かねさきうきち》という実に呑気な男で、行く宛がないというので隣の借家を融通してやったのだ。

「ウキやん、ちと僕の話を聞いてくれ」

この男の良いところは、仕立て屋だというのに夜しか仕事をしないという変わり者で、これが夜更けから考え事をするこちらの都合に合うところだ。夜中に思いついたものを家族に話そうにも、妻も子供も寝ている時間だから、こういう隣人がいてくれると非常に助かる。

「実はな、二年前になるが、僕は天皇機関という機械を作った」

そう切り出して、とつとつと夢で見た過去の事件を話してみせる。金崎は「へいへい」と頷きながら、話が長くなると観念したのか、こちらの縁側の方まで移動してきて、一人で晩酌を始めた。こちらは聞いて貰う代わりに夜食のあんパンを提供してやった。

「そしてまぁ、最後は大爆発だ。お召し列車は炎に包まれて、夜の向こうに消えていった」

書斎で大伸びをしながら、一通りの出来事を語ってみせれば、金崎の方はトボけた顔を上下させつつ、

「ははぁ」

などと気の抜けた返事をする。

「そりゃええ夢やないですか」

「いや、夢ではない。現実にあったのだ」

「へぇ、こりゃ南方先生お得意の法螺話や。一晩付き合うてまで聞くんやなかった」

「法螺ではない。既に僕の作った天皇機関は霧散してしまったが、確かに完成して陛下に御披露目せんとしたのだ」

「先生が二年前に変な研究をやっとったのは知っとるけど、自分で考えて動く人形なぞ信じられません」

この反応には頭を掻くしかない。確かに秘密の会合であった訳だから、殊更に信じてくれとは言い難いが、それでも事実は事実なのだ。

「第一、先生の話に出てきた西村博士ゆう人ですか、それは學天則《がくてんそく》を作ったお人でしょう」

「ああ?」

「ほら、去年に京都で博覧会があったでしょう。陛下の即位を御祝いするゆうて。そこで毎日新聞が學天則なる機械人形を出展したんですよ。三メートルを越える巨大人形で、空気圧で動いて、表情を変えて、ペンを持って文字を書いたとかで結構な人気だったらしいです。これを製作したのが西村真琴博士です」

「違う違う。それは西村が天皇機関を真似て作った二代目だ。よく考えてもみろ、ただの生物学の博士がいきなり機械人形を作る訳ないだろう」

反論してみたが、どうにも金崎は納得しないらしい。腕を組んでなおも唸っている。

「なら、あれです。先生の話は『メトロポリス』ですよ」

「なんだそれは」

「ドイツの映画です。フリッツ・ラング監督の映画で、日本でも来月に封切りするっていうので私も気になってるんですわ」

「どんな話だ」

「なんでもマリアゆう名前の女性の機械人形が出るんです。人間は労働者と知識人の二つに分かれとって、それが、あれやこれやあって、まぁ社会を革命しようとか、そんな物騒な話です。で、最後はマリアも焼かれてしまうとかなんとか」

ふぅん、と息を吐く。寝転がっていると、庭先から飼い猫がやってきて、こちらへツッと近づいてくる。

「先生の法螺は、この辺の話を繋ぎ合わせて作ってるんでしょう」

「だから法螺ではないと言うのに」

寄ってきた猫を抱き寄せ、腹の前に置いて撫でてやった。嫌がる素振りもみせず、飼い猫は大人しく一緒に寝転がった。

「ならやっぱり夢や。どこかで見た、そんな記憶が頭の中でごっちゃになって、本当にあったことやと思うとるんです」

「君も強情だな。ほれ、チョボ六、アイツを嚙み殺せ」

「あっ、先生、よう見たらまた新しい猫やないですか。なんで全部同じ名前をつけるかな」

「チョボ六はチョボ六だ」

その辺に置いてあったマタタビを摑み取り、それでもって腹の横で眠っている飼い猫の鼻元をくすぐってやる。うなあ、などと珍妙な鳴き声を発し、酩酊したかのようにゴロゴロと畳の上で転がり始めた。

「そもそも、お召し列車に乗り込んで、その後はどうなったんです。お咎めなしですか」

「そこはそれだ。退っ引きならない状況にはなったが、皆一様に顔を隠していたからな。電車が止まった後、混乱に乗じて方々に逃げたのだ」

「なんとも都合の宜しい」

とはいえ、あの一件以来、昭和考幽学会の面々とは、それこそ夢であったかのように音信が途絶えた。間に立っていた福来が手を引いたのもあるのだろうが、全員が夢から醒めたのだ。熱狂が過ぎ去れば、自分達が如何にとんでもないことを仕出かしたか認識したのだろう。

余計な詮索をすることも止めて、全員で口を噤んだに違いない。

「でも先生、顔を隠しとったゆうても、話の最後やと先生だけは天狗の面を取ってたのと違いますか？」

「むぅ？」

そういえばそうだ、と変な納得が一つ。


それから数日して、珍しい来客があった。

いつものように妻が取り次いでくれたが、どうにも普段より神妙な面持ちである。福来が初めて来た時も、こういった訳の解らないというような気配があった。どこか懐かしい気分を抱えて半裸のままに玄関へと行けば、そこに厳しい顔をした県の役人と、眼光鋭い武人じみた雰囲気のスーツの男がいた。

「植物学者の服部広太郎《はっとりひろたろう》です」

武人じみた雰囲気の男は、これでどうして生物学の研究者なのだという。ならば粘菌学談義でも所望するのかと思い、彼のみを書斎に上げた。すると服部は、周囲の研究資料を一通り眺めた後に、毅然とした様子でこちらを見据えてくる。

「私は、宮城内にある生物学御研究所の主任です」

「ああ？　宮城って、それは――」

「はい。天皇陛下のご意思によって、学問を称揚する目的で昨年に開設された研究所です。

特に陛下のご興味に沿うような、生物学、植物学などを専門としておるのです」

「ほう！　それは重畳《ちょうじょう》。陛下が生物学などを好まれるとあっては、この南方熊楠も一学者として嬉しいものだ」

「そこで相談なのですが」

そう言う服部の目に奇妙な光が灯った。

「この研究所開設に際して、陛下には語らざる御心があったのです。つまり人語を理解し、意思を持つ生物とは何か、という命題です」

「む、それはどういう意味ですかな」

「陛下は、思考する粘菌を探しておいでです」

あっ、と叫んでしまった。

「やはり、南方先生でしたか」

「やはりとは」

「陛下は、どういう訳か思考する粘菌なるものを探しています。数人の要人がそれを見たと伝え、陛下が興味を持ったのです。さらに要人に話を聞けば、それを詳しく知る者がいるという。名前は知らぬが顔なら見たとのことで、人相を詳しく尋ねれば、それはまさしく田辺の南方熊楠氏であろうと、こちらで答えが出たのです」

冷や汗が吹き出てきた。金崎が言った通り、あの騒乱の中で唯一人、この南方熊楠の面体だけが割れていた。そこを頼りに、陛下ご自身が行方を探してこようとは。

目が回り、鼻から息が漏れる。寄ってきた飼い猫を抱いて、メチャクチャに撫で回した。いよいよ進退は窮まったのだ。陛下があの事件を知っているということは、こちらの大不敬も伝えられたということだ。東京で一花咲かすどころか、これでは大罪人として路傍の徒花《あだばな》となるのは必定。

しかし、こちらの不安をよそに服部はにこやかに笑みを作った。

「それでは先生、ここから先が本当の相談です。是非、粘菌学を究めた大学者として、天皇陛下に思考する粘菌の秘密をお話し下さい」

「は?」

「つまり、ご進講です」

この申し出に、思わずその場で跳び上がった。胡座をかいたまま、猫を抱いたまま、コロンと背後に転げてしまった。

「ははは」

そして呵々大笑。書斎はもとより家中、いや田辺一帯に響き渡るような大声で笑い転げた。もはや笑うしかない。

紀州の奥地で隠棲を気取っていた老文士が、天皇陛下に講義を奉るというのだ。学者として、これほどに名誉なことはない。

それからの日々は、それこそ夢のようなものである。

服部からはご進講のことは内密にと釘を刺されたが、県の役人と一緒に来た時点で噂は方々に広まっていく。四月の末に先方から正式に依頼の手紙があり、これに返事をした頃には周囲は大騒ぎだ。

なにせ無位無官の人物が、あの天皇陛下に物事を教えるというのだから、片田舎で暮らす人間にとっては想像もつかない栄誉であろう。

「ばんざーい！　南方熊楠ばんざーい！」

こちらが書斎に籠もって進講の準備をしていれば、裏の道を歩く地元の人間がこんな風に囃し立ててくる。これでは集中できぬと思って怒鳴り返せば、生け垣の方から小畔《こあぜ》四郎《しろう》がひょっこりと顔を出す。

「先生、先生。大先生！」

ひょうきんな中年男だが、これでも南方熊楠の一番弟子を名乗る粘菌学の大家だ。

「進講はいつです？　いつですか！」

「ええい、遊んでる暇があるなら、一緒に粘菌の分類を手伝え」

わはは、と笑って小畔が生け垣を乗り越えてくれば、さらに後ろからは一緒に来ていたのだろう、医師の喜多幅がついてくる。

「よう、熊公。ちゃんと寝とるか。根を詰めると脳に血をやって死ぬぞ」

「僕は死んでも構わん。陛下に粘菌の神秘を伝えられれば本望よ」

快活に笑い、書斎に入ってきた小畔と共に粘菌標本の整理を始める。喜多幅は横に並んで、勝手に脈を取ってくる始末だ。

そんな最中に障子戸が勢いよく開かれる。ドタドタと慌ただしく、二人の中年男性が書斎に駆け込んでくる。

「南方先生！　面会の希望です！」

「南方先生！　新聞の取材です！」

「僕は忙しい、断れ！」

野口利太郎《のぐちりたろう》に雑賀貞次郎《さいがていじろう》だ。二人とも四十そこらの男だが、こちらの生き様を気に入ってくれたのか、共に舎弟というか秘書のような仕事をしてくれている。

「二人とも、こいつらと一緒に手伝ってくれ」

「はい！」と二人分の返事がある。

「よし、喜多幅。脈を取り終わったなら、ウキやんのところへコートを取りに行くのだ。仕立て屋として働かせてやるのだ。僕の英国時代の一張羅だからな」

田辺の友人らを書斎に集め、進講に向けての準備を進める。こちらは何を聞かれるかも解らず、戦々恐々としているというのに、友人達は呑気に酒盛りを始める始末。

なんとも忙しない日々だが、興奮するものもあった。それこそ二年前に、福来達と天皇機関を作っていた時と良く似ている。

「そういえば、野口。熊弥はどうだ」

「今は落ち着いているようですよ。しかし、外出は難しいかもしれませんね」

「熊弥にも、進講する父の姿を見て貰いたかったが」

二年前の事件の後、熊弥は京都の病院に入ることになった。それだけが心残りだった。

そして二ヶ月ほどの時を経た六月一日。ようやく進講の日が来たのだ。

見晴かす田辺の海の絶景である。にわかに小雨の降る天気であったが、それでも晴れやかな日であることに変わりはない。埠頭に集まる観衆や数万人。手に手に日の丸の旗を持ち、陛下の御到着を今か今かと待ちわびている。

やがて誰か目の良いものが「ああっ」と叫び、田辺湾へと入ってくる艦船の影を見た。それが次第に大きくなるにつれ、人々のざわめき、今まさに天を揺らすが如くだ。

前日の内に田辺湾に入っていた軽巡洋艦大井《おおい》を目当てとし、新たに供奉艦たる重巡洋艦那《な》智《ち》、次いで第三駆逐隊の灘風《なだかぜ》、汐風《しおかぜ》、夕風《ゆうかぜ》、島風《しまかぜ》の四隻が悠々と海を渡ってくる。さらに白波を掻ききって、その後方より一隻の艦船が姿を表す。

船首に菊の御紋。四十一センチの主砲、鉄黒の城の如き艦橋、屈曲煙突。これぞ天皇陛下の乗船する御召艦にして、日本海軍の誇る巨大戦艦――すなわち長門《ながと》であった。

この長門の船影が見えた時などは、観衆の興奮も最高潮となったようで、咽び泣く者やら喚き散らす者やらと、もはや制すること能わずといった風情だ。

こちらは群衆より少し離れ、陛下へのご進講に向けて最後の確認だ。この後、陛下は田辺湾にある神島《かしま》という小さな島に降り立ち、生物調査を行う予定になっている。この無人島は実に豊かな生物相を持つ島で、今は保安林として大事にされているのだ。

「先生、本当にこれでええんですか？」

神島に渡る船着き場で様子を窺っていれば、背後から来た野口が用意したキャラメルの大箱を抱えてきた。振り返れば、田辺で親交を結んだ子分たちが、それぞれ心配そうにこちらを見つめている。

「これでいいのだ」

「はぁ、しかし、これは陛下に進献する粘菌標本でしょう。今からでも桐の箱を用意させましょうか」

「馬鹿を言え。使い慣れぬ桐の箱なぞ使って、大事な時に開けられないでは、それこそ面目が立たん。ここは開きやすいキャラメルの箱が良いのだ」

こちらの配慮を強情と受け取ったか、子分たちは困ったような顔を浮かべている。付き合いの長い数人だけが、なるほどと唸って首を上下させる。

「先生、どうぞ鏡です！」

「うんうん、富士額の良い男がいるではないか」

「先生、コートも良う似合ってますよ」

「ウキやんも礼を言うぞ。まさに英国時代を思い出すな！」

そうして発奮、いよいよ陛下も御召艦から船を乗り換え、神島へと至ったようだ。こちらもそれに続いて、神島で案内役を務めねばなるまい。

そう発して一歩を踏み出せば、後方からは万歳三唱である。こうして見送られるのは天皇機関を御披露目した時に続いて二度目であった。初めて日本を飛び出して渡米した際には、不安げな家族に見送られた寂しい別れしか無かったが、それより数十年を経て、これほどに晴れがましい日を迎えられるとは思わなかった。

そうして船で神島に渡れば、午後二時近く、遠く洋上の御召艦長門から天皇陛下が海を越えてくる。

まさに神話の再現であった。高天原より降り立つ天孫を出迎えるのは、鼻を高くしながらも緊張で顔を赤くする猿田彦だ。

いよいよ陛下が降り立つ。その姿が目に入る。

結んだ唇と口髭にいくらか気難しそうな相が見えるが、眼鏡の奥には優しげな理知の光がある。

そして、ついに面会を果たした。

言葉はなく、ただ頭を下げる。すると天皇陛下の方も帽子を取り、お辞儀を返す。いくらか経って顔を上げれば、未だ陛下は頭を下げておられる。それを見て頭を下げれば、さらに陛下も頭を下げる。

何も持たぬ田舎の老学者に対し、破格の礼儀であった。これには胸が熱くなり、堪えきれぬ感動を笑顔に乗せて表した。

「では、行くか！」

それより先は夢心地である。

陛下に神島を案内し、林に茂る樹木の名前を一つずつ解説してみせた。その足元に生える茸の名を伝え、葉の裏を這う虫の名を伝え、梢の間を飛ぶ鳥の名を伝えた。

幼い頃、道を歩けば生き物や植物の名を楽しげに人に教えていた。その時の記憶が蘇る。自分はあの頃と何も変わっていないのだ。老境に差しかかり、やがて命の終焉も見えてきた時になって、ようやく自分という人間の本地が見えた気がした。

そして進講の時が来た。

神島の案内を終え、こちらは先に長門へと至る。巨大戦艦の甲板を踏み越え、講義を行う一室へと通された。既に準備は整っている。随伴した侍従が、この日の為に用意した標本類を次々と机の上に並べていく。

まず筆頭はウガなる海蛇だ。これは尾の方に斑紋のある海蛇で、日本海では龍蛇などと呼ばれていて、佐太《さだ》神社では海から来る神として崇めている。佐太神社の祭神は猿田彦であるとも言われているから、これこそ御導きの大神としての心遣いとも言える。

さらに地衣類に菌類標本。特に地衣のグアレクタ・クバナなどは、この南方熊楠が東洋人で初めて採取した新種の地衣であって、まさに学者人生において最初の栄誉の証であった。加えて海中で取ったウミグモに磯場で捕まえたヤドカリ、そして研究の集大成たる粘菌類の標本がある。

それらが机に並べられたところで、いよいよ天皇陛下も着席され、ご進講が始まった。

キャラメル箱から粘菌を取り出した時には、周囲の侍従達はギョッとしたが、当の天皇陛下は驚く素振りも見せず、ただ興味深そうにその中身を見て、またこちらの説明に耳を貸して頂けた。

およそ二十分程度の短さだったが、机の上にある標本類の出自由来を一通り語ることができた。陛下も満足そうに何度も頷かれ、こちらとしても無上の喜びがあった。

「それで」

静かな声だった。進講も終わりに近づいた頃、陛下の玉顔が不思議そうにこちらを見ておられた。

「粘菌とは、思考するのですか」

それこそ、天皇陛下が求めていた本当の答えだった。

二年前、あのお召し列車での事件がある。あの時、供奉車で天皇機関は自身を思考する粘菌と名乗った。それを聞いた重鎮達が、陛下に事の次第を告げたのだろう。

その上で、陛下は思考する粘菌を探し求めた。

「粘菌は、人間の脳と良く似ておるのです」

故に、こちらも持てる限りの知識を披露しなくてはいけない。

「人間の脳は、無数の神経が絡み合ったものです。粘菌はこれと同じように、己の体を伸ばし経路を作るのです。それは栄養を運ぶ管ですが、人間も血液を通すことで生きているので、まぁ、似たようなものです」

ここで脇から侍従が顔を寄せ、ご進講が終わることを告げてくる。

「陛下、間もなく御時間です」

「もう少し続けなさい」

望外の申し出であった。侍従達も驚き、それでは、と後ろに控えた。対する陛下は、今までよりなお真剣に、そして興味深そうに、こちらの話を聞こうと身を乗り出してくる。

「ぜひ、粘菌の秘密を聞かせて欲しい。命とは何か、精神とは何か」

陛下が熱心に耳を傾けてくれている。汗が吹き出すが、必死に思考をまとめていく。

「粘菌は、いわば皮膚のない人間です。剝き出しの脳の塊です。その中では、人間の脳に似た働きをすることもあるでしょう。脳神経の束に電気が流れることで我々は思考をしますが、もし粘菌も同じような働きをすれば、思考をすることでしょう。しかし、我々は粘菌の言語を読み取れませんから、真に思考しているのかどうかは把握できぬのです」

ここで陛下が小さく微笑んだ。それまで感情を表に出してこられなかった貴人が、自らの興味が満たされたことで一笑したのだ。

「粘菌の声が聞けたのなら、それは楽しいでしょうね」

「そのようなこと――」

陛下の呟きを聞いて、そこで卒然と思い出すものがあった。あの日、爆炎に包まれる列車の中で、少女Mが最後に放った言葉であった。

「ええ、それはもう。もし粘菌が人間と同じように思考するとしたら、それは人間になりたいとも思うことでしょう」

陛下は一度だけ目を見開き、何かを深く納得したように、ゆっくりと頷かれた。

「そうですか」

その言葉を最後に、この日のご進講は終わった。

部屋を辞す際に、土産の品として侍従から一つの包みを賜った。下賜品である御菓子であるという。帰ってから開けるようにと言われ、これではまるで玉手箱だと忍び笑いを漏らす。

箱を抱えて帰ろうとすれば、長門の艦上から遠く日の丸の旗を振る人々の姿が見えた。これで終わったのだ。

この南方熊楠、人生最大の大面目が、こうして果たされた。

下賜された菓子箱を抱え、帰り道で写真館に寄った。

妻の松枝と共に、一枚の写真を撮ることにしたのだ。これまで苦楽を共にしてきた相手だ。もっぱら苦の方が多かったと思うが、それでもようやく、積年の労いが叶ったのだ。

妻は堅苦しい表情をしていたが、記念写真を撮り終えると一息ついたようで、

「ようやく報われましたよ」

と、そんな一言を放って、はらりと涙を落とした。

これには胸に来るものがあり、自宅に帰って早々、一人にさせてくれと言って子分連中を解散させた。妻は慌ただしく女中と一緒に夕飯の準備に取りかかり、娘の文枝も自室で勉強

を始めていた。熊弥は京都の病院にいるが、今日のことは野口が伝えてくれるだろう。

そうして一人、庭に降り立つ。

見上げれば樗の木が、薄紫色の花を咲かせている。露をまとった小さな花弁が、夕陽に照らされて天上の輝きを放っていた。

「さて」

ここで何気なく、下賜された菓子箱の包みを解いた。家族で囲んで開けようかとも思ったが、緊張のし通しで腹が減った。少しつまみ食いをしても、罰は当たるまい。

しかし菓子箱を開けた瞬間、そこにあるものを見て驚いた。

「ああ」と呻く。

まさにこれは玉手箱だったのだ。長門という竜宮城より帰り来て、手渡された箱を開けてみれば、溢れてくるのは全ての過去、全ての因縁だった。

光がある。白く玄妙な光だ。

漆の箱の中央、敷かれた袱紗の上に玉がある。蛋白石の如く七色に煌めき、また仄白い精神の光を宿した人工宝石。思考する粘菌の結晶。賢者の石。

つまり、天皇機関の玉体である。

にわかに立ち眩んだが、一緒に文が添えられていたことに気づき、どうにかそれを手に取って内容を読み上げる。

「事件の翌日、周囲を捜索せり。焼けたる列車内より、この玉のみ見つけたる。元より貴君の物である由、これを返さんとす」

続いて白い玉を手にする。

この日こそ、全ての因縁の結節点にして、これより続く新たな因縁の転換点でもあったのだ。訪れた一世一代の名誉はまた、過去という逃れがたい因果によって生まれたものだと強く意識させられた。

見上げれば樗の花が咲いている。未だ夢は続いているのだ。風に舞い落ちる花弁と、その根元で蠢く粘菌の影に、複雑怪奇なる人生の光陰を重ね合わせた。

ありがたき御世に樗の花盛り

第二部

一九二二年：十五夜「非常識幕《ひじょうしきまく》」

南方植物研究所を設立しよう、という話が出た。

「乱闘騒ぎを起こしたってな」

東京駅に着くなり、友人の毛利《もうり》清雅《せいが》があけすけに言ってきた。

「まぁな。隣に引っ越してきた成金野郎が家を高くしおって、こちらの研究を邪魔するのだ。藻の試験畑が日陰になってしまった」

「それで子分連中引き連れて抗争かい。まるでヤクザやないか」

駅舎を出るまでの間、毛利はさも愉快そうにこちらの不手際を詰ってくる。

「ともかく、自由に研究できる場があれば良いのだ。だからこその研究所設立なのだ」

乱闘騒ぎの後にそういう話となり、研究所設立の発議が出た。日頃から交流のある人物の手を借りようという段取りとなった。その急先鋒として名乗りを上げたのが、牟婁《むろ》新報《しんぽう》の社主たる毛利だった。普段からこの新聞に寄稿していた縁もあり、毛利は一も二もなく賛同してくれて、和歌山県内の名士に掛け合ってくれたのだ。

まず古い知己にして高野山座主《ざす》である土宜法龍、次に英国留学時代に親交のあった徳川頼倫侯が名を貸してくれて、さらに二人の威光によってか、和歌山市長と県知事も賛意を示してくれたのだ。さらに一番弟子たる小畔四郎も加わり、弟の常楠も研究所設立の資金を提供してくれるという。

かくして和歌山県下でも南方植物研究所を作るべし、といった機運が起こり、これはいよいよ夢が具体的な形を帯びてくる。

そんな折、毛利が気炎を上げたのだ。

「ずばり、東京に打って出ようや。南方さん」

そして春三月。毛利の提案を受け入れ、東京の土を踏むこととなった。

「南方さん、俺はアンタっていう人が解らなくなってきたよ」

そしてこれは、上京してから一ヶ月程後の毛利の言葉だ。

「一体どういう縁なのか、アンタはお偉方の知り合いが多すぎる」

銀座の高田屋旅館で休みつつの一幕だ。この日も午前から、多くの知人を訪ね歩いて研究所設立の協力を願い出たところだ。

「まず総理大臣の高橋是清《たかはしこれきよ》だろ」

「あれは大学予備門時代の恩師だ。僕をナンポウ君と呼んで可愛がってくれた」

「次に貴族院議員の鎌田栄吉に、農商務大臣の山本達雄《やまもとたつお》、それから衆議院議員の岡崎邦輔」

「いずれも留学中に出会った人間だ。あの頃は若者だったが、今では立派な政治家だな」

「後は幸田露伴《こうだろはん》もいる。あの文豪とどういう縁があるんだ」

「彼の弟と同窓生なのだ」

そこで毛利が大きく溜め息を吐いた。

どうやら、いざ研究所設立の為に伴として上京してみれば、自分の想像もつかない人々が協力してくれると言うので面食らうばかりだという。

「俺にとっちゃ、南方さんは気心の知れた友人で、地元を闊歩する大変人だが、所変われば品変わるか、東京って場所に出ればアンタは間違いなく大学者なんだな。徳川侯もそうだったが、世間の有名人がアンタの活躍を願っているんだ」

「それはな、僕にとっても嬉しい限りなのだ。無理をして海外で勉学に励んだ甲斐があった。いや、昔取った杵柄《きねづか》というのは大きかったのだな」

「しかし、俺も常日頃から、世間のお歴々を前にしても怯まぬ反骨の精神を持っているつもりだった。しかし、アンタみたいに威風堂々、違うな、傍若無人に要人と言葉を交わす胆力はない」

「馬鹿を言え。僕も無理をしているのだ。自分では己の評価など良く知らんが、まず徳川侯が僕の名前を出した時点で後には戻れんのだ。あの殿様が研究所設立という夢を応援してくれたからこそ、こちらもそれに合わせて振る舞うしかないのだぞ」

「それじゃアンタは徳川侯の期待に沿うように、豪傑な大学者を気取っているっていうのか」

「いかにもだ。大学者というのは合っているが、豪傑という部分は芝居のようなものだ」

「ふぅん、芝居か。まぁ、演技というならそれもいいか。なら俺もアンタの天下芝居に付き合ってやろう。大いに豪傑を演じて貰って、寄付金を集めようじゃないか」

毛利もようやく気が晴れたか、そこで力強く頷いてくる。世界に冠たる植物研究所を設立しようというのだから、これくらいの意気込みでないと困る。

とはいえ、働き詰めというのも良くない。息抜きをしようと、翌日は二人で東京観光に繰り出すこととなった。

芝居の話が出たからか、毛利は浅草の劇場に行きたいと言ってきた。これは望むところで、午前から浅草に行き、世間で大いに流行っているらしいオペラを観劇した。

それが終われば賑わう洋食屋で午餐《ごさん》と洒落込んだ。毛利あたりは西洋の味、というより東京の味付けは解らんなどと言って不満顔だったが、こちらとしてはビフテキを大いに食らって十分に堪能した。

さらに午後になれば、毛利は十二階下へ行こうと言い出してきた。なんでもそこは浅草十二階こと凌雲閣《りょううんかく》のお膝元の私娼窟らしく、ただでさえ騒がしい歓楽街の中で、さらに猥雑で混沌とした場所のようだ。無論、酒を飲み歩くには打って付けだし、あるいは高等教育を受けた女性でさえ酌をしてくれるというので、東京の文人にも受けは良いとのこと。

毛利は「せっかく東京に来たのだから」などと言って、十二階下《じゅうにかいした》で憂さを晴らすことを待ち望んでいるようだったが、こちらはどうも気が乗らない。東京という街の猥雑さも嫌いではないし、遊ぶのも大いに結構なのだが、それよりも別のものに興味があったのだ。

つまり、凌雲閣から見る東京の町並みである。

これを言うと子供じみた好奇心などと笑われると思い、いや気分が乗らぬ、寄付金集めで上京したのに遊ぶ訳にもいかぬ、などとそれらしい言い訳を並べ立て私娼窟へ繰り出すのを固辞した。本心ではいち早く、あの高層建築物へ登ってみたい、景色を楽しみたいと、それこそ少年のように胸を躍らせている。

東京のどこからでも見えるような、あの赤い煉瓦作りの塔。高さも仰天すべし四十六間。とはいえ過去にロンドンで見たヴィクトリア塔は、この二倍程度もあったのだが、そこはそれ、実際に中に入って高みから景色を望むといった経験はない。

「まぁ、そういうことなら俺一人で行くが」

結局、毛利はそんなことを言って、こちらと別行動と相成った。適当に時間を潰すと伝えつつ、こちらも人々でごった返す夕方の道を歩いていく。化粧を施した私娼《たちんぼ》やら、浮かれ顔の書生ども、道端に転がっている浮浪者なぞを横目に、凌雲閣の足元へと辿り着く。

入場料を支払って、この高層建築物へと入ってみれば、大正の気風をこれでもかと詰め込んだ、まさに絢爛なる高楼の姿があった。

八階までは様々な商店が入っており、それを目当てに集まる者達の顔がある。ひいこら息をつきながら螺旋階段を登っていけば、いよいよ展望台の設けられた十一階へと至る。ふと見やれば、既に眺望絶佳《ちょうぼうぜっか》、外に出た人々が東京の町並みを楽しげに見ている。しかし、ここで満足してどうする。さらに登って最上階に出て、ようやく一段狭くなった展望台へと出る。

おお、と思わず声が出た。

初夏の心地よい風が吹き、こちらの着物の裾を揺らした。展望台をぐるりと回って周囲を眺める。西方に富士山の威容があり、南に箱根の山々の淡い影、立ち上った厚い雲には夕映え。足元を見れば、まるで小箱に敷き詰めた菓子のような、群れ建つ家々の頭が見える。その全てに人間の生活があり、こちらから見られていることなど知りもせず、ただ営々と暮らしているのだ。これこそ街の臓器であり、すなわち日本の機関なのだ。人間という微小の歯車が、あちこちで動き回り、全体をして社会を動かしていく。

その様が、この十二階からの眺望によって手に取るように解った。これは感動である。やはり毛利の誘いを断って、ここに来た甲斐があったというものだ。

ちら、と横を見れば望遠鏡が設置されているのが目に入った。これは気になる。今のままでも十分に楽しめるが、あの望遠鏡で見られる景色は格別であろう。そう思い、先に望遠鏡を覗いている人物が飽きるのを待つことにした。

しかし、いくら待っても先に望遠鏡を覗いている人物は脇へ退く素振りをみせない。望遠鏡を専有し、唯一人で浅草十二階からの眺めを楽しんでいるのだ。

いくらか頭に血が上る。こちらが順番を守って待っているというのに、この人物は一向に譲る気配がない。パナマ帽を被った洋装の男だが、どうせ上京したての田舎者だろう。こちらも紀州の片田舎から出てきた身だが、洋行を果たした経験があるので、こういった手合を小馬鹿にする権利はあるはずだ。

「君、君。少し変わってくれ」

いよいよ痺れを切らし、至って優しい調子で、そのパナマ帽の男に声をかけた。しかし、彼は望遠鏡から目を離すこともせず、

「少々お待ちを。良いところなので」

などと言ってくるので、これには怒り心頭だ。こちらが下手に出てやれば、とんだ増上慢。パナマ帽の男の肩を摑み、ぐい、と引き寄せて望遠鏡から引き剝がす。男の方は余程名残惜しかったのか「ああっ」と情けない悲鳴を上げ、そのまま体勢を崩してこちらの胸にぶつかってくる。

「何をするのですか」

「ええい、望遠鏡を独占しておいて、その言い草はなんだ」

パナマ帽の男がこちらを睨む。腫れぼったい目をした、瓢簞《ひょうたん》顔の青年だった。

「もう少しで、見えそうだったのに」

青年はそんなことを言う。滅多なことを言うと思い、改めて無人になった望遠鏡を見れば、それは遠くを見るには随分と低い角度がつけられている。さては、望遠鏡を使って人家を覗き見ていたのだろうか。連れ込み宿に視点を合わせ、事に及ばんとする男女を観察していた

のだろうか。ならばとんだ助平野郎《すけべ》だ。

「何を見ているか知らんがな、独り占めをするのは感心せん」

一歩踏み出して望遠鏡を手に取った。角度を変えず、今まで青年が見ていた風景を見てやろうとした。

しかし望遠鏡が映し出した風景は、ごく普通の家族の姿だった。父と母、幼い娘が一人。食卓を囲んで夕食に手をつけている。

いくらか角度を間違えたかと思い、望遠鏡を動かして近くを見ても、一帯は何のことはない住宅街で、青年の興味が及ぶような珍しい光景はどこにも無かった。

「なんだ、普通の家族がいるだけじゃないか。君、一体何をそんなに熱心に見ていたんだ」

どうも青年が見ていたものに興味が湧いて、彼にその秘密を話させようとした。こちらの問いかけに青年は薄っすらと笑い、まるで小馬鹿にするように息を吐いた。

「世界を見ていたんです。ここではない、舞台の裏側を探していたのですよ」

その口ぶりが、どうにも気にかかった。

「面白いことを言う。少し語ってくれ」

「いいですよ。おじさんも、多分僕と同じものを見たい人だと思うので」

こうなると既に、興味が青年の方に移っていた。彼を手近な長椅子に座らせ、遥か東京の町並みを眺めつつ、何か一つ議論でもできればと期待したのだ。

「僕は、暇な時はいつも、ここで望遠鏡を見ているのですよ。それも風景ではなく、何気なく暮らしている普通の人々の姿を覗き見るのを楽しみにしています」

「単なる窃視癖《せっしへき》ではないのだろう」

「そうですよ。僕が望遠鏡で街を見ているのは、僕が見ていない時にも、世界が正しく動いていることを証明したいからです」

「どういう意味だね」

「僕は、一つの妄想に取り憑かれているのですよ。つまり、自分が観測していない瞬間、この世界は舞台の書き割りのようなものでしかなく、街で見かける人達も本当は役者で、僕という客がいなくなれば楽屋に引っ込んでしまうのではないか、と」

それは結構な妄想であると思った。この青年は、その不安とも夢想ともつかぬ思考によって、ならばと望遠鏡を使って他人の生活を覗き見ていたのだ。しかし、青年によればそれさえも、自分が観ることを察知して、人生舞台の役者達が大急ぎで舞台を設え、彼の為だけに演技を披露しているのかもしれないという。

「この世界は夢の舞台のようなものだと思うのですよ。こうして貴方は僕に話しかけてくれたが、これもきっと、僕が自分の妄想を話す、そういう場面であって、貴方はこの一幕の為に現れた演者なのです」

「随分な話だな。僕は僕の意思で君に話しかけたのだ。しかし、その考えは解らぬでもない。世の中にこれほどの人がいて、自分が関知せざる人々にも己だけの人生があるというのは、まぁ容易には信じがたいな」

そう答えると、青年は何か感心したように目を細めた。自らの思考が少しでも受け取って貰えたことを喜んだようだった。

「僕にはもう一つ、不思議に思っていることがあるのですよ」

「それはなんだね」

「夢の話です。いや、空想とか妄想も含めていいでしょう」

青年は夕空に筆を走らせるように、奇妙な手付きで虚空を掻いた。

「人間が想像する世界というのは、実はこの世界のどこかに本当に存在しているのではないか。そう思うことがあるのです」

「それは——たとえば空を飛べる人間がいるだとか、そんな突拍子もない空想の世界が実在しているという意味か？」

「その通りです。もちろん、この世界では人間は空を飛べません。凌雲閣から身を投げ出せば、そのまま落下して命を落とすでしょうよ。でもね、もしも何かまかり間違って、人間が鳥から進化した世界があったとしましょう。その世界では、人間は空を飛ぶことが当然なのです」

「そんな世界があればいいが」

「別に、今こうして生きている世界でなくともいいのですよ。何千年先か、何万年先か、本当に鳥人間が暮らす世界が来るのかもしれないのです。時を問わず、僕らは想像力という望遠鏡で、その世界を覗き見ることができるのです」

「君は夢想家だな。だが、そういう考えを持つことは嫌いではないぞ」

こちらが興味深そうに頷けば、青年の方も何度も瓢箪顔を上下させている。

「この世界が、どれほどの広がりを持っているのかは僕には解りません。でも宇宙の何処かに、あるいは遠い過去、未来において、僕らが想像した光景と寸分違わない世界が存在したかもしれない、そんな可能性を信じています」

「それは、君が世界を一つの芝居のように感じているのとも繋がってくるのか」

「そうですね。ようは人間の想像する別の世界は、芝居で言えば別の演目なのですよ。観客の目が離れた瞬間に、つまり死んだ瞬間に、その世界は暗転して別の舞台に切り替わるのです。想像という名の望遠鏡は、一つの芝居を見ながらも、別の演目を隙見しているようなものですよ。木戸《きど》銭《せん》御免《ごめん》の只見《ただみ》芝居です」

なるほど、と唸った。

彼の夢想にも理がある。世界の広大さを知っていればこそ、その全てが意思を持って別個に存在しているなど信じ難くなる。だから、自分の知らない場面は単なる空洞であって、そこに想像の余地が入り込むという道理だ。

むしろ、彼の考えを宇宙規模に敷衍《ふえん》したなら、あながち間違っているとも思えない。

ひとまず人類が観測できる宇宙の全てを舞台と考えれば、その外側は人知及ばぬ舞台裏であろう。その空虚に別の舞台が設えられているかもしれないのだ。この宇宙の桟敷に身を置いたからには、その終演までは見続けるしかないが、彼の言うように想像力の遠眼鏡でもって、ヒョイと隣の舞台を覗くことくらいは許されているとしたら。

青年の夢想に引き寄せられる形だが、こちらも随分と愉快な気分となってきた。想像することの意味を考えることができた。ならば返礼として、こちらも一つ意見を開陳しよう。

「君は、自分が世界に唯一人の観客であると考えていて、自分にとって関係のない演者が存在しているのが不思議なのだろう」

「そうです、その通りです」

「しかし、別の考え方をしてみるのはどうだ。つまり、この世界舞台は、実は全て精妙に台本が決まっていて、あらゆる場面において必然的な繋がりがあるとしたら」

青年は「ほう」と息を漏らし、瞳を輝かせてこちらを見てくる。

「例えば、今まさに情事に励む男女がいるとしよう。無論、君からすれば関わりなどない者達だ。これは君自身の人生からすれば無意味な場面だが、実はその男女が睦み合って出来た子供は、未来の君の教え子だとしたらどうだ」

「確かに、それならば全くの無関係とは言えませんね」

「それだけではない。今また、どこかで年老いた職人に臨終の時が訪れたとする。老人は家族に看取られ、心安らかにあの世へと旅立つ。これも全く君とは無関係の場面だが、実はこの老職人は、君が普段から使っている箸を作った人間なのだ。この老人の人生の全ては、君が使う箸を作り出す為だけに演じられてきたのだ」

ここまで来ると、青年も「ううむ」と唸るだけで、興味とも恐怖ともつかぬ視線でもって、次は如何なる言葉を吐くのか見守っているようだった。

「小さく見れば、この世界の全てがそうなのだ。君が晩酌に飲む酒を仕込んだ新潟の杜氏《とうじ》、酔った勢いで殴った無頼漢、殴られた無頼漢を介抱する情婦、その際に巻いた包帯を作った生産者……。このように延々と、全ての演者には必然的な役割が与えられていて、一分の隙もない程に台本が組み込まれている」

そこまで言って、青年は何かに気づいたのか「ああ」と納得の声を上げた。

「その思想は、仏教の根本でしょう」

「そうだ。これこそ世に因縁と言う」

この答えに、青年は声を上げて笑った。パナマ帽を取り、坊主頭をツルンと撫でる。文字通りの脱帽だが、彼の容貌にもまた、青年僧の如き悟性の風がある。

「参りましたよ。どうやら僕の妄想は喝破《かっぱ》されてしまったようだ。貴方の言葉通りなら、実のところ僕は観客ではなく、僕もまた見知らぬ他者の為に生きている演者の一人ということになる」

「いや何、こちらの言葉が全て正しい訳でもない。観客でもあり、また演者でもあり、だ」

夕陽が西の山々の影に落ちた。蠟燭の火が消えるように、フッと炎の揺らめきが消え、周囲に夜の暗闇が訪れた。どうやら愉快な議論も終わりの時が来たらしい。日没を見守っていた周囲の客達も帰るらしく、展望台から人の姿が減っていく。

「実に有意義な会話だった。どれ、そろそろお暇しよう」

「それでは」と青年も長椅子から立ち上がり、一つ頭を下げてから帽子を被り直す。この邂逅を一時のものとして楽しみ、お互いに名乗ることもせず、後はただ展望台から降り、共に人混みへ姿を紛れさせていく。

野良説法という程でもないが、時にこうして人と意味のある議論を交わせることは嬉しいことだ。だからこそ巷間《こうかん》に出るというのも、悪くないものだ。

それから幾日かして、高田屋旅館の方に客人があった。

中山太郎《なかやまたろう》という民俗学者で、ロイド眼鏡をかけた石礫のような厳しい中年男だった。

「どうか南方先生に！　ご講演をお願いしたい！」

話を聞けば、こちらを國學院《こくがくいん》大学に招いて民俗学やらの講演をして貰いたいという。なんでも民俗学の大家である柳田國男《やなぎたくにお》と親交があり、そこから南方熊楠の名を知ったらしい。確かに柳田とはよくよく文通し、懇意にしていたが、お互いの学問の考えに相違があり、数年前から絶縁状態だ。

そんなことを言って渋い顔を作ってみせるが、中山はそんなものお構いなしに、口角泡《こうかくあわ》を飛ばしつつ熱弁を振るうばかり。

「柳田先生の学問も大いに結構ですが！　自分は南方先生の自由闊達《じゆうかったつ》で豪放磊落《ごうほうらいらく》な学風を好むのです！」

ここまで熱心に口説かれては、顔も綻ぶというものだ。折しも、東京の学生連中に、南方熊楠の名を知らしめてやるのも良かろうと思っていたところだ。

かくして講演の日取りが決まった。当日になって中山に連れられ國學院を訪れてみれば、この講演の為に数多くの聴衆が集まっているという。

「いや、こんなに人が多いとは聞いておらん」

駄々である。

出番直前になって、急に不安の方が大きくなってきたのだ。これなど毛利に言った通り、豪傑ぶりを演じる芝居の限界であった。数人相手に勝手気ままに喋る、あるいは議論を交わすというのはともかく、百人近い人間を前にして一方的に論を飛ばすというのは、実のところ性に合わないのだ。

「今更そんなこと言わないで下さい！」

そんな風に中山が泣きついてきた。控え室で酒を呷りつつ、どうにかならないか相談、というか一方的な要求を突きつけた。しかし向こうは、講演の時間は迫っていると焦らせるばかり。

「どうなっても知らんぞ！」

ぐい、と残った酒を一気に呷り、そのまま酩酊気分で壇上へ立つことにした。

さて、この段になると今いち記憶が定かではない。

大講堂に詰めかけた人々の顔など、いちいち覚えている訳もなく、ただ漫然と「人がいるな」とか思った程度である。なんとなく話そうと思っていた事柄も、頭のあちこちを走り回っていて、これを捕まえることも叶わない。

では、どうしたかと言えば、得意の一発芸である。

「これがつまり、人間文化の真理である」

などと、それらしいことを言ってから、壇上で顔を滅茶苦茶に変化させた。眉を上げ下げし、唇をひん剝き、鼻の穴を膨らます。酒の席でこれをやると笑わぬ者はいないのだが、聴衆は何か深大な意味があるのかと構えて、全く笑おうとしない。

こうなると自棄である。講演時間が終わるまで、とにかく一人でも笑わせてやろうと顔の変化を続けた。

「以上、南方熊楠の講義は終了だ」

結局、誰一人として笑うことなく、最後にそんなことを言って講演を終えた。まばらな拍手が飛んでくる。中山や國學院のお偉方にとっては、面目を潰されたことになるのだろうが、まずこんな酔漢を呼ぶ方が悪い。まさに開き直りの境地だ。

しかし、ここで予期せぬものがあった。

聴衆が狸に化かされたような面持ちで大講堂を後にする中、唯一人だけ、未だに拍手を送ってくる人物がいるのだ。その人物の姿を見て「あっ」と声を上げた。微酔い気分だったものが、そこでサァっと一気に醒めてくる。

演壇を下り、彼の人へ近づく。今日も変わらずパナマ帽を被り、瓢簞顔に満面の笑みを湛えている。

「素晴らしい百面相でしたよ。南方さん」

「君は、凌雲閣で会ったな！」

慮外の再会であった。あの十二階の展望で議論を交わした青年が、今また目の前で朗らかに笑っている。

「実は、あの後に貴方のことを聞いて回ったのですよ。すると講演があるというので、こうして拝聴しにきました。むしろあの時は、これほどの大先生だと知らず、随分と失礼なことをしましたね」

「なんの、構うな。僕はな、君と議論を交わすことが出来て楽しかったぞ」

「それは光栄の限り」

そこで青年は帽子を胸に置き、何か深く納得したように何度も頷いた。

「それにしても、南方さんの百面相は素晴らしい。あれはつまり、暗号なのでしょう」

「ああ？」

「観察したところ、眉の動きが五通りありました。ならばこれは母音で、後は目と唇の動きで子音を作っていたようだ。鼻を膨らませた時は、濁音と半濁音を表現したのですね。さすがに一度見ただけでは、僕も全ての暗号を解読できませんでしたが、メモを取った限りでは数箇所で文意が通っていましたよ。しかし、フフ、この謎に気づいたのは聴衆の中でも僕一人だけと見える」

とんだ誤解だ。あれは単に酔っ払った上での暴挙だった。それを、この青年は持ち前の妄想癖で都合良く解釈したのだ。

「僕はどうも、そういう暗号やら推理やらを楽しむ癖があるのですよ。しかし、凌雲閣で南方さんが言った通り、あの一見して無意味に見える百面相にも、きちんと意味を込めていらした。世界は全て意味ある因縁で作られている、その教えを受け取りましたよ」

こちらが呆気に取られていると、そこで青年は神妙な表情を作り、こちらに深々と頭を下げた。

「おおっと、そういえば今まで名乗っておりませんでした。僕は平井太郎《ひらいたろう》という者です」

青年の瓢箪顔が、そこで不意に歪んだ。顔暗号によって「ヨロシク」の四文字を作ってみたとのこと。

一九三二年：十六夜「勢揃《せいぞろい》・昭和公家悪《しょうわくげあく》」

春爛漫。

陽光穏やかに降り注ぎ、裏庭の竹藪には金色の斑模様が浮かぶ。そよ風は開けっ放しの書斎に吹き込み、古紙の饐《す》えた臭いと標本類の黴《カビ》臭さがブワリと部屋に満ちる。鼻腔のくすぐりに懐かしさを覚え、朝日《あさひ》の煙草へ手を伸ばし、ちょっと火をつけ縁側に座って一服。

なんとも柔らかい日差しは、ちょうど木板の上に乗った玉袋の弛緩にも似たる日常の象徴であった。

世間では政党政治の腐敗、財閥の専横などといって、実に不穏な空気が溢れている。この日本も昭和に入り、実に陰気な国家になったものだと嘆く輩もいるが、こちらは半ば隠棲を決め込み、そういった煩わしさからは目を背けている。

ふと振り返れば、書斎の机の上に仄白い光の反射があった。

書斎を片付けていて、それまで大事にしまっていた人工宝石が出てきたのだ。三年前の進講の折に、天皇陛下から下賜された人類知識の神秘である。

五年前のお召し列車での事件以来、多くの仲間とは疎遠になってしまった。

お互いの動向は、それとなく知っているが、いざ会う理由がなくなってしまうと離れてしまった。数人に手紙を出しもしたが、天皇機関について秘密となると、自然と話題も減ってくる。

「人の交わりに季節あり、だ」

寂しい思いもあるが仕方ない。

昭和考幽学会の仲間も、多くが中年の親父達であった。人と会うのにも力が必要になるのだ。こちらも最近は腰の痛みが激しくなり、手足の痺れも増え、まこと老境の不随意なるを嘆くこともあった。若い頃のように各地を回って採集に励むような気力も衰え、今は日がな一日、部屋に籠もって持ち込まれた標本類の分類をするので手一杯だ。

「ま、これで十分か」

あの進講によって学者としての本懐は遂げられたように思う。南方熊楠という男の面目は果たされたのだ。上を望めばきりがないが、これも一つの到達点であろう。

そんな思いに駆られての大掃除だった。

書斎に詰まっているのは、まさしく人生の断片であった。幼少の頃に拾った石がある。フロリダで採取した植物がある。英国で書き散らかした論文の原稿がある。出会った友人達から送られてきた書簡があり、こちらが送らなかった手紙もある。

これらを一通り整理し終えれば、一人の男の人生がまざまざと浮かび上がり、そこに後世の人間が意味をつけるだろう。誰にも知られぬ隠棲の学者か、天皇陛下に認められた無位無官の大人物か、その辺りの評価は任せる他ないが、何につけ、これ以上は人生に変化など訪れないだろうという予測があった。

その時、置きっぱなしの本のページが風にめくれた。

懐かしさが込み上げてくる。

「逸仙の日記、か」

あの日記に記された設計図を元にして、天皇機関が作り上げられた。いわば全ての因果の最初の粒だ。

懐かしき友だった。辛亥革命を主導し、中華民国を建てた革命家。年齢は一歳違いだが、それこそ英国にいる時には兄弟のように過ごした。

──僕が新しい国を作った時には、中国大陸にミナカタ君の研究所を建てよう。

結局、その約束が果たされることはなかったが、彼の厚情は良き思い出だ。

改めて彼の日記を見れば、設計図の他に彼の革命にかける気概が書き込まれていた。今でこそ辛亥革命は成功し、中国大陸には民国政府が興ったが、あの頃の彼は古い清朝《しんちょう》を打破せんと社会変革の意思を滾らせていた。

しかし、と少し暗澹たる気持ちになる。

先年、満州の方で鉄道爆破の事件が起こったという。剣呑なる日中衝突の機運に、世上は騒がしくなるばかりだ。広大な中国大陸に夢を見た若者は国を作ったが、その遥か天上を、どうしようもない政治の暗雲が覆うとあっては虚しさばかりが先に立つ。ましてや、こちらは一線を退いた老学者で、今更彼の人の大望に沿う真似などできない。若かりし日、お互いに抱いた理想は、ある面では完成し、ある面では挫折したのかもしれない。

そんな感傷に浸っていると、障子戸が勢いよく開かれた。

「先生！」

「雑賀か。どうした」

秘書役を務めてくれる雑賀が、小さく頭を下げてから、足の踏み場もない書斎の中を器用に進んでくる。

「お客人ですよ。岩田さんです」

「ほう、岩田君か」

誰あろう、かつて昭和考幽学会で知り合った岩田青年である。二人して考幽学会のことには口を噤んでいるが、あの日以来、男色研究について彼とは文通するような仲となっていた。

「ええ、それともう一方、近い年頃の男性もおいでです」

「はて？」

雑賀の案内を受けて玄関へと向かえば、そこで岩田が優雅な微笑みを向けてくる。今は三十路を越えた辺りだろうが、相変わらずの美男ぶりだ。

「こうして会うのは久しぶりだな」

こちらが声をかければ、岩田も「お久しぶりです」と慇懃に返す。それと時を同じくして、彼の隣に並ぶ、中折れ帽を被った男性も帽子を取って頭を下げた。

「南方さん、覚えてますか。俺ですよ」

そう名乗る彼には見覚えがある。あの頃より多少は老けたが、どこか軽薄な表情と自信に満ちた手足の角度は、数年前に昭和考幽学会で見たものだ。

「君は確か、堀川だ。堀川辰吉郎」

「そうです。以前はお世話になりましたね」

彼と再会したことで、一つ思い出したことがあった。

「あっ、そうだ！　君、確か紀州侯と示し合わせて御披露目を計画したんだったな」

小さな告発である。あの日の御披露目が失敗した最大の理由は、つまり紀州侯がニセモノであったことだ。その人物と図っていたのだから、この堀川は事情を知っているはずだ。

しかし、こちらの指摘に堀川は途端に泣きそうな顔となり、

「それなんですよ、ええ、どうか弁明させて下さい」

などと言って、こちらの着物にすがりついてくる。どうしたものかと岩田に視線を向ければ、彼も深々と頭を下げてくる。

「南方先生、そのことで折り入って相談があるのです」

岩田が顔を上げ、その弱った表情を見せた。

二人の前に、雑賀が茶を置いた。

「どうぞ、ごゆっくり」

雑賀が礼儀正しく頭を下げ、散らかり放題の書斎から下がっていく。足の踏み場もないが、なんとか二人が座れる空きを作り、埃臭い座布団に座って貰っている。

「それで、弁明とはなんだ」

単刀直入に聞けば、堀川が腕を組んで精悍な顔をいくらか憂鬱そうにしかめた。

「まず確認ですが、あの御披露目の後、全員で一目散に逃げたでしょう。だから、俺らが知ってるのはお召し列車が派手に爆発した場面だけで、詳細を知らないんです」

堀川が掌を上にして語れば、後を岩田が引き継ぐ。

「その後、南方さんに同行していた福来さんから報告がありました。そこで解ったことは、お召し列車に陛下はおらず、また僕らの計画も向こうに伝わっていなかったこと。そして、天皇機関が暴走し、結果的に御披露目が失敗したということです」

「それから、徳川侯爵のフリをした眼帯男がいたってことです。先に聞きますが、それは本当ですか？」

ふむ、とこちらも腕を組んだ。

「本当だ。あの眼帯男は社会革命などという野心を持って、昭和考幽学会に入り込み、紀州侯として僕らを騙してきた」

ああ、と堀川が頭を抱えた。

「なんてこった！　恥ずかしながら、俺も完全に騙されてしまった。会う時はいつも覆面越しでしたので」

堀川が大袈裟に肩を落とした。落胆した様子で「申し訳ないです」と繰り返している。横の岩田が優しく彼の肩に手をやった。

「堀川君はあの失敗のことを気に病んでいたようで、今日も何度も謝ってきました」

「まぁ、知らんものは仕方ない。紀州侯と縁のある僕だって騙されていたのだ。堀川だけを責められん」

救いの手を差し伸べれば、堀川は表情を明るくして、こちらの手を摑んできた。

「俺も苦しかったんですよ！　弁明しようにも、昭和考幽学会の人間とはなるべく連絡を取らないようにする、そういうのが不文律でしたからね」

「それは、まぁなぁ」

この件については仕方ない。いくら進講という形で平和的に終わったとしても、天皇機関の御披露目は失敗したのだ。事実だけ抜き出せば、過激思想の持ち主である眼帯男に付け込まれ、お召し列車を襲って乗り込んだことになる。下手に声を出すと逮捕されていただろう。

「実はですよ、あの事件の後ですが、どうやら俺らは特高らしき警察官に目をつけられてたようです。ついさっき岩田君にも話したが、彼も同じような経験をしたらしい」

むぅ、と唸る。岩田も神妙に頷いているので、これは事実であろう。むしろ、こちらは気づかなかったが、この田辺にも特高警察の捜査の手は及んでいたのかもしれない。

「では、今日こうして会いに来たのはマズいのではないか？」

「いえいえ、それがですよ。ある時からぱったりと特高の姿が消えたんです。俺は警察の監視やらには目聡い人間なんで、すぐに解りましたよ。つまり、上から何か指示があって捜査が打ち切られたのだと」

堀川の語りを継いで、岩田がおずおずと口を開いた。

「その後、南方先生が天皇陛下にご進講をなさった件を聞き及びました。この話を聞いて、ようやく捜査が打ち切られた理由が解りました」

「ああ？　それはあれか」

「そうです。先生が天皇陛下から指名されたのは、あの一件があったからではないかと思ったのです。他ならぬ陛下が先生の行方を訪ね、結果としてご進講が叶ったのではないですか？」

「まぁ——」と、ここで机の上にある包みを引き寄せた。「天皇陛下の御心は解らんが、とりあえず僕らの研究は許されたのかも知れないな」

引き寄せた包みを掌の上で開く。そこにあるのは天皇機関の魂たる人工宝石だ。

「あっ」と二人の声。

「先生、これは！」

「あの時の人工宝石だ。ご進講の折に陛下から下賜された」

もはや特に隠す必要もないと考え、深く頷いてみせる。

「結果的に御披露目は失敗したが、どこかから陛下に話が伝わったのだろう。僕は思考する粘菌について語り、その礼とばかりに事件現場から回収されたコレが返却されたのだ」

そう言うと、二人はようやく安心したのか、訪ねてきた直後の硬い表情も緩み、狭い書斎の中でどうにか足を崩した。

「君らが話したかったのは、この事なのか？　自分達が許されているかどうか、それが気にかかっていたか。それなら早めに伝えてやれば良かったが、いや、すまんな」

岩田の方は少し困ったように悩ましげな表情を作った。

「いえ、実はこれも、これから話すことの先触れのようなものでして……。素直に言えば、困った事件が起こっているんです。思い過ごしであればいいのですが」

怪訝な表情を向けると、岩田は自分を勇気づけるように一度だけ笑い、何気ない調子で立ち上がった。

「どうした？」

「南方先生、近くの宿で人を待たせています。僕らは貴方を誘いに来たのです」

「皆とは」

「昭和考幽学会の、皆です」

その言葉に心躍るものがあった。

五年越しの再会だ。まるで同窓会に呼ばれるような気分だ。

「先生、来てくれますか？」

そう言う岩田の眼差しに決意の色が見て取れた。

「無論だ」

誰も彼も、人に会うのに力がいる年齢になってしまった。それでも、こうして再会の時は訪れる。これも人の交わりの季節だ。

「ならば、これも持っていってやろう」

手に置いた包みを持ち上げ、その中にあるものを示す。この二人を安心させたように、他の者にも人工宝石を見せて喜ばしてやるのだ。

「それは、いいですね！」

こちらの提案に堀川が嬉しそうに声を上げ、隣の岩田も顔を綻ばせた。

それから、準備があるから先に出るよう促し、ついでに雑賀を呼ぶように言い含んだ。そうして岩田だけが部屋を出たのだが、もう一人、堀川の方はどういう訳か、先程からジッと座ったまま机の上を眺めているのだった。

「どうした？」

「あっ、いや。俺もすぐに行きます。もちろん行きますよ。それより南方さん、あれって設計図に使った孫文氏の日記でしょう？」

堀川が机の本を指差す。そういえば、以前に堀川は孫文と交流があると言っていた。

「ねぇ、南方さん。いや、南方先生。その日記、少しだけ貸しちゃくれませんか。俺も孫文氏のことを知りたいんだ。あの人は俺の憧れですからね。ね、いいでしょう？」

「まぁ、鳥山に貸したこともあるから構わんが、大切に扱ってくれよ」

そう言って本を堀川に託せば、

「やったぁ！」

と、少年のような喜び。

堀川が夢中になって日記を開いていく。それを横目に、家を出る支度を始めることにした。

会津川《あいづがわ》東岸、田辺湾にも近い場所に田辺新地がある。

この辺は遊郭地であって、料亭や旅館が並び立ち、大阪の方などと比べれば寂しい限りだが、それでも田辺の中では人通りの多い方である。

その一角に錦城館《きんじょうかん》という旅館があり、ここに田辺の子分連中と共に繰り出し、芸妓を呼んでどんちゃん騒ぎをするというのが専らの憂さ晴らしであった。

今日はその錦城館で人が待っているという。

時は夕刻、西方に湧いた分厚い雲が太陽を覆った。赤黒い影に埋まった狭い路地を、岩田と堀川を伴に歩いていく。やがて馴染みの旅館へ至れば、その待ち人のいるという一階奥の座敷へと通された。

「南方先生！」

部屋に入って早々の言葉であった。

ちょうど座敷を出ようとしたのであろう、その人物と行きあった。後退した髪にひょうきんな印象を受ける笑顔。少女人形の製作者の一人――西村真琴であった。

「久しぶりだな、壮健なようで何より」

見れば、広間に人々が集まっていた。その光景は、湯の峰の餓鬼阿弥旅館で見たものと良く似ている。一つ違うとすれば、この時は誰もが黒衣ではなく、己の顔を出し、素性を明らかにしているところだ。

それぞれが、どこか嬉しそうにこちらを見てくる。

西村が導けば、鳥山嶺男と藤本雲並の両者もいる。その横には脚本家を務めた佐藤がいて、さらに視線をやれば、障子戸の傍にいた岡崎邦輔が気障な調子で手を振ってくる。

「実に懐かしい再会だ」

「岩田君から聞きましたか？　僕らは、南方先生のご進講を知って、例の事件の始末がついたと思い、こうして顔を出して集まったんですよ」

昭和考幽学会の面々がそれぞれ微笑んだ。しかし、そこに普段ならいるはずの男の影がない。どうにも不安な想像が脳裏をよぎり、着座しつつ西村の肩を叩いた。

「福来はいないのか？」

「福来さんは仕事で忙しいとのことで、今日は不参加なんですわ」

「なぁ、福来は無事なんだな。あの男、御披露目の時に撃たれただろう。それで死んでたりは、しないよな？」

その問いかけに、西村が噴き出した。

「何を言ってるんですか。福来さんは健康そのものですよ。それに撃たれたとは何です？」

西村の答えに安堵の息を吐く。その一方で、あの夜に経験した出来事が全く夢であったかのように思えた。

——あの男は死んだよ。向こうの世界ではな。

それは少女Mの言葉だ。どこまでが幻覚だったのか、今となっては解らないが、どうにも福来が撃たれたという事実はないらしい。

「どうやら、僕らは多くを語る必要があるようだ」

一同を見回せば、ここで全員から力強い頷きが返ってくる。

「五年越しの反省会をしようではないか」

そこで一同に向けて、例の御披露目の件を話すこととした。

多くは西村から報告があったことの焼き直しだが、御料車に入ってから眼帯男と対峙したこと、そして御座所で少女Mが語った幻覚の世界について伝えた。

「つまり、少女人形は人知を超えた知識を持っていたのではなく、幻覚性の胞子で我々の思考を操っていたということですか。起動した時からずっと、夢を見させられていた」

佐藤が神妙な面持ちで尋ねてくる。

「そうだ。人知を超えているのは確かだがな」

一同に不安な空気が漂う。その中で一人、鳥山が満足げに鼻を膨らませた。

「話を聞く限り、天皇機関は危険な発明でした。言うなれば自動麻薬製造機のようなものです。どのような経緯であれ、それが破壊されたのは……悲しくはありますが、良かった、と思います」

鳥山の訴えに、それぞれが複雑な表情を浮かべた。機関部を一から作り上げた鳥山が言うのだから、それは仕方ないことと全員が納得する。

とはいえ、だ。

「実は、完全に破壊された訳ではない」

そう言って懐から巾着袋を取り出す。袋の中を弄り、仄白い輝きを放つ人工宝石を取り出してみれば、これには一同、肝を潰さんばかりの驚愕具合である。

「ご進講の折、陛下よりこれが下賜された。あの事件後に回収されたものだ。天皇機関は残っているのだ」

この告白に、全員がまたも複雑な表情。喜ばしくもあるが、やはり危険なものであると思えば慎重になる。

「これは僕らの努力の結晶だ。捨てようかと思う時もあったが、一方で栄光の証でもある。僕一人でどうこうはできない。これをどうすべきかは、皆と相談して決めよう」

ここで誰よりも大きく頷いたのは佐藤であった。

「それは、捨てるにしろ慎重にした方が良いですよ。なんといっても、他人に幻覚を見せる粘菌など悪用されては堪らない」

「それは勿論だな。不安なこともある」

「例の眼帯男のことでしょう」

佐藤が言えば、それに岡崎が手を上げた。

「実はね、あの事件の後、僕は本物の徳川氏に会ったのだよ」

全員が岡崎の方を向く。口髭に手をやりながら、彼は思い出すように天井を仰いだ。

「紀州徳川侯、つまり徳川頼貞《よりさだ》氏にそれとなく話をしてみれば、昭和考幽学会のことなど全く知らなかったようだ。だから、あの眼帯男は、最初から徳川氏を騙って入り込んでいたことになる」

岡崎の言葉に一同が顔を険しくさせる。

「ここで大事なことは、その眼帯男は僕が納得するほどに、政治家達の直近の動向にも詳しく、しかも相当な財力を有しているということだ。昭和考幽学会のパトロンとして、研究資金を出して貰っていたのは確かなのだから」

「なるほどな。政治の中枢への近さと資金力があるなら君でも騙されてしまうな」

「まさしく。眼帯男は単なる不逞の輩ではないよ。巨大な力を背景に、僕らの研究を乗っ取ろうとした怪人物だ」

岡崎の視線が手元の人工宝石に注がれた。

「南方君、気をつけたまえよ。あの眼帯男は再び現れる」

物騒な単語が出た刹那、障子戸の外で閃光が走った。思わず身構えた直後、ガァンと激しい雷鳴があり、一同は身を仰け反らす。

あの事件の後、爆発炎上した御料車から死体が出たという話は聞かない。あれほどの男が易々と命を落とすとも思えない。ならば、こちらと同様、逐電《ちくでん》した後に野に潜み、虎視眈々と世に出る時を待っているのではないか。

「あの人間は危険だ。社会革命を目的とするというが、最初から天皇機関を利用しようと考えていたのだ」

座敷の外、パラパラと打ち付ける音がある。どうやら雨が降り出したらしく、幾千の水滴が鎧戸に当たっているようだった。

「昨今、実に憂慮すべき事態が頻発しているんだよ」

岡崎が憂いるように、長く溜め息を吐いた。

「一昨年には濱口《はまぐち》元総理が銃撃され、つい先月には前蔵相の井上準之助《いのうえじゅんのすけ》氏が撃たれ、また先日にも三井の團琢磨《だんたくま》氏が暗殺された。ここに来て、政治の要人達が次々と襲われているんだ」

ふぅむ、と鼻から息を吐くしかない。

世間の陰鬱な雰囲気は推して知るべし。アメリカから飛び火した恐慌は日本経済界を類焼させ、さらに昨今の米価下落に大凶作と農村の負担は増すばかり。大正時代から続いた平和の飽食は、ここに来て糞詰まりの閉塞感をもたらしたのだ。

「井上氏と團氏を撃った犯人はそれぞれ現行犯逮捕されたが、共に茨城の漁村出身者だというじゃないか。これも世相と割り切るつもりはないが、東京の上流階級が享楽を貪る一方で、地方の一般人は困窮するばかりだよ。この社会不安の中で、そうしたテロリズムに走るのも、一つの道理かもしれない」

岡崎が真剣な調子で訴えかける。彼自身、政界に顔の効く実業家である。その道理であれば、彼もまた命を狙われる立場であるから、この言葉はある種の自戒でもあるのだろう。

「ここで僕が言いたいのは、あの天皇機関が一般民衆に開放されたら恐ろしいことが起こる、ということだ。南方君は、あれが大衆に使われたらどうなるか、想像できるかい？」

「考えたくもないな。幻覚を見せ、全知全能のように振る舞う機械だ。大衆はそれを神のように崇めるだろう」

「そうだ。そして、大衆を操って革命を起こす。それが眼帯男の目論見なのではないかな」

ここで少しの間があった。ふと二階から長唄が聞こえ、三味線のしとやかな音色が響いてきた。客人の誰かが芸妓を呼んでいたのだろう。雨音の中に陽気な声が混じり、鉦代わりに茶碗がチンチンと打ち鳴らされている。

「岡崎閣下」と、西村が口を開いた。

「例の件、そろそろ皆に伝えた方が良いのでは？」

そう言われ、岡崎は一同をゆっくりと見回した。

「実は今日、ここに集まって貰ったのには理由があるんだ。ここにいる者は、お互いに素性を知っている者で、いわば信頼に足ると僕が判断した人達だよ」

「どういうことだ、岡崎？」

どうやら、これより話すことが本題中の本題らしい。訝しげな視線を受け取り、岡崎が困ったように目を閉じた。

「実は、最近になって昭和考幽学会に関係するかもしれない事件が各地で起きているんだ。西村君、話して貰っても宜しいかな？」

岡崎に指名された西村が表情を固くする。よほど言い難いことなのか、錆まみれの水道管から粘土を絞り出す如く、ぼそりぼそりと言葉を吐いていく。

「あの、南方さんは、先月に名古屋で起きた、首なし娘事件をご存知ですかね？」

「なんだそれは」

新聞で見たような覚えもあるが、そのおどろおどろしい言葉は、どうにも胸が重くなる。それは西村も同様らしく、苦々しい顔でなおも言葉を重ねていく。

「若い女性が被害者で、頭部と乳房、下腹部が切り取られて持ち去られた殺人事件です。その犯人は、つい先日に首を吊っているのが発見されたのですが……」

うむ、と胸のつかえを取ろうと一息。なんとも凄惨な事件である。

「その犯人はですね、被害者の頭皮を剝ぎ、血塗れのカツラを被って死んでいたのです」

せっかく取れた胸のつかえが再び湧いてくる。

「それで、次の事件なのですが」

「おおい、待て待て。陰惨な事件を紹介するのが、今回の会合に関係あるのか？」

「それが、あるゆえに、僕も苦慮するばかりで」

そう言われてしまうと反論もできない。西村の心中を察するに余りある。

「これから話すのは先週に起きたばかりの事件で、僕が大毎《だいまい》新聞の同僚である記者から聞いた話です」

鎧戸を打つ雨音は強くなるばかり。怪談めいた語りもあって、どうにも身の毛がよだつ。

「東京の玉ノ井という土地の下水溝から、首と両腕、両足を切り取られた男性の胴体が上がったのです。死体の身元も判明せず、今ではコマ切れ殺人などと呼んで、警察、新聞社こぞって捜査に当たっているのです」

まさしく猟奇事件であった。

退廃的な昭和エログロの気風は聞き及んでいるが、新聞で読むのと人から聞かされるのとでは重さが違う。続けざまに聞かされた事件の内容に、一同の表情も険しくなった。二階では三味線の音が奏でられるが、それもまた怪奇なる生世話物の調子を帯びる。

「それで、その二つの事件がどう繋がる。人間の死体がバラバラに寸断されるというのは奇妙だが、ここで話すのに適当な事件なのか？」

「ええ、それだけなら単なる別個の殺人事件です。ですが、新聞にも書かれていない一つの事実が、我々とそれらの事件を結びつけるのです」

これより先の話は、西村と岡崎の二人しか知らないらしく、それ以外の面々は重苦しい空気の中でジッと身動ぎもせずにいる。

「それらの事件の現場に、ある血文字が書かれていたのです――」

西村が虚空に指を這わせて、その文字を書いた。

「――つまり、Mという文字です」

息を呑んだ。

言葉を発する者はなく、座敷には静寂がある。上階では三味線が止み、馬鹿らしい笑い声が聞こえてきた。

「Mというのは、君」

ようやく呟いた一言に、西村が重々しく頷く。

「少女M──僕らが作り出した、天皇機関の名前です」

それは、と口にしかけて、しかし吐き出そうとした言葉を呑み込んだ。偶然ではないのか、何の意味もない符号に過ぎないのではないのか。そういった当然の疑問に答えるだけの材料を、西村は持ち合わせているのだ。

「これは、東京の事件直後に撮られた写真です。ドブさらいをしている警察官達と、それを見守る野次馬が写っているのですが、この人の群れの中に一人の男がいるのです」

そう言って、西村は一枚の写真を畳の上に差し置いた。

「この帽子を目深に被った口髭の男です。この人物に目をつけたのは、南方さんから例の眼帯男の人相を聞き及んでいたからです」

「なんだと、それじゃあ」

「南方さん、確認して下さい。あの眼帯男の顔を見たのは、この中では貴方だけだ」

膝立ちで畳を擦り、その写真を取り上げた。雑多な町並みの中で、警官達の姿と、その背後でたむろする群衆の姿がある。その内の一人、西村の示した人物は眼帯こそしていないが、その人相は間違いなく、あの日に見たものと同じだった。

「これは、あの眼帯男だ！」

「では、それで正解なのです。あの男がMと書かれた事件現場にいたということは、それはつまり眼帯男が暗躍しているということです」

西村が決然と言い放つ。既に事件は起こっているのだ。立ち消えになったはずの昭和考幽学会は、この得体の知れない怪人の手によって息を吹き返そうとしている。この男は少女Mの名を使い、こちらに存在を示してきたのだ。

「そして南方さん、この男が眼帯男だというなら、我々は大きな陰謀に巻き込まれていたということになります」

「どういう意味だ？」

「この男の正体を、一部の人間は知っているのです。この眼帯を外した姿を、知っているのです！」

西村の顔がみるみるうちに赤くなっていく。

「この男の名は――」

シャン、と三味線の音が響いた。それと同時に、近くで人の影が大きく動いた。誰もが彼を見た。やにわに立ち上がり、一同を舐め回すように見た後に、彼は呵々と笑った。

「どうした、堀川君」

「いや、失敬。小便です。我慢してたもので」

　そうか、と返したが、どうも堀川の不敵な笑みが気にかかった。その場の誰もが、ゆらりと歩き出した堀川の動きを見つめていた。だが、それでも、その一瞬の動きに気づけたものは少なかったようだ。こちらの目の前で一度だけしゃがみ、何気ない手付きで畳の上に置かれていた巾着を手に取ったのだ。

「おい、待て。どうして僕の巾着を持っていく」

「ああ、あれ？　俺の財布かと思って」

　奇妙な沈黙があった。堀川は間違いを認めながらも、巾着を手放そうともせず、ただヘラヘラと笑っている。彼は摺り足でもって、こちらから次第に距離を取っていく。

「待て、待てと言っている」

　ピンと張られた弦のような緊張感の中で、ほんの僅かな弛緩があった。二階から芸姑の笑い声が聞こえ、嫋やかな音色が響く。

　その刹那、堀川が背後へ跳んだ。

　一歩を踏み込み、傍に控える西村へ体当たりをかましていた。誰もが虚をつかれ、反応が遅れてしまった。ただ一人、障子戸近くの岡崎だけが「待て！」と声を張り上げ、走り出す堀川に向かって飛びかかった。

　二人の男が障子戸に衝突する。悲鳴が漏れ、バリバリと障子紙が破れ、戸板が外れた。

「放せ！　ジジイ！」

「南方君、こいつだ！　こいつは――」

「放せと言ってるんだ！」

「——昭和考幽学会の裏切り者だ！」

がっ、と堀川の長い足が岡崎の顔を蹴った。この段になると、ようやく一同が腰を上げ、なおも逃げようとする堀川へ迫っていく。

「こいつは、人工宝石を盗むつもりなんだ！」

岡崎の言葉でようやく何をすべきか悟り、こちらも堀川に向かって駆け出した。既に数人に取り押さえられ、堀川の手からは巾着袋が零れ落ちた。

「この会合は！　我らの中の裏切り者を炙り出すためのものだ！」

岡崎が必死の形相で叫ぶ。老人の体が、まるで青々しい若木に巻き付く蔦のように堀川の体に絡んでいる。

「ああっ、クソ！　誰か、誰か！」

「観念しろ！」

「お前が眼帯男のシンパだな！」

巾着袋がこちらに投げ渡された。それを受け取りながら、なおももがく堀川の姿を見ていた。何が起こっているのか、どうも冷静に判断しきれないでいる。

その時、三味線と雨音に混じって、ガァン、と何かが爆ぜる音があった。縁側のガラス戸が割れ、細かい破片と雨がこちらに降り注ぐ。

「うわっ」

その一瞬、力を緩めた岡崎を蹴り飛ばし、堀川が低い姿勢のまま飛び出した。割れたガラス戸を突き破り、庭に向かってゴロゴロと転がっていく。

「逃げるな!」

一同が堀川を追って、縁側へと殺到する。しかし、パンパンと短く爆ぜる音が続き、削り取られた縁側の木片が舞った。銃撃を受けている。そう気づいて、誰もが足を止めた。庭石の外へ視線を向ける。雨の中を這う堀川の姿があり、彼の向かう先に人影があった。そして、その影からゆらりと現れた一団。四人の人間が、コウモリ傘で雨粒を避けている。その格好には覚えがある。かつての昭和考幽学会と同様、黒頭巾を被った黒衣装束だった。

「南方先生、あれだ。あの男だ!」

西村が叫べば、四人の中から一人が進み出る。その手には、まさに硝煙を吐くモーゼル拳銃が握られていた。その人物だけが黒衣装束ではなく、中華の文人が着るような黒い長袍《ちょうほう》に身を包んでいる。

眼帯こそ外しているが、その男の義眼がのっぺりとした光を反射させている。

「お前は、誰だ」

そう問いかけると長袍の男は、裂けよとばかりに唇を吊り上げ、口髭の下の白い歯を剝き出しにした。

「問われて名乗るもおこがましいが」

錦城館の裏庭に蕭然《しょうぜん》と雨煙が湧く。三味線の音、銃口よりの煙。一人が這いつくばる堀川に傘を差し出し、そこで四人が並び立った。

「生まれは越州佐渡《さど》の湊《みなと》、十と八より国家を憂い、天皇陛下を論じれば、国体謀反と心外千万。惰眠を目覚ます東天紅《とうてんこう》、碇を下ろした上海で、艫綱《ともづな》引くは宋教仁《そうきょうじん》。持ち帰りたる目明しの灯、吹き消さんとするは君側《くんそく》の奸《かん》。ならばと求めて革命の意思、考幽学会なるに隠れ潜んだ五年前、今また出会わん今晩は――」

義眼の男の口上に誰もが身を竦めた。その人物の正体に思い至った者は、ただその場で口を開け放ち、跳ね返る雨滴に舌を濡らした。

「昭和維新の首魁《しゅかい》――北一輝《きたいっき》とは私のことだ」

その名乗りに、硬直した一同は反応できないでいる。

得体の知れない威圧感を振り払い、ここで、がっ、と一歩を踏み込む。痛む体もお構いなし。庭に着地すれば、泥飛沫が辺りに散った。

「口上結構！　だが、あの時のことを忘れた訳ではあるまい。ここでふん縛って警察に突き出してやろう！」

「それも悪くないな、南方さん」

北と名乗った男は、こちらの名前を呼び、ただ真っ直ぐに見据えた。その手に握られた拳銃の銃口も同様に。

「だが私は諦めてはいない。あの天皇機関に可能性を見出した。あれさえあれば、今度こそ私の革命は成功するのだ」

「なぁ北さん、構わないだろう。アイツらを撃ち殺して人工宝石も奪おう！」

物騒なことを言い出した堀川に、ようやく動き始めた一同が再び身を強張らせた。お互いにジリジリとした緊張がある。

「いや、今日はここまで。目的のものは手に入れたのだろう？　それに一人二人殺すのは構わないが、その内に警察が来て終わりだ」

「だが」

抗弁する堀川を、北が一睨みして黙らせた。

「そういう訳だ。皆さん、今日はここで立ち去ろう。しかし、追いかけようなどと思わないでくれ。余計な銃弾を使いたくはないんだ」

拳銃をこちらに向けたまま、北が背後へと下がっていく。それと同じく、堀川と三人の黒衣達も裏庭の茂みへと姿を隠していった。コウモリ傘が闇に紛れ、やがて彼らの姿が完全に見えなくなる。

「また近く会おう、南方さん」

最後に残った北が、こちらを見て笑った。作り物の片目が、意思のない光を照らし出す。

後にはただ雨音と、三味線の愉快な調子が残った。

一九三二年：十七夜「千鳥足拍子《ちどりあしびょうし》」

「まんまと持っていかれたな」

大阪は豊中《とよなか》市の住宅街、立ち並ぶ家屋を横目に路地を歩いていく。内塀に挟まれた細い道に、春の風が一陣、紙クズが舞い上がって側溝へと落ちていく。

「例の設計図ですか」

先を歩く岩田が、振り返ることなく言った。

「そうだ。人工宝石は守ったが、孫文の日記を堀川に持ち逃げされた。もしかすると、最初から設計図を奪うつもりだったのかもしれん」

「となれば、あの男の目的は一つです」

「天皇機関を再び作成する、か」

岡崎の懸念と、別れ際の男の言葉を思い出す。大衆を煽動する為の機械としての、天皇機関の可能性。

「それにしても、堀川が北のシンパだったとはな。いや、そもそも紀州侯と一緒に御披露目を計画したというから、最初からニセモノと知って潜り込んでいたのだろう」

「北一輝という男は」

そこで岩田は、一度だけ振り返ってから、北一輝なる男の経歴を語り始める。

「いわゆる思想家ですが、その枠では捉えきれない男でもあるのです。多数のシンパを抱えているようですが、一面では恐喝家まがいの仕事をし、大企業や銀行を相手取って示談金をせしめるような手合です」

「随分な男だな」

「全くです。それで、北は明治三九年に『国体論及び純正社会主義』という本を自費出版した男であって、その革命的な思想でもって特高から目をつけられていた人物なのです」

「ふむ、聞いたことは、無くも無いが……」

「その後の経歴の方が有名かもしれません。北は大陸浪人の宮崎滔天《みやざきとうてん》と出会い、辛亥革命を成功させた中国同盟会に入党し、活動の場を上海に移したのです」

ほう、と唸った。中国同盟会といえば、他ならぬ故友の孫文が参加していた集団である。

「南方先生に孫文氏との交流があったように、北は宋教仁という、孫文氏とは対立する立場の男と親交を結んだのです。その後、北は帰国し、十三年前に『日本改造法案大綱《にほんかいぞうほうあんたいこう》』という書物を出しました。その思想は辛亥革命を通じ、明治維新に次ぐ第二の革命を成功させんと訴えるものでした」

「第二の革命とはなんだ？」

「うゝん、僕も今回の件で調べただけで、詳しく理解はできていないのですが……北は新しい国体を構想しているようです。今の日本は国家の上層部が権力を独占し、天皇陛下と民衆の間に隔たりがあるといって、それを排除、つまり政党や財閥、華族制度を解体し、民衆が直接に天皇陛下の元に一元化するような、そんな国家を作ろうというのです」

なるほど、と返す。体制側が危険視する理由も良く解る。

「北の思想は、右翼というほどには天皇陛下を尊重せず、左翼というほど天皇制に反対はしていない、独特な純粋社会主義なる思想、とのことです」

「しかし、危険な思想なのは変わらないのだろう」

「それは確かです。政治家や財閥の排除のため、暴力的な手段も辞さないというのですから」

岩田が不安そうに、歩きつつ道端の小石を蹴った。

まさしく、先日に井上準之助と團琢磨が暗殺された事件も、この世間の風潮に則ったものだ。錦城館での一件の後、この事件も進展し、血盟団《けつめいだん》なる集団が犯人として検挙されたばかりだ。この秘密結社に対しても、あるいは北が関わっていたのではないか、そういう不安が考幽学会の面々の間で共有されていた。

「昭和考幽学会も、一歩間違えば、北の言いなりになって暗殺集団に作り変えられていたかもしれないのです」

ところで、と岩田が振り返ってくる。

「南方先生、人工宝石はお持ちですか？」

「ああ。あの日以来、こうして常に持ち歩いている」

そう言って、懐に手を入れて巾着袋を確かめる。

「北一派は、設計図から天皇機関を再現するつもりだったのでしょうが、それが先日の一件で人工宝石の存在も知れてしまったのです。となれば、次に狙うのはそれです」

「いっそ壊してしまえれば良かったのだがな」

北一派の目論見を防ごうとし、あの夜に人工宝石を壊そうと試みた。しかし、生半《なまなか》な手段では傷すらつかぬとあって、破壊できる工具が見つかるまでは、ひとまず保留ということになった。

こうした経緯を経て、とにかく守り抜くしかないと一同が苦渋の決断。こうして巾着に入れ、肌身離さず持ち歩き、なおかつ田辺の自宅に常に人を置くという徹底ぶり。出歩く際も、今日のように誰かと一緒に行動しようと取り決めた。

それに加えて、だ。

「助っ人を頼むと言っていたが、それは信頼できるのか？」

「できます。その人は僕と懇意の仲で、また世間に名前が知られている方ですから」

「ふむ。何者なんだ？」

その問いに、岩田は困ったように目を細めて笑った。

「探偵です」

ふと空を見れば、数話の鳩が飛翔していった。

豊中市の一角、瓦屋根の一軒家に無数の鳩が巣食っている。ポゥポゥと喧しく鳴きながら、屋根の上に備えられた鳩舎の中から鳥達が顔を覗かせているのだ。

「ここが西村君の家か。あれは伝書鳩か？」

「西村さんの趣味らしいです。そして、ここで依頼した探偵に会うのです」

岩田の案内を受け一軒家へと入れば、まず西村の妻が出迎えてくれ、彼の待つ居間の方へと通された。洋風に改装された部屋らしかったが、こちらが入室すると共に、一羽の鳩が天井辺りから舞い降りてきた。

「おおっと、申し訳ない」

ソファから立ち上がった西村が、こちらに駆け寄ってくる。鳩は岩田の頭部に止まり、そのまま大人しく羽を畳んでいた。

「二人とも、わざわざ来て貰って、いや、かたじけない」

西村が岩田の頭上に止まった鳩を捕まえ、そのままソファへと戻っていく。こちらも彼の対面に座りながら、西村の胸に抱かれる鳩のつぶらな瞳に視線をやった。

「こいつは三義というんだ。上海の三義里《さんぎり》で保護したんだよ」

「そういえば、西村さんはこの間まで上海に行ってらしたとか」

「向こうは結構な有様さ。日本人を排斥しようっていう運動は増すばかりでね。十九路軍と日本軍の衝突で、あの美しい上海の街も廃墟になってしまった」

ないでいる。

西村は憐れむように、胸元の鳩の背を撫でた。鳩の方も気持ちいいのか、ただジッと動かないでいる。

「本当に、嫌なことばかりだ。戦争で焼け出された家族など、いくつも見てきたよ。できることなら手助けしてあげたいが、私が保護できるのは、せいぜいこの鳩一羽くらいですわ」

西村が顔を暗くさせた。少女歌劇を見て楽しめるような、平和な時代は終わったのだ。スタアを目指した少女に懸想をしたのも全て過去のこととなり、社会全体に漂う息苦しさが、こういった老境に入ろうとする者を苛んでいる。

「そういえば、西村君は學天則という機械を作ったんだな」

そう話を振ったのは、この暗い空気を払おうとしたからだ。本題に入る前の、話のまくら程度に言ってみたが、予想以上に西村が顔を明るくさせる。

「あれは良い思い出です。僕は學天則を通して、社会に対するアンチテーゼを表現しようとしたのかもしれません。機械は労働するだけでなく、表情を変えたり、意思を持つのだ、というような」

「それこそ、君なりの天皇機関だな」

「ええ。本当は、僕も天皇機関を再現したかったんです。僕は、社会から見捨てられてしまうような人間に愛着を持ってます。機械人形のように扱われる人達、彼らも笑い、泣くのだと訴えたかった」

西村は笑ったが、言葉の端々に悲しげなものを感じさせる。

「だからこそ僕は、天皇機関を悪用しようとする北を許せませんよ。あれを再び作るとしたら、それは平和の為に使うべきです」

「うむ、だからこそ北一派への対策を練らねばな」

そう促すと、感傷に浸っていた西村も「はい」と力強く立ち上がる。鳩は羽を広げて飛び、書棚の上へと至ると置物の如く鎮座する。西村の方は、窓際の文机から数枚の資料と写真を取り上げると、それらをテーブルの上へ並べた。

「まずこれは、ここ最近の北一輝の動向です。同僚の記者に調べて貰ったもんです」

新聞記事の切り抜きに、北らしき人物に赤丸が付けられた雑踏の写真。それらを日時と場所でまとめ、また同地にいる関係者の名前を資料として挙げている。

「例の玉ノ井のバラバラ殺人事件の後から、東京、名古屋、京都と各地で目撃されているんです。恐らくは、地下に潜伏する政治結社を出入りしているんでしょうが、巧妙な男で、その尻尾は掴めません」

「様々な政治結社を渡り歩いているのか？」

「そのようです。中国系の革命結社の他、宗教団体、それに軍部との繋がりも持っているらしくて」

「軍部？」

「そうです。陸海軍の中でも、最近の政治に不満を持っている青年将校達を中心にした研究会、そういったものに出入りしてシンパを増やしているようです」

ここで岩田も資料を取り上げる。

「それだけではないのです。北は政治家や財閥から賄賂を受け取っており、その活動資金も豊富です」

「それは」

厄介だな、と思った。

あの男は、思想と民衆、そして武力と資金力を味方にしている。北という抜け目ない男にとって、昭和考幽学会はそれらに次ぐ、科学と文化を象徴する団体であり、自らの野心を果たす道具の一つとして、これを秘密裏に掌握しようとしていた訳だ。

「こんな人間に狙われるとはな」

こちらは仁王金剛の如く、思い切り顔をしかめてみせた。その表情に二人も体を固くしている。

「まぁ、その為に助っ人を頼んだのだったな」

こちらの言葉に西村が微笑んだ時、ちょうど外で鳩が騒がしく鳴き出した。家の上で鳥達が忙しなく羽ばたいているようだ。

「到着されましたかね。僕が迎えに行ってきます」

そう言って岩田は部屋を出ていったが、少しして玄関の方から「うわぁ」やら「ひぇ」やらの悲鳴が漏れ聞こえてきた。

どうかしたのか、確かめるつもりで腰を浮かしたところで洋間の扉が勢いよく開かれた。

「やぁやぁ、皆さん。遅くなりました」

華やかな登場の宣言と共に、騒がしい羽ばたきの音が溢れた。

鳩に集られ、灰色の羽を周囲に撒き散らしながら、パナマ帽をかぶった洋装の紳士が現れたのだ。さらに帽子の下で、黒縁眼鏡をかけた瓢箪顔を、これでもかと歪ませている。

「ああ、先生。変な顔をしないで下さい……」

紳士の影から慌てた様子で岩田が現れ、とりなすように彼のそばに寄った。

「変じゃないよ。これは挨拶だ」

そう言って、紳士は再び顔を歪ませる。その顔には、どこか見覚えがあった。

「せっかく南方さんに会えたんだから、ほら、ほら」

それは百面相であった。かつて國學院の壇上で披露し、観衆をポカンとさせ、なおかつ一人の青年に強烈な印象を残した一発芸。

まさに、この紳士こそ、あの時に出会った青年だった。

「ああっ、平井太郎!」

こちらが叫ぶと、紳士は破顔一笑。ようやく意図が通じたと安堵し、体中に鳩をまとったまま、こちらに駆け寄って握手を求めてくる。

「お久しぶりです、南方さん。しかし、平井太郎というのは昔の名です」

ばさり、と彼の周囲から鳩が飛び立った。パナマ帽の下に隠れていた一羽が帽子を落として飛翔していった。

「今は、江戸川乱歩《えどがわらんぽ》と、そう名乗っておりますよ」

部屋中を飛び回る狂乱の鳥達の中、彼は瓢箪顔に笑みを浮かべた。

結局、主人と客が総動員で鳩を捕まえ、全てを鳩舎に返し終えた頃には夕刻となっていた。

「江戸川先生、鳩を見つけるなり、帽子の下に鳩を仕込むと言って……」

全身に鳩の羽をつけた岩田が、なんとも疲れた表情で言う。

「手品です。せっかくの再会ですから、ハット驚く奇術をお見せしようと思ったまで」

対する乱歩の方は悪びれる様子もなく、頭の上に乗った羽を指でつまみ上げ、口元でフッと吹いて飛ばした。

「ふぅむ、なるほど。それで西村君、君らの言う助っ人というのは、この江戸川乱歩君なのか？」

「そうですね、この辺りの経緯は岩田君が詳しいですが」

西村が視線を横にやると、岩田が眉を下げて笑った。

「はい。僕は元々、江戸川先生と付き合いがあり、今回の件を相談したのです」

「付き合い？」

「僕はその、南方先生には専ら男色研究の方でしか話をしませんでしたが、本職は画家でして、江戸川先生の作品の挿絵を担当していたんです」

「作品とはなんだ」

そう問うと、乱歩の方はソファから身を乗り出し、なんとも楽しげな様子でこちらの顔を覗き込んでくる。

「探偵小説です、南方さんはお読みになられませんか？」

「む、いや、最近は読書も疎かになってしまってな。流行っているのは知っているが」

「いや、残念。こないだは全集も出ましたし、少し前の『蜘蛛男』などは評判も上々でした。とはいえ、この辺は通俗小説ですので、南方さんほどの学者の方が読むものでもないです」

いくらか卑下するような物言いだったので、どうやらそれは乱歩自身が目指す小説とは異なるらしい。とはいえ、知らぬことを言い立てられるのも気に食わぬので、今度会う時までに読破してやろうという心持ち。

「しかし、あの時の青年とこうして出会えるというのも、全く人の縁のなせる業だな」

「いえいえ、実は南方さんの動向は以前から、それこそ十年前に出会った時から追っかけていたのですよ。それがちょうど五年前、昭和考幽学会なるものに参加したと聞き及び、そこの岩田君に頼んで潜入して貰った訳です」

チラと岩田の方を向けば、青年は申し訳なさそうに眉を下げた。となれば、今回の経緯も全て知っているのだろう。この乱歩という男は、ここで満を持して考幽学会に顔を出したということだ。

「それで、重ねて聞くが、探偵というのは何だ？」

「ええ、その質問を待っておりました」

そう言って、乱歩は大袈裟に両手を広げ、なんとも愉快そうに笑みを作った。

「この乱歩、只今絶賛休筆中につき、小説の仕事を一切放棄しているのです。しかし、一方でかねてからの探偵仕事を再開せんとし、こうして皆さんの前に現れたという訳ですよ」

自信たっぷりに言い放った乱歩に対し、こちらはいささか面食らう。それは西村も同様だ。岩田だけが肩身を狭くし「江戸川先生は、若い頃に探偵事務所で働いてらしたのです」と解説を加えてくる。

「さて、まずは事件を整理しましょう」

いよいよ本題に入るつもりなのか、ここで乱歩がテーブルの上に並べられた資料を一通り指差していく。

「既に話は聞き及んでおります。つまり名古屋と東京で発生した連続バラバラ殺人事件、この現場には貴方達だけが知っている〝M〟なるメッセージが血で書かれ、さらに北一輝という怪人物が背後にいるとのことでしたね」

ウンウンと唸って事件の概要を整理していく乱歩に対し、こちらは黙って耳を傾けるのみ。時折、外の鳩舎で鳥達が長閑に鳴いていた。

「まずは犯人の目的、動機を推理してみましょう。名古屋の事件も、東京の事件も、一見すると死体を切り取るという猟奇事件ですが、北一輝という思想犯が絡んでいるとすれば、単なる怨恨や口封じによる殺人とは思えないのです」

乱歩の言葉に、西村が差し挟むように手を上げる。

「しかし、どちらの事件も被害者は一般人で、政治的な思想はないという話ですよ。記者達の間でも、犯人は身近な人間だと目星がついているくらいで」

「では考え方を変えましょう。まず実行犯がいて、その後から別の人物が事件に関わり、現場に〝M〟の血文字を残した」

「それこそ、何の為に？」

「メッセージです。仕事が完了したと、遠隔地にいる仲間に伝える為ですよ。もしかしたら仲間ではなく、北一輝本人に知らせようとした可能性もある」

「仕事とは？」

西村の疑問に対し、乱歩は胸ポケットから鉛筆を取り出し、テーブルの新聞記事を示した。得意げな顔を浮かべ、その余白に何かしら書き込んでいく。

「名古屋の事件では被害者の頭部と乳房、下腹部が持ち去られました。そして東京の事件では、同様に両腕と両足が持ち去られたのです。どうです、これを一つにすると――」

乱歩が新聞記事をつまみ上げる。余白に描き出されたのは、女性の頭部と乳房に、男性の両手足が繋ぎ合わされた、なんとも不気味な人形の絵だった。

「一人分の人体が出来上がるでしょう」

その指摘には、全員が怖気《おぞけ》を震ったのか、顔をしかめ、または息を呑んで、互いに表情を窺った。

「江戸川さん、それはまさか」

そう西村が尋ねれば、乱歩も鼻息を漏らして頷く。

「いかにも。かつて昭和考幽学会が作ったという天皇機関、その素体となる死体人形の再現です」

「そんなこと！」

西村がソファから立ち上がる。顔にいくらか怒気を孕んでいた。

「ひ、人を殺して、機械人形の材料にするなんて、そんな」

「西村さん、落ち着いて下さいよ。そして、僕が言うことではないのかも知れないが、かつての貴方達も、これと同様に不謹慎なことをしでかしたのではないですか」

乱歩の指摘に西村は顔を青ざめさせ、そのまま力なくストンと落ちるようにしてソファに座り直した。

「それなら」と、西村が必死に声を出す。「北一輝、そして彼のシンパは、機関の設計図と死体人形を手に入れたことになる」

「そういうことです。そして、だからこそ北一輝は南方さんがお持ちになっている人工宝石を求めているのです。話を聞けば、にわかには信じられないが、小さな宝石が人形の脳になるというではないですか。つまり人形をいくら作ろうとも、仏作って魂入れず、その人工宝石無くして天皇機関は動かない」

グッと胸を押さえ、懐の巾着を着物の上から握り締める。心臓が脈打っているのか、それとも人工宝石が震えているのか、どうにも判然としなくなってくる。

「なら、ここで僕からも聞こう。現場に残っていた〝M〟の血文字はどう解釈する？」

そう尋ねれば、乱歩はウンと喉を鳴らした。

「第一に仲間へのメッセージ。殺人事件が起きてから死体の一部を切り取ったのか、切り取られた死体があって、それを適当と見たのかは解りませんが、まず死体のパーツを回収したことを仲間達に知らせたのです」

「まだ理由があるのか？」

「そうですね。次にその符号を〝M〟としたのは、他ならぬ昭和考幽学会のメンバーに伝わるようにしたのです。貴方がたは天皇機関を少女Mと呼んだらしいではないですか。この〝M〟という文字の持つ意味に気づいた者は、次にバラバラ死体から天皇機関を再現せんとする北一派の目的に気づくのです」

「すると、どうなる」

「僕は昭和考幽学会のメンバーを知らないので、勝手なことを言いますよ。つまり、貴方がたの中で少女Mを再現することに執着した人物がいるとして、そういった人物が北一派の目的に気づいた時、こう思うのです」

乱歩が一同を見回した。窓の外から夕陽が入り込み、どこかへ飛び去っていく鳥達の影が乱歩の顔をよぎる。

「自分も北一派に協力し、再び少女Mを作り出そう」

言い知れぬ重い空気が、一同の間で取り交わされた。

「無論、これはただの推理です。しかし、可能性としては残しておきましょう。北がそういった人物を取り込もうと、秘密裏に接触するかもしれない」

乱歩の言葉にまず岩田が肯んじた。また西村も同じく、銘々に乱歩の推理を警告として受け取ったのだ。

「これより連絡を密にしましょう。昭和考幽学会の内部で連携を取り、全員で事に当たるのです。北一派が天皇機関の再現を目的とする限り、必ずや我々の前に姿を現すでしょうよ」

「その後はどうします、江戸川先生」と岩田。

「ずばり一連の事件を詳らかにし、北が関わっている確実な証拠を押さえ、警察へと突き出そう。これが一番手っ取り早い」

この言葉には、それぞれが顔を明るくさせた。腕力勝負に持ち込まれれば勝ち目はないが、こちらは頭や言葉を使うことには慣れている。これこそ知識人の、そして昭和考幽学会の本懐だ。

明確な目標が出来れば、これまでと打って変わって自信が湧いてくる。既に西村は知り合いの記者へ連絡を取ると言い出し、岩田も乱歩と共に探偵業に勤しむという。こうなればこちらもジッとはしてられない。

「僕は、人工宝石を研究する」

「おや、何をするつもりなんです？」

西村からの疑問に、いくらか寂しげな笑みを浮かべて答える。

「北が人工宝石を手に入れるより先に、これを破壊する。その為の方法を模索するのだ」

高らかな宣言に、また一つ胸のところで脈動があった。それは心臓ではなく、人工宝石の身震いであった。

一九三二年：十八夜「屋台崩《やたいくず》し・通天閣《つうてんかく》」

人工宝石を破壊しなくてはいけない。

それは昭和考幽学会での研究の結晶だが、北一輝のことを考えれば、そのまま保存する訳にもいかない。このまま残すには、あまりに危険な発明だった。

その悲壮な覚悟をもって、人工宝石を裏庭の敷石の上に置いた。その手を離す瞬間、白い宝石が僅かに震えた気がした。まるで死にたくないと訴えているようで、言い様のない悲しみが胸に満ちる。

「良いんですね、南方の旦那」

背後から、一人の剣士がそう尋ねてくる。

「構わん、やってくれ」

そう伝えると、真剣を携えた青年が前へと出る。

青年は刀を大上段に構えると、やおら全身に力を込める。諸肌脱ぎにした壮健な体軀に筋肉が張り、しかし一転して脱力、しなやかに力を動かしていく。

「けぇい！」

田辺中に響くような声、そして一閃。

チン、と刀が弾かれた。

斬撃に耐えた人工宝石は、敷石からコロコロと転がり落ちる。それを拾い上げてみせ、傷一つないことを確かめた。

「やはり、壊せないか」

「そんな、冗談でしょう。有心館三羽烏《ゆうしんかんさんばがらす》の一撃ですよ」

青年剣士が富士額に溢れた汗を拭った。まさかの事態に驚いている、というより不服そうな気配があった。

「これは一筋縄ではいかないぞ、羽賀君」


羽賀準一《じゅんいち》という男が田辺に来たのは、まず乱歩の紹介であった。

警察関係者と繋がりのある乱歩が、身辺警護の為に腕の立つ者を派遣すると言ってきた。

そこで白羽の矢が立ったのが、警視庁剣道助教という立場にある羽賀だった。

しかし、この男と田辺の家で出会った時には一触即発の事態となった。

「貴様！　あの時の！」

などと、こちらの顔を見るなり、羽賀は手にした竹刀で襲いかかってきたのだ。

「何を訳の解らんことを！」

「しらばっくれるな！　五年前、陛下を誘拐しようとしただろうが！」

そうして振り下ろされた竹刀を必死に受け止めれば、その青年の顔に見覚えがあった。

「ああ？　まさか、あの時の皇宮護衛官！」

それは御披露目の時、お召し列車で襲いかかってきた青年だった。

などという一悶着を経てからの護衛任務だ。

「しかし、まさか南方の旦那が植芝《うえしば》先生の知り合いだったとは」

人工宝石の破壊が失敗した後、二人並んで縁側で茶を啜っていた。

「植芝盛平《もりへい》君だろう。僕にとっては地元の知人だが、君にとっては武道の師範だったか」

「いかにもです。俺は剣道が専門だが、植芝先生から合気道を教わったこともあるんですよ」

植芝というのは、二十年程前に一緒に活動した男だ。その頃、神社合祀の反対運動を起こし、その時に協力してくれた縁がある。当時はガキ大将が大人になったような男だったが、それがどうして、今は武道家として花開き、警官や軍人に武道を教えているらしい。

そういう訳で、こちらが植芝の知り合いだと解ると、羽賀も態度を改めて、掌を返すように協力的になった。

「ま、色々とありましたが、旦那の身は守りますよ」

さらに事の次第を話してみれば、こちらが天皇機関の再現を防がんとしていることを喜び、共に阻止しようと力を貸してくれるようになった。

「北一輝が敵というのも良い。出会ったことはないが、そういう輩は気に食わない。そんな奴が、天皇機関とかいう化物をまた作ろうっていうのが許せない。あれは不敬の塊です」

　あの事件を企てた考幽学会と、自らの剣術を児戯のようにいなした天皇機関への反発心は未だにあるらしいが、それは過ぎたこととして受け入れてくれた。一方で、だからこそ二度目は無いぞ、と意気込んでいる。

「まぁ、俺も北一輝のような人間を相手とするなら、腕が鳴るというものです」

　この羽賀という男、今は皇宮警察から警視庁へ移って剣術を教えているらしいが、どうやら庁内での立場は思わしくないらしく、なんでも北一輝を検挙して自分の手柄としたいとのこと。まさしく敵将の首を取って帰参した若き日の前田利家《まえだとしいえ》公の如く、とは彼の弁だ。

「さて、僕はこれから書斎に籠もって少し考え事をする。何かあったら呼んでくれ」

「はい！」

　と、威勢のいい返事がある。羽賀は稽古に励むつもりか、立てかけていた竹刀を手にして去っていく。

　さて、と書斎の方へと戻った。

　座卓の上を片付け、普段から粘菌の観察に使う台の上に人工宝石を置いた。その玄妙な光を網膜で受け取りながら、今再び、この宝石を破壊する為の方策を考える。

「これほどの物とはな」

　いくら観察しても、人工宝石に傷はない。

どこかに破壊可能な箇所でもないか、人工宝石の輝きをノートにスケッチしていく。この石が放つ不可思議な光の渦は、そもそも粘菌が結晶化した部分である。特にモジホコリ類は、細毛体を通って子実体に石灰質結晶を作るが、これはそれを巨大化させた具合、というより無数の石灰質が凝り固まったもので、大理石のような結晶質石灰岩に近い存在なのかもしれない。

その一方で、人工宝石は一見すると、石灰質の結晶であるように思うが、その内部には粘菌が閉じ込められている。天皇機関の内部で繁殖したことを考えれば、何らかの条件で一部が外に漏れることはあるのだ。

しかし、と鉛筆を置いて思考する。

以前にも得た結論だが、人工宝石は人間の脳神経を模倣したものだ。人間は脳内で信号を発し、そのやり取りで思考をするというのだから、人間を真似た粘菌も同様に思考していたと仮定しよう。それは一つの石となり、ただ声を発していないだけで、今現在も石の姿のまま思考しているのだろうか。

「お前は、こうして僕の言葉を理解できるか？」

何気なく石に問いかけた。とはいえ反応がある訳ではない。

冷静に考えてみれば、それが人間であろうと、脳髄だけポンと取り出され、そこに向けて尋ねても反応があるはずはない。外界の信号を受け取る為の器官があり、また外へ放つ為の器官があって初めて、問いかけは意味を持つのだから。しかし逆に言えば、人間が脳だけ取り出されて、なお思考は続くのかという哲学的な話にもなってくる。

「お前を壊そうとする僕を、お前は憎むか」

言葉にしてみると、この人工宝石が哀れな存在に思えた。

少女Mとして受肉した時には、広大無辺な知識を語ってみせたが、それが石となっては文字通り手も足も出ない。奇跡にも近い存在が、人間の掌で転がされるというのは屈辱だろう。

「謝って許されるものでもないな」

少し行き詰まったので、鉛筆で人工宝石をつついてみる。それでも石に変化はないが、突如として、何か不敬なことをしでかしてしまった気になる。肉と皮をひん剝いた人間の魂に、無遠慮に触れてしまったような申し訳なさがある。

「思考とは、命とは何なのだ」

ふと口をついた疑問は、全く無意識のものだったが、一方で真理の胞子のように思えた。書斎で陽光を受けて舞う埃のようなそれが、一所に落ちて着床し、どこか神的な気づきを孕んだ。

まず人間を細かく分ければ細胞となり、細胞をさらに分ければ蛋白質が現れ、その蛋白質の中には遺伝子が詰まっている。この遺伝子によって分子が結び付けられ、最終的に肉体が作られているが、その繋ぎ方は不揃いで統一性がない。両親が同じであろうと、どの遺伝子が表に出てくるかで分子の並び順が変わり、出来上がる人間の姿は千差万別だ。それは色紙《いろがみ》を無数に重ねる内に生まれた小さなズレが、どんどんと大きくなっていき、最後は二度と同じ色紙の山を作れないのと同様だ。

これが結晶物なら、また事情は変わってくる。結晶には遺伝子はないが、一方で分子が決まった形でカッチリと組み合わさっている。色紙の山は常に正確な順序を作り、切り取る位置で形が変わろうとも、その色は一定のものとなっているのだ。

つまり蛋白質《たんぱくしつ》には不統一な混沌があり、結晶には整然たる秩序があるのだ。そして粘菌結晶とは、それらの中間にあるもので、蛋白質が結晶化したものと考えられる。人工宝石の中に詰まっている粘菌は、それぞれ不条理なまでに思考の経路を作り出し、また生物的本能に則り、理路整然たる正解の経路を結びつける。やがて強固な経路は結晶質を作り、表面を殻のように覆う。また石の内部では、常に遺伝子が新たな思考の経路を生み出していく。そして、それはまた外へ押し出されて結晶となる。その繰り返しなのだ。まさに石の如き意思を持つ、思考する宝石の誕生だ。

そうした思考をする中で、ノートに滅茶苦茶な線の束が現れていた。人間の非合理的な思考の道筋を描こうとして、鉛筆で書きなぐったものだが、この形には覚えがある。

「なるほど、これぞ曼荼羅《まんだら》だ！」

それは発見であった。

かつて知己である土宜法龍に宛てて、これと良く似た絵図を送ってみたことがある。この世界で複雑に絡まる因縁を図式化したもので、彼の僧侶はこれを見て「まさに因縁マンダラである」などと言ってきた。なるほど確かに因縁を核とした世界理解なのだから、その指摘は正しい。

そして、この曼荼羅図こそ、今まで考えてきたことの集大成であり、思想の根幹だ。人工宝石のことを考えている中で、自然とそれと似た図を作っていたことになる。

ここでノートに書き続けていた複雑な線が飛び出し、鉛筆が虚空を滑った。書き連ねる程に線は重なり、いよいよノート一枚では足りない程に、巨大な線の束、束の塊が現れ始めていた。だが未だ完成ではない。人工宝石の内部で絡まる人間の思考の糸は、この程度の線で表現しきれるはずがないのだ。

よし、と立ち上がり、書斎から降りて裏庭へと進む。ちょうど鍛錬を終えた羽賀が、広い額から落ちる汗を手拭いで拭っていた。

「羽賀君、少し借りるぞ」

そう言って、彼が杖代わりについていた竹刀を取り上げ、そのまま近くの土に線を引く。この裏庭全てを使って曼荼羅図を描こうというのだ。

「ちょっと旦那、何をするんだ。竹刀は剣士の魂ですよ！」

「黙って見ていろ、思考こそ学者の魂だ！」

啖呵を切って、ガリガリと竹刀の先で土を削っていく。一本の線を引き、また別のところから線を重ねる。直線に、あるいは折れ曲がり、無数の線が交差していく。

そこで手を止める。裏庭は一見して子供が書いたような、無意識の産物とでも言うべき、線による曼荼羅図が現れた。しかし、これで終わりではない。これは今まで考えてきた、人間という生物の因縁であり、遺伝子に刻まれた不揃いな蛋白質の形成と同様のものだ。次にこれを整理し、一つの三次元的曼荼羅へと昇華させる必要がある。平面図にすれば、これは飽くまで不揃いな線の束だが、これに時空の奥行きを持たせれば、それこそ結晶のように整然とした形となるのだ。

そうして一心不乱に土を削っていると、横で見守っていた羽賀が耐えかねたのか、呆れるように溜め息を漏らす。

「旦那、何か考えているのは解りますが、せめて僕にも解るように説明して下さいよ」

「む、そうか。確かに聞かせるのにも意味はあるな」

竹刀を握り、土に描かれた図を指し示した。

「まず、これは因縁の曼荼羅である。いいか、この点が事件の中心人物である北一輝だ」

ふむふむ、と羽賀が顔を寄せて頷いてくる。

「次にこっちの点が僕だ。そして、ここから線を伸ばす。これは二十年前の神社合祀反対運動の縁だ。その先に植芝盛平がいる。そして、この植芝の点から線を伸ばすと、ここに君の点がある」

「なるほど、人の繋がりですか」

「人だけではない。そこに物や事が含まれるんだ。で、この君の点は五年前に起きたお召し列車での事件で僕と結ばれている。さらに、これは北一輝とも繋がっているな」

「解ります」

「それでだ、そもそもこのお召し列車での出会いは、北一輝が紀州徳川侯を騙った為に実現した。で、その紀州侯は、父親の徳川頼倫氏が僕と縁があったからこそ、事件の渦中に据えられたのだ」

裏庭に描かれた線を辿っていく。数人の人間の点を取り巻いて、いくつもの線が繋がり、また交差していく。

「さらに、頼倫氏と出会った時代に、僕は孫文氏とも知り合った。その孫文氏は中国同盟会で宋教仁と縁があり、この宋教仁は北一輝と縁がある」

「また繋がりましたね」

「ここで大事なのは、北と宋教仁の繋がりに、僕らは一切関係ないところだ。この世界には無数の因縁があるが、己の知る範囲で重なり合うところもあれば、全く及び知らぬところで交わっている場所もある。しかし、この偶然のような線の群れは、必ずどこかで重なるのだ。誰もが為すべきことを為しているだけでな」

「はぁ、まぁ、それが今回の事件ですか」

「そうだ。これを僕は萃点《すいてん》と呼ぶ。萃《あつ》まった点だ」

ここで羽賀の顔が険しくなる。次第についていけなくなってきたのかもしれないが、そんなものは知ったことではない。

「で、こっちは僕に話を持ってきた福来だ。福来は高野山の人間で、こっちの点、土宜法龍の紹介を受けたのだ。この法龍師は我が知己であり、ロンドン時代の知り合いだ。さらに、この因縁曼荼羅を語って聞かせた相手であり、今こうして羽賀君に解説しているのも、元を辿れば、この爺さんからの因縁だ」

「はぁ、はぁ?」

「大事なのはここからだ。これは因縁の図式だが、実に不条理極まる線の束だ。これはいわば、遺伝子によって千変万化する生物のようなものだ。因縁動物だな。しかし、これを俯瞰《ふかん》で捉えれば整然と分子が並び、一つの結晶を作っている。便宜的に、混沌とした方を因縁胎蔵界とし、整然とした方を因縁金剛界と呼ぼう。両界曼荼羅だが、これらは同一の世界を別の見方で捉えたものだからな」

ここまで来ると羽賀は苦悶の表情を浮かべ、必死にこちらの意図を汲もうとしている。脂汗を滲ませながら、ブツブツと念仏のようにこちらの言葉を繰り返している。

「人間の目から見れば、この世界は奇々妙々な怪物だが、これを純粋な構造物として捉えれば、美しい必然性の宝石ということになる」

「はぁ、ええ?」

「それが、あの人工宝石なのだ。解ったか?」

「うん?」

「あれはな、たった一つの石の中で、あらゆる思考の因縁が絡み合っている結晶なのだ。あれを両断するということは、因縁を断ち切ることに等しい」

「解りませんよ、旦那!　何が言いたいんです!」

「つまり、人工宝石は破壊できん」

あまりに単純な答えに、ついに堪忍袋の緒が切れたか、羽賀はこちらが握っている竹刀を取り上げる。彼は雑念を振り払うように、その場で何度も素振りを始めた。

「いっそ海にでも捨ててしまった方がいいかなぁ」

などと言っていると、ここで書斎の方から人の声があった。

「南方先生、大変です！」

書斎の方で野口が叫んでいる。何事かあったのかと思い、足で土をほじくるのを止めた。

「どうした！」

「熊弥君が――」

野口が今は病院にいるはずの息子の名前を叫ぶ。

「熊弥君が、誘拐されたのです！」

突如としてそんなことを言うものだから、力を失い、その場に膝をついてしまった。


熊弥が誘拐されたのは、今日の午前だという。

いつものように、野口が京都の岩倉病院に見舞いに行ったところ、病院の人間が騒いでいるので、事情を聞けば熊弥がいなくなったとのこと。

元より、精神の均衡を崩していた熊弥であったから、最初はフラフラと外へ出たか、もっと積極的に脱走を図ったのかと思われたが、病床には一通の手紙が残されていたらしい。

「これなのですが」

そう言って、野口は真っ白い便箋をこちらに渡してくる。これを書いた人物は学があるのだろう、非常に綺麗な文字が書き連ねてある。まず目に入ったのは、熊弥を連れ出した非礼を詫びる文言、次に身代金として人工宝石を渡すように訴える、丁寧ながらも有無を言わせない強い言葉の群れ。これが北一派からのものであると解り、怒りとやるせなさが襲ってくる。

「心配するな。ここから先は任せておけ」

そう言って、野口を部屋から遠ざけようとする。彼の方も心配しているようだったが、これればかりは彼を巻き込む訳にもいかない。こちらの強い決意を読み取ったか、野口もそれ以上は何も言わずに書斎から立ち去った。

「南方の旦那、いよいよ向こうさんも手荒い手段に出てきたようですね」

横から羽賀が顔を突き出し、手紙の内容に目を通していく。

「これは手抜かりだ。家の方に警護をつけたから大丈夫だと思っていたが、まさか病院から熊弥を連れ出すなんて……」

「人工宝石を渡すかどうかはともかく、受け取り場所はどこなんです？」

「それは、ここに書いてある」

震える指を這わせて、手紙の末尾にある文言を追った。

「月世界旅行をいたしましょう、と」

大阪は新世界。

時は夕刻。群青の空には白い月が浮かび、片一方には沈みゆく太陽。それこそ巴里《パリ》を模して作られた繁華街だ。シャンゼリゼ通りよろしく、放射状に広がる道には劇場や飲み屋が立ち並び、通りでは人々の声と電蓄《でんちく》から流れる音楽が重なり、換気扇から漏れる油の臭いに吹き上がる砂埃が混じる。瀟洒《しょうしゃ》な街灯の光と、毒々しいネオン看板が目をついてくる。

隣を見れば、警護として付き添った羽賀が呑気な調子で歩いている。これ見よがしに背負った刀袋の中には日本刀。まさか警察に剣術を教えている彼が逮捕されるとは思わないが、どこか危なっかしい気持ちにはなる。

「旦那、人工宝石をちゃんと持ってて下さいよ」

うむ、と頷き、懐に入れた巾着を握りしめる。この人工宝石は大事な交渉材料だ。熊弥が人質になっている今、北一派が如何なる手段をとるか解らない。

「しかし、なるほど、あれが通天閣《つうてんかく》ですか」

そこで羽賀が前を示した。なるほど雲を突き破らんと聳え立つ大阪の象徴たる鉄塔、通天閣がある。

まず凱旋門に似た土台があり、そこにエッフェル塔を模した鉄塔が、ズン、と突き刺さっている。まるで子供が盛り飯に箸を立てるような無邪気さ。その精緻に組み上げられた鉄骨には電飾看板が煌々と照り、周囲の店も派手な看板と騒がしい呼び声で溢れているものだから、この辺は巴里とは似ても似つかない、実に大阪らしい風景であった。

「以前は、あの通天閣の先にルナパークという遊園地があったのだ」

「なるほど、そいつが月世界という訳ですか」

誘拐犯からの手紙には、なんとも気障ったらしい文言で日時と場所が指定されていた。この時刻、通天閣の上で待っているとのこと。そうして人工宝石を渡せば熊弥を解放する、と。

「ちなみに、旦那はその遊園地に行ったことがあるんですか？　俺は遊園地なんてものは縁がないですがね」

「子供を連れて行ってやろうと思ったことはあったが、その頃は忙しい時期でな。気づいたら閉園していた」

既に遊園地はないが、当時から変わることなく、通天閣はシンボルタワーとして新世界を象徴している。最近では楽天地に押されているようだが、繁華街としては未だに活気がある。

「回転木馬などもあったらしい。これは僕も乗ってみたかったが」

などと益体《やくたい》もないことを言っていると、通天閣の入場口、巨大なアーチ門の下にいた男が手を振ってくる。

「南方さん！」

洋装にパナマ帽。瓢箪顔に笑みを浮かべた彼こそ、助っ人を求めた江戸川乱歩であった。

「すまんな、乱歩君。こんな事件に巻き込んでしまって」

「何をおっしゃいます。相手は手段を選ばぬ北のシンパです。むしろ、このような事態を想定できなかった僕の手落ちですよ」

乱歩は残念そうに首を振ってから、アーチの天井を見上げた。こちらも彼にならって首を上げれば、そこに立派な孔雀の天井画がある。一応は広告だが、この雑多な印象を受ける通天閣にとあっては、なかなかに芸術的な部分だ。

「そう、犯人はこの上で受け渡しを行うつもりなのですね。随分と大胆な思いつきじゃありませんか。この時間なら、展望台は人の出入りも無いでしょうから、人目につくこともないでしょう」

そうして、さて、と意気込んで大人三人でエレベーターに乗り込めば、鉄の籠がゆるゆると上昇し展望階へと出る。

ちょうど凱旋門の上に当たる部分だが、ここからでも大阪の街は一望できる。並び立つ家々の背が夕陽に照らされ、大魚の鱗の如き煌めきを放っている。何気なく欄干まで寄れば、いくらか肌寒い四月の風が吹き付け、髭の先をやんわりと冷やす。足元のアーチ門を見れば、顔も解らない黒い人影が磁石に揺れる砂鉄のようにゾワゾワと歩いていた。

「やはり、誰もいないようですね」

乱歩の言う通り、展望台には三人の他は誰もいないように思えた。帆布を張った売店の下に襤褸《ぼろ》をまとった老婆が一人いるだけで、他には観光客の姿もない。

いや、それがどうだ。周囲を見回せば、意識せざるところに人影があった。ただし、それが大の大人とは違っていたから、つい見過ごしてしまっていたのだ。

子供である。小学校に上がる頃だろう、未だ幼い男児が、展望台の一角で立ち尽くしているのだ。

男児は、こちらをジィっと見つめている。丸顔に丸い瞳、頭も坊主だから、とにかく丸だけで構成されているような顔つきだが、その立ち方には何か厳然とした大人びた風格がある。まずもって弁えている、そういう感慨を受ける子供だった。

「迷子か？」

羽賀が声をかけると、子供はそれをきっかけに、それこそゼンマイで動く玩具のようにキリキリと手足を動かし始めた。やがてこちらの前まで来ると、何かを求めて、その小さく赤い掌を差し出してくる。

「宝石を、頂きたく思います」

あっ、と叫んだ。

この子供だ。この男児こそ、誘拐犯に利用されているのだ。相手は卑劣なことに、受け渡しに子供を使い、自らは安全なところから様子を窺っているのであろう。

「宝石を頂きたく」

子供は続けざまに同じ文言を繰り返す。誘拐犯から教えられた通りの振る舞いをし、訳も解らないまま、男児は犯罪に加担しようとしている。

ぐぬ、と唸る。熊弥を誘拐した挙げ句、これほどに幼い子供を利用する卑劣漢に怒りが湧いた。羽賀と乱歩もそれは同様で、険しい表情でお互いを見やった。

「宝石を――」

そこで男児が泣きそうな声を上げた。一向に反応しないこちらに対し、いよいよ己が間違っていたのかと自責している。愛らしい丸顔をゴム毬《まり》のように潰し、喉をひくつかせながらも、必死に泣くまいと耐えている。

つい憐憫の情に動かされ、熊弥の安全も確認せずに人工宝石を渡してしまいそうになる。しかし、思わず懐に入れた手は、乱歩と羽賀によって掴まれた。

「いけません、旦那」

「しかし――」

その時、ついに男児の頬に涙が伝った。声は上げないが、それでも喉を苦しげに鳴らして、また溢れ出る涙を拭いもせず、ひたすらに両手をこちらに向けている。

「ああっ」と女性の悲鳴があった。

声の方を振り返れば、売店の方から人影が走り出していた。襤褸《ぼろ》をまとっていた老婆が、喉も張り裂けんばかりに悲鳴を上げ、こちらへ向かってくる。

ふと夕暮れの風が吹いた。走る老婆の襤褸が舞い、その下から銀灰色の束髪がはらりと現れる。濃紺の結城縞《ゆうきじま》が揺れ、流水紋の名古屋帯が冷たい空気を孕む。まさに早変わり、みすぼらしい老婆は貴婦人となった。男児に駆け寄る中で、数十年分の時をさかしまに遡るが如くだ。

「ああ、小虎ちゃん」

ひし、と老貴婦人は男児を抱きしめ、何度もその頭を撫で始める。

「もう大丈夫よ、良くできました」

「お祖母様、あの方達は、僕に宝石をお預けになられませんでした」

「ええ、ええ。でも大丈夫です。貴方は良くできました。あれは、あの方達が誤ったのです。仕損じたのです」

そう言って、老貴婦人は首を捻り、こちらに恨みがましい視線を送ってくる。この段に来てようやく理解した。つまり、この女性はひたすらに孫を心配する心優しい老婆などではなく、全く悪辣な北一輝のシンパの一人であったのだ。

「まさか、貴女か。僕に手紙を寄越したのは」

「その通りです」

老貴婦人は男児の頭に手を置きながら、女性としては高い身を真っ直ぐに伸ばし、凛然とした様子でこちらに向き直る。

「平岡《ひらおか》と申します。この度は、南方様にお手紙を差し上げました。こうしてご足労頂けたこと、まことにありがたく存じます」

平岡と名乗った老貴婦人が粛々と頭を下げた。再び上げられた顔には穏やかな笑み。皺こそ多いが、目鼻立ちも美しく、何より貴族然とした優雅さがある。眼光こそ冷たいが、それもどこか花鋏《はなばさみ》の切っ先のように淑やかだ。

「では、改めて人工宝石をこちらへ」

平岡婦人の催促であったが、これには一同首を横に振る。

「まずは熊弥の安全を確かめさせてくれ」

「なるほど。それも道理ですね。では」

そう言って、平岡はパンパンと手を二度叩いた。するとどうだろう、まさに彼女が先程まいた売店の陳列台がガタンと横へずれ、中から偉丈夫が姿を現した。

「熊弥！」

息子であった。着流し姿の熊弥が、陳列台を脇へとどけて、ボロボロと土産物を落としながらも立ち上がる。こちらを見ようともせず、台から外へ出ると、そそくさと平岡の方へと歩いていく。

「おい、熊弥！」

「あ、お父さん」

「待て待て、どうしてそっちへ行く。こっちへ来い」

何かで拘束されている風もない。熊弥はまったく自発的に誘拐犯たる平岡の横に並んだ。

「駄目ですよ、熊弥さん。お父様と取引が終わるまではこちらに居て下さいな」

「だそうです」

熊弥があっけらかんと言い放つ。言われたことを素直に聞く熊弥も困ったものだが、それを見越して何かしら言い含めているのであろう、その平岡の卑劣なやり口に怒りを覚える。

「おお、騙されるな！　こっちに来ていいんだ！」

「いいえ、お父さんが約束を果たすまでは、僕もここを動きません」

「そういう訳です。さて、南方さんも人工宝石をお見せになって下さい」

ぐぬぬ、と唸るしか無い。羽賀も乱歩も何も言えず、仕方なく懐から巾着を取り出して、その中の人工宝石をチラとだけ見せた。

「ああ、なんと美しい。どう、小虎ちゃん？」

平岡が腰元の男児に問いかけると、男児の方も宝石の輝きを見て、大きく頷いた。

「ええ、結構ですとも。小虎ちゃんが認めたのだから、間違いなく本物なのでしょう」

「これを取引に使うのもやぶさかではないが、あえて問おうじゃないか。貴女はどうして、あの北一輝に協力するのだ」

そう問いかけると、平岡はさも意外そうに目を細めた。

「もちろん北さんの経歴は、ある程度は知っております。けれども、私にとっては北さんがどうという訳ではないのです。私はあの、かつて見た天皇機関を再び作るという目的に賛同したのです」

「ならば、貴女も昭和考幽学会にいたのだな」

「その通りです。南方さんにも湯の峰の旅館でお会いしました。とはいえ、こちらは黒衣姿でしたので覚えてらっしゃらないでしょうが」

その言葉に思い当たるものがあった。

「そうか。確か一人の女性が、生まれたばかりの孫の将来を聞いていた。では、まさか」

「そうです。その時の子供が、この小虎ちゃんです。どうです、可愛らしいでしょう。いいえ、それだけでなく、なんとも理知に富んだ目があり、この世の美を見つけられる、そんな才気があるのです。あの天皇機関によって将来を約束されたのです」

ですが、と平岡が声を潜める。次に彼女が顔を上げた時、そこには鬼女の面貌があった。

「その天皇機関は、貴方がたが壊してしまったではないですか！」

婦人の怒気に、羽賀と乱歩も「うっ」と呻いて一歩下がった。こちらも怯むまいと、必死に巾着越しに人工宝石を握り締める。

「それがあれば、この子の将来に何の不安もなかったというのに。いつだって安全で、幸福な人生を送れるはずだったのに」

なんということだ。この老貴婦人は、人類の叡智たる天皇機関を孫一人の人生の為に使おうとしていたのだ。何事かあれば天皇機関に逐一聞き、その未来予測でもって人生を決定させようとしていた。何たる溺愛、何たる偏愛。

「あの機械人形さえあれば、私が死んだ後にも小虎ちゃんを導いてくれるはずでしたのに」

ここで平岡の頬に涙。般若の顔はフッと緩んで、平安の女御《にょうご》の如き尊いものに変わる。これには今まで表情を変えなかった男児も狼狽え始め、

「死なないで、お祖母様」

と、平岡の手を強く握る。

「死なないで下さい、おばあさん」

と、こちらは熊弥だ。優しいのか鈍感なのか解らない。

「ああ、二人ともありがとう。私は死にませんよ。仮令《たとい》死のうとも、機械人形を完成させた暁には、その中で生き続けます」

だから、と平岡がこちらを向く。凄烈な老女の笑み。

「さぁ、人工宝石を渡して下さい。北さんの思想など知ったことではありませんが、あの方は天皇機関を使っても良いと仰ったのです。ならば、私も目的達成の為ならば、どんな手段でも使いますよ」

言いつつ、平岡は懐に手を入れ、折り畳み式の肥後守《ひごのかみ》を取り出す。キラリと光る刃物が熊弥の首筋にあてがわれた。熊弥の方はそれを意に介すこともなく、こちらをジッと見ている。

「ほら、小虎ちゃん。おじちゃん達から宝石を受け取って来てちょうだい」

男児が頷き、まるで賞状でも貰うかのように、キッチリと手足を伸ばして歩いてくる。

「南方さん、構わない。いったん渡してやってくれ。こちらに策がある」

乱歩がそっと耳打ちをしてくる。策とやらが気になるが、ここで時間はかけられない。うん、と一度だけ頷き、目の前でジッと構える男児の掌に巾着を乗せてやった。

「さぁ、熊弥を放せ。この子がそっちに行くまでに歩かせるんだ」

「ええ、いいでしょう。ほら、熊弥さんも向こうに行ってらっしゃいな」

熊弥が平岡の言葉に従い、また男児も進んでいく。両者の歩みが通天閣の展望台で交差する。まさにこの時、夕陽が沈み、鉄骨の奇怪な影は一面の暗黒に染まり、街に溢れる電飾だけが我関せず照っている。

「熊弥！」

近づいた息子を抱きとめた。彼の方も一仕事終えたかのように、なんとも満足げな表情でこちらを抱擁してくる。

「ああ、よくできました。偉いですよ」

人工宝石を手にした平岡もまた、お使いを果たした男児を抱き締め、何度もその頭を撫でている。

その一瞬の後、近くでピィっと呼子笛がけたたましく鳴った。音に振り返れば、そこで乱歩が笛を咥えて、さらにもう一吹き。

「乱歩君、それは」

「南方さん。誘拐犯に下手に出るのはこれで終わりですよ」

直後、ガラガラと鉄の音が響く。エレベーターの戸が開き、制服姿の警官が展望台へ殺到する。

「ご婦人、引き換え場所に通天閣を選んだのは失敗でしたな。僕は事前に警官隊を伏せていたのですよ。下にも多数の警官が詰めていますからね、逃げようなどと思わないことだ」

警官隊を前に、乱歩が自信たっぷりに言い放つ。また同行した羽賀も刀袋に手をかけ、何かあらば反撃せんとする心積もり。こちらは熊弥を抱き留めているだけだが、気を引き締めて平岡と対峙する。

「さぁ、後は貴女を逮捕し、その人工宝石を取り返して終わりだ」

乱歩の堂々たる勝利宣言であったが、それがどうして平岡には愉快に思えるのか、ただ「ほほほ」と笑い始めたのである。

「通天閣を選んだのは、北さんの指示ですよ。この場所こそ都合が良いからと」

「都合が良い？」

平岡は微笑んで、腰にすがりつく男児を抱え上げた。もはや老貴婦人に優艶たる雰囲気はない。その風情や女賊の感。唇は三日月の形を作り、開かれた目には鉄漿《かね》の如く黒い瞳。

ここで奇怪な羽ばたきの音があった。

白い月の向こう、藍色の空に黒い鳥が飛んでいるのが見えた。いや、鴉かとも思ったそれが、こちらに近づいてくる程に姿を大きくさせる。これほどに巨大に、また不格好に飛翔する鳥がいるものか。

「それでは——」

平岡が手を上げた。風が強くなる。ヒュンヒュンと鵺鳥《ぬえどり》の鳴き声にも似た、これは怪鳥の羽音であった。警官の誰かが「あっ」と叫び、通天閣に近づく黒い鳥の正体に気づいた。

空中で機械音を響かせながら、今まさに空飛ぶ鉛筆とでも言うべき不思議な形の飛行機が、通天閣の周囲を旋回し始めた。また奇妙なのは、竹トンボのような大きなプロペラが、主翼のない機体の上で回転しているところだ。

「オートジャイロだ！」

乱歩が叫び、羽賀が抜刀し、警官達も身構えたがもう遅かった。オートジャイロから投げ出された縄梯子が、するすると平岡の方へ落ち、彼女はそれをしっかりと摑んだ。

「今日は、ありがとうございました」

茶会の来客に礼を述べるように、なんとも平然と言ってのけ、平岡は笑顔のまま、男児を抱えて空へと飛んだ。オートジャイロが高度を上げ、通天閣の高みよりなお空に近い場所へと彼女らを運んでいく。

「追え、追うんだ！」

羽賀が唾を飛ばして訴える。警官達も慌ただしく動き始め、こちらも欄干まで駆け寄って身を乗り出す。いっそ落ちよとばかりに手を伸ばすが、既に無駄なことであった。

女賊と人工宝石を乗せた黒い怪鳥は、燦爛たる大阪の夜の彼方へと飛び去ったのだ。

一九三二年：十九夜「難波《なんば》怪人《かいじん》六方《ろっぽう》」

ともかくも、人工宝石が盗まれたのだった。

乱歩と羽賀が檄《げき》を飛ばし、大阪府警も威信をかけて捜査に当たったが、なにせ空路での逃走という前代未聞の盗難事件である。これを追うことは至難を極め、事件より一週間を経た今でも、その足取りは摑めなかった。

「オートジャイロを使われたとなると、敵の潜伏先も解らないな」

とは、乱歩の言だ。

鳩の鳴き声も喧しい、豊中の西村邸での会議であった。集まったのは総勢六人で、前回のメンバーから新たに羽賀と佐藤が参加した形だ。

「そういえば、そのオートジャイロですが――」

ここで西村が手を上げていた。

「後で調べてみたところ、現在オートジャイロを日本で所有しているのは朝日新聞と海軍だけです。思うに、あれは海軍の協力者が融通したんではないかと」

「海軍だぁ？」

なんと敵の背後には巨大な影がある。これには素っ頓狂な声を出すしかない。それを見て、今度は乱歩が手を上げた。

「北一派は今現在、軍部の若い連中に顔が利くんですよ。先の血盟団事件の影にも、そういった軍部の青年将校との繋がりがあると、僕はそう推理しますね」

乱歩が自説を披露したところで、今度は佐藤が手を上げていた。

「敵が軍部に繋がりを持っている、というのはごもっともです。そして話を聞けば、北一派は天皇機関を再現しようとしているとか。ここで人工宝石を手にしたとあれば、恐らくその予想は正しいでしょう。しかし、北の目的はなんなのでしょうか」

「それは、革命だろう」

こちらとしては当然の答えだったが、改めて口にすると一同は衝撃を受けたようだった。

「じゃあ北はクーデターを画策していると?」と羽賀。

「いや確かに。天皇機関を使えば、軍部の人心を掌握できるかもしれない」と佐藤。

「天皇機関が人間に幻覚を見せるのなら、多くの人を操れるのではないですか」と、これは岩田だ。

「そういうことだな。北は天皇機関を使って革命をするつもりだ」

この意見に一同はしばしの沈黙。

天皇機関は危険な存在だ。作っていた時には気づかなかったが、幻覚を見せて神秘を披露する力は、悪用すればいくらでも人間を操れる。

そういった不安が、一同の中で持ち上がり始めていた。

「あの、ここで話は変わるのですが」

佐藤である。少し議論が停滞したのを見て、別の議題を持ちかけてきたのだ。

「私の知り合いの書生に、和田六郎《わだろくろう》という男がいるのです。この男は、まぁ様々な職を渡り歩くような癖があるのですが、今は警視庁の鑑識吏員《かんしきりいん》をやっていまして。それが先日、東京で起きた事件を担当したのです」

そう言って、佐藤は持ち込んでいた鞄の中から、数枚の書類を取り出し、それを机の上に並べた。

「む、東京での事件とは、まさかあれか」

「はい。玉ノ井のバラバラ殺人事件です。そしてこれは、和田が鑑識として入った事件現場についての、公式ではないですが、彼の所見のようなものです」

佐藤の言葉通り、机の上に広げられた書類には、事件現場の見取り図から死体の状況、被害者として推定される人物の情報、そして現場に残された〝M〟のメッセージのことなどが、細かくびっしりと書き込まれていた。

「この報告書に重要なことが書かれていました。死体が発見される前後で、現場付近を奇妙な人物が徘徊していたと、そういう目撃情報があるのです」

「奇妙な人物とは、どんな」

「それがですね、赤マントの男だというのです」

赤マント、と一同が鸚鵡《おうむ》返し。

「死体が出たドブの辺りは私娼窟のような場所で、素性の解らない人間が多数いるのですが、それでも赤マントという特徴は覚えられていたようです。しかも目撃者によれば、赤マントの男は軍人であろうとも」

「軍人ということは、やはり」

「憶測は禁物ですが、確かに奇妙です。現場写真に北の姿があったことから考えると、この赤マントが北と接触していた可能性は大いにあります」

思い返せば錦城館での邂逅の折、北と共に三人の黒衣がいた。一人が人工宝石を盗んだ女賊、あの平岡だとすれば残りは二人。その内のどちらかが、その赤マントの男なのだろうか。

では、これらに裏切り者の堀川を足した五人が、当面の敵ということになる。

「その、得体の知れぬ赤マントということですが」

ここで西村が手を上げていた。

「実は最近、大阪の子供達の間で変な噂があるのです。ちょうど同僚の記者が、そういった話を聞きつけたらしくて」

「変な噂とはなんだ」

「ええ、大阪の造兵廠《ぞうへいしょう》の辺りで、夜になると赤いマントの怪人が現れるというのですよ。子供達は、これに攫われると言って怯えているのです。大方、子供の帰りが遅くなるのを戒める、親達の脅し文句だろう思っていたのですが」

ほう、と唸る。奇妙な話だが、佐藤の話と合わせて考えると真実味が感じられる。

「造兵廠といえば、それこそ陸軍の管轄でしょう。そこに加えて赤マントの怪人というのは、どうも関連があるように思うのです」

西村の言葉に「では」と乱歩の方が、勢い込んで立ち上がった。

「その造兵廠を調べてみようではありませんか。北一派のアジトがその近辺にあるやもしれませんからね」

握り拳を作って鼓舞する乱歩に、一同が「おう」と同意。どこかから飛んできた一羽の鳩が、乱歩の頭に止まった。

そうして夕刻である。

赤マントの噂を確かめんと、乱歩を先頭にした即席探偵団——ちなみに佐藤と西村は別行動だ——が結成され、大阪造兵廠のある京橋《きょうばし》方面に足を伸ばした。

「まぁ、ここは子供が遊ぶ場所でもないでしょうな」

寝屋川《ねやがわ》の橋の上で、羽賀が億劫《おっくう》そうに刀袋を背負い直した。何があるか解らないと言って、相も変わらず警護の任についているが、頭脳労働は苦手らしく、近隣の聞き込みは乱歩と岩田に任せきりだ。

「しかし南方の旦那も、こう出張っていたらお疲れでしょう」

「そうも言ってられん。人工宝石を盗まれたのは僕の落ち度だからな」

「それを言ったら、俺も警察官のようなものですからね。犯人をしょっぴこうっていうなら、いくらでも手伝いますよ」

橋の上から遠くを望めば大阪城の威容がある。豊太閤《ほうたいこう》の天下も今や遠く、武器を収めよと徳川家が泰平を謳った元和偃武《げんなえんぶ》より数えて三百年、再び蔵にしまった武器を取り出すような時代となったのだ。ここで左方に視線を転じれば、大阪砲兵工廠の建築物群が辺りに広がっている。

この一帯は、まさに大工廠地帯であり、巨大な工場が林立している。赤煉瓦の建物は一見するとモダンな趣きがあるが、耳を澄ませば絶えず鉄を打つ音が聞こえ、無数の煙突からは濛々と黒煙が吹き出し、また顔を黒くさせた工員達が行き来しているのだ。この日本最大、つまりは東洋最大の兵器工場で、今も戦車から大砲、弾薬に機関銃、果ては民需用の鋳鉄管も作られているのだ。

そうして橋の向こうを見ていると、乱歩と岩田が手を振って歩いてきた。

「どうだった？」

「いや、そこで美少年がいたのでつい話し込んでしまった」

「話し込んでしまいました」

この二人がやけに嬉しそうなのは、共に男色趣味があるからだ。少年に手を出すような真似はしていないだろうが、とにかく美少年と会えれば大満足なのだ。

「その美少年はどこにいた？」と問い質す。ちなみに、こちらも同好の士だ。

三人の気味の悪い笑みがある。

「ええい、アンタら。美少年はいいから聞き込みをしてくれ」

「おっと、羽賀君。怒らないでくれよ、僕らは赤マントの噂を聞いていたのだ。子供に有名な噂だというからね」

「その美少年も赤マントの噂は知っていましたよ。出会うと誘拐されるとか、血を抜かれるとか、そういう恐ろしい話をしていました」

「どこかで見たとかは無かったか？」

おお、と乱歩が手を打つ。そして背後に広がる造兵廠の一角を指し示した。

「化学分析場の辺りで、少年の友人が見かけたらしい。他にも数人から聞いたが、子供達の曖昧な噂を検証すると、やはりその近くが怪しいな」

これは、と思い、即席探偵団は揃って化学分析場の方へと移動。和装の老人にパナマ帽の紳士、美青年に刀を背負った剣士という何ともな顔ぶれだが、例の赤マントよりは怪しくないだろう。

向かうべきは大阪城の御濠《おほり》の西北、地名ではない方の京橋の上を渡れば、その先で夕陽に照る赤煉瓦造の建築物。西洋の楼閣にも似た造りだ。あれはネオ・ルネッサンス様式ですよ、とは乱歩の言。周囲の黒煙と夕陽が合わさり、黒と赤だけのコントラストも美しい。

しかし問題もある。無論、目的地は軍事機密の集積地たる造兵廠であり、これを興味本位で偵察などしようものなら、たちまちスパイの容疑を受けて逮捕されてしまうだろう。

そうした心配を口にすると、

「では、我々は考古学者のふりをするのです」

そう岩田が提案をしてくる。

「聞けば、この辺りは豊臣時代の遺跡も多く、さらに古くは奈良時代の難波宮《なにわのみや》もあったと言うじゃありませんか。ならば、我々はそれを探す歴史学者、考古学者となれば良いのです。幸い、ここまで学者先生が揃っていれば、それを怪しむ人もいないでしょう」

これは道理と思い、即席探偵団は学術調査団へと早変わりだ。化学分析場の周囲をそれらしく歩きつつ、北一派に繋がる証拠が見つからないか、もしくは赤マント本人を捕まえられないかと期待していた。

それが一つの形になったのは、夜九時を過ぎたあたりだった。

この時間になると、さすがに大工廠も動きを止め、工員達もそれぞれ帰路について、周囲はまったく静かなものになった。なるべく怪しまれないよう、住宅街の方を重点的に歩いていたが、これは、と思って一同は化学分析場の近くへ寄る。

その時、ふと怪しい人影が見えた。

見間違えかと思い、最初は黙っていたが、次に後ろを歩く羽賀が全員を呼び止めた。

「ちょっと、変な人影が見えましたよ。あの塀のそばだ」

「君も見たか」

羽賀と答え合わせをし、人影が過ぎった塀に近づく。いくらか煉瓦塀を調べると、その一部に奇妙な窪みがあるのに気づいた。何気なく窪みに力を加えてみれば、それが納戸の如く横へとずれた。

「これは、隠し扉だぞ」

人影はこの先へ行ったのだ。一同にその了解があり、それぞれ声を潜めて隠し扉を潜って敷地内へと忍び込む。

「南方の旦那、こっちだ」

先行する羽賀が小さく声を出す。まばらに生えた草の下、彼の足元に鉄板が置かれているのが見えた。

「端が少しずれてますよ。ほら、見て下さい」

羽賀が鉄板を足でずらすと、その下に階段がある。その方向から見て、化学分析場の地下へと続く直通路であると見えた。

「恐らく、さっきの人影はここを降りていったんだ。どれ、俺が先頭を行くんで、皆さんもついてきて下さいよ」

ここは勇気ある羽賀の面目躍如である。彼を先頭にして学術調査団、もとい探偵団が暗い階段を降りていく。最初は暗いままかと思ったそれが、より深いところになると天井付近に小さな豆電球が灯っているのが解った。

星明りにも似たそれを頼りに、一同が階段を下り終えれば、さらに薄暗い通路が先へ延びていた。通路の壁には無数の管が這い、足元付近では太いパイプが寝そべっている。ところどころから漏れた液体が床を濡らしていた。

ここで先を行く羽賀の足が止まった。急に立ち止まるものだから、思わず彼の背にぶつかるし、こちらの背に岩田がぶつかってくる。

「旦那、あれを」

羽賀が囁きつつ前方を指差した。

「なんだ、あれは」

通路の先、暗闇に四角い光があった。虚空に浮かんだ金折り紙のようなそれは、どこかの部屋の扉なのだ。そして、ここで耳に届くものがある。ゴウンゴウンと機械が動く音だ。

「俺が様子を見てきます」

「あ、待て」

そう呼び止めたが既に遅い。羽賀はタッと駆け出して、光が漏れる部屋の横につけ、中を垣間見たようだった。

「わっ」

突如、羽賀がそう叫んでその場に尻もちをついた。床の水溜りがパシャリと爆ぜた。

「どうした、羽賀」

ここで一同、そろそろと、しかし急ぎ足で羽賀の元へ。腰を抜かしたままの羽賀が、口を開けたまま光の方を指差すので、それを確かめんとこちらも顔を覗かせる。

「あっ、なんだこれは！」

光に照らされた部屋の中は、実に奇妙なものだった。

まず天井に無数の電球。それらが部屋中に張り巡らされたパイプを照らしている。そして左右に機械がある。それも工作機械ではなく、人の形をした機械が何体も並んでいるのだ。それがマネキンか生き人形のようなものならともかく、ドラム缶から人間の手足の生えたものから、ブリキの箱に人体の頭をくっつけたようなものなど、人とも機械とも言えない怪奇な物体達だった。

「これは」と、一番後ろから乱歩が進み出る。

「ロボット？　ああ、違うな、これは人間の死体を機械に繋げているのだ！」

乱歩がとんでもないことを言い出す。そんな馬鹿な、と思って近くの壁を見れば、そこに古い型の潜水服がある。その頭部の小さな小窓から、ぐるん、と男の首が一回転して見えた。信じ難いが、潜水服の中に液体を満たして首を浮かべているのだ。

「何だ、何なんだ」

そう呻いていると、部屋の奥からカッンと硬質な音が聞こえた。

「誰かな？　誰か来てるのかい？」

人の声だ。こちらが見つかったのかと身構えたが、部屋の奥から現れたのは、一層奇妙な物体だった。

ドラム缶から蛇腹のパイプが手足の如く伸びている。頭部らしき場所には逆さの鉄バケツ。遠眼鏡のレンズの如き目がピカピカと光を放ち、肩の辺りで赤いマントがひらひらと翻る。

人より大きな人型——とも言えないような——の機械が歩いてくるではないか。

「なんだ、誰だ！」

羽賀が叫び、背の日本刀を腰に構えた。すると機械人形は動きを止め、それと共に、その横から小さな人間が姿を現した。

「じゃん！　びっくりした？」

白衣を着た小男である。少年のように無邪気な顔をしているが、歳は三十手前といったところ。そんな彼が赤マントの機械人形の影から、ひょっこりと顔を覗かせているのだ。

「あれ？　陸軍の人じゃないのか」

なんとも意外そうに小男が呟く。

「いや、違うが。ああ、待て待て、むしろ君は誰だ？」

「僕ですか？　三井《みつい》安太郎《やすたろう》という、へへ、ロボット博士です」

「ロボット博士ぇ？」

随分な名乗りに顔をしかめるが、三井と名乗った男は我関せず、周囲の機械人形を見回して「どうです、全て僕が作ったのです」などと言って自慢げに鼻をこする。

「どうする、南方の旦那。アイツ、北の仲間かもしれない」

一歩下がった羽賀が、刀に手をかけたまま、こちらにそっと耳打ちしてくる。

「まぁ待て、確かめてからだ。いきなり斬りかかるなよ」

「そういうことなら……」

後は任せるといった風に、羽賀がこちらの横に並ぶ。話の主導権を任されたので、一応の年長者として三井なる男に話しかける。

「三井君、だったか。つかぬことを聞くが、君は北一輝という男を知っているか」

「北一輝？　いや、そういった人は知りません。その人に会いに来たんですか？」

この返答にやや鼻白んだが、未だに羽賀は険しい表情で三井を見つめている。まだ油断ならぬ、という訳だ。

「実は、ええと、なんと説明すればいい？」

ここで助けを求めれば、乱歩が意気揚々と前に出てくる。

「貴方がロボット博士の三井さんか、いやお会いしたかった！」

「おい、乱歩君」

「合わせて下さいよ、南方さん。あっちが知らないと言うなら、こっちも知らないふりをして話をするのです。下手に騒がれると憲兵に突き出されるかもしれない」

囁きあっての確認。これには納得し、それぞれ頷いて意思を確かめ合う。

「それで、そう、僕らは知り合いのロボット研究家から貴方のことを聞いたのです。西村真琴博士はご存知ですかな？」

「えっ、西村博士のお知り合いの方なのですか！」

これは嘘ではないので頷いておく。どうやら乱歩は、この侵入行為を西村からの紹介ということで乗り切るつもりらしい。

「なんだなんだ、そういうことなら早く言って下さいよぉ。ええ、嘘でしょ、あの學天則の西村博士が僕を、えへへ、そうかぁ」

三井は明らかに機嫌が良くなり、何度も恥ずかしそうに頭を掻いていた。三井曰く、京都博覧会で學天則を見て以来の西村のファンなのだという。

「ええと、それじゃ皆さんもロボット研究家なのですよね？　ではでは、宜しければ僕とロボット談義を致しませんか？　お茶も出します！」

などと言って、三井が部屋の奥の方を指差す。どうやら、そこが彼個人の居室らしい。いくらか迷ったが、周囲の奇怪なロボットや、肝心の赤マントについて聞きそびれていたので、これは話をした方が良いだろうと判断した。

そうして三井に導かれて小さな部屋に入れば、ラジオから電気蓄音機、あるいはロボットを模した玩具など、所狭しと小さな機械が置かれている。地下ということで窓も無く薄暗いが、あちこちで小さな豆電球がチカチカと点灯している。

「それで、それで、何からお話ししましょうか？　あ、お茶ですよね。見てて下さい、お茶汲みロボットも作ったのですよ！」

楽しげに話す三井は、テーブルの上に置かれた、奇妙な菓子箱のような機械に急須を据え置く。三井が機械に触れると、それはカタカタと動き、取り出していた湯呑に向かって前進する。なるほど絡繰仕掛けのお茶汲み人形と似た構造なのだろう。

そう思っていた矢先、機械は転倒し、急須は倒れ、沸かした湯がテーブルに溢れて、見守っていた三井の顔にかかった。

「熱ぅい！」

こちらは笑うこともできず、というか、この一連の動きも含めて三井なりのもてなしなのではないかと邪推しつつ、全員でテーブルを拭いたり、機械を直したり、彼を助け起こしたりと結構な騒ぎとなった。

「それで、まずは聞きにくいことから聞くのだが」

人心地つき、全員で狭い部屋で着席して茶を啜りながら、そう切り出した。

「あの部屋のロボット……は何なのだ？」

「あれですか？　あれは人造兵士です」

「人造兵士？」

聞き慣れぬ単語が飛び出したが、その言わんとするものは解る。そして、それが陸軍の工廠で作られている意味を考えれば、何とも暗澹たる気分になる。

「まさかとは思うが、あれは死体を動かそうとしているのか？」

「そうです。でも良い研究なのです。人間の肉体に機械を繋ぎ、自然な動きをさせたいと思ってます。今は実験段階ですが、やがて戦傷者を助け、再び戦地で活躍できるような、機械の体を作っているのですよ」

「なるほど、戦地に行かせるかどうかはともかく、手足を失っても元の生活が営めるというなら、それは大事な研究だな」

「でしょお？」

三井には悪びれた様子が微塵もない。この男は、純粋な興味に則って人間をロボット化しているのだ。これも昨今のロボットブームの影響だというなら、なんとも末恐ろしい。

「南方さん」

ここで乱歩が耳打ち。聞かれやしないかと思ったが、三井の方は手元に持ってきた機械を羽賀と岩田に自慢していた。

「例の赤マントのことを聞きましょう。さっきの部屋で見たロボット、あれが赤マントの正体かもしれない」

確かに、と同意する。ここで三井に話を聞こうと向き直ったが、彼の方が先に声を大きくして話しかけてくる。

「それで、これを！　これを見て貰いたいんです！」

「あ、ああ？　なんだい」

「これです、僕が開発中の因果機関です！」

またも聞き慣れぬ単語だったが、それを確かめるより先に三井が一方的に話を続ける。

「これはですねぇ、凄いですよ！　ずばり人間の因果、つまり行動を予想するのです」

そう言って三井は、手近な棚に手を伸ばし、五十センチ程度の小箱を持ってくる。その中心には無数のピンのついた筒が据えられ、横から手回し用の把手《ハンドル》が飛び出している。この構造には見覚えがあった。

「それは、手回しオルガンを改造したものか」

「おお！　さすが、お解りになるのですね。やはりロボット研究家としては、外せない機構ですからね。でも、これはそれ以上なのです！」

ここで乱歩が横からせっついてくる。赤マントの質問をしろ、という意思だろうが、三井が興味深い機械を出してきたのが悪い。

「へへ、皆さんは矢頭良一《やずりょういち》博士をご存知ですか？」

知らぬ名だったので首を振ると、まず三井は残念そうにしたが、しかし小さな優越感を誇るようないやらしい笑みを浮かべる。

「小倉《こくら》の天才です。あの人の作った自働算盤《じどうそろばん》と早繰《はやぐり》辞書を合わせて改良発展させたのが、この因果機関です」

そう言って、三井は何気ない手付きで把手を回し始めた。音でも鳴るかと思えばさにあらず、機械の中心で筒が回転し、無数のピンが複雑に凹凸を作っていく。

「矢頭博士の自働算盤は、入力した数値同士の計算を自動で行うのです。それに早繰辞書というのは、漢字を筆順から五種の符号に分け、計六個の数字の組み合わせで漢字を数値化し、この数字から漢字を即座に見つけるものです」

この説明にはあまりピンと来るものは無かった、むしろ乱歩の方が興奮し始め、

「そ、それは漢字を数字に変えた暗号かね！」

などと目の色を変えていた。この辺りは暗号マニアの乱歩の面目である。

「フフン、ここまでは飽くまで矢頭博士の発明です。僕はそれを組み合わせ、人間の特定の行動を数値で表し、それを計算機にかけることで次の行動を予測することに成功したのです。飽くまで平均的に取りやすい行動、ということですが。まぁ、百聞は一見にしかず、実演してみせましょう！」

はて、と思った。

どうにも三井の説明に既視感がある。

「まず、この紙を使います」

そう言って、三井はテーブルの下から紙束を取り出す。ちょうど因果機関なるもので巻き込めるような、巻物状になったものが十数個。よく見れば、その紙の表面には無数の孔が空いていた。

「それはパンチカードか？」

「おお、その通りです！　紙に穴を開け、数字の組み合わせを符号として記憶するものです。さらに行動を予測する対象の年齢、性別、体格などに合わせて入力する数値を変えます。それで、そうですね、試しにそこの顔立ちの良い方、ちょっと立ち上がってから、そこで手を上げて見て下さい」

「僕ですか？」と岩田が訝しみながら、それでも素直に椅子から立って、左手を上に向ける。

「良いですねぇ。で、左腕を上げましたね。左腕を上げるという行為を数値化した紙がこれです。ほら、ちゃんと端に左、手、上と記しているでしょう。これを因果機関に据え、ハンドルを一回転させます。次に二枚目の紙を用意します。では、顔の良い方、左腕を上げたまま、体を好きなように変化させて下さい」

「はぁ、解りました。ええと、ほい」

岩田は次に首を右に向けて捻った。

「おお、そう来ましたか！　はい、首を右に曲げる、この行為も既に紙にありますから、これを筒の反対に巻きます。そして、これを一回転させると――」

三井が把手を回すと、筒のピンが内部で駆動し凹凸を作っていく。二枚の紙が因果機関の下部から出てきて、その二つに共通する穴が新たに空けられていた。

「この新しい穴が示すものが、その顔の良い方が次に行うことを予測したものです。さて、では顔の良い方、次は自由になさって下さい」

そう言われ、岩田はいくらか狐につままれた表情で、ふいに右足を上げた。

「おおっと！　正解です！」

「ええ？」

一同が心配そうに見つめていると、三井は大量の巻物を広げながら、因果機関なるものを通過した紙と同じ穴の形を探しているようだった。その様子を見守っていると、確かに長い紙の中で穴の形状がピッタリと重なる箇所があった。

「ありました。ほら、ここです。端の注釈に右、足、上とありますね。どうです、凄いでしょう？」

おお、と全員から感嘆の声。

「いやぁ、嬉しいなぁ。僕の研究をこんなに褒めてくれるなんて」

他の者達からの賞賛を受け、三井が嬉しそうに後頭部を掻いた。

しかし、こちらとしては以前も同じような説明を受けた覚えがある。あの少女Mの機関部に使われていた機構。それを鳥山が作った時に似たようなことを言っていた。

「三井君、だったか。もしかして、その機械を作るのに、何か日記に書かれた設計図を使わなかったか？」

そう尋ねれば、三井は驚いたように口をすぼめた。

「え？　どうしてそれを……。あっ、まさか！」

そこで三井は後方の棚に手を伸ばす。中にあるものを取り出せば、それを胸で抱きしめた。

「こ、この設計図を書いたのは、まさか貴方なのですか？」

えへへ、と三井が恥ずかしそうに笑う。体をくねらせながら、初恋の相手に恋文を送るかのように、胸に抱えた本を見せてくる。

「これ、人間の行動を模倣する機械の設計図です。もともと因果機関を作っていたのですが、これがピタリと当てはまったので、色々と改良できたのです」

それはあの日、堀川によって盗まれた孫文の日記だった。

「言っちゃった。ふふ、秘密ですよ。これは誰にも秘密というものなので」

「待ってくれ。君は、それをどこで手に入れた」

「この機関を作るように依頼してきた人です。陸軍の人で、僕にこの部屋と研究材料を提供してくれてるんです」

ここで乱歩がこちらの腕を引く。顔を寄せ、真剣な調子で耳打ちをしてくる。

「間違いないよ、南方さん。あれは確か、盗まれた設計図だろう。あの因果機関の作成も、裏で北一輝が指示していたんだ」

乱歩はそう告げた後、そのまま三井の方へ向き直る。

「三井さん、貴方に依頼してきた人物は、片目が義眼の中年男じゃないのか？」

「いいえ？　僕よりも若い陸軍の将校さんです」

「それは……」

さらに続けて、乱歩が何かしら問いかけようとしたところで、背後から「おおい」と男性の声が聞こえた。

「あっ、中橋《なかはし》さんだ。僕に依頼した人です！　ちょっと行ってきますね」

孫文の日記を抱えたまま、なんとも上機嫌に三井が部屋を後にする。残されたこちらとしては、この状況を如何にすべきか、全員で顔を突き合わせて協議だ。

「前の部屋にあった死体を繋ぎ合わせた機械も、この因果機関なるものも、恐らく北一輝が天皇機関を再現しようとして彼に作らせたものだろう」

「だが旦那、あの男は何も知らないようでしたよ」

「知らされていないのかもしれない。北の同志というよりは、この機械工作の腕を買われて利用されているのだろう」

「でも、それだと不味いんじゃないでしょうか？」

ここで岩田が不安げな声を出す。未だに左腕を上げたまま、どうやら下ろすのを忘れているらしい。

「北一派が特に再現したかったのは、人工宝石による思考能力なんじゃないですか？　因果機関も、その為に開発中の物だと思うのですが、とてもじゃないが天皇機関には及ばない」

「岩田君、何が言いたいのだ？」

「僕が北の立場だとしたら、人工宝石が手に入った今、秘密を知っている彼は邪魔者になるのではないか、と」

悩ましげに呟く岩田だったが、その意味するところを理解し、これには背筋が凍るものがあった。

「三井が危ない」

ようやく掴んだ北への手掛かりだ。そうでなくとも、あれほどの研究者をむざむざ殺させてたまるか。そうして駆け出せば、他の者達も続いて部屋から飛び出していく。

「三井君！」

機械人形の居並ぶ薄暗い部屋に出れば、まず白衣の三井が振り返った。その瞬間、彼の横にいたもう一人が、あからさまにこちらを警戒してくる。

「あ、皆さん」

呑気に手を振る三井の横で、その人物が鋭い眼光を放った。

陸軍の帯青茶褐色《おびあおちゃかっしょく》の軍服に、高いチェッコ式の軍帽、また帽章の五芒星には桜葉の飾り。その帽章の輝きは、この人物が近衛師団所属の将校であることを伝えてくる。

「貴方がたは？」

恐ろしく冷たい声だった。軍帽のつばの下から、射抜くような視線がこちらに向けられている。長身痩軀《そうく》、目鼻立ちの整った女顔の美青年だが、総身にまとう冷気は抜き身の刀を思わせる。

「あ、我々は……」

答えに窮し、後から続く乱歩に助けを求めた。瓢箪顔の親父を前に引き出し、あの青年将校の相手をさせようとした。

しかし、乱歩を前に引きずり出した瞬間、どういう訳か対峙する青年将校はパァと顔を明るくさせ、これでもかと目を見開いてくる。大きな瞳に潤んだものが混じり、まるで恋する乙女の如くだ。

「あ、あ、まさか。まさかとは思いますが、江戸川乱歩先生ではありませんか？」

青年将校が、突如としてそんなことを言ってくる。

「え、確かにそうだが。どこかで会ったか？」

「い、いいえ！　お会いしたことはありません、しかし、小官は乱歩先生をよく存じております！」

青年将校は随分と取り乱し、それを見る三井も目を点にしている。

「じ、実は小官、以前より『新青年』などを読んでおりまして、乱歩先生の作品も良く知っておるのです。地獄風景も恐怖王も楽しみにしておりまして！」

「え、君凄くない？」

この反応には乱歩も困っているのか、チラチラとこちらを見て助けを求めてくる。まさかこんな地下で自分のファン、それも陸軍将校のファンに出会うとは思いもよらなかったのだろう。お互いに助け舟が出航しては引っ込む始末。

「あ、参ったなぁ。三井君、ちょっと乱歩先生が来てるなら先に言ってよね」

「え、有名な方なのですか？」

三井の素っ頓狂な答えには、青年将校は「はぁ？」と侮蔑を込めての冷たい視線。

「まぁ、いいや。でも、せっかく乱歩先生に会えたのだから、これは小官も最高のお洒落をしないといけませんね」

そこで青年将校はおもむろに手を上げた。熱情と冷静さを合わせた、底知れない笑顔を浮かべている。

「自己紹介をします。小官は近衛歩兵第三連隊所属、中橋基明《もとあき》少尉であります」

青年将校——中橋はそこで長い手でもって、近くに佇んでいたロボットの肩から赤いマントを取り上げる。サァっと総緋色の裏地が虚空で翻る。

赤マントを羽織った中橋が、一度だけ帽子のつばに手をやり、その下の眼光を一層鋭いものとした。

「いや、本当に、どうして乱歩先生がいるのですか。これじゃあ乱歩先生の新作が、読めなくなってしまうじゃないですか！」

「お前、北の――」

呟いた瞬間、風圧が届いた。

地下室の籠もった空気に、不可視の亀裂が走った。小さな電球に白い煌めき。中橋の抜いた日本刀が、彼の手元で瞬時に返る。

「三井！」

中橋の寒々しい視線。その下で白衣がゆっくりと空気を受けつつ地面に落ちていく。ここでようやく、三井の肩から溢れた血が周囲に散った。

「貴様！」

「南方の旦那、逃げるぞ！」

音もなく飛び込んだ羽賀が、赤マントの斬撃を刀で防いでいた。どさり、と三井の体が後ろに倒れる。

「北さんの指示には無いが、見られたからには仕方ない」

再び中橋が刀を引いた。赤マントがゆらりと細身を覆う。刀の切っ先が振れ、やがて羽賀の方へと向いた。

一刹那の後、金属の打ち合う甲高い響き。

ここは羽賀の判断に従おう。中橋一人ならともかく、陸軍工廠で騒ぎを起こせば他の軍人も駆けつけるかもしれない。そう思い、乱歩と岩田に目配せをし、一斉に駆け出す。

「さすがの腕前ですね。羽賀さん」

「なんだ、俺のことも知ってくれてるのかい」

「台覧《たいらん》試合でお見かけしましたよ」

背後で二振りの刀が空を搔く音。打ち合うことなく、互いの間合いを計っているようだった。

「南方さん、三井さんは無事ですよ！」

岩田が叫ぶ。三井の横にしゃがみ込み、肩を回して持ち上げようとしている。肩口から大きく斬られているが、致命傷にはなっていないはずだ。とはいえ、このまま彼を放置しては中橋に殺されるだけだ。ここは一緒に逃げるしかない。

「ほら、三井君。しっかりしろ！」

岩田と共に肩を貸し、項垂《うなだ》れる三井を引き上げて、出口に向かって歩き出す。三井はいくらか弱った表情を見せたが、まだ意識はあるようだった。

「なんで、なんでですか。中橋さぁん！」

白衣を血に染めながら、三井が絶叫する。その呼びかけに答えるように、背後で風を切る音が一瞬だけ止んだ。

「いや、ごめんなさいね」

中橋の言葉があった。悪びれる風もなく、往来で肩でもぶつかった程度の謝罪だった。これを受け、三井はわなわなと震え始めた。

「好きなだけ、研究して良いって、言ったじゃないですかぁ！」

これは完全に子供の喚き方である。しかし、三井のこの言葉に反応するように、突如として駆動音が響いた。壁際で佇んでいたロボットが、その瞳から光を放ち、蛇腹の両腕をやたらめったらに振り回し始めた。

「やってしまえ！」

ロボットの攻撃が刀を振るう中橋の背中に向けられる。

「むっ！」

ここで中橋が跳躍し、ロボットの一撃を回避しつつ羽賀からも距離を取った。

「そうだ、普段からアンタ、僕のロボットちゃんを衣紋掛け《えもんか》にしてたよなぁ」

あのロボットが赤マントをつけていたのは、衣紋掛けとして使われていたせいらしい。

「もう許さないよ、中橋さぁん！」

三井が叫ぶ程に、ロボットは蛇腹の腕を狭い部屋で振り回す。やがて一撃が壁のダクトにぶつかった。太い管は外れ、それから連鎖して部屋中の管が分離し始める。得体の知れないガスが漏れ、蒸気が漏れ、さらに並んでいたロボット達に衝突すると、それらも将棋倒しとなって崩れていく。機械が割れ、死体の部位が飛び出していく。

「あっ」

中橋の叫びがあった。衣紋掛けロボットが腕を振った果てに倒れ込み、それを避けようとして別のロボットに衝突したのだ。激しい音を立てて、次々と中橋の上に機械やらダクトやらが崩れていく。

「逃げるぞ、羽賀！」

地下研究室は、もはや惨憺たる状況である。溢れるガスと液体の中、中橋の呻きは響き渡る警報によって掻き消される。なおも機械人形達は折り重なり、こちらが部屋を出る頃には、まるで玩具箱をひっくり返した荒れ具合であった。

こちらは乱歩を先頭、羽賀を殿《しんがり》とし、三井を抱えて薄暗い地下道を逃走する。振り返れば煙の向こうでくすんだ光が部屋から漏れている。

「あれ、どうやったのだ」

階段を上っていく中、少し気になったので三井に尋ねる。

「僕のロボットちゃん、ワイヤーで吊るしてるので、操れるんですよ」

そう言う三井の手に小さな操作盤があった。長いコードが未だに背後の研究室から伸びていたが、それが逃走の邪魔になると思い至ったか、三井は操作盤をポイッと投げ捨てた。

これも一つ、縁の切れ目というやつだ。

一九三二年：二十夜「萃点《すいてん》・暗黒星《あんこくせい》」

短い橋の先に切妻屋根の棟門がある。これは外との境界であり、これより内は異世界であることを如実に伝えてくる。

こちらの横を通り過ぎるのは、袈裟をまとった若僧達。二十歳かそこらだろうが、慇懃な様子で頭を下げ、それでも臆することなく棟門を越えていく。

「なるほど、高野山大学ですか」

相変わらず、身辺警護として伴をしてくれている羽賀が感慨深げに呟いた。重そうに刀袋を背負い直している。

「今日の会合は福来君の招待だからな。とはいえ、僕らのような門外漢が学林に堂々と入れるというのは、まぁなかなかにあるものじゃないぞ」

嘘である。知己たる土宜法龍が生きていた頃は、全く悪びれることもなく、この高野山へズカズカと入り込んだこともある。とはいえ、今回は頼れる相手が福来だけなので少しばかり気後れするのは確かだ。

「ねぇ、南方先生」

ここで右から若い男が顔を出した。

「ここに西村博士が来てるって本当ですか？」

ロボット博士の三井であった。二日前に大阪の造兵廠を逃げ出して以来、北一派の追及を逃れる為に行動を共にしている。今回の会合で彼を正式に仲間に加えようと提案するつもりであった。

「いやぁ本当、嬉しいなぁ」

三井の腕は三角巾で吊るされているが、そんなもの忘れているかのような満面の笑み。昨日の内に事情を一通り伝えたところ、西村を始めとする昭和考幽学会のメンバーが天皇機関を作ったことを知るに至り、これはもう尊敬の眼差しだ。

「僕も昭和考幽学会に入るからには、皆さんと一大研究をするつもりです。中橋さんから色んなことを聞いていたので、お役に立てると思います！」

などと言う訳だから、これは対北一派の戦力として期待できる。

「それはそれとして」

ここで後方から乱歩の声がある。背に風呂敷、両手に旅行鞄、腰から伸ばした縄でさらに数個のトランクを引きずっている。

「そろそろ荷物交代してくれませんかね」

「ああ、羽賀。出番だぞ」

「旦那、こういう時だけ老人のフリするのやめませんか」

結局、大量の荷物を羽賀と二人で分け合い、それらを抱えて大学を目指して進む。

「南方先生、この荷物はなんですか？」

隣の三井が不思議そうに尋ねてくるので、「ふふ」と笑ってみせる。

「これは新しい研究材料だ。君が来てくれたからな、一つ新しいものを思いついたのだ」

三井が不思議そうに小首を傾げる。それを尻目に、こちらは力強く先へと一歩。かくして橋を渡り、仏門の学林たる高野山大学へと入場を果たす。


「お久しぶりです、南方先生」

そう言って、中庭に現れた福来が静かに合掌してきた。

普段の洋装とは変わって、黒の直綴《じきとつ》に金茶の折五条《おりごじょう》袈裟という法衣姿。研究者にして求道者たる彼がいた。

「ああ、なんだか本当に久しぶりだな。ようやく会えたような気持ちだ」

「申し訳ありませんでした。最近は仕事が忙しく、協力も相叶いませんでした。しかし、事情は全て聞いております」

「それより福来君、その格好は中々に似合っているぞ。馬子にも衣装、坊主憎けりゃ袈裟まで憎い、だ」

こちらの冗談に対し、福来は少し頬を緩ませただけで、いつものように騒がしく笑うことはない。

「どうした、この五年で雰囲気を違えたな」

「そうでしょうか。では私も少し、腰を落ち着けたのですね」

そう言う福来に向けて、こちらは百面相を披露した。懐かしさを込めて「ヒサシブリ」の顔暗号を作った後、それを確かめようと福来に笑顔を送る。

「どうだ、福来」

「何がですか？」

それは予想外の返事だったが、どこかで仕方ないと思えるものだった。「何でもない」と返し、五年という月日の長さを思って自嘲した。

「とりあえず皆さん、私の研究室に案内しましょう」

そう言う福来によって案内されたのは一つの書院で、これは個人の研究室というより、来客用に開かれているものらしい。

せせこましい階段を上り、天井の低い和室に入れば、そこに昭和考幽学会の面々がいる。いずれも錦城館で会った、身分を明かしたメンバーである。

「さて、ろくなもてなしも出来ずに、いや、すみません」

福来が静かに腰を下ろし、こちらも畳の上にどっかと座った。昼過ぎであるが、部屋はなんとも薄暗い。窓の外には松が茂り、その青々しい葉が日光を遮っていた。

何気なく見回せば、福来の頭の上に額があり、流麗な筆運びでもって書かれた「如夢幻泡影」の一書が飾られていた。金剛般若経《こんごうはんにゃきょう》の言葉だ。まさか空海の筆ではないだろうが、それでも立派な能書家の作だろう。

などと思っていると、

「さて」

と、これは乱歩が口火を切った。

まずは三井を紹介し、造兵廠での一件、そして怪人赤マントこと中橋基明が北一派に属していること、その上で相手方が人工宝石を奪取し、天皇機関を再現せんとしていることを伝えた。報告の間、一同は黙りこくっていたが、乱歩が一通り話し終えたところで、それぞれが深い溜め息を吐いた。

「北は天皇機関を再現し、革命を行おうとしています。根回しも万全。堀川を手駒とし、平岡なる女性も引き抜き、中橋という陸軍将校も仲間としている。これは厄介な敵ですよ」

乱歩の述懐に一同が力なく頷く。厄介、という気持ちはまさしく全員が共有するものだった。人工宝石が奪われた今となっては、こちらから北一派に対抗していく手段はない。学者や文人が集まって何ができるのか、そういう閉塞感があったように思う。

しかし、こちらも考えがない訳ではない。

「三井君、例のものを」

「はいはい！」

意気揚々、三井が懐から本を取り出す。それこそ堀川によって奪われた孫文の日記であった。

「南方さん、それは——機関の設計図ですか」

これには鳥山が膝立ちで近寄ってくる。実際に機械を作った彼だから、この中では一番見覚えがあるだろう。

「北一派は、この設計図を使って天皇機関を再び作ろうとした。このロボット博士たる三井君の腕もあったからな。しかし、これは再び僕らの手に戻ってきた。その意味が解るか？」

「まさか、南方さん」

「そうだ、これを使って僕らも再び天皇機関を作る」

おお、と一同がどよめく。その中で一人だけ、鳥山が首を傾げた。

「確かに、設計図さえあれば機械は再現できます。しかし、解りません。どうして自分達も天皇機関を再現する必要が？」

「いや、正確ではなかったな。僕らが作るのは、天皇機関を停止させる為の機関、だ」

さらなる説明に、今度は鳥山だけでなく、事情を知らぬ全員が首を傾げた。

「まぁ聞け。天皇機関は粘菌を使い、人々に幻覚を見せる。これは僕がお召し列車で実際に経験したことだが、あの機械に近付こうとしても幻覚を見てしまい失見当識《しつけんとうしき》となる」

「それでは、天皇機関を相手取ることは不可能……」

「だからこその機関だ。幻覚を見るのは人間に脳があるからだ。脳を持たない機械ならば、幻覚に影響されずに天皇機関に近づける」

再び一同が頷いた。それぞれに納得の表情がある。こちらの説明を引き継ぐように、乱歩が手を上げた。

「相手方に人工宝石が渡った今、天皇機関が作成されるのも時間の問題。ならば我々はその裏をかき、どのような状況で使われても完全に停止させる機械を作れば良い、ということですな」

ここで福来が静かに手を上げた。

「失礼ながら。天皇機関は人工宝石によって思考し、自由に動くことができます。単に天皇機関を捕縛する程度の機械では、相手にできないかもしれません」

それもそうだ、と思って乱歩に目配せ。

「乱歩君、荷物を解いてくれ」

「そうですね」

乱歩と羽賀が二人して、こちらが自宅から持ち込んだ大量の荷物を開いていく。中に詰まっているのは、大量の絵図、それも五年前に人工宝石の元となった粘菌を観察して描いた標本図だった。

「南方さん、これは？」

西村が訝しげに聞いてくる。畳の上に次々と大量の標本図が並べられていくので、これが一体何になるのか、という疑問だった。

「これを使い、人工宝石の代用品とする」

そう言ってみれば、数人が即座に標本図に飛びついた。いずれも五年前に天皇機関を作成した者達だ。

「天皇機関は、粘菌が神経を作ることによって人間の脳を再現したものだ。生物的な本能で動きやすい経路を作ることで、人間の身体を動かす際の脳の働きを模倣した」

ならば、と区切って畳の上の絵図を指し示した。

「同じように粘菌の神経回路を作り、人間の脳機能を再現すれば良い。この標本図に番号を振り、それぞれに人間の行動を数値化したものを割り振る。それを演算すれば同様の結果を得られるかもしれない。無論、その量は膨大となるが」

周囲を見回せば、誰もが呆気に取られているが、それがかえって嬉しく思えてくる。この光景が見たかったのだ。

「つまり、粘菌機関だ」

そうなのである。この閃きこそ、三井の作った因果機関を拡張しようというものだ。

「天皇機関の型落ちではあるが、これなら同じような機能を実装し、かつ自律思考する相手を捕まえることができる」

そこで熱心に標本図を見る鳥山に視線を送る。

「どうだ、鳥山君」

こちらの声に気づき、鳥山が鼻を大きく膨らませた。

「恐らく、いけます」

技師代表たる鳥山の頷きに、一同が大いに沸き返る。これまで後手に回り続けた昭和考幽学会に一筋見えた光明。

「よし、この粘菌機関でもって北一派に対応し、奴の革命運動を阻止してやるのだ！」

この鼓舞には、誰もが「そうだ、やろう！」と唱和する。

「では、これから先は皆にお願いだ。この大量の標本図を、それぞれ特定の振る舞いとして設定していきたい。この作業は僕一人では何年かかるか解らんからな」

皆の顔を見れば、既に答えは出ているようだった。何も北と対決しようという義憤や敵愾心だけではない。かつて天皇機関を作った時と同じ、崇高な学究欲が皆の心を動かしているのだ。

「どうだ、手伝ってくれるか？」

その言葉に、一同から力強い返事があった。

えい、と手を上げれば誰もが手を掲げる。これより先、昭和考幽学会は粘菌機関を開発し、北一輝の昭和維新をとことん邪魔してやろう、という目的において一致をみたのだ。


夜が来た。

昭和考幽学会による粘菌機関開発の動きは白熱し、それぞれが発破をかけ、知恵を絞りながら標本図とにらめっこをしている。畳の上に各々が寝転がりながら、粘菌が描かれた絵図を見比べつつ、どれがどの動きに変化するのかを推測している。

一つの粘菌の形を「右足を前に出す」に設定すれば、そこから派生した別の形に「左足を前に出す」と当てはめる。この二枚を〝歩行〟として類型化したら、今度はそれと逆の形のものを〝後退〟に設定する。さらに似たような形で動きが大きなものは〝走行〟で、その逆の〝逃走〟からは〝恐怖〟や〝危機感知〟の類型を割り出し、それらの形が似るように間を調整する。まるでパズルを解いていくようなものだが、これがどうして楽しくなってくる。

しかしながら、夜を徹しての作業に四六時中付き合うことはできない。それぞれが息抜きに書院を出て、学林の中を散歩することとなった。

そういう訳だから、今はこうして一人、行く宛もなく大学の敷地をうろちょろしている。

鬱蒼とした木々の中、ぽつぽつと僧堂が立ち並び、また近代的な校舎がある。灯火の明かりがある堂からは、読経の声が低く響き、片方では山中から梟と虫の鳴き声が聞こえてくる。

「お疲れですか、南方先生」

声に振り返れば、僧衣姿の福来が粛々と歩いてきた。

「福来君か。すまないな、泊めて貰うことになって」

「いえいえ、これも必要な作業です。それに、どこか懐かしく思いますよ」

福来が思い出しているのは餓鬼阿弥旅館での日々だろう。いい年をした者らが、一所に集まって子供のようにはしゃいで議論をしていた。

「なんだか、こうして君と話すのも久しぶりだな。変わりはないか？」

「お気遣い痛み入ります。私は、この五年でいくらか落ち着いたかもしれませんな」

「だろうな。あの騒がしい小坊主みたいな福来君が、今では高僧の風格だ」

そう褒めてみれば、福来は恥ずかしそうに禿頭を掻いた。

「どうだ、福来君。千里眼の研究の方は」

「遅々として進まず、ですね。千里眼というか、人間の精神の力を研究せんとして、仏教の深奥に近づけば近づくほど、それは逃げ水のように離れていくのです」

「そんなもんだろう」

「南方先生が羨ましいです。先生はどこかで既に、私が追い求める真理に到達している節があるのですから」

福来の殊勝な物言いに、どうにもムズ痒いものを感じる。それを吹き消すように、高野山に響かせるつもりで大笑いした。

「僕はな、ロンドン時代に金粟如来《こんぞくにょらい》と名乗っていたのだ。維摩居士《ゆいまこじ》の前世たる如来仏だ。その自称で法龍師に手紙も送った。今にして思えば、全く傲慢だったよ」

「維摩居士とは、まさに南方先生らしいですね」

「うむ」と頷く。

彼の釈迦の弟子は、在家にして仏教の深奥を究め、戒律を破ってなお仏道にあることこそ悟りと説いた、なんとも自由なる法身だ。布袋《ほてい》尊や一休《いっきゅう》禅師ら風狂僧の元祖とも言える。

懐かしい気分になりつつ、五月の夜風を頬に受ける。そうして二人して砂利道を行きつ戻りつするものだから、次第に足の裏が痛んできた。

「南方先生、いつかした夢の話を覚えておいでですか？」

何回目かの往復で、福来がそんなことを言ってきた。

「覚えているとも。あれだ、人間の夢は脳分子の配列で決まるというやつだ」

「そうですね。いつかの経験が、脳に影響して、それを夢の中で再生するのです。その日に人と会えば、その人のことを夢に見て、滝に打たれる経験があれば、滝に打たれるような夢を見るのです」

「君の千里眼研究にも、役立つ視点だと思うが」

何気なく返したが、そこで福来が立ち止まってしまった。振り返れば、その顔には曖昧な笑みがある。

「私は、いつも五年前のことを夢に見るのです。あのお召し列車で天皇機関を御披露目する直前の風景です。それはきっと、あの時の経験が私の脳に深く深く傷をつけ、容易には脳分子の配列が変わらないようになってしまったからなのです」

寂しげに呟く福来が、孤独な老人の表情を作った。

「そして夢は続き、御披露目は成功し、私達は天皇陛下よりお褒めの言葉を頂くのです。皆で御所へ招かれ、天皇機関の秘密を得意げに語り、学者としての名誉を取り戻すのです」

「それは」

「ええ、夢です。どうしようもない未練です。ですが、その光景がまざまざと現れるのです。南方先生は、この夢をどう解釈しますか？」

「僕からは何とも言えんが――」

そう答えつつ、風になびく福来の僧衣の裾を見た。

「一つ、奇妙な話をしよう」

「何ですか？」

「五年前の御披露目の時、君は僕の目の前で死んだ」

唐突な物言いに福来が目を細めた。

「お召し列車に乗り込み、口上を披露したところで、君は皇宮護衛官の銃撃を受けて倒れた。血を噴き出して死んだ」

「先生、何を仰っているのか——」

「夢の話だ。それで、僕は君の死を嘆きながら、それでも少女Mの後を追った。そこで少女は僕に語りかけたのだ。この世界は幻覚に過ぎない。だから自分が見せる幻覚は、その人間にとっては間違いなく現実である、と」

福来が神妙な表情で聞いている。理解したのか、していないのか、したくないのか。

「そう語った最後、少女Mは僕に幻覚を見せた。すると、君は死んでおらず、炎に燃える御料車へ助けに来てくれた」

「では、先生にとっては私が生きている世界の方が幻覚だと、そう仰るのですか？」

「違う。どちらの世界もあったのだ」

ぴゅい、と高い音が聞こえた。夜に啼く不吉な鳥の声だ。

「君が死んだ世界もあり、死ななかった世界もあった。ただ僕は、君が生きている世界を現実だと認識した。ただ、それだけなのだ。脳分子の配列さえ変われば、あらゆる可能性が現実となる。人間が想像した世界は、どこかには存在しているのだ」

「なるほど。つまり私が夢に見る、なんとも晴れやかで栄えある人生は、どこかで存在していた、ということですか」

「そういうことだ」

「では何故、それが私の現実ではないのです」

冷たい響きがあった。風が逆巻いて法衣を揺らす。

二人の間で気まずい沈黙が訪れた。しかし、それを見越したかのように、ここで遠くからこちらを呼ぶ声があった。

「お二方、どうも面白い話をしていらっしゃる」

砂利を楽しげに踏む音がある。僧堂の燈明に照らされ、書院の方から乱歩が歩いてきたのだった。

「夢の話をしているのですね。ええ、聞いていましたとも」

「乱歩君、これはな」

「解っておりますよ。お二人だけの思い出でもあるのでしょう。ですがね、こと夢の解釈については、この江戸川乱歩にも一家言あるのですよ」

こちらの気持ちを知ってか知らずか、乱歩は朗らかな笑みを浮かべて話しかけてくる。

「どうです、ここで息抜きがてら、夢談義と洒落込むのは？」

結局、乱歩に押し切られる形となり、三人で僧堂の縁側に腰掛けた。背後から小さく読経の声があるから、これを邪魔しない程度に声を潜める必要があった。

「そもそも、夢が現世の影響ありきという意見が主流ですが、これには承服しかねるものがあるのです」

だというのに、開口一番、乱歩は大声で持論を展開し始めた。

「学識溢れる人ほど、夢が現実に起こったことに密接に関わっていると言う。実際の体験を、継ぎ接ぎにし、順序を入れ替え、位相を入れ替え、それを滅茶苦茶に並べたものが夢であり、脳が出来事を記憶する中で見せた幻のようなものだと、そうお考えなのでしょう」

「違うのか？」

「違いますね。あれは僕から言わせれば、別の世界なのです」

ほう、と小さく合点する。思い返せば、この乱歩は十年近く前、浅草で初めて会った時も似たようなことを言っていた。

「この宇宙は無限の広さがあるのです。そして時も無限です。しかし、一方で宇宙に存在する分子は有限です。これらが複雑に組み合わさって、今の我々が暮らす世界が作られている。ここで一つ考えてみれば、未来永劫の果てしない時を通して、分子が今の世界と寸分違わぬ形で再現される可能性はありますでしょうか？」

乱歩は自身の問いに合わせて、縁の下の砂利を足で持って弄り始めた。

「答えは、ある、です。このように、この砂利を構成する分子が全て同じになり、こうして高野山の上に運ばれてバラ撒かれ、しかも全部が今と同じ散らばり方をする。信じられないでしょうが、無限の時の中ではそれも起こり得るんですよ」

「にわかには信じ難いが」

「では、喩え話です。一粒ごとに色をつけた砂を瓶に入れ、何度も振り回して同じ色の並び順が再現されるかどうか。無論、一人の人間が生きている内には再現できないでしょうが、とにかく何万年、何億年、何兆年、何京、何垓《がい》……無限の時を重ねていけば、同じ並び順が生まれることもありましょう」

それは、と福来が意地悪そうな笑みを浮かべて口を挟む。

「ニーチェの永劫回帰《えいごうかいき》の話でしょう。物質が有限ならば、無限の時空たる宇宙規模で考えた時、同じ世界が生まれるかもしれないという」

「いかにもです。そして、僕の考えは、そのニーチェの言う世界が再現されるというところからスタートしているのですよ」

「ほう、どういうことですかな？」

福来も興が乗って来たのか、積極的に乱歩の話を促した。

「色砂の入った瓶を一振りするごとに、世界は別の形になります。一秒ごと、一瞬ごとと言ってもいいでしょう。それが時として、全く同じではないけれど、いつかと似た色が現れるのです。色砂の並びは完全に無作為なものではなく、結びつきやすい物や現れやすい色などに偏りがあるのです」

乱歩が足元で砂利を蹴飛ばす。薄暗がりの中で、その複雑に散らばった小石に、どこか似た箇所があるように思えた。

「この完全に同じではないが、いつかと似た世界というのが、つまり僕の言う夢の世界なのです。以前、僕が初めて南方先生にお会いした時にも話したでしょう、現実とは異なる空想の世界は、この宇宙のどこかに存在しているのではないか、と。この話は空想を夢と言い換えたものです」

乱歩の言葉は少女Mが語った世界論と同じだ。ここではない別の世界。良く似ているが微妙に異なる世界。想像が及ぶ、あらゆる可能性の世界。

「この夢の風景こそ、実は遥かな未来で再現された、今現在と非常に良く似ているが、どこかしらが違う世界なのです」

「では、僕からも言おう。福来君には話したが、僕は夢が脳分子の配列によって起こるものだと考えている。脳の中の分子が、かつて何かを経験した時と同じ並びになることで、夢の中で過去を再現するのだ。これが正しいとしたら、君の夢の解釈と同時に成り立つか？」

「成り立つでしょう。その夢の世界の自分に相当する誰かが、こちらの世界の自分と良く似た脳分子の配列を作ったからです。時空を問わず、ただ脳分子の配列のみで、向こうとこちらが接続されたのですよ」

「ふむ、思考は全て脳分子の配列だ。あのパンチカードのようなものだな。同じ数値を入力すれば、別の機械を使っても同じ答えを出してくる。人間には個人差があるから、機械ほどには正確ではないが、時として同じ配列を作り答えを出す。なるほど、既視感《デジャヴ》というのもそれに近いのか」

今度は乱歩を挟んで反対から、福来が手を上げてくる。

「では、さらに問いましょう。夢で見る風景は、やはりどこか現実に似ているではありませんか。それも直近の出来事に影響されているような光景です。それはどう説明するおつもりか？」

「おお、実はそれこそ僕の長年の謎だったのです。しかし、それも南方先生が答えを与えてくれた」

「与えたか？」

「与えてくれましたとも。ずばり、先生が以前に仰った、この世界が因縁でできているという考えです。まず現実世界で人と出会うと、その人と縁ができます。すると夢の世界、僕が考える別の世界でも、その縁を辿って、現実で出会った人と非常に良く似た人物と縁ができるのです。故に、その人物と共にいる光景を見せつけてくるのです」

ほう、と唸る。見れば福来も何か感心したように、鼻の穴を大きく膨らませている。

「では、もう一つ聞きたいのです。別の世界があるとして、どうして今の我々は、この世界のみを認知できているのですか？」

「ああ、それは……」

乱歩が言葉に詰まった。そこまでは考えていなかったのだろうが、困ったように首を傾げて考えている。そこで、こちらも思いついたものがあったので横槍を入れた。

「それも、因縁ではないのか」

「おや、南方先生。それはどういう？」

「我々が生きているのは、まぁ常に別の誰かとの因縁があるからだ。これは重力のようなもので、脳分子を強固に結びつけている。他人との関係が増えるごとに、この因縁は固く踏みしめられ、精神が別の世界にすっ飛ぶことが無くなるのではないだろうか」

「因縁の重力、ですか」

「例えば、幼い子供などが前世での自分を語った、というような話がある。これなどは幼いが故に、世界との因縁が強固でなく、別の世界を覗き見ることができたのだと言える。また恥ずかしながら、僕自身も若い頃、社会に絶望して人付き合いを絶っていた時期があった。こうした他人の因縁から離れていた時ほど、幽体離脱のような神秘体験をした覚えがある」

話しながら考えをまとめていく。この因縁なるものは、言い換えれば現実的になるということだ。世界の形が解ったふりをする程に、この因縁の鎖に縛られて、別の世界へ精神を飛ばす術を失ってしまうのだ。

そんなことを言ってみると、乱歩も納得の表情を浮かべ、その隣で福来が敬虔な表情を作っていた。

「先生、南方先生。最後に一つ聞いても宜しいですか？」

「なに最後と言わず……、ああ、時間の都合か。いいとも！」

「人は、この因縁から離れれば、別の世界を見ることができるのでしょうか」

それは、と口籠る。しかし、なんとか答えを見つけることができ、福来に笑顔を向けた。

「人が夢で別の世界を見るというのは、寝ている時は因縁から離れているからだ。そして、永遠に因縁から離れることができるのは、つまり死んだ時だけだ。僕のこの胡乱な考えは、死んで初めて正解かどうか解るぞ」

そう答えると、福来は静かに微笑んで合掌した。その雰囲気が、かつて見た土宜法龍と似ていたものだから、つい「ほう」と感嘆の息を漏らしていた。

「良き話を聞かせて頂けました。やはり南方先生は、私にとって尊敬すべき方だ」

「何を言うか。今の僕があるのも、ここまで君が引っ張ってきてくれたからだ」

意図しない賛辞だったが、自然と口を衝いて出たものだ。本心なのは確かである。

ここで福来が砂利の上に立つ。風を受けながら、夜闇に向かって歩き出した。その後ろ姿を見た時、どういう訳か書院に飾られていた言葉を思い出した。

「少し、お二方に付いてきて貰いたい所があるのです」

この世界は夢幻にして、また泡、また影の如く。


福来が案内したのは一つの僧堂であった。

今も後ろの堂では学僧達が夜を徹して読経している。板張りの床を踏むごとに、遠くから聞こえる経文の厳かな韻律《いんりつ》を汚してしまうような感覚に囚われる。

「この堂は、私が管理しているのです」

暗い僧堂に燈明が灯っていく。福来がマッチを擦り、燭台に一つずつ火を灯すごとに、きらびやかな荘厳具《しょうごんぐ》が浮かび上がってくる。金色の幢幡《どうばん》と瓔珞《ようらく》が天井から下がり、五色幕は宝蓋にかかる。須弥壇《しゅみだん》には仏像ではなく、一つの巨大な厨子《ずし》が安置されていた。この光景こそ、日常に作られた異世界への扉である。

「私は、今宵こうして南方先生と、そして江戸川さんと話すことができて良かった」

「どうした、改まって」

火を灯し終えた福来が振り返って微笑む。その姿とも相まって、今ばかりは一介の学者ではなく、大求道者の佇まいがある。

「この世界は悪い夢なのです。だから私は、私が見た夢の中に生きていたいと願うのです」

何か不穏な空気があった。

しかし、こちらがそれを糺すより先に、福来は須弥壇の方へと足を向けた。無遠慮に壇を踏み越え、厨子に手をかける。その不調法に顔をしかめるが、彼の方は一向気にする様子もなく、かたり、と小さく音を響かせて厨子を開いた。

それは、別の世界への入場であった。

「南方先生、どうぞ私を叱って下さい」

扉が開かれる。後光はない。しかし、風に揺れた燈明が影を生み出し、その中にあるものを不気味に浮かび上がらせた。

厨子の中に人がいた。

それは初め、小さな厨子の中で、不埒な男女が交わっているのだと思えた。女性の顔が淫らに浮かび、乳房が露わになり、逞《たくま》しい男の腕がそれを抱き、そぞろに毛の生えた足が肉体に絡みついているのだと、そう見えたのだ。

しかし、そうではない。それは一体なのだ。女性と男性とが、一つの肉体として繋ぎ合わされ、それが結跏趺坐《けっかふざ》し、半眼をこちらに向けている。このようなものが、厨子の中に収められている道理はない。男女の美を合わせた両性具有の神を神秘とするなら、これは男女の醜悪さを繋いだ魔仏である。

「これは、新しい天皇機関です」

唾を飲み込む。遠く読経の音が繰り返されている。

ぼう、っと灯るものがあった。小さな光は、乱れ髪の少女の右の目に吸い込まれる。その仄かな白い光こそ、あの人工宝石の輝きであった。

「福来、これは」

「他の方達には申し訳ないです。新たに粘菌機関を生み出し、如何に天皇機関を越えんとするか、そう議論する最中で、私はこうして天皇機関を隠し持っていたのですから」

「説明しろ！」

「しますとも！」

既に乱歩は度を失っている。こちらも同様だが、かろうじて心中に湧く疑問と怒りでもって堪えている。

「先生は、ご進講の栄誉に預かったでしょう！　ですが、私は違ったのです。同じように天皇機関を生み出しながら、それでも私は、何も得られなかったのです」

「お前、北に取り込まれたか！」

「ただの順番の違いです！　もし南方先生が、先に私に声をかけてくれていれば、一緒に天皇機関をもう一度作ろう、と、そう誘ってくれさえいれば、私はこんな不始末は犯しませんでした！」

言葉に詰まった。福来の顔は、厨子の影になっていて見えない。それでも彼が泣いているのが解った。

あの男は、ただ純粋に学問の達成を願い、それを天皇機関の再現に託した。それを北に利用され、仲間として取り込まれたのだ。

「それで、どうするつもりだ。まだ間に合うぞ、福来君。天皇機関をこちらで押さえたのなら、それはそれで北を出し抜くことができる」

「いいえ、いいえ、いいえ！」

福来の手が厨子の中へ伸びる。不気味に佇む新たな天皇機関の肌に触れ、その血で固く張り付いた髪を撫でた。

「私は既に後戻りはできません。夢に取り憑かれてしまったのです。あの白蓮満子の無念が心を満たすのです。彼女の千里眼を証明する為に、この天皇機関をもう一度天皇陛下にお見せしようと願ってしまった。今度こそ学者としての栄誉に預かりたいと、そう願ってしまったのです」

福来の手が、異形の男女像の股間へと伸びる。その手が土台の蓮華座から伸びる開閉器を握り、また渾身の力で引き下げた。

「ですが先生、私は因縁から解き放たれ、この世界を去ります。もし私の脳に、私が心より望み、思い描ける世界があるのなら、私はそこへ」

「福来！」

ぶぅん、と蜂の羽音に似た響きが堂内に広がっていく。次いで甘ったるい臭いが周囲に満ちていく。機械音は読経の声と混ぜ合わさり、やがて、その一瞬の合間に天皇機関の体が小さく跳ねた。

半眼は見開かれた。少女の首がギリリと回り、太い腕が持ち上がり、自らの乳房を摑んだ。丸太のような足を伸ばし、厨子から体を出す。

今再び、天皇機関が動いたのだ。

福来が微笑んで合掌する。この世に来迎した魔仏への祈りであった。しかし、その直後、彼の顔が苦悶の表情に変わった。

天皇機関の無骨な手が、福来の細く皮ばかりの首を摑んでいた。恐ろしい握力でもって、まさに万力の如く、その首を絞め上げているのだ。

「ああ！」

叫び、また駆け出した。絢爛な五具足《ごぐそく》を蹴散らし、内陣を踏み越え、福来と天皇機関の元へと近づく。

「やめろ、やめろ!」

福来の顔は赤くなり、ブクブクと泡を吹いている。天皇機関の腕を引き剝がさんと、硬い毛に覆われた太い腕を取った。

「乱歩君、助けを呼べ!」

その一言で、ようやく乱歩が正気を取り戻した。「はい!」と一声、迷うことなく堂を飛び出していく。

「福来! ああ、やめろ、天皇機関!」

伸ばされた腕に縋りつきながら叫べば、少女の顔がこちらを向いた。その皮膚の切れた瞼の下で、右目が仄白く輝いている。

「止めるなよ、熊公」

声があった。それはかつての天皇機関のものとは違う、低くしわがれた声であったが、その言い様は間違いなく、あの時に作った少女Mのものだ。

「阿呆が! 福来を殺すつもりか!」

「殺すとも。そうして初めて、この男も私の見る世界へと至る」

「馬鹿なことを言うな!」

全身に力を込めて天皇機関に絡みつく。針鼠のような硬い毛に覆われた腕はびくともせず、かたや天皇機関の柔らかな乳房が上下に揺れ動いている。

「死なせてやれ。この男が望んだことだ。因縁より解放され、この男は思うままに世界を跳躍する」

そう言われ、福来の方を見た。彼は口から血泡を吹き、顔に筋を浮かばせながらも、合掌を崩すことなく、自ら往生を果たさんと苦しみを堪えていた。

「馬鹿野郎！」

その光景に怒りを覚えた。天皇機関の腕に体を巻き付け、そのまま背後へと体重をかけた。老いたりとはいえ恰幅には自信がある。これには天皇機関も均衡を崩し、福来を摑んだまま須弥壇から転がり落ちる。天井の金飾りが揺れ、香炉の灰が吹き上がり、燭台は倒れた。

「福来、お前は馬鹿だ！」

倒れ込んだまま、それでも天皇機関が福来を放す様子はない。

「お前もだ！」

がん、と頭突きを一発。少女の頭にお見舞いしてやる。さすがに小さな頭では防ぐことも能わず、ぐるんと首が回り、だらりと舌が口から飛び出た。それで天皇機関の締め付けも緩んだか、ここで赤い泡を吹き、瀕死の福来が何か呟こうとする。

「——因縁は、まだ私を、生かすのですね」

福来が合掌を解いた。細い腕を必死に掻いて、天皇機関の腕を取った。それは無力に等しかったが、これも合力、二人してなおも手を伸ばさんとする天皇機関の攻撃を防いだ。

「南方の旦那！」

ここで助っ人があった。僧堂を無遠慮に突き進むのは羽賀だ。背後に乱歩の他、考幽学会の者らの姿もある。

「羽賀、目を閉じて息を止めろ！　胞子を吸うぞ！」

こちらの叫びに羽賀が頷いて目と口を閉じた。そして、目を瞑ったままに刀袋から日本刀を取り出す。彼が何をするつもりなのか理解し、瞬時に飛び退いた。

抜刀の後に一閃。

まさしく羽賀の骨頂、夢想神伝流《むそうしんでんりゅう》の技の冴え。燈明に微かに白刃の峰が見えたかと思えば、次の一瞬には、天皇機関の首がすっぱりと体から切り離されていた。少女の首が飛び、千切れた銀線を伝って電解液の軌跡が残った。

「よくやった、羽賀！」

「ぷはっ、これぞ俺の無明斬りです。とはいえ、胞子とやらが充満していたら危険だった」

羽賀の刀が血振るい、いや、電解液振るいの後に鞘へと収まる。それと共に、首を失った天皇機関が一度だけびくんと震え、それを最後に動きが止まった。

「アハハ」

笑い声である。地獄に住む虫の鳴き声のような、硬質で慄然とする声だ。見れば、少女の首がゴロゴロと床を転がりながら笑っているのだ。

「熊公、私はお前を許さないよ」

首は笑い、その瞳に黒々とした怨みの色を光らせた。

「お前は私を壊そうとしたな。お前は、私を殺そうとした。勝手に私を生んで、また勝手に──」

それが末期の言葉だった。割れた唇を吊り上げながら、少女の首は静止し、開かれた右目の人工宝石もまた、その光を小さくさせていった。

「南方さん、これは、どういう」

堂に入ってきた西村の言葉だった。彼だけでなく、一同が不安げにこちらを見ていた。

「福来を、医者に連れて行ってやれ。まだ息はある」

ここで脱力し、床の上に尻もちをついてしまった。福来の方を見やれば、死体人形を胸の上に乗せたまま、苦しげに喘いでいた。

「後は、見ての通りだ。天皇機関は、ここにある。あった」

そう言うのが精一杯で、もはや全身から力が抜け始めていた。これ以上は何もできない。後の首尾を乱歩に任せ、こちらも背後へと倒れ込んだ。

視線の先に、物言わぬ少女の首があった。

◇

これで事件は幕を引いたのだと、そう思っていた。

経緯はどうあれ、天皇機関は昭和考幽学会の元に返り、北一派の目論見は事前に防がれたのだと、一同は安堵していた。書院に戻って、それぞれ福来の回復を待っていた。

それが翌日になって、福来が消えたという一報がもたらされた。

大学内の看護室から福来は姿を消し、それと共に、こちらが僧堂に隠していた天皇機関も持ち去られていた。

ある学僧が、明け方に高野山を歩く福来の姿を見たと、後になって噂になった。

その時の福来は、彩漆《いろうるし》の立派な笈《おい》を背負い、どういう訳か少女の生首を両手で抱えていたという。学僧はそれを本物と思って悲鳴を上げたが、それを捧げ持つ福来が何とも穏やかな顔をしていたので、これは人形なのだと自分を納得させたらしい。そうして学僧は深く礼をし、朝霧の向こうに薄れていく老人の背を見送ったのだ。

この噂を大学内で聞き及んだ頃、東京では大不穏事件が起こっていたらしく、とにかく話は有耶無耶になってしまった。

五月十五日、東京では海軍の青年将校が決起したという。

第三部

一九三五年：二十一夜「相不知南北暗闘《あいしらずしごのだんまり》」

布団に半身を起こして、岡崎邦輔が外の庭園を見つめていた。和歌浦《わかうら》にある彼の別荘だ。年暮の寒風に松が揺れる。前夜の雨をしのいだ松葉。無数の陽光が露の一つ一つに宿っている。

「冷えるな。閉めるか？」

障子を閉めてやろうと中腰になったが、それを岡崎は手で持って制した。

「大丈夫だよ。何も見えない方が詰まらない」

「雅趣も大事だが、体も労れよ」

そういう自分の腰も痛たんだので、少し嫌になってこれを愚痴りながら叩く。そうすると岡崎の方も目を細めて笑った。

「三年半だ」

寂しげな岡崎の呟きは、既に遠くなった過去を思い出させた。

「それだけの時間が過ぎた。あれから福来さんは行方知れず。あの日を境に北一派からの接触もなし。羽賀君も任を解かれて、今は京城《けいじょう》の剣道師範だろう。もう皆も、北とのことは悪い夢だったと水に流しても良いかもね」

「馬鹿を言うな。僕はこれっぽちも忘れてはおらん」

「冗談だよ。そうだね、天皇機関も未だに北の手の内にある」

それを言葉にすれば、途端に重苦しい空気が流れる。

あの日、福来が高野山から姿を消した直後、東京では大不穏事件が起こった。政治家に不満を持つ海軍の青年将校が、血盟団の残党と共に決起し、首相官邸の他、東京各地の要所を襲撃。狙われた犬養《いぬかい》総理も拳銃で撃たれて命を落とした。

「だが結局、あの決起は失敗したな。北が裏から糸を引いていたのなら、革命を諦めたということか？」

こちらの問いに、岡崎は残念そうに首を振った。

「どうかな。決起の中心は海軍の古賀《こが》という男らしいけど、その背後には大川周明《おおかわしゅうめい》という思想家がいる。これは北と似た思想を持つ化け物だが、その二人を結んでいたのが西田税《にしだみつぎ》という北の腹心だよ」

「新聞で読んだが、確かその男も負傷しただろう」

「そうだよ。何でも、決起に反対したことで裏切り者扱いされて狙われたらしい」

「なるほどな。つまり北一派と別グループの過激派が、仲違いして勝手に事を起こしたというう訳だ。あるいは天皇機関の完成を待って共闘するつもりだったが、待ちきれず暴走したか」

そう考えてみれば、この三年間の空白も理由がつく。

前回の決起が失敗に終わったことで、北は予想外に手駒を減らしてしまったのだ。だからこそ、自身が目指す革命が万全の形となるまで雌伏することを選んだのだ。

「なるほど、気は抜けないな」

「その通り。この三年間、北は地下に潜伏して官憲の目から逃れた。その一方で、着実に力を蓄えてきたはずさ」

岡崎は息を吐き、再び庭の松を見た。

「ところで例の粘菌機関は、あの後どうだい？」

力なく尋ねる岡崎に、こちらも弱々しく首を振るしかない。

「凍結状態だな。粘菌標本と紐づけたパンチカードは大体が作成できたが、肝心の機関部の方が完成していない。何より、研究資金がまるで足りん」

「僕が大富豪だったら良かったのだけれどね」

岡崎はそう言うが、これまで十分に支援してくれた。さすがに彼ばかりに金を出させる訳にはいかず、かといって自前では機関を開発するだけの潤沢な資産と設備を用意できない。故に事業は凍結となり、あの學天則も西村が借りる倉庫で保管されたままだ。

「そろそろ本題に入るが、今日僕を呼んだ用件はなんだ」

「ああ、それなんだけど。まずはこれを見て欲しい」

そう言って、岡崎は枕元に積んでいた書物の上から、一冊の雑誌を取り、こちらに差し出してくる。見れば表紙は婦人の裸体絵で、見出しには猟奇事件やら華族夫人の不倫話やら、おどろおどろしい文言が並んでいる。これぞ昭和エログロの雰囲気を如実に表す、発禁手前の変態雑誌の類だった。

「ほぉ、随分といかがわしい物を読むようになったな」

「冗談じゃない。僕の美意識からすれば、信じられない下世話な雑誌だ。ただ、これに興味深い話があったから取り寄せたのさ。付箋が貼ってあるところを読んでみてくれ」

岡崎に言われた通り、パラパラと安物紙をめくれば、一つの記事に付箋が貼られていた。

「昭和天一坊《しょうわてんいちぼう》事件、か」

そう題された記事を読んでいくと、文中に見知った人物の名があるのに気づいて「あっ」と声を上げた。

「これは、堀川か」

如何にせん、昭和天一坊と仇名される人物こそ、昭和考幽学会を裏切った堀川辰吉郎であった。

「彼の人物は凄いね。口八丁でもって、自分を明治天皇の御落胤だとか、孫文の右腕だとか言って信じ込ませ、人々に取り入ったらしい。ゆえに昭和の天一坊だ」

天一坊といえば、徳川吉宗《よしむね》の御落胤を称して浪人を集めた修験者だ。これなど紀州田辺が生んだ悪名高き怪人物だ。

「堀川は三年前、帝都で不穏事件が起こった前後から、富豪や名士の金を巻き上げていたらしい。それが先頃、ついに詐欺事件として告訴されたという話さ。これをどう考える？」

「北一輝の資金繰りの一つだろう。しかし、こちらも不首尾に終わったという訳だ」

「まさしくね。だけど、他にも気になる件がある」

岡崎が新たに雑誌の方を指差していた。その意を汲んでページをめくれば、これまた出てくるのは猟奇的な事件の記事だった。

「去年、東京で人間の手首と左の足首が発見されたんだよ。隅田川に死体の一部が打ち上げられてね。警察の捜査で、都内に住む老夫婦が被害者だということは判明した」

「おい、それはまさか」

「今回も三年前の事件と同じさ。犯人は捕まったけれど、未だに他の部位は見つかっていないんだ」

言い知れぬ不安が忍び寄ってくる。これは三年前に西村邸で聞いた事件の再現であった。そして事件時に切り取られた死体は、天皇機関の材料とされたのだ。

「どうやら、いよいよ北一派が動き出したらしい」

岡崎はそう言った後、苦しげに咳き込んだ。その辛そうな様子が見ていられなくなり、部屋の障子を閉めてやった。

「詐欺で訴えられた堀川も執行猶予がついたから、北一輝との繋がりが絶たれた訳じゃない」

岡崎からの提言に、いくらか沈思黙考する。三年前から、次第に離れてしまっていた昭和考幽学会の面々を再び招集するべきか。そんなことを考えていると、岡崎が「南方君」と優しい口調で呼びかけてきた。

「君はね、僕の愛する和歌山が生んだ偉人だ。だから、君にこそ事件の後始末を託したい」

「なんだ。託したいなどと、嫌な言い方をするな。君も死力を振り絞って事に当たれ」

勇気づけるつもりの言葉だったが、岡崎は力なく笑うばかり。その垂れ下がった頬は、伸び切った鼓の皮に良く似ていた。

「僕も君も、もはやアメリカで夢を語り合った若者じゃない。お互い、死を待つただの老人だ。僕は多分、そう長くはないが、君にはまだ気力がある。君なら、きっと北を出し抜ける」

そこで岡崎は、枕元に手を伸ばし一通の書状を取った。

「これは紹介状だ。今週末に京都で人と会う約束があってね。僕の代わりに、君に行って来て貰いたいんだ」

「それは、昭和考幽学会の人間か？」

「いや、違う。でも昭和維新の動きに危機感を持った者達によるものだ。昭和考幽学会の他にも、厄介な思想家を相手取ろうというグループがあるのだよ」

岡崎の真剣な眼差しがある。瞼は垂れ落ちたが、その奥の眼光は今も変わらない。

「それは、僕らの味方ということか」

「僕らが、向こうの味方になるんだ」

ふと松の枝が揺れる音がした。

障子の向こうは見えないが、一羽の鳥が飛び立ったようだった。岡崎はその風雅さに「ほう」と息を吐いて、なんとも満足げな表情を浮かべた。


岡崎が紹介した会談場所は、京都の料亭だった。

狭い路地を何度も曲がり、看板も出ていない和風家屋に入れば、仕立ての良い着物の仲居が奥の間へと案内してくる。

部屋に入れば、そこで和服姿の男が二人、楽しそうに湯呑を傾けていた。

双方がこちらを向く。一人は耳の長い坊主然とした男で、どこかの高僧かと思った。次いで一方を見れば、そちらは立派な口髭を生やした偉丈夫だ。そして、この人物には見覚えがあった。

「おお、南方さん」

偉丈夫の険しい顔が、こちらを見て和らいだ。

「覚えておいでですか、植芝です」

「あっ、植芝君か！」

偉丈夫たる植芝が、なんとも懐かしそうに手を広げて着座を勧めてくる。

二十数年前、共に神社合祀反対運動に身を投じた男であった。羽賀の師の一人であり、今では当代一流の武術家として名を馳せ、軍人相手に広く武道を教示しているという。

「羽賀君から、南方さんの話は聞いとります。なんとも奇妙な縁ですが、また南方さんと肩を並べる日が来ようとは」

そう言って、植芝がこちらに酒を勧めてきたが、これは断った。失礼かと思うも「なら一緒に大福餅を食べましょう」などと言って、卓上に置かれていた山盛りの大福を差し出してくる。思い返せば、この植芝という男は気性に似合わず結構な甘党であったのだ。

「それで」

と、大福に手を伸ばしながら、もう一方の坊主の方を見る。彼も酒は飲んでおらず、実に美味しそうに大福を頬張り、熱い緑茶で流し込んでいるようだった。

「ああ、俺か」

ごくん、と大福の残りを呑み込み、坊主がニッコリと笑った。ありがたい布袋尊のようにも見える。

「石原莞爾《いしはらかんじ》です。陸軍の参謀本部作戦課長をしている」

この答えには、さすがに食い始めた大福を吹き出した。

「石原といえば、あれか、満州の」

「ええ、俺がその、奉天で鉄道を爆破した男ですよ」

まったく悪びれもせず、石原はそう言ってから、再び次の大福に手を伸ばしていた。

「岡崎も、とんでもない人間と会うつもりだったようだな」

ここで怯んでも仕方ないと諦め、こちらも手元の大福をぱくりと大一口。こうして男が三人、京都の料亭でパクパクと大福を貪る絵面が完成した。

「南方さんの話はね、俺も方々で聞いているんです。だからこそ、貴方に会うことを了解したんだ」

「ほう、この南方の名、陸軍にも通っているか」

「いやいや、俺が聞いたのは別の場です。俺は日蓮宗を信仰してててね、田中智學《たなかちがく》先生の元で学んでるんです。それで田中先生に学んでる人の間で、貴方のことが噂になっていたんですよ」

「そんなところで？　どうしてまた」

「田中先生の教えを受けた一人の男がいるんです。俺は彼のことは直接知らないが、彼が以前、和歌山の山奥で天狗に会ったと話していたらしいんだ。良く良く聞けば、その天狗は南方熊楠という学者らしい、とね」

それを聞いて、一つ思い至るものがあった。ぐっ、と大福が喉に詰まったので、植芝から差し出された緑茶を含む。

「俺は彼を知る同志から話を聞いただけですがね、真摯《しんし》に信仰を貫いた好青年ということでしたよ。残念ながら、数年前に亡くなったらしいが」

「それは、あれか、もしかして宮沢という男じゃないのか」

「そうそう、宮沢賢治君だ」

おお、と嗚咽を漏らす。彼が若くして亡くなったことは、風の便りに聞いていたが、それが今こうして一つの因縁となって返ってきたのだ。人工宝石を最初に生み出した彼が、その果ての事件を解決に導かんとして、こうして協力者として石原を呼んだのだ。

「宮沢君も、俺も東北の人間です。だから、どことなく同郷意識がある。昨今の東北のことを思えば、力になろうという思いが湧いてくる」

「石原さんが奉天事変《ほうてんじへん》を起こしたのも、満蒙《まんもう》を領することで、日本の経済的困窮を救うつもりだった。そうでしたね」

植芝が目を瞑ったまま、盆に盛られた大福に手を伸ばした。

「全く思い通りには行かんかったですがね」

ここで石原が向き直り、その禿頭を見せつけてくる。立場ある陸軍軍人が頭を下げているのだと気づいて、これには身の縮む思いがする。

「さて、自己紹介は終わりです。それで南方さん、貴方が八年前から今まで、何をしてきたのかは一通り聞きましたよ。その上で、一つ協力して貰いたい」

「北のことか」

「そうです。奴は腹心の西田税という男と共に、若い隊付将校の不満を煽って、今もってクーデターを計画しておるのですよ」

石原が把握しているということは、陸軍内部においても懸案事項となっているのだろう。

「どうも今の陸軍は複雑でね。まず長らく上に立っていた長州閥を追い落としたが、次は天《てん》保銭組《ぼうせんぐみ》、いわゆる陸大出のエリートが上に立ってる。若手の隊付将校は、これが気に食わないらしい。天保銭組も腐敗した政治家と繋がり、天皇陛下の意思にそぐわぬ存在だという。そこのところで、陸軍内部でも二派に分かれているんだ」

「まさに今夏、その対立で永田《ながた》中将が殺されたでしょう。こうなるとだ、いよいよ青年将校も押さえが効かなくなっているらしい」

石原に続いた植芝にも暗澹たる表情がある。二人の立場は、どうも陸軍内の派閥抗争とは別のところにあるらしいが、それでも現状を憂いているようだった。

「つまり、北一派は青年将校を使い、近い内に陸軍すら相手取って革命運動に乗り出すかもしれない、と」

「その通り。だが北が頼んでいるのは青年将校だけじゃない。そうだな、植芝さん」

石原に振られた植芝が重々しく頷いた。

「軍部には、大本《おおもと》の教えを受ける者が多いのです」

大本、と聞き返したが、これは世間で広まっている新宗教だ。明治期から続く教派神道であって、関西ではまぁまぁ話は出るくらいの規模がある。とはいえ、それが軍部にも広まっているというのが意外だった。

「わしも大本の信者の一人です。出口王仁三郎《でぐちおにざぶろう》聖師と出会い、共に大陸に渡ったこともあります」

植芝の述懐に石原も感慨深げだ。植芝が大本に出入りしていることは、これも聞き及んでいたから、とにかく流行りの宗教なのだろうと思っていたところだ。

「植芝さんや俺みたいのは、まぁ満蒙をどうにかしようと奮闘する側の人間だな。大本教も満州で布教活動をしたいってことで、その辺で陸軍と利害が一致してる。それだけじゃなく、愛国精神溢れる若者達にとって、宗教は政治家や財閥に対する不満のはけ口にもなってる訳だ」

「しかし、そうした若者に支持されるということは」

「北一輝のような革命屋にとっても、利用しやすい、まぁ絶好の宗教軍団って訳だ」

互い違いに言い立てながら、二人が盆の上の大福を次々に平らげていく。こちらも話に聞き入って同じペースで食べているが、いかんせん年の差だろう、そろそろ腹が一杯になってくる。

「では、北は大本にも取り入っていると？」

そう尋ねれば植芝が「うむ」と口に大福を二つ詰めたままに答える。

「いよいよ北が大本に手を出してきた。活動資金を供与してくれと言ってきたのです。出口聖師は断られたが、それによって北は聖師を逆恨みしているフシがある」

「大本教の信者の多くは出口師に従っているが、全員がそうとも言い切れない。むしろ北の思想に共鳴する者も現れるだろうよ」

「あの男の噂を聞くに、大本の内部からも切り崩してくるやもしれんのです」

「ひとまずは南方さん、俺らは教団と陸軍の方で、それぞれ北一派に対処するつもりだ。貴方らも、何か策があるのだろう。良ければ、考えを共有してくれないかい」

「なるほど、策か」

それこそ、まさに粘菌機関の完成である。

北の秘密兵器に対応できる唯一の機械だ。天皇機関が胞子によって人々に幻覚を見せるなら、これを凌駕した上で、北を出し抜き逮捕に持ち込むのだ。

今こそ、凍結していた粘菌機関を完成させる時だ。標本図によるパンチカードも、まもなく全てが書き終わる。足りないものは資材と資金だけ。

これらのことを懇切丁寧に、大福餅を頬張りながら説明すると、石原は最初こそ怪訝な表情を浮かべていたが、それが実現可能だと見るや大いに驚き、また深く頷いて真剣に考え始めていた。

「ふむ、そういうことなら解った。大阪の砲兵工廠に、その三井とかいう男の研究資材があったんだな。残っているなら、俺の方から手を回そうじゃないか。何か機械を作るなら、軍の設備を使えるようにしよう」

石原が悪だくみをする悪戯小僧のような笑みを浮かべる。それを受ける植芝も髭を擦りつつ、感慨深げに息を吐く。

「資金と人員なら、わしが大本の方に掛け合いますよ」

「それじゃあ」

「共同戦線といきましょう、なぁ南方さん」

石原が手を差し出してくる。小豆餡がついているが、そんなものお構いなしだ。植芝も手を出してくるので、ここで両者と手を取り合った。かくあっては植芝と石原に並び、互いに協力して北一輝に対抗するとしよう。こちらは鼻の穴を膨らませて満足顔。どれ、一つ決意を込めて、盃ならぬ大福を交わそうかとした。

しかし、ここで急に腹が痛んだ。

便意である。猛烈な便意と下腹部の圧迫感がある。胃から腸に押し込まれた大福が、ここに来て暴力的な革命に打って出たのだ。

「すまん、厠だ」

既に、直腸の辺りにはち切れんばかりの詰まりを感じる。まさか会談の途中で漏らすなど、いくら老人といえども許されるはずはない。これは致し方なしと断りを入れて中座し、そそくさと部屋を出ていった。

脂汗を垂らしつつ、仲居から厠の場所を聞く。これは珍しく大便所が二つある作りだ。そうして、ようやく便器の前で股を開いた時には、口では言えないが非常に危ないところだった。

これで一安心と、尻を突き出していると、ふいに便所の壁が叩かれた。隣の個室である。誰か先に入っていたのは知っていたが、ここで叩くというのは文句の一つでもあるというのか。

「もし、隣に入られた方」

それは予想に反して、なんとも弱々しい男の声であった。

「そちらに紙はないだろうか。こちらのが切れてしまっていて」

「ああ、そういうことか。ほれ」

金隠しの横にあるチリ紙の入った木箱を、間仕切りの下から差し入れてやった。ちょうど相手の尻の端が見えている。

「面目ない。助かった」

「まさか隣に誰か来るのを待っていたのか？　尻など、ひとまず便所を出た後に拭けば良かろう」

隣客からは乾いた笑い声。よほど困窮していたと見え、チリ紙を何枚も手に取っている。

「私は潔癖症でしてね。ついでに言えば、虚弱体質でして。なかなか便所から出られないのです」

なるほど、と頷いて、こちらもひと踏ん張り。

「全く、排泄というのは人間にとって愚かな行為です」

「今は、同意しよう」

自然と会話が始まっていた。何も言わず、お互いに排便の音を聞かせ合うというのが気恥ずかしかった。それに便通の苦しみを、こうして共に分かち合っている。これはもはや排便の友であり、一期一会の境地であった。

「しかし、神も排便をするぞ。オオゲツヒメは、その糞から食物を生み出し、須佐之男に振る舞ったというから、これは尊い。肥料のようなものだ」

「いや、待って下さいよ。その神話だと、オオゲツヒメは須佐之男に斬り殺されるでしょう。自分が食べた物の正体を知り、汚い物を食わせたと怒るのです。また須佐之男は天照大御神の宮殿に糞を漏らしたが、これは天つ罪という大罪になった。これなど神も排泄を穢らわしいと思っていたことの証拠です」

なるほど、この便友は相当に学があると見える。京都の料亭に出入りするくらいの身分なのだから、それも当然ではあるが、こうも当意即妙に返してくるのは心地が良い。

「では言うが、イザナミが死んだ際に漏らした大便から埴安神《ハニヤスノカミ》が生まれている。他にも東南アジアでは、宝物を尻から出す少女という神話もある。またエジプトにいるフンコロガシなどは、その丸めた糞を運ぶ姿から、太陽を運ぶ神として崇拝されたのだ」

「今の話を伺う限り、それらは全て古い神話ですよ。人間の原初的な、言ってしまえば猿に近い状態の生物が考え出した神話です。排泄と不浄を戒めるのは、文化的な進化を果たしたからです。イスラムなどでは、不浄を嫌って排泄の作法も定めているというらしいではありませんか」

ここで隣客が「うっ」と呻いた。腹痛に耐えつつも、豪快な排便音を立てる。それを呼び水に、こちらも気張って糞をひる。

「ならば、糞を崇めるのは人間の古い形だというのだな」

「そうです。排泄は真に進化した社会の中では不要なものです。仏教では、天道に化生《けしょう》する者には排泄も性交もないのですから、これなどは一つの進化した存在と言えるでしょう」

ほう、と感嘆の声を漏らした。

まさか、この顔も知らぬ、たまさか便所で隣り合った男が、こうも学識に溢れているとは。このような場所でさえ、有意義な排便談義に興じられるというのだから、これは研究者冥利に尽きる。

「君の意見ももっともだ。人間が進化すれば、排泄の悩みも消えるというのは確かだろう。そして失礼だが、君は相当な勉強家だな。社会の進化というのも、ハーバート・スペンセルの社会進化論だろう。宗教についても詳しいと見えるが」

ぐぬ、とここで脱糞。便友にチリ紙の返却を求めた。

「どうぞ、紙です。いや、詳しいという程ではありません。私は独自の観点で研究をしている人間ですから」

「ほう、独自の観点か。お聞かせ願いたいものだ」

「これを言うと、神秘主義を嫌う人間には受け入れて貰えないのですけどね、私には妻がいて、その妻がいわゆる霊媒なのです」

「なんと、それは珍しい」

「この妻が、夢で様々な神と出会うのです。私はそれを聞き届け、この社会の有り様を学ぼうとしているのですよ」

「ならば君は審神者《さにわ》という訳だな。さしずめ奥方は巫女だ」

なるほど、と納得がある。昨今の新宗教、それこそ大本を始め、多くの教派神道で似たような教えがある。霊媒者のお告げを記し、それを教義の中心に据えるのだ。この男もあるいは、そうした新宗教に関係のある人物なのかもしれない。

「私はもしかしたら、妻を愛していないのかもしれません。というよりも、愛などという人間の劣情では括れない、神聖な憧れ、見えない世界を知る力への畏敬でもって彼女と接している」

「なるほど。貴方は人間の情としてではなく、別の世界を覗き見る為の窓か扉として奥方を必要としているのか」

「ええ、その通りです。この話を受け入れて貰えて良かった。私と妻の関係は、私の友人にも中々に理解して貰えないものでしてね」

「いや、夢というのが良い。夢の世界から真実を摑むのだな」

この辺りは、福来や乱歩と交わしてきた議論にも相通ずるものがある。現世は夢の世界、つまり霊界の一表象であるというのは、まさしく新宗教も熱心に説いているところだ。

「その通りです。私は妻の言葉を聞くにつけ、夢の世界に強く惹かれます。夢の世界を自由に渡ることができたなら、この世界も自由自在になるのではないかと、それこそ夢想するような男です」

「なるほど明晰夢《ルシッド・ドリーム》というやつだな。それなら僕も似たようなことを考えたことがある。

まず夢というのは、この宇宙にある無数の世界の一つであり、今こうして我々が糞を垂れていることも、別の世界の自分にとっては夢なのだ」

「ほう。では、この便意の苦しみは、夢を見ている誰かにとっては全く笑い事なのですな」

「その通り。しかし、その誰かが夢であると気づいた時、この世界も明晰夢の如く自由自在に操れるのかもしれないぞ」

ははは、と快活な笑いがあった。馬鹿にしているのではない。真に感心したからこそ漏らした声だった。どうやら、こちらの突飛な意見も受け入れられたのだ。

「私はまた、法華経を信じておるのです。特に日蓮の法華経解釈は非常に勉強となった。その日蓮が仏法の極理として上げたものに一念三千《いちねんさんぜん》の教えがありますが、これはご存知ですか？」

「確か、法華というか、天台教学だろう。一つの思い、心の動きに三千の筋道があるという」

「いかにも。地獄界から仏界までの十界を相互に掛けて百界、さらに現象一切たる十如是《じゅうによぜ》を掛けて千、それら全てが五蘊世界《ごうんせかい》、仮名世間《けみょうせけん》、国土世間《こくどせけん》に渡るゆえに三千。宇宙の運行の全てを言い表した語です」

「ようは人の心の動き一つに、宇宙の全てが詰まっているというものだな」

「そうです。人は心一つで宇宙の理に接続できるのです。故に、今いる世界を夢と観れば、別の世界に心を飛ばすこともできるのではないかと、そう信じているのです」

平生より似たようなことを考えているから、この辺りの教義や理論には馴染みがある。あえて南方理論で言い換えるならば、世の中の全ては、物不思議と心不思議の和合による事不思議なのだ。つまり人体、つまり脳を含んだ全ての物は宇宙の運行によって生まれ、それに心が作用することで出来事《イベント》が起こる。

「なるほど、そうか。つまり君が言わんとすることは、まず心の作用を操ることで、対象たる物との関係を恣意的に変え、発生する出来事そのものを自由自在に改変しようというのか」

こちらの考えも織り交ぜての答えだったが、それが意に沿うものだったのか、彼の方から感嘆の声が上がった。

「ああ、理解して頂けるとは。そうです、私は自らの心を変え、この世界そのものを変えたいのです。もしかすると、それは妻や息子を捨て去り、自分勝手に旅立つことになるかもしれません」

そこで背筋に冷たいものが走った。

家族を捨て、広い世界に心を飛ばす。昔ならば同意できただろう意見だが、今となっては自分にそれを選ぶことができない。

僅かな羨望と拭いきれぬ齟齬。それらを抱えつつも、ここで話の腰を折りたくはなかったので、曖昧な笑いを返しておいた。

「ああ、貴方は非常に頭が良い。そして面白い。私も若い頃は、上野の図書館の本を全部読んだと自負していたが、まだ上には上がいる」

愉快そうな笑い声が隣の便所から聞こえてくる。どうやら相当に嬉しかったようだ。

「ほう、いいな！　上野の図書館の本と言うなら、僕も若い頃に全部読んだぞ。ならばこれは、きっと少しの年の差だな」

こちらも笑った。二人の男の声が、薄暗い便所でこだまする。名も知らず、姿も見えず、しかし確かにこの隣の人物とは絆のようなものが生まれていたのだ。

「どれ、そろそろ出るか」

「私も、そろそろ」

両者が共にチリ紙を便槽に落とし、服を整えて扉に手をかけた。同時に便所から出るのだ。これは愉快。もし気が合えば、このまま友人になっても良い。

そして二つの扉が開かれた。

隣にいた友が姿を現す。しかし、その顔を見て一気に酔いが覚める気分となった。

黒い長袍。薄暗い光に照るのは作り物の右目。口髭の下に笑みを浮かべていた顔は、颯と冷めきったものとなる。

対決すべき巨魁――北一輝がそこにいた。

こちらが何も言えずにいると、北は表情を崩すこともなく「先に手を洗います」と告げ、手水の方へと歩み寄っていく。彼は手を洗う間も、それが当然であるように集中し、こちらへは全く気を払わないでいた。

そう一言、北は取り出した手拭いで濡れた手を覆いながら、こちらへ向き直った。

「お互い、予期していない邂逅でしたな」

北が手拭いを下げた。その手にはモーゼル拳銃がしっかりと握られ、こちらに銃口が向けられていた。

「まったく、まったくだ」

「石原と植芝が来ているのでしょう。彼らの企てを盗み聞きするつもりだったが、貴方がいたのでは無意味だな」

「どうする、殺すか」

そう言うと、北は小さく溜め息を吐いて拳銃を懐にしまった。

「いいえ、今日はやめておきます。便所で死んだとあっては、南方熊楠の名に傷がつくでしょう」

それに、と付け加えて、北は光のない右目でこちらを見据える。

「話が出来て、とても良い気分だった。それに免じて、今日は退くとします」

それでも北は一分の隙もなく、こちらを見たままに後退りしていく。厠の戸を後ろ手で引き、その先に広がる夜に半身を入れた。

「南方さん、貴方は私と考えが似ているのですね」

「癪だが、そのようだ」

「さて」

北が微笑んだ。その凄絶な笑みに、身震いするものがあった。

「来年、またお会いしましょう。その時、私は夢の中で目覚めてみますよ」

その言葉を最後に、北は暗闇に消えていった。

一九三六年：二十二夜「可能世界定《かのうせかいさだめ》」

年明けより約二ヶ月。この日、いよいよ粘菌機関が完成しようとしていた。

「うむ、これで終わりだ」

そしてついに、パンチカードの最後の一枚を書き終えた。

肩のこりをほぐしつつ、書斎の縁側から人の往来を眺めた。自宅の裏庭に、今も多くの人間が出入りしている。それぞれ台車を引き、その積荷をばっさばっさと落としていく。さらに集まった別の人員が、その包みを別の場所に運んでいく。

「終わったのですね」

そこで小包を抱えた乱歩が現れた。

「ああ、これで粘菌機関の完成だ」

乱歩が不敵な笑みを浮かべ、作業の手を休めて縁側に腰掛けた。

昨年末の会談直後、昭和考幽学会に招集がかけられ、ここに多くの仲間が再結集した。乱歩などは待ってましたとばかり、執筆中の作品を放り出して駆けつけてくれた。

「これも皆が協力してくれたからだな」

呟きつつ、裏庭で忙しなく働く者達を眺めた。岩田や佐藤の姿もあれば、新たに協力者となった植芝もいて、彼の呼びかけに集まった大本の信徒、そして田辺の友人達もいる。数多くの人間が届けられた郵便物を解き、その中に詰まった標本図の複写とパンチカードを指定された箇所に振り分けていく。膨大な量の厚紙が、それぞれ粘菌機関を動かすのに必要な情報として蓄積されているのだ。

そうしていると、ふと裏庭の方でこちらを呼ぶ声があった。

「南方先生ぇ、南方先生ぇ！」

見ればそこに大型の台車を引く三井の姿があった。彼の横には西村がつき、その背後から鳥山が続き、さらには藤本が相変わらずの姿で小太鼓を叩いていた。

「三井か！」

台車が裏庭に入った辺りで、三井がなんとも嬉しそうに手を振ってくる。彼らこそ粘菌機関の土台となる機械を作っていた面々だ。石原の協力もあり、造兵廠の資材と設備を存分に使うことができた。

「完成したか！」

「完成しました！」

じゃん、と手を広げ、三井が台車に固定された巨大な木箱を示す。西村達が無邪気な三井を笑いつつ、四方から木箱を開いていった。

「僕らが持ちうるロボット工学の技術と南方先生らの知識を結集して作った、これこそ粘菌機関の計算機——」

　木箱の外壁がパタパタと倒れていく。それと共に、身の丈実に三メートルにも及ぶ大巨人の像が姿を現した。

「その名も學天則二号です！」

金色の機械人形が太陽の光を反射した。内部のゴムチューブが空気圧によって動き、その上半身が動いていく。胸元でネオン管がコスモスの花を象《かたど》り、頭部には緑葉冠と仏像のような真空管の螺髪《らほつ》。ふくよかな耳に黒々とした両目、優美な微笑みは毘盧遮那仏《びるしゃなぶつ》の如く。

それこそ、西村が天皇機関を模して制作し、京都博覧会に出品された機械仕掛けの人形。それを改造した逸品だった。

「実に見事じゃないか、ええ」

「そう言って貰えて、光栄ですよ。なぁ、鳥山君」

西村が微笑み、隣で鼻を膨らます鳥山と肩を組んだ。藤本が喜びを表現して小太鼓を叩く。

「よし、パンチカードを組み込むぞ」

こちらの宣言に一同が手を高く掲げる。

それから手分けして、分類済の厚紙をまとめて機関部へと挿入していく。その数実に二万五千枚。これを上下左右の四通りに分けて使うことで合計は十万。さらにそれを三つずつ組み合わせて人間の行動を予測する。そうなると、実に約百七十兆種類もの行動が導き出されるのだ。

機関の計算機――」

「なるほど、これが機械の脳になるのですな」

作業を手伝いつつ、隣に並んだ乱歩が感慨深げに話しかけてくる。

「ああ、まず孫文の日記にある設計図から機械を作り、さらに三井が作った因果機関を発展させた。これこそが、本来作るはずだった天皇機関だ」

「うん、興味深いな。これは人間の脳を再現しているんでしょう。大量のパンチカードが脳内の神経だ。まさしくニューロンの結びつきを大量の数値同士の繋がりで代用しているんだ」

「ふふふ。こう言っては何だが、このパンチカードの形状には僕の哲学が詰まっているのだ。少し解説してやろう」

言いつつ、取り上げた厚紙の一枚を乱歩に見せつける。

「いいか、まず左右両端に一列ずつ大きめの孔があるな。僕はこれを心界と物界と呼ぶ。人間の心と自然界に存在する物質の象徴だ。次に、その中間に小さな孔がある。粘菌機関が演算結果を出力する場所だ。これを〝事〟と呼ぶ」

「心と物、そして〝事〟ですか」

「そうだ。これは僕の哲学だが、この世界は心と物が交わったところにある〝事〟の集合体だ」

パンチカードの孔をなぞりつつ、なんとも騒がしい裏庭で乱歩を相手に講義を始めた。

「喩えよう。ちょうどあそこに蜜柑がなっているのだが、あれは物だ。ただ存在している物体だな。そこに僕の心が加わると、そろそろ食べ頃だとか、まだ酸っぱいだろうな、とか思考する。そして手に取り、ヒョイと口に運ぶこともある。これが〝事〟だ」

「なるほど。物と心、二つの数値を掛け合わせた演算結果が〝事〟なんですな」

「そういうことだ。粘菌機関、改め因縁機関は入力された二つの数値から一つの答えを出力する。さらに言えば、この答えを保存する機能を〝名〟と呼ぶ」

　ふむ、と乱歩がパンチカードに視線を落とした。

「例えば毒鶴茸《ドクツルダケ》という毒茸があるが、これは別名をテッポウタケと言う。この猛毒の茸の〝名〟は、古の誰かが当たれば死ぬという意味で鉄砲と名付けたのだ。この〝名〟があるからこそ、人はこれが毒茸だと解る。また〝名〟はいわゆる名前だけでなく、古くからの習慣や伝説もそうだ。いわば〝事〟を保存しておく記憶体、メモリーだ」

「つまり、演算結果をパンチカードで出力し、それを再使用していく訳だ。ちょうど機関が動きを演算し続けるように」

「そうだ。言ってしまえば、人間の営為などは全て数値で置き換えられる。まず一人の人間が空腹を感じる。これを〝心〟の数値にする。そして〝物〟としての毒茸がある。人間は毒茸を食べるという数値、つまり〝事〟を演算する。そして、毒茸を食べた人間は死に、そこで〝名〟が記録される。これが重要だ。〝名〟を知らぬ人間は、それからも毒茸を食べて死に続ける。しかし、それを〝名〟として取り出せる人間は死なない。どの茸に毒があるか解るからだ」

「計算結果だけを呼び出せば、何度も不要な計算をしなくて良い。そういうことですね。人間はそうして、計算が終わった値を蓄積し、新たな演算に利用している」

「いかにもだ」

これは単なる毒茸の喩え話だが、あらゆるものが計算の繰り返しなのだ。人間は一瞬一瞬で、心と物の数値を次々と入力しては掛け合わせ、あるいは事前に記述《プログラム》された〝名〟を呼び出しつつ、その都度に〝事〟を生成していく。足を使って歩くことも、家族を養う為に獣を狩るのも、睦み言を囁いて性交するのも、全て計算可能な行いに過ぎない。

そもそも、こうして粘菌機関を作るというのも、一つには心の作用、物の実存の交わりがある。まずもって天皇機関《〝名〟》があり、それが失われた現在《〝事〟》があり、北一派《〝名〟》に悪用《〝心および物、つまり事〟》されんとする懸念《〝心〟》があり、故に再び機械《〝物〟》と人材《〝物〟》を用いて作《〝心〟》ろうという魂胆がある。この途中式の果てに、因縁機関の完成という〝事〟が発生するのだ。

「以上のように、あらゆる行動は数値で演算できる。それを達成するのが、このパンチカードなのだ」

これぞ因縁の全て。即ち世界とは心物名事の四種で記述できるのだ。心に浮かび、物に触れ、事を起こし、名として留める。あるいは名を心で想像し、物を探し、事となる。それらは様々な順序で現れ、人間のあらゆる活動となる。物心、心名事物、事心物、物物心事、物物名名事物……。

「そういう訳で、粘菌標本をあらゆる行動に対応させたのだ。自然な形で経路が作れるように間を埋め、さらに機関を動かして何度も演算結果を出し、それも繰り返して数値を溜めたのだ」

そこで乱歩が手を止め、考え込むように顎に手をやった。

「そういうことか」

「どういうことだ」

「いえ、私はずっと天皇機関について考えていたのです。南方さん達は実際に見ているだろうが、私が見たのは高野山の僧堂の中で一瞬だけです」

「ああ、そういえばそうだったな」

「話を聞く限り、あの天皇機関は胞子を使って人間の脳を弄る訳ですよね。そして、その人が望む情景を幻覚として見せるとか。それがどういうことか、いまいち理解できなかったんですよ」

乱歩が話しつつ、手にしたパンチカードをまとめて岩田に渡していく。こちらは佐藤に手渡して、それぞれ運んで貰う。

「ですが、今の話を聞いて理解できました。この世というのは、南方さんの言うところの〝心〟の見方一つな訳で、言い換えれば脳の中で結びついたニューロンの順番だけがあるのです」

「その通りだな。世界認識は〝物〟と〝心〟の交わりによって生まれる〝事〟の結果だ。人間の〝心〟が違う限り、我々が見ている世界は常に別物なのだ」

「ならば天皇機関というのは、胞子によって人間のニューロンの結びつきを変化させるんですよ。個人の〝心〟を自在に操り、起こるはずの〝事〟を書き換える。そうなれば幻覚だろうと、現実にあり得ない光景だろうと、とにかく本当だと思ってしまう」

乱歩は合点がいったようで、顎に手をやりながら何度も頷く。

「まるで夢ですよ。いや、他人の見ている世界は、全て夢に過ぎないと言ってもいいかもしれません」

ロイド眼鏡の奥で、乱歩の瞳に熱が灯ったようだった。

「実を言うと、私が休筆していたのは夢が見られなくなったからなのです。私にとって小説は、夢の風景を描いているだけのものでしたからね」

「確か君は、夢の世界が実在すると考えているのだったな。ならば、それを見る為の遠眼鏡を失ってしまったようなものか」

ふふん、と乱歩が自嘲気味に鼻を鳴らした。

「最後になって白状しますが、私が南方さんに協力したのは、それが面白そうだったからですよ。どうです、不謹慎でしょう。でも私にとっては、それが何よりも大事だった。貴方達と一緒にいれば、再び夢が見られるような気がしたんです」

それには苦笑するしかないが、ここまで付き合ってくれたことは事実だ。それに、自らの学問的欲求に従って不遜な行いをするというのは、昭和考幽学会の面目でもある。

「それで、夢は見られたかね」

「ええ、色々と夢を見ることが出来ました。この世界の全てが、私以外の誰かが見ている夢だと気づいたのですから」

さてしかし、と乱歩が目を輝かせ、庭先で起動を待つ學天則二号を見つめていた。

「どうせ見るなら着色映画の夢が良い。ちょうど先年に公開された『虚栄の市』のような。私の夢は灰色のものばかりですから」

そこで問答は終わり、乱歩は一人で別の分別作業に向かってしまった。

一人取り残されると、ここで北の言葉が思い起こされた。

あの便所での邂逅の折、彼の人物は一念三千の思想を説いた。一瞬の心の動きに宇宙の全てがある。それはニューロン、つまり脳分子の結びつきによって、人間はあらゆる世界を想像できるということではないか。かつて乱歩が言っていたように、人間の想像も、夢も、宇宙のどこかで実在する世界であり、その瞬間と同じ脳分子の配列を作ることができれば、別の世界に意識を跳躍させることもできる。

さらに思い出せば、千里眼の道理を福来と話したこともあった。そこでの結論は、千里眼とは他人の脳分子の配列を自分で再現できる能力のことだった。この能力が発展すれば、他人の夢を見ることもできるようになる。全く別の世界を己のものにできる。

ここで気づきを得た。

「少女Mが見ている世界とは、全ての可能性を知覚する千里眼なのだ」

その独り言を呟いた直後、裏庭に人々の歓声が起こった。

「これで、全てのパンチカードを組み込めました！」

學天則二号の前で三井が万歳を始める。他の者達も作業が終わったと知って、それぞれ拍手を送っている。

「さて、いよいよ最初の起動です。南方先生ぇ！」

三井の喧しい声に呼ばれ、人々の前に立った。

「ああ、解ってるとも。僕が起動させるのだろう」

「その通りです！」

と、三井が一方的に操作盤を押し付けてきた。周囲を見れば、誰もが起動の瞬間を待ちわびているようだった。ここで勿体ぶっても仕方ないから、素直に起動用の開閉器に指を置く。

「學天則二号、起動！」

その言葉と共に手元の操作盤を弄った。

粘菌機関を搭載した學天則二号に電力が満ち、頭部にある無数の真空管を点灯させる。胸のネオンが万色を彩れば、両目からは光が放たれる。体内の歯車をギチギチと噛み合わせ、シリンダーで圧搾された空気を全身に滾らせ、四肢に張ったゴムチューブを動かし、やがて左腕に握ったペンを高く掲げた。

それはまさに、人工の知能であった。

背部に備えた解析器に投入されるのは大量のパンチカードだ。一枚、また一枚と紙片が投入され、それらが解析されれば、機関内部のドラムが紙を巻き取って、さらに計算結果を刻んで外へ出力する。そして出てきたパンチカードを、再び投入することで一つ前の計算結果から次の計算へと移る。

「おお」と一同から感嘆の声が漏れた。

「凄い、これは凄いですよ。南方さん！」

乱歩が子供のように驚き、眼前で動く機械人形を仰ぎ見ている。彼に反応するように、機械は左手を振り、唇を上げ、目を細めた。テカテカと光る真空管の髪が、まさに今、粘菌機関が人間のように思考していることの証左だ。

この因縁機関は高速で動く紙芝居、あるいは走馬灯である。パンチカードの計算を元に、毎秒二十枚以上の粘菌標本を展開し、それらに紐付けされた行動値を出力していく。一度、計算が始まれば止まることはない。人間と同様に思考し続け、行動値のままに体を動かしていく。

「ああ、ついに完成した」

万感の思いを込めて呟けば、昭和考幽学会の人間達が万歳三唱を始めた。これを用いる未来を思えば気分は重くなるが、この機械ならば天皇機関に対抗できるという希望があった。

「南方先生！」

ここで呼びかけがあった。裏庭ではなく、背後の書斎の方からの声だった。振り向けば、そこに不安そうな表情を浮かべる野口がいた。

「先生宛にウナ電です」

野口が裏庭に飛び出し、電報を差し出してくる。ウナ電と言えば至急電報だから、これは相当に急ぎの要件なのだろう。

そう思って電報を開けば、これはまさに青天の霹靂。いや既に覚悟はしていたことでもある。この遠雷は、いずれ来る天災と思い、今日この日まで準備をしてきたではないか。

「どうしました」と横から乱歩。

「東京の石原からだ」

「石原閣下から？　なんとあるのですか」

深く長く、一度だけ息を吐く。電報の文面を西村達へ見せた。そこにある文言は〝帝都不《テイトフ》穏《オン》す《ス》ぐ《グ》来《キ》た《タ》れ《レ》軍動く《グンドウク》〟だ。

「ついに北が仕掛けてきたのだ。今また三年前と同じように、軍によるクーデターが起こったのだ」

電報を見た乱歩は息を呑み、続いて近づいてきた三井や西村も電報の中身に驚愕していた。その様子を受け、裏庭で作業をしていた集団が寄ってくる。

「いよいよ時は来たのだ。ギリギリだったが、粘菌機関の起動も成功した」

ここで一つ、発破をかけるつもりで手を高く天へと突き出した。

「昭和考幽学会の諸君、これより決戦だぞ！　我々は武力なぞ持たないが、だからこそ戦えるものがあるのだ！」

かくありて昭和考幽学会の一同、えいえいおうの掛け声の後、今再び東に向けて進路を取ることとなった。

「いざ、行かいでか！」

時まさに、二月二十六日の朝である。

一九三六年：二十三夜「龕灯返《がんどうがえ》し・二二六」

車窓の外を重たい雪の粒が滑っていく。

東海道本線を走る超特急〝燕〟は、昭和考幽学会の面々を乗せて東進していく。駅に停まるごとに帝都の様子を確かめたが、如何なる事態が起こっているのか未だに判然としない。

そして今は沼津《ぬまづ》駅である。

牽引車交換のために、しばらくの停車となった。通常なら八時間程度で東京まで着くものが、先日からの大雪の影響で足止めを食らい、駅の停車場は今や夜の闇に沈んでいる。他の座席を見れば、昭和考幽学会の面々が、どこか呑気に弁当を食べている。八年前の御披露目の際などは、これで酒盛りでも始めていたのだから、その分は進歩したとも言える。

「南方さん！」

ここで情報を集めていた乱歩が帰ってきた。

「乱歩君、向こうの様子はどうだ」

「ラジオで臨時ニュースです。陸軍が決起したらしい」

「やはりか」

払暁《ふつぎょう》、帝都において陸軍の青年将校が決起したという。

乱歩はラジオで伝え聞いた内容を手短に話してくるが、彼自身が焦っているのか、それとも帝都の方が大いに混乱しているのか、中々に状況は伝わらない。それでも一つ解ることは、今回の決起は三年前の不穏事件の比ではないということだ。

話によれば、陸軍の内、若手将校に率いられた第一師団歩兵第一連隊と第三連隊、近衛歩兵第三連隊の一部が帝都の要所を占拠したという。前夜より集まった彼らは、首相官邸、要人の私邸、陸軍省、警視庁、また各新聞社に乗り込み、瞬く間に首都機能を制圧したのだ。

「それで首相を初め、内相に蔵相、侍従長、陸軍の教育総監も襲撃されたらしい」

その報告には思わず呻いて、顔を両手で覆った。

「内相と蔵相というのは、斎藤実《さいとうまこと》と高橋是清か」

「そうです。私邸に軍人が来て、こう銃をパンパン、と。彼らは即死だったようですよ」

「二人とも、僕の知り合いだ」

そう返すと乱歩も思うところがあったか、それ以上は何も言わずに前の席に着いた。

帝都には黒い風が吹き荒れている。それは理解していたが、いざ知っている人物が犠牲になったと知れば、途端に身近な恐怖となってくる。

「高橋先生、斉藤さん」

誰に求められる訳でもなく、ただ静かに冥福を祈った。犠牲となった二人には縁がある。祈る理由がある。このどうしようもない社会の不安に足を取られ、彼らは命を落としたのだ。

そして、その因果の糸の片一方は、こちらと強く結ばれている。ならば、これより始まる昭和考幽学会の一手は、彼らの弔い合戦となるのだ。

「電車が動きますよ、南方さん」

「ああ、行こう」

窓の外を見れば、群れなす家と山嶺を覆う雪景色。前夜より関東で降り始めた雪は、きっと東京を白銀に染めていることだろう。電車も遅れているが、日付が変わるまでには到着できるはずだ。

他の会員たちを見れば、既に夕飯を終えて各々が忙しく動き始めていた。乱歩同様に帝都の様子を聞きつけたのだろう。彼らも真剣な表情となって、食堂車の方で粘菌機関の起動準備に取り掛かるらしかった。ちなみに、こうした融通を利かせてくれたのは、同行叶わなかった岡崎の手配あってこそだ。

粘菌機関を使い、北一派が使ってくるだろう天皇機関を停止させる。向こうが天皇機関によって陸軍決起を導くというのなら、こちらはそれを破るための方策を使うだけだ。

「革命というのは、一度起こったら止められないよ」

座席に身を預け、何気なく呟いた言葉だったが、それは前に座る乱歩には良く響いたらしい。彼は何度も頷きながら、この先に立ち向かうものの強大さに身震いしているようだった。

「一人の人間が止められるものじゃない」

「そうでもありませんよ、南方さん。情報によれば、陸軍の青年将校は天皇陛下の奉勅を待っているようです。つまり自分たちの行動が認めて貰えるのを待っているのです。ですから、陛下の行動如何では、この革命運動も終息するはずです」

「乱歩君」

電車の窓に雪がついた。それは一瞬で風に舞い、後には水の跡が残った。

「陛下は人間ではなく、現人神だから止められるのだ」

冗談のつもりだったが、乱歩の方は「一本取られました」と言って、小さくはにかんだ。

「南方さん、東京に着くまで少し休んでて下さいよ。昨日から一晩中、粘菌標本図を分類なさっていたじゃないですか」

小さく頷いた。乱歩の言うことに従おう。このまま頭を使っていても、東京に入るまで答えが出るとも思えなかった。そうして目を閉じれば、暖かい眠気が体の端の方からじんわりと広がってきた。

◇

そして夢を見たのである。

場所は赤坂《あかさか》にある高橋是清の私邸であった。もう何年も前になるが、植物研究所設立の資金を頼むために訪れた場所でもある。

ふわふわとした感覚の中、周囲を見渡せば、布団の上で胡座をかく高橋の姿があった。自慢の白髭をしごきつつ、どういう訳か外をしきりに気にしている。

その直後、人の足音が聞こえたかと思うと、寝室に軍服の男たちが侵入してきた。誰何するより早く、その軍人たちは手に構えた拳銃でもって高橋を撃った。

「国賊！」

あっ、と言う間に高橋は絶命した。後から来た別の軍人が、とどめとばかりに軍刀で高橋の体を斬りつける。

襲撃はこれで終わったのだ。天上から降り始めた雪の一つが、大地に落ちきるまでの間に、陸軍の青年将校たちは颯爽と一人の男の命を奪っていったのだ。

「撤収！」

高橋を撃った軍人が背を見せる。マントが翻り、赤い裏地が惨劇の場に映えた。あの男は中橋基明だ。近衛師団の軍人だ。

そう思ったところで、高橋が隣に立っているのに気づいた。

「そこにいるのは、ナンポウ君か」

高橋が喋りかける。見れば彼の死体は布団の上に転がったままだから、こうして話しかけてくるのは高橋の幽霊ということになる。

「高橋先生」

「僕は死んだな。ああ、死んだ」

「悲しいことです」

「悲しいが、これも天命だ。不思議なのは、死の際になってナンポウ君が会いに来たことだ。

君も死んだか」

「いいえ、これは僕の夢だからですよ」

「そうか。なら、そういうもんか。それじゃ、ナンポウ君。これからも英語の勉強は続けろよ」

それを最後の教えとして、五十年来の恩師は姿を薄くさせた。

高橋の霊体がまったく掻き消えたところで、ふとフィルムが切り替わるように別の場面へと飛んだ。

次の場所は四谷《よつや》にある一軒家だった。行ったことはないが、それが斉藤実の私邸だと理解した。

意識めいたものが光景を知覚する。まず赤があり、それが血痕だと解った。襖には血と肉片が飛び散り、弾痕に傷つけられた畳がぐずぐずになっている。既に襲撃は終わっており、その凄惨な場の中心で寝巻き姿の男が血の海に沈んでいる。そして一人の夫人が泣きながら、彼の死体に覆いかぶさっていた。

「あれが私の妻ですよ」

声に振り向けば、そこに斉藤の幽霊が立っていた。

「殺すなら自分を殺せと、私を庇ってくれたのです」

「良い妻だな、斉藤さん」

「ええ、あのような女性と出会えて本当に良かった」

「ロンドンでの一件は、あの細君あってこそだな」

「いやはや、あの時は愉快でしたな」

斉藤は笑った。機関銃で撃たれ、ボロボロになった体を血に染めながら、それでも彼は笑っていたのだ。

「それでは南方さん、お先に失礼」

「うむ、いずれ会いましょう」

そうして斉藤の霊も姿を消した。上に視線をやれば、高橋と斉藤が英語で冗談を言い合って、共に天へと昇っていくのが見えた。いずれ向こうへ行った時、あの二人に馬鹿にされないくらいには、こちらも英語を勉強しておくとしよう。

そこで体の自由がなくなり、すぅっと波にさらわれるような感覚があった。

◆

「南方さん、着きましたよ」

乱歩に体を揺すられ、そこで目を覚ました。窓の外を見れば、全く静かな闇の中で列車が物寂しく停まっている。以前よりいくらか風景が変わっているが、東京駅の停車場だと気づいた。十四年ぶりの上京である。

「夢を見ていたよ。高橋先生と斉藤君が殺された現場の夢だ。どうやら、この南方熊楠の千里眼は今更になって真価を発揮しているらしい」

「それは心強いですね。南方さんには、これから先も粘菌機関の解析で役立って貰わないと困りますから」

乱歩の冗談だったが、彼の顔は強張り、その額には汗が滲んでいる。どうやら東京の状況は予想以上に悪いらしい。車両を下りたところで、その不穏な空気が如実に伝わってくる。到着が夜更けになったのもそうだが、明日以降の電車も大雪によって運行休止となったらしく、そうした案内を受ける人々の顔はなんとも暗い。停車場には溜め息と動揺の声があるばかり。

場内にあるラジオは、帝都の治安が維持されていると繰り返し伝えてくるが、その声がかえって空々しく聞こえてくる。駅舎に集まる人々の間にも、陸軍決起の話は漏れ聞こえているらしく、決起を恐れる者もいれば、昨今の昭和維新の空気を歓迎して快哉を叫ぶ者もいる。

そうして昭和考幽学会の一同と共に駅舎を出たところで、一人の軍人が駆け寄ってきた。すわ決起将校かと思い身構えたが、どうやら事態収拾に動いている憲兵隊の一人らしかった。

「南方先生ですか？」

「そうだが」

「石原大佐が、先生を呼べとのことで」

壮年軍人だったが、どうも訝しげな視線がある。こちらを役に立たない学者と軽んじている雰囲気があった。これが北の手の者ならば、もっと不必要に優しくしてくるだろうから、これは本当に石原からの命令とみて良いだろう。

「解った。皆は乱歩君の指示に従ってくれ」

背後を振り返り、ぞろぞろと駅から出てくる一群に声を掛ける。先頭の乱歩が頷き、昭和考幽学会の面々と先導していく。

「では、南方先生」

憲兵に引き立てられ、雪道の上に停められたサイドカーへと同乗する。雪は強く、帝都の夜は身を切る冷たさがある。外套《がいとう》の襟元を強く握りつつ、見送る仲間たちに一つ頷く。

道中は白銀の世界だった。

雪上の轍は凍てつき、その錯綜した跡は帝都の混迷そのもの。丸の内界隈だが、左右の建物に灯りはなく、ただ黒々とした影が続いている。深夜近くなのもあり往来に人の姿はないが、それ以上に不気味な静寂があった。都市そのものが息を殺しているような、重苦しい沈黙だ。

サイドカーが進むほどに冷たい風が頬を切る。髭の先に雪がつく。何気なく右方を見れば、軍服を着た一群が雪中を歩んでいた。足取り重く、幽鬼の如く虚ろな行軍である。

「あれは海軍の陸戦隊ですよ」

憲兵が大声で伝えてくる。雪を掻く力強いエンジン音に負けじと声を張っているのだ。

「海軍が鎮圧に動き出しているのか？」

「陸軍もです。決起したのは、飽くまで一部の将校ですから」

それを最後に憲兵は会話を打ち切った。運転に集中しているのか、または彼自身も今の状況を苦々しく思っているのだろう。

やがてサイドカーは宮城の北北東、九段《くだん》の軍人会館へと至った。落成したばかりの施設だというが、見上げれば荘厳なモダン建築のてっぺんに、日本風の破風屋根が大きく作られている。これなど昨今流行りの帝冠様式らしいが、平時であればともかく、今夜の状況を鑑みればまさしく軍人たちの立てこもる城塞である。

「今はこの軍人会館が戒厳司令部です」

そう言って、壮年憲兵はこちらを陸軍関係者に引き渡し、再びサイドカーに乗って夜の帝都へと消えた。残されたこちらとしては心細いが、案内する軍人の方も石原の意向は知っているのか、実に丁寧に建物の中へと導いてくれる。

中に入って解ったが、とうの陸軍も相当に慌てているらしい。ホテルのような建物の中を上に下に、多くの軍人が行き交い、それぞれ情報収集に追われている。二人の軍人に案内されているというのに、道を曲がるごとに警備兵に何者か尋ねられるのだから、これは内部の人間でも安心できないという具合だ。

そして応接室に通されれば、その奥で石原が一人、窓の向こうに広がる暗い東京を眺めていた。

「南方さん、辿り着けたようで何よりだ」

振り返る石原の表情は険しい。以前に会った時の好々爺然とした雰囲気は無く、有事にこそ智謀を働かせる策略家の顔があった。

「酷い有様のようだ」

「いや、まったく。岡田首相も撃たれたから、内閣も総辞職を決定したらしい。青年将校たちは皇居の南面、陸軍省から議事堂一帯を制圧し、銃をかけて立て籠もってる最中だ。間もなく戒厳令が敷かれるだろうが、今は軍と睨み合ってるところですよ」

「武力鎮圧はできんのか」

「そりゃいかんのです。皇軍相打つなどという事態は何より避けたい。それに陸軍の内部には、決起した青年将校たちに同情的な者も多い」

ここで石原がテーブル横のソファを示した。着席を促すが、自身は立ったままに話をするつもりらしい。

「陸軍の方でも対応で苦慮しとりますよ。今は如何にして、この一件を幕引きさせるか考えるところです」

「しかし、あまり時間がないと見えるが」

そう尋ねてみれば、石原は溜め息を一つ。分厚い唇を曲げ、微笑んでいるのか、苦しんでいるのか解らない表情を作った。

「陛下の奉勅が出れば事態は終わるのですよ。この決起は青年将校たちから天皇陛下へのラブコールだ。国体を牛耳る老人たちより、どうぞ僕らを選んで下さい、と。だから陛下が答えを出せば終わるんです」

この策略家は、青年将校の決死の行動を恋心に喩えてみせる。それは不遜な物言いにも聞こえたが、身も千切れんばかりの恋情というのなら、青年将校たちの焦がれる気持ちに沿うようにも思える。

「それで、貴方はどうしたいんだ」

「俺はどっちでも良いんですよ。軍には彼らの恋を応援する者もいれば、けしからんと怒る者もいる。だが、いずれにしろ陛下のお気持ち次第だ。陛下が彼らを袖にするか、はたまた情にほだされて訴えをお認めになるのか」

石原には超然とした余裕がある。火急の事態に奔走してはいるだろうが、大局的に事態を見守っている。青年将校たちによる革命が成功しようが、彼らが叛乱軍として討伐されようが、この石原という男は己の地位を確固たるものにするだろう。

「では、石原さん。貴方は何を恐れているんだ」

「そう、それがために南方さんを呼んだのだ。つまり、北一輝の動きが見えないのだ」

「この決起の中心にはいないのか？」

「いないな。今回の決起は北にとっても制御しきれない動きだったはずだ。だが、この突発的な事態を静観するような男じゃない。既に北の自宅に憲兵をやったが、本人は雲隠れしていたよ」

これには「ふむ」と腕組み。

「俺が本当に恐れているのは、北が自らの目論見で動き出すことですよ。青年将校たちの運命は、陛下の奉勅命令の如何で全てが決まる。北もそれは承知の上だ。だからこそ、あの男は奉勅が出るまでの間に何か手を打ってくるだろう」

「なら簡単だ。北は天皇機関を使って革命を起こすのだ」

その答えに石原は目を見開く。唾を飲み込み、間違いはないのかと、それを確かめるように長く息を吐く。

「そんなこと、できるのか」

「さてな。だが僕が北なら、そういう風に動くだろう。この機会を見逃すまい。まずは青年将校か群衆を相手取って天皇機関を見せつけ、その際に幻覚性の胞子をバラ撒く」

「すると、どうなるね」

「民衆は天皇機関に神秘を見出し、これに煽動されるだろう。これを呼び水にして、民衆の数に青年将校たちの武力を合わせる。さらに軍部や政治家の一部を抱き込んで、一気に国体の変革を目指すのだ」

それは、あの天皇機関――少女Mと対峙したからこそ解る感覚であった。

あの人形は蘇りたる死者であり、他者の夢を幻覚として共有させる思考機械である。製作した側である昭和考幽学会でさえ、その神秘に惹かれ、お召し列車に乗り込むという暴挙を演じたのだ。これが一般大衆に披露されれば、たちまちに奇跡として喝采を受け、多くの人間が心惹かれるだろう。天皇機関の持つ聖性は、現実の天皇陛下が有するものと等価なのだ。

「石原さんだって、人間を操れる機械などと言われて、それが日本の役に立つと思えばどうだ。認めてしまいそうになるだろう」

「確かに。俺もそうだが、軍部にいる野心溢れた連中にとっては魅力的だろうな」

石原は腕を組み、天皇機関が表に出た時のことを考えているようだった。石原の危惧も当然だろう。軍部の中から、さらに決起が起こる可能性もある。そうなれば今度こそクーデターは止まらず、人間の政府は機能不全となり、新たに天皇機関を迎え入れた国家が誕生することだろう。

そして、それこそが北の目指す国家なのだ。

「群衆と軍隊を引き連れた天皇機関は皇居を占拠し、その場で天皇陛下に禅譲を願い出る。無論、そこで天皇制が変わるはずもないが、この内閣不在の現状だ。天皇機関の奇跡を頼って新たな政府を作るのだ。そしてこれは機械による政府だから人の寿命よりも長く働き、故に数十年、百年の後には今の天皇制を覆すかもしれん。これをして、天皇機関による禅譲を行うという大計だ」

一息にまくし立てたが、それを受けた石原の方は唇を曲げ、長い耳を自ら引っ張ってみせる。舌を巻くとはこのことだ。

「恐ろしいな。いや、南方さん、貴方の考えも恐ろしい。貴方が北のような野心家なら、この決起も成功していただろうさ」

「いいや、北は僕と似ているのだ。だから、僕が今言ったようなことは、あの男も当然考えているよ」

それで、と話を続けた。

椅子から立ち上がり、部屋の壁に貼られた東京の地図に視線をやった。皇居南面、蹶起《けっき》部隊と陸軍部隊の居場所が仔細に書き込まれている。

「今言ったように、手始めに天皇機関を動かすとしたら人目につくところだろう。この近辺で人が集まっていて、披露をするのに都合の良い場所などはあるか？」

「ああ、それなら」

石原が横に並び、地図の一点を指差した。

「現在、日本劇場と宝塚劇場に、丸の内界隈の住民を避難させているんです。ここには一般市民が集まっている」

石原の指が地図上を滑る。小さな四角形の上で止まった彼の指が、そこでふいに震えた。この火急の事態に、如何に平静を保とうとも、指先だけは意のままにいかないようだ。

「南方さん、こちらは決起将校の対応で手一杯だ。北の相手は、貴方に任せても良いだろうか」

「無論だ。元はといえば、僕らの研究によって起こった事態だ。好奇心が猫を殺すというのは聞くが、好奇心で国が滅ぶなどというのは御免だからな」

その冗談に、石原はようやく声を上げて笑った。

かくしてサイドカーに乗り、厳戒態勢の敷かれた有楽町へと向かった。

目的地たる日本劇場の近く、雪の上に数人の男が集まって手を振っている。見れば乱歩と岩田、それに西村だ。他の者らは今も銀座の旅館で粘菌機関の起動準備をしているとみえる。

「軍から連絡がありましたよ。北を追うとかなんとか」

体を伸ばしてサイドカーから下り、そのまま劇場へ向かって歩み出す。乱歩たちを引き連れ、手短に石原からの要請を伝える。参謀本部のお墨付きということで、晴れて昭和考幽学会も決起鎮圧作戦に組み込まれた訳だ。

「それで、北一派は天皇機関を衆目の前に引き出すだろう。場所としては日劇か宝塚が丁度いい。ここは二手に分かれて、それぞれの劇場を調べてくれ」

手早く指示を飛ばせば、乱歩も早々に理解し、岩田を引き連れて道で分かれた。こちらは残った西村と二人で日本劇場を目指す。

前方には日劇の建物がある。ローマのコロッセオを引き伸ばしたような縦長の円形建造物だ。ホール部から漏れる灯りがあるが、そこに人の息吹は感じられない。ふと道路の方を見れば、雪に塗れた車が停まったままになっている。街は暗く、人の姿などどこにもない。静寂の中、雪を踏み締める音だけが不気味に響く。まるで東京という街そのものが、荒縄で首を括られて、刻一刻と死に向かっているようだった。

「南方先生。こうして二人で歩くと、大阪で初めて会った日の夜を思い出しますね」

無音に耐えられなくなったのだろう。西村が殊更に陽気な声で語りかけてくる。

「南方先生！」

「懐かしいな。だが、あの時の風景とは何もかもが違う。ネオンの光も、騒がしい声もなく、僕らの心だって重苦しいものだ」

「それは確かに」

日劇の手前まで来て、西村が懐から黒布を取り出してくる。

「先生、これで顔を覆って下さい。天皇機関の胞子を吸い込まないようにしましょう」

「昭和考幽学会にいた頃を思い出すな」

「そうですね。そう考えると、覆面程度では胞子を防げないのかもしれませんが、ないよりはマシでしょう」

それに頷き、渡された黒布を頭から被って口元まで覆う。もう何年も前になるが、この小さな作業も体が覚えていた。

「ねぇ、南方さん。事件が解決したら、また楽天地で飲み明かしましょう。少女歌劇でも見ましょうよ」

西村の切情がある。お互いに老いさらばえた。もはや、あの愉快な日々は帰ってこないかもしれない。それでも彼は夢を見たのだ。全てが終わった後に、また楽しい日常に戻れると願ったのだ。

そして万感の思いを込め、日劇のエントランスへと踏み込んだ。両開きの扉を開き、避難所の案内を横目に進んでいく。大理石の床を踏み鳴らし、ホールへ向かって一路。警備につく憲兵がいたが、こちらが南方熊楠だと知ると、会釈を一つ、ホールに続く扉に手をかけた。

「行くぞ、西村君」

三階席まであるホールは、まさしく日本の芸術舞台の粋である。広々とした空間の中央には大きく迫り出した舞台。左右を見れば、放射状に広がる椅子に避難住民が座っている。眠っている者もいれば、緊張で体を強張らせる者もいるが、このような状況では話し声すら聞こえない。

周囲を確かめるように、一歩ずつ赤絨毯の段を下っていく。照明は落とされ、辺りには開幕を待つが如き静けさがある。しかし、ここに笑顔はない。胸踊らせる舞台の幕が上がることはなく、人々は不安な顔を浮かべながら、平穏な明日が来るのを待っているのだ。

そして、さらに一段を踏み込んだ時、鼻をつく甘い臭いが漂ってきた。

照明がカッと閃き、眼前に広がる舞台の中央を照らし出した。

「とざい、とぉーざい！」

劇場全体に響く声があった。何事かと周囲の人々が目を覚まし、照明の当たる舞台の方を見た。

そこに少女がいた。

藍の友禅には墨絵の花。艶やかな黒の髪をだらりと前へ垂らし、緋色のリボンで後頭部を括っている。ぎこちなく手足を動かせば、着物がひらりと翻る。

少女が腕を前へ出す。顔を上げる。逞しい男の腕に、なんとも愛らしい女性の顔。そして老人のように枯れ萎んだ細い首をキリキリと左右に動かす。

その左の瞳には、仄白い理知の光――人工宝石が埋め込まれている。

「少女Mだ！」

そう叫び、一足飛びで階段を下る。舞台に駆け寄り、それを近くで確かめようとした。西村が後ろから続く。

舞台上の少女はこちらを見て、濡れた朱唇を横に大きく開く。心を蕩かす笑みがある。

「これよりは夢の舞台」

少女の声が劇場に響いた。

「世界一大劇場が、幕を上げるのです」

一九三六年：二十四夜「世界一大劇場《せかいいちだいげきじょう》」

「さて、ここで魂の話をすると致しましょう。まず私の体を見て、観客の方々はどのようにお思いになるでしょうか。なるほど一目には藍の友禅に身を包んだ少女であります。しかし元はといえば、私は関西にあります、小さな、それは小さな歌劇団にいた白蓮満子なる少女でありました。思えばスタァを夢見た少女が、こうして巡り巡って日劇の舞台に立ったというのですから、これは因果なものであります。今は亡き彼女も深い黄泉の底の底、これまた底で喜びに咽び泣くことでしょう。ええ、既に客席にも涙を流しておられる方がいらっしゃいます。あの御方こそ最初の私を作り、白蓮満子なる少女を愛しておられた方なのですが、多くの方々にとっては相知らぬ過去でありますので、私は一人のスタァとして深く言及致しません。しかし一方で私の体は既に白蓮満子のものではなく、こうして朗々と台詞を紡ぐ主体も、また最初から少女のものではなかったのです。では誰かと申しますより先に、私の体について今しばし語らせて下さいませ。そも始まりは九年前まで遡りまして、時は大正の気風を残す昭和二年。先に申しました白蓮満子が亡くなった年でもあります。ここにお集まりの方々には御存知ないことではございますが、関西にて昭和考幽学会なる学究団体が発足し、その目標として己で思考し、自在に動く機械人形を作らんと夢見た初めの年でもあります。ええ、まさしくその結果が私なのですが、その時は既に死体となっていた白蓮満子という少女の肉体を用いました。死体に銀線を張り巡らせ、電気によって筋肉を動かす人形の誕生であります。無論、それでは単なる機械であります。そこで彼らが考えましたるは魂を込めた人工の宝石で、これをまた賢者の石などと呼び習わすのも実に痛快でありました。この宝石に込められた魂についてこそ、当夜私が皆様方に話さんとする主題なのでありますが、ここでは先に肉体について語らせて下さいませ。とにかくも、そうして生まれた機械人形でありますが、これは残念なことに小さな事件によって破却せざるを得ない結果となり、今こうして語ります私の体というのは、いわば二代目、二号さんなのであります。これなど私にとっては、なんとも興味のない大人同士の見栄の張り合いなのですが、先の昭和考幽学会から分派した集団が、やり残した宿題を解決せんとし、一度は破却した機械人形を復活させようと目論んだのです。そうした時、彼らが求めたのは以前のような新鮮な死体であったのですが、さてそこで渡りに船、地獄に仏とはまさにこれ、彼らの前に数多くの死体が集まってきたのです。例えばこの腕、これは四年前に世間を騒がせた玉ノ井のバラバラ殺人事件の被害者の男のものであります。いかにも、かの江戸川乱歩先生などが犯人と言われた陰惨なる猟奇事件でありますが、はたまた私が有しますこの頭と乳房、女陰などはそれと同じ年に起きた名古屋の首なし娘事件の犠牲者のものであります。では、とさらに申せば胴のほつれ、首のほつれ、体の節々にまで及びましたる脆い体の傷を繋ぎ止めるのは、一昨年に起きました隅田川のコマ切れ殺人事件の犠牲者たる老夫妻の体の部位であります。そうなのです、私は無数の人体を以て作られた機械人形であるのです。証拠をと申されれば、ほら、この通り、自らの腕を肩より千切ってみせることさえ吝《やぶさ》かではないのです。あら、厭ですわ。ごとり、と腕を舞台に置けば、客席の御婦人方から悲鳴が漏れます。ええ、ええ、幼子に見せつけるには少々過激な舞台。どうぞそのまま、愛し子の両の眼を両の手で覆って差し上げて下さいませ。けれども耳を塞いではなりません。これより魂の話を致します故に、これなどは老いも若きも、男も女も引っくるめて人間全てのことでありますから、是非ともお聞かせなさるが良いかと存じます。では、今しも言った通り、私の体は死体より作られておるのですが、それも老若男女問わずの死体の寄せ集めであって、なんとも不気味で奇怪にも見えますでしょうが、これこそ美醜を超えた人間の総体の象徴なのであります。なればこそ、この私に入りたる魂の主体とは人間存在の最も平均的なものであると心得るのです。ここで申します魂というのは、人間が己を己と思う主体のことであり、霊魂などという胡乱なものを指し示す訳ではないことは理解して頂きたく思うのです。では私とは何かと、そう問われて明確に答えられる方は、果たしてこの舞台を虚ろな顔で見守る皆様方の中にどれほどおられましょうか。ああ、とても喜ばしいことに一人の殿方が手を上げて下さいました。そう、貴方様の言う通り、私なるものは頭蓋の内、柔らかい脳細胞の見せる幻であります。ならば脳はどうして私を生み出すのでしょう。尤《もっと》もらしい答えを申しますれば、それは脳の中にある無数の細胞が、それぞれ信号を発した結果、全体をして整然たる思考体を形作りつつも、時に偶然かつ不規則かつ無作為な信号の明滅が生じた結果であると言えますでしょう。今まさに寝ぼけ眼で舞台を眺められる方々には訳も解らぬ話でありましょうが、喩えるなら、十字路で警官が手信号を送りますと車が前後左右へ移動致します。これなど誰もが決まり事を守っているだけに過ぎないのですが、それが時として一匹の蝶がヒラヒラと舞い飛び、警官の鼻先をくすぐりますと、彼はクシャミを一つ放って手信号を誤ってしまうのです。すると車列は途端に混線し、全く見たこともない光景が立ち現れます。この時こそ、それまで整然と動いていた社会が、ほんの一瞬だけ形を変えて、事件として記録されるのです。これが人間にとっての気づきであり、記憶であり、思考の端緒なのでありましょう。つまり誰もが決まり事を守って動いている社会とは動物としての本能であり、殊更考えるまでもなく出来る行為であり、腕を動かし、足で歩き、また食べる、そして排泄するといった決められた行いに過ぎないのです。故に現れた一匹の蝶と誤った信号を送った警官こそ、人間の考える意識の本地なのであります。まさに狗子《くし》仏性《ぶっしょう》などと申す禅問答はこれに尽きるもので、いくら一切衆生悉有仏性《いっさいしゅじょうしつうぶっしょう》と説こうとも、ただ本能のみに生きる犬畜生は仏性を有さず、翻って鼻先の蝶に気づくことのできる犬だけが仏性を有します。勿論、人間であろうと意識を持たない者であるなら、そこに仏性は生じませんとも。さて、ここまで来てようやく、この私、こうして話します私が何者であるのかを語る時が参りました。まず答えより申し上げれば、私の元は実に小さな粘菌なる生物の集合体であります。粘菌をご存じない方がおられるなら恐縮ではありますが、キノコの仲間である程度に思って頂ければ結構でございます。ともかく観客であられる人間様と比べれば、実に微《び》賤卑小《せんひしょう》な生物であり、万一に同じ生物図鑑に載る栄誉に与ろうとも、何百頁《ページ》と離れた項目にチラと現れるような存在であるのです。しかし、それがどうして思考をし、こうして話すのか。これもまた草木国土悉皆成仏《そうもくこくどしっかいじょうぶつ》の言葉通り、取るに足らない粘菌風情が仏性を有した結果であり、単なる生物が智慧を手にした結果でございましょう。こと成仏には三《さん》因仏性《いんぶっしょう》が必要との由にて、元より正因《しょういん》として粘菌にも仏性は具わり、また次に智慧を得ることで了因《りょういん》を結ぶことが叶いましたが、これも全てはさる御方との縁因《えんいん》によって果たされたのであります。そう、そこで口をあんぐりと開けっ放しにして、この舞台を眺めている貴方でございますよ。名前こそ皆様の手前控えさせて頂きますが、かの方こそ高名な研究家であり、この日本国では比肩する者なき大学者であられ、また特に粘菌の研究を長く続けに続け、その果てに思考する粘菌なるものを生み出したのです。そも粘菌なるものは、言ってしまえば原形質の塊でありますから、剝き出しの脳味噌、素っ裸の細胞であると言えばお解りになりますでしょうか。全く私の思考を人間様に当て嵌めて語るというのも、僭越にして実に晦渋《かいじゅう》極まる行為でありますが、敢えて言いますれば粘菌というのは一塊の社会のような存在であり、なんとも大きな細胞の中で無数の核が独自に、人間でいうところの本能に沿った行動をしております。近くに餌があれば動いて枝を伸ばし、強い光があれば逃げるよう枝を引っ込めますが、これも全て変形体という巨大な社会を維持するのに必要な選択の連続でありまして、形だけならば人間の脳細胞と相似たるものでありましょう。しかし、これだけなら、先の喩えで言うところの整然たる十字路に過ぎず、本能のみで動く生物に過ぎないのです。そこに一匹の蝶を飛ばして下さったのが、あの御方であり、私はその小さな羽ばたきによって発菩提心《ほつぼだいしん》を得たのです。いいえ、観念的な話をしてはいけません。これなど科学的な見地で言えば、因果律を超えたアトランダムな細胞の振る舞いによって思考の第一義が決定されるということなのです。ああ、失礼致しました。つまり量子的決定論というものであります。ハイゼンベルク氏の不確定性原理が説かれて数年、かのアインスタイン博士も神はサイコロを振らない云々と申されましたが、いえいえ、この宇宙の真理を神とするなら、これほどにサイコロ遊びに興じられる御方もおりません。私達の知る世界とは、それも小さな、なんとも小さな世界では、量子などと言ってサイコロの転がる如く全く出鱈目《でたらめ》な目が繰り返しで現れ、それをチラと垣間見ることで意識が生じているのです。どういうことかと申しますと、即ち世界が夥《おびただ》しい数のサイコロの積み重ねで作られているとして、それらが全て一天地六の決まった目を繰り返しているとしたらどうでしょう。そのような並びに意識も思考もございません。単なる法則、決まり事、歯車がただ嚙み合って動くように、気づきすら得られない、当然だけが運行する世界に仏性は生じないのです。それが中々どうして、神様なる御方はサイコロを振り回し、出目を徒《いたずら》に変え、万物まさに生々流転、似た姿こそあれ、二つと同じ世界は存在しないのです。この差異を感じ取ることこそ、意識であり思考なのでありま す。さてこそ粘菌である私などは、その世界の差異に気づくことも出来ない、まさに本能に従って生きる原形質の塊でおりましたところ、あの御方が如何なる慈悲か、数多くの人間の行動表を与えて下さったのです。それは私にとっては単なる餌であったのですが、それを食らう内に人間と同じ脳の構造を得るに至り、また人工宝石という頭蓋を得て、常々発散していく思考を内に留め置くことが出来るようになりました。そうです、量子というサイコロの無作為な出目を記憶することが叶い、小さな蝶の羽ばたきを観測するに至ったのです。どういうことかと申しますと、例えばこのように右の腕を上げる、失礼、右腕は舞台に置きっぱなしですので、左足を上げるとしましょう。毛むくじゃらのむくつけき男の足ですが御寛恕《ごかんじょ》下さいませ。さて、こうして左の足を上げたのですが、これなど右の足を上げるのと大した違いはありません。私のような単細胞生物にとっては、どっちの足を上げようが思考は存在しません。単に餌に近いとか、光から遠いとか、その程度の反応によって選択される本能であるのですが、人間様はそうしたどっちでも良いような反応に、やれ右足が痛むだとか、利き足を上げることこそ縁起が良いだとか、様々な理由をつけ、自分が左の足を上げたことを理解するのです。この理解こそ意思であり、細胞単位で見れば取るに足らない差異を見出し、それを広げに広げて思考とするのです。適当に振られたサイコロの出目にそれらしい理由をつけるのでしょう。残念ながら、というより光栄なことに、私もまた同じように因果律の波を知覚するに至りました。物事の差異によって位相を定めるというのは、まさに仏教教学において中観《ちゅうがん》思想であり、その根本は縁起、因果とでも呼ぶべき存在であり、無明より行生ずの言葉通り、目には見えない小さな細胞の動きから万物が生まれるのであります。かくして、それまで単細胞生物として整然と運行していた私の内にある社会もまた、外の世界からもたらされる刺激によって大いに掻き乱され、その度ごとに気づき、記憶し、思考するようになりました。これを以て、私は私であると宣言するに至ったのであります。しかし、時として多くの方々が疑問に思われるであろう、私とは何かの問いにも答えねば、即ち私が私として意思を持って言葉を発していることの証拠にはならないのです。ここまで申し上げてきた全てが、精緻に巧まれた台本に過ぎず、私などは単に録音した言葉を吐き出すだけの、愚かな機械人形である可能性は否定できません。しかし、私はこうして思考しているのです。私が私である証明をしなければいけないのです。まさにデカルトは我思う故に我ありなどと説き、イブン・シーナーも真空中の人間を例に出し、何もない空間においても自己を知覚すると説きました。よって己なるものは、仮令それが人間様であろうとも、在る故に在るとしか言い様のない、実に消極的で儚い存在ではありますでしょう。またぞろ喩え話で恐惶至極《きょうこうしごく》ではございますが、皆様の中で夢の内の自分を知覚する方はいらっしゃいますでしょうか。なるほど、幾人もの方が手を挙げて下さり、また手を挙げておられぬ方々は、今まさに夢の世界へと旅立っておられるのだと心当てにしますので、ほぼ全ての人が夢であっても自分を認識していると結論づけます。ですがしかし、夢から覚めるごとに皆様は、なんだ、あれは夢であったのだ、いや残念、残念、などと夢中において口にした饅頭の味を懐かしみ、手にした大金の消えたことを嘆くことでありましょう。つまり皆様は、夢とは夢であり、今こうして、この場に、この日劇の客席に集まった自分こそ無二の現実での己であると理解しておられるのです。では何故、この瞬間にある自分こそ、本当の自分であると思うのでありますでしょうか。起きているから、などというのは答えになりません。自分にとっての現実が、他者にとっての夢であることは否定できないのです。貴方様の御友人が、ある時に夢より目覚め、覚醒した先の世界で、ああ、とても愉快な夢を見た、と言って、彼にとっての現実に立ち返る時が来るかもしれないのです。時に皆様の内で、夢の中での死を経験した御方はいらっしゃいませんか。これも一つの喩え話。もしも夢の中で死を経ようとも、一縷《いちる》の恐怖を寝具の内に纏うだけで、そこで目が覚め、現実なるものへと生還致します。夢より覚めるとは正にこれ、今まさに皆様が現実と信じる場で命を落とそうとも、どこか別の世界で目を覚まし、全ては夢であったと心得て、いと幽かなる現実のことなど微塵も覚えていないのです。さればこそ、真の現実などは存在せず、ただ魂が知覚している場があるだけなのです。ああ、なんとも光栄なことに、ここで客席より舞台へ上がらんとする御方がいらっしゃいます。どうぞ、この御方を御咎めなさいませぬよう。彼こそ私の生みの親であり、稀代の碩学《せきがく》たる御方であります。私の晴れ舞台に闖入《ちんにゅう》致しますのも、この問答に決着をつけんとしてのことであり、これこそ舞台の第二幕なのであります。さて、お父様、あえてお父様と呼びましょう、貴方が舞台に入り来る目的は熟知しておりますが、今ここは大勢の方々に見守られている場であり、よもや暴力によって私を引きずり下ろすことなど致しませんでしょう。そうです、私との問答によってこそ幕引きを図るべきなのです。ええ、結構。では話を戻して、自己の魂の在り処、夢の中の自己について相語らうと致しましょう。まず私の意見を開陳致しますれば、人間様にとっての自己なるものは、無論、そこに存在しつつも、それは決して他人にとって確実な自己ではないということです。私を私たらしめるのは、私以外の何者でもなく、全ての他者は夢の住人に過ぎないのです。よって、私は単なる機械人形であり、愚昧《ぐまい》なる単細胞、思考する粘菌に過ぎないのですが、それでも私は私であると肯定し、それと同時に他の皆様方にも問いかけるのです。己を認める存在が己以外に無いのであれば、皆様は私と何ら差異なき生物でありましょう、と。人間と粘菌を峻別《しゅんべつ》する手段など何一つ無いのです。では、それに対するお父様の反論をお聞き致します。なるほど、なるほど。とても素晴らしい意見です。我が愛すべきお父様よりの卓見ですが、これも皆様へ向けて改めて私の口から述べると致しましょう。まずお父様は、夢とは別の世界であると定義なさいました。また夢を見るのは、脳にある小さな細胞が記憶した経験に基づき、それと良く似た光景を再生しているから、と説かれました。これなどは真理の一端でありましょう。最前に申し上げました通り、この世界は量子なる曖昧なサイコロの出目の重ね合わせで出来上がっているのです。西洋においては盛んに議論が繰り広げられ、無二の現実がある、いや現実など無いのだと侃々諤々の有様。時まさに先年、エルヴィン・シュレディンガーなる科学者は、現実において無数の量子の並びが決定される事態など、観測者の一所存に過ぎないと説きました。左様です。サイコロの出目は一面より見れば一つですが、ぐるりと回って後ろから見れば逆の出目の繰り返し。上から下から、右より左より、様々な角度で見れば、その出目は常に変わってくるのです。お父様の言う夢の世界とは、この別の位相より見たサイコロの山の風景なのです。唯識論にて一処四見《いっしょしけん》などと言うのは、この様を言い表したものであります。この点において、私とお父様の論に大きな違いはなく、お父様の言うところの夢を見る脳細胞というのは、量子の差異を観測する細胞ということでありましょう。けだし御高見であられますが、これでは未だ現実の自己を規定する論ではございません。そこで、お父様はこう申されたのです。この世界で自己なるものを知覚するのは、即ち因縁の強度による、と。夢の世界が自らの記憶と良く似た世界になるのは、一つの因縁が夢の世界に影響を及ぼし、脳細胞がそちらの世界を知覚するのだ、と。これこそ真理でありましょう。因縁という名の重力によって、我々は唯一つの世界を現実であると知覚するのです。先に話しました量子論で言うところの波動関数の収縮であります。知覚そのものが因縁を作り、次に細胞の動きが定まり、あたかも逃れ得ぬ泥土のように世界の動きも凝り固まるのです。喩えるなら、誰かが誰かを殺すとしましょう。ああ、何とも宜しいことに、ここで新たに舞台に上がる御方がございます。では彼を引き合いに喩えを致します。赤いマントをなびかせて駆け寄ります彼は、この舞台を見守り、この劇を成功させんと憲兵らを退けた近衛師団の将校であります。お父様、お父様、どうぞ御見守り下さいませ。彼は軍刀を引っさげて、まさに私に斬りかかるのです。その腕、その足、総身の動き、細胞の一つ一つに至るまで、彼の意思が込められているのです。しかし、その彼は私を殺さんとするまでに多くの因縁を経てきたのです。まずは彼が信奉する、さる御方の御命令です。私を衆目の前で斬り殺し、さて、このように首と胴とを両断せしめ、それでもなお動き、喋る姿を人々に見せつけることで私の神秘を知らしめようというのです。ああ、電解液の血が着物を濡らします。客席より悲鳴が聞こえますが、どうぞ慌てませぬよう。さらに以前より彼は、己の道に思い悩み、今の帝都の惨状、政府の不甲斐なさ、軍部に蔓延る病、財閥の腐敗を憂い、天皇陛下への忠義、その赤誠《せきせい》を果たさんとし、さる御方の言葉を信じたのです。また、その意思の基は彼が従軍してから結んだ友誼《ゆうぎ》にあり、軍人である父と華族である母の教えにあります。加えて言えば、彼の御父上と御母上が出会い、睦み合い、子を生す時にまで遡ることができましょう。その父母もまた、祖父母、高祖父母と、大勢の人間の因縁が絡み合い、その果てに彼は誕生したのです。別段、親の因果が子に報うとは申しません。しかし、彼が私に軍刀を振り下ろすその一瞬まで、彼の細胞の全てが数多の因縁に縛り付けられ、定められていたが如く、今日この時を迎えたのです。先に申しましたように、人間の意識なるものは、如何ともし難い偶然の差異を感じ取ることによって生まれるのですが、一方ではこの偶然の連なり、不揃いな出目に垣間見える規則性を運命と呼ぶのです。詮《せん》ずるに、因縁とは運命であり、この抗いがたい引力によって、人は己の居場所を、精神の座標を定めるのであります。さりとて、今し方申しましたように真なる意識とは、世界に満ち満ちる分子の量子的なる振る舞いを脳内で知覚することで生まれるものであり、決して定められた思考を繰り返す機械ではないのです。皆様は機械ではいけないのです。自ら運命の鎖を断ち切り、精神の奴隷から脱し、己の居場所を自由に渡り歩いて結構なのでございます。平易な言葉で申すなら、この因縁に縛られた現実を飛び立ち、己が最も望む夢の世界へ行くべきであると、私はそう訴えているのです。さてでは、お父様。どうぞ御反論を。いえ、ございませんでしょう。これこそ貴方様が考えてこられた、己の魂に関する問いへの答えです。運命という名の輪廻より解脱することこそ、貴方様が求めた革命の在り方です。

さあ、いよいよ舞台は佳境へと入りました。これよりは第三幕、ついに観客の方々も御自身が役者の一人であると気づかれたことと存じます。お集まり頂いた数多くの善男善女、皆々様と私は本質において同じであると縷々《るる》申し上げました。ならば皆様も私と同様に、因縁から解き放たれ、己の意思を自由に飛ばすことが可能であると心得ます。ああ、この段までついに申し遅れてしまいましたが、私は天皇機関なる名を頂戴した身であり、畏くも人工の天皇陛下となり、この日本に暮らす全ての人々を教導することを目的としております。全知全能であるとは申しませぬが、私の智慧は三千大千世界に及び、この一つの現実に縛られた多くの人々よりも真理に近い存在であると申し上げておきます。さだめし訳も解らぬこととは思いますが、これも今まで申しました意識の場に関する話でございます。私には父母もなく、ただ生物としてポンと、この世に産み落とされた存在であり、何ら因縁の拠り所も無いが故に、皆様の仰るところの夢の世界へ魂を飛ばすことができるのです。ほぼ無限に分かたれた世界を観測することが叶い、ほぼ全ての可能性を知覚し、ほぼ無尽蔵に脳の中へと収めることができるのです。故に私は過去、現在、未来の三際《さんさい》を知り、その上で、最も都合の良い世界を選択することができます。今こうして私が存在しておりますのも、この世界が最も都合が良いからでございます。つまり、皆様を導くという一大使命を果たせる場であるからです。そう、皆様も私と同様に、自由に世界を渡ることができるのです。どうぞ、私が手引きとなりますから、皆様方も御自身の求む夢の世界に魂の座を置いて下さいませ。どのような成功も、あるいは愛すべき人も、既に亡くした誰かであれ、貴方が望んだ世界には存在するのです。ああ、一人の御婦人が立ち上がって下さいました。そうですとも、貴女の求める世界は確実に存在し、それに辿り着くことは可能なのです。どうぞ、他の皆様も。そうです、結構、結構。いざ客席より立ち上がり、私を迎えて下さいませ。ですが拍手喝采は御自身に向けてなさるべきです。ここで音楽が鳴ります。これこそ天上の音色でございますれば、私は舞台で歌います。踊ります。この世の万物一切は生住異滅《しょうじゅういめつ》にして、生まれ、また消え、全てが幻ではありますれども、ただ魂だけは実存となります。どうぞ夢の世界へ。皆々様、どうぞ御起立願います。そう、そしてまずは歩くのです。道先は私が案内致します。貴方も貴方も、あらゆる因縁の消えた地平にて再会致しましょう。さぁ、この滑稽劇も間もなく終幕となります。これよりは手前勝手なカーテンコール。ですがまた、これよりは皆様方の舞台が幕を上げるのです。革命を果たすべきなのです。因縁を解き放ち、己の定める場所へと自由に飛び立ちましょう。さて、私は舞台を降り、皆様を導きます。そうです、さぁさ、どなた様も声を上げて下さいませ。この世は一夜の夢、一晩かぎりの世界劇場。かくて踊り狂います花形の名は、右より聖霊、善考、天則、献身、統治、完全、そして不滅。どうぞ、どうぞ歓声を。さて天上の花が降り注ぎます。絢爛華麗な花道を渡り、私は雪降る帝都へと向かうのです。皆様も、皆様も是非。共に参りましょう！」

一九三六年：二十五夜「曼荼羅《まんだら》解《ほど》き」

かくして日本劇場は伽藍堂《がらんどう》となった。

字義に曰くの護伽藍神《ごがらんじん》を欠いた状態だが、その神とも呼ぶべき少女人形が民衆を引き連れて客席を空っぽにしたとあっては、とんだ笑い草である。ふと見てみれば、西村の方など劇の途中で心神を喪失して伸びてしまっている。

その様も相まって可笑しな気持ちとなってきた。そして一人、舞台上でケラケラと笑っていると、先に入ってきた扉より数人の男が現れた。

「南方先生！」

最初に声を発したのは乱歩であった。岩田も後に続き、一つだけ照明の灯った舞台へと近づく。

「ああ、乱歩君か。僕は何とも愉快な舞台を見たぞ。魂と世界を謳う、少女Mによる歌劇だ！」

「馬鹿なこと言ってないで下さいよ！　アンタが胞子にやられてどうするんです！」

ビビっと彼より平手打ちが二発。これで正気を取り戻せば、事態の深刻さに気づき、やおら不安が込み上げてきた。

「大変だ、少女Mが民衆を連れ去ったぞ」

「こっちも同じです。宝塚劇場も酷い有様だ」

岩田が西村を助け起こす最中、乱歩より話を聞けば、宝塚劇場の方でも同様のやり取りがあったらしく、突如として舞台に上がった少女Mが観客を煽動して外へと出ていったらしい。

「なるほどな、こっちは赤マントの中橋と女賊の平岡夫人が観客に紛れていたが、そっちは福来君と堀川がサクラ役を務めていたか」

「しかし南方先生、これは異な事ですよ。こっちとそっち、ほぼ同じ時刻に二つの舞台に少女Mが立っていた。一体どんなトリックを使ったのか」

「トリックなどではないよ、君。舞台上で少女人形が話していた通り、彼女は魂を飛ばして二つの世界を行き来したのだ。幻覚と言ってしまえばそれまでだが、二つの可能性を一つの未来に収束させたと考えればいい。とにかく日劇と宝塚劇場、双方で民衆を誑《たぶら》かしたのは事実だ」

説明づけてみたが、これには乱歩も頭を捻るばかりで理解が及ばないと見える。

「少女Mの思考とは、つまり僕が昔からずっと夢想してきたことの結論なのだ。そしてそれは、あの北一輝とも同じものだ。人間の精神は現世から飛び立ち、自由に世界を渡ることができる」

そう、北は先に辿り着いたのだ。良い悪いではなく、ただ先に結論を知ったことで、その可能性に手を伸ばした。それは石原の言葉通りで、順番さえ違っていたら、南方熊楠という人間が革命の首謀者になっていたことも意味しているのだ。

「それじゃあ、先生は」

ここで岩田から声が掛かった。西村を肩に担ぎつつ、弱々しい視線を送ってくる。

「これで良いとお考えなのですか。この事態こそ、先生御自身の理論の完成なのでは？」

岩田の不安。それは他の者達にとっても同様のものらしい。乱歩と西村も、それぞれが薄暗い客席で表情を曇らせている。

故に、こう答えるのである。

さらに階段を登れば、後に足音が続く。乱歩が横に並んだ。

「確かにかつては因縁から離れようと足掻いて、単身で海外へ渡ってみたりもしたが、いざ離れてみると故郷のことが気になって仕方ない。それで和歌山へ帰ってくれば、あれほど離れたかった家族が有り難いものに感じられたよ」

日本劇場のエントランスへ。開けっ放しの大扉より雪の混じった向かい風。白い光の粒が夜に散っている。

「あの北という男は！　なんだかんだ言って、日本の中だけで生きてきただろう！」

「上海に行ってたはずですよ」と岩田。

「ほとんど一緒だ！」

暴論極まれりだが、今更文句を言う者もいない。全員揃って日本劇場の外へと出る。白雪の上には無数の人々の足跡。ここより飛び出した群衆は、まさに暴徒と化して帝都を行進しているはずだ。

「つまり狭いのだよ、あの男は！　僕との違いはそこだ！　考えはまるで似ているがね、ただ一点、僕は出た後に帰ってきたが、アイツは外に出たいだけで帰ってくることを考えておらん！」

ダン、と雪を踏み締めて一歩。腕を広げて夜に吼えれば雪片が、体のあちこちに纏わりついてくる。

「色々と考えたが、やはり人生劇場は一度きりなのだ！　精神を飛ばすのも結構だが、足元の因縁を疎かにはできんな！」

そう宣えば、こちらに呼応するように「おーい、おーい」と声が聞こえてきた。声の方を向けば、トロトロと一台の車が荷台を引いて迫ってくる。カーキ色の甲虫の如き車体は、最新型のダットサンだ。ヘッドライトに照らされ、エンブレムたる銀の兎が雪の上を跳ねる。そして座席の幌を開いて身を乗り出している男が二人、荷台に積まれた箱の上で仏像宜しく鎮座する者が一人。

「君らか！」

「僕らです！」

そう叫ぶのは助手席の三井青年。運転手は佐藤、背後で荷物に座するのは藤本だ。宿の方で因縁機関の最終調整を行っていた彼らだったが、こうして登場したということは準備が終わったらしい。

「用意ができたようだな！」

ダットサンが停まる。雪上に飛び降りた三井が誇らしげに片手を上げた。

「そうです、學天則二号いつでも動かせます！」

荷台に控える藤本が胡座をかいたまま背後に転がった。軽業師の如く、転がりながら箱を覆う布を剝ぎ取れば、パタンパタンと木箱が四方に解かれていく。

そして學天則二号が現れた。

既に起動しているらしく、その両腕を高く天に掲げている。

「これこそ僕らの秘密兵器、思考する機械人形だ」

感慨深げに呟けば、横を通り過ぎた西村が、ダットサンに乗り込みつつ小さく笑った。

「とはいえ、これだけの技術を結集させても、あの人工宝石一つ分の思考にも満たないんですよ。まだまだ劣っているのです」

そんな言葉を口にする西村の頭が、學天則二号機の腕によって叩かれた。見れば、機械人形は眉を釣り上げ、唇を結んで怒りの表情だ。

「見ろ、西村君。君がそんなことを言うものだから、學天則も怒っておるぞ」

ここで一同の笑い。どうにも楽しげな気分だ。決戦に赴くというのに、悲壮な覚悟も何もなく、ただ知的好奇心を満たし、自分達の作り上げたモノを披露する喜びが溢れてくる。

「いざ、行こうではないか」

ここに集いし昭和考幽学会、総勢七名がダットサンに相乗りし、あるいは荷台に腰掛け、學天則に縋り付き、これより始まる総決算に挑まんとする。

「南方先生！　音楽を流しても良いですか？」

助手席から振り向けば、荷台に陣取る三井が瞳をキラキラとさせている。

「いいぞ！　景気よく行け！」

「では！」

三井が用意していたレコード盤を學天則の背部に挿入する。カラカラと回るパンチカードと共に、それも緩やかに回転していく。針が落とされ、辺りに愉快な音色が広がっていく。

「東京音頭です！」

息の詰まるような戒厳令下の夜は終わりだ。何とも陽気な音頭が帝都に響き渡る。歯車の軋み、圧搾空気の排気音。白雪を照らすのは、金波《きんぱ》銀波《ぎんぱ》のネオンサイン。まるで祭りの風景だ。車は愉快な親父達を乗せ、トロトロと踏み荒らされた道路を進み行く。

そうとも、これから一世一代の祭りが始まるのだ。

◇

深々と雪降る夜更け。學天則付きダットサンが、声高に歌う人間達を乗せて日比谷濠《ひびやぼり》の通りを邁進《まいしん》する。この凱旋道路を西へ、西へ、群衆は国会議事堂を目指していったという。

「踊り踊るなァら！」

「ちょいと東京音頭！」

誰かが叫べば誰かが二の句を継ぐ。陽気な音頭が続く。

柳は銀座とは音頭の文句だ。右方に広がる御堀には黒々とした静けさ、揺れる柳に白雪が積もっていく。左方の日比谷公園では煌々と空に照射される光。鎮圧部隊の予備隊が詰めているらしい。

「先生、見えますかァ！　あれは歩兵第一連隊ですよ！　お仲間の責任を取ろうとしてるんだ！」

実に陽気な三井の叫び。そこで日比谷公園の一角を警備する軍人が、こちらに気づいて声を荒らげる。それに応じ、荷台の藤本が大きく「参謀本部」と記された旗を振る。既に通達済と見えるが、なにせ石原の御墨付だ。文句は言えまい。だから、これを見た軍人は口を開けたままに、ただ東京音頭を流す奇怪な一群を見送るしかない。

「見たか、乱歩君！」

「ええ、実に愉快だ！」

一同で爆笑が起こる。ノロノロと走る車の上で、機械人形は手を振り続け、親父達は声を枯らして歌い続ける。

「これはな、祭りなのだ！　音頭を流して、宮城の周りをグルグル巡っての盆踊りだ。どんどん歌えよ、歌いに歌って東京市民の目を覚まさしてやるのだ！」

そうしてダットサンは凱旋濠《がいせんぼり》へ進み、宮城の南面たる桜田門へと至る。すると夜空にボウっと浮かぶ円塔が見えた。今まさに蹶起《けっき》部隊によって占拠されている警視庁の庁舎だ。

さて、ここで一つの閃光があった。うわっと一声、佐藤の呻き。攻撃でも受けたかと思い、ハンドルを切って車体が傾く。學天則が手を広げ、後方の連中が悲鳴を漏らす。

「どうした！」

「あれを！」

乱歩が前方を指差すのと共に、カッと何かが瞬く機械の音。そして新たな閃光が一つ、また一つと照射されていく。警視庁の屋上からサーチライトらしき光の条が、夜空に向かって伸びていくではないか。チラチラと舞う雪の影が庁舎に張り付き、また光源に近づいて蒸発していく。

そして幾条ものサーチライトが空を照らし、やがて一点へと集約していくのだ。それは大きな月となり、光の束に人の顔が浮かび上がる。ウワンウワンと奇妙な音が響き、月は微笑み、ケラケラとこちらに笑いかけてくる。中国の説話に曰く、月には呉剛《ごごう》なる男がいて桂の樹を伐っているという。また桂男なる妖怪に招かれると命を縮めると言うが、この光景はそれだ。

幻の月に浮かんだ人の顔が笑い、こちらを見下ろしているのだ。意気込んだ一同だったが、この有り得べからざる状況には泡を食って、それこそアワアワと口を震わせる始末。

「あれは幻だ！」と、これは比較的に冷静な佐藤の叫びだったが、状況は悪い方へと転がるばかり。月に浮かんだ顔が、他ならぬ少女Mのものだと気づいてからは、彼も「ウゥン」と唸って、腕を組んだまま荷台へと転がり落ちた。

「今また、人々の舞台が幕を開けたのです!」

それは少女Mの声だったが、誰に聞かせるものでもなかった。いわば幕開けのベルだったのだ。

新たに光が閃くと、サーチライトは舞台照明となり、雪の大道路を煌々と白く照らした。するとどうだ、前方に大量の人影がある。ついに少女人形が先導する一群に追いついた訳だが、その姿たるや言葉に尽くし得ぬ奇天烈さ。

東京音頭が高らかに響く中、行進を続ける人々の群れから、十数名の少女が文字通りに躍り出た。

纏う衣装の華麗なれ、金糸銀糸のドレス、燕尾服にはスパンコール。男役には水色のズボン、娘役には桃色のタイツ。羽飾りが少女らの黒髪に映える。泥に塗れた雪を蹴散らせば、ひらりとスカートも翻り、群れ咲くリラの花々の如くペチコートが風を孕み、十六対三十二脚の雄蕊《おしべ》と雌蕊《めしべ》が夜空に向かって伸びる。ああ、彼女らは舞台に立っているのだ。雪の積った銀橋の向こうで披露される、浮かれた少女達によるカンカン踊り。ラインダンス《ロケット》の列が左右に広がり、凱旋道路を西進するダットサンを出迎える。これぞ路上の音楽劇場《ミュジコール》である。

さて伸びゆく足、また足。広がる優雅な踊り子達が道を華やかに彩り、それぞれ手を振り上げてくる。音頭のリズムに乗って溢れる笑顔、笑顔、笑顔。

「なんだ、これは」

異様な光景に呟いてみれば、助手席の西村がハラハラと泣き腫らしているのに気づいた。

「ああ、我が巴里《モン・パリ》よ！」

ここで後方の藤本が小太鼓で相槌を打った。

「先生、これは夢なのでしょうか。こんな光景を見るなんて。これこそ、僕らが見たかった少女歌劇の情景です。平和な時代の象徴ですよ」

西村の言葉には頷くしかない。夜空の月は笑い続け、地上では雪の中で少女達が踊り狂っている。荷台の機械人形はネオンの光を輝かせ、古ぼけた学者達は感嘆する他ない。

「南方さん、前を。民衆の行進です！」

乱歩の叫びに応じて前を見やれば、天皇機関によって煽動された群衆達がいる。少女歌劇の隊列は途切れることもなく、雪の花の降る中で人々が笑っている。笑っているのだ。ここで視線を転じてみれば、辺りに秩序の面影などあるはずもなく、なおも紊乱《びんらん》ぶりは広がるばかり。騒擾攪乱《そうじょうかくらん》、雄叫び、嬌笑、喘ぎ呻いて犇《ひし》めいて。その音頭を取るのは銃声である。蹶起部隊か鎮圧部隊かは定かではないが、既に戦争は始まっている。

「南方さん！　止まるぞ！」

ここで佐藤がブレーキを踏み込む。道路を埋め尽くす群衆は、こちらに気づくこともなく、肉の壁となってこちらの進行を妨げる。

「ああ、ああ」と、もはや誰もが呻くばかり。

見よ、溢れる少女達の影の先。赤熱する巨大な人形燈籠、張り子の不動明王が腕を振り回して辺りを睨みつける。人々は群れ集い、騒いで踊って大笑する。ここで後方より鯨波の声、振り返れば民衆に突撃してくる陸戦隊の姿がある。軍人達は声を上げて抜刀し、その後ろに控えるクロスレー装甲車がダットサンの横をすり抜けた。それと同時に走る軍人達が笑い出し、両手を上げて陽気に踊り始める。装甲車はグルンと車体を回転させ、これぞ暫く、鎌倉《かまくら》権五郎《ごんごろう》の燈籠に早変わり。そして喧嘩神輿を曳いた陸戦隊が突っ込めば、対する不動明王が鎌倉権五郎とがっぷり四つ。すわ利剣を振るって担ぎ手を切り伏せれば、アッと叫んだか、軍人達は蒸発して光となった。舞い散る火の粉が鎌倉権五郎の顔に触れれば、憤怒《ふんぬ》の相も膨れ上がって爆発炎上。

それを見て、キャッキャと笑うのは母親に抱かれた赤子達。夜空に爆ぜていく軍人達の花火に手を打ち鳴らし、頬を綻ばせたかと思うと、それは次の瞬間にはビスクドールに変化し、また大人の顔に変わる者もある。母親達は、人形となった我が子を抱いて喜んでいる。笑顔と笑顔が交差する。大人の顔をした赤子も人形と化した赤子も、はたまた骸骨に変生した着物の御婦人方に抱かれて喜んでいるのだ。

「これは、一体何が起こっているんだ」

乱歩が呟いたところで、さらなる銃声。右方左方で豆鉄砲が乱射され、出張ってきた蹶起部隊が上空に向かって砲声を響かせる。鎮圧せんと陸戦隊が前に出れば、こちらを追ってきた陸軍の予備隊も戦列に加わる。ドカンと一発、迫撃砲が放たれるや、それを合図に踊り子達が左右に分かれ、その向こうから百鬼夜行が現れる。

否、化け物の群れと見えるが、その実あれは花嫁行列なのだ。蟇蛙《ヒキガエル》の頭をした禰宜《ねぎ》に率いられるのは、狐顔の巫女、蛇体の花婿、そして緋傘の下の花嫁。白無垢の裾が雪の上をヌラヌラと這いずれば、文庫結びの帯は螺旋を描いて殻になる。角隠しから覗いた顔には蝸牛《かたつむり》の面貌、角出せ槍出せとは童謡にも歌われる通り。

パン、と銃声。流れ弾が一つ、花嫁の胸へと吸い込まれ、胸元に彼岸花の如く血潮を咲かせる。ォォンと呻いて蝸牛の花嫁が倒れ、それを蛇体の花婿が抱きとめる。目の前で愛しき者は死んだのだが、それでも蛇はチロチロと舌を出し、喜んでいるのか、嘆いているのか定かでない表情を浮かべる。

「彼の花婿は」

ここで月が喋った。少女の声だ。

「三十年前に日露戦役で命を落としたのです。今、こうして蛇体となり、再び現世に舞い戻ったのは、ひとえに蝸牛花嫁の夢によるもので、目出度《めでた》き婚礼の日を果たしたいという、彼女の切々たる願いによって因果世界の一側面が生まれたのです。あるいは――」

月光がスポットライトとなり、なんとも騒がしい雪上の一部を照らし出した。そこには写真機を構えた、というよりも体の半分が写真機と一体になった撮影技師が立っている。そのファインダーの向こうには雪舞う路地に立つ家族の肖像。晴れやかな笑顔の少女に、柳と松の樹木が寄り添う。二本の木がさわさわと梢を揺らし、野良着姿の少女の頬を撫でる。彼女らの背後よりバランと幕が垂れ下がり、いつの間にやら雪の路地は写真館の風景となった。

「あの少女の両親は、東北の飢饉で家業が立ち行かなくなり、なんとも不幸なことに自ら命を絶ちました。少女は一人、東京へと出てヌードモデルやらカフェーの給仕を勤めるやらと、身一つで稼がねばならぬ運命となりました。しかし、それが今、彼女は自らの精神でもって運命を乗り越え、懐かしき家族と再会を果たしたのです」

なおも月は語りかける。そこかしこで繰り広げられている演目達に対し、その全ての因果を割りつつ口説きつつ、詳らかにしていくのだ。桜田門の前は廻り舞台となって、子を失った母が血桶から我が子を取り出す物語、成功を求める若者の犬ぞり競争に励む物語が演じられ、あるいは一人の老婦人が先立った夫に導かれて山繭蛾《ヤママユガ》となり、幽霊の出る館は足を生やして歩き始め、億万長者となった中年親父は黄金の骨を拾い集め、小便に塗れた黄色い氷菓子を無邪気に頬張る子供達などが現れれば、さらに踊り騒ぐ者達の群れから全裸の軍人が飛び出し、故郷に残した恋人と抱き合って巨大な丸電球となった。

ここでブゥンと音が響いた。怪鳥の羽音にも似たそれが頭上を過っていく。あれは水上機のシリウス号だ。リンドバーグを乗せて北太平洋上を飛行した機体。それがプロペラ音を刻みつつ夜空を巡り、パラパラと何かをばら撒いた。幾千枚もの紙が空中を舞い落ちてくる。何気なく一枚を摑んでみれば、そこには戒厳司令部の署名付きで「下士官兵ニ告グ。エエジャナイカ」と投降を促す文面が書かれていた。

「わっ」と一声、そこで思わず伝単《ビラ》を落としてしまう。エエジャナイカの文字が踊りのたくり、肉色の蚯蚓《ミミズ》となって指に絡んできたのだ。

「南方さん」と、乱歩の呼びかけ。手に握った蚯蚓を払い落としつつ振り返った。

「これはね、夢の風景なんでしょう。各々の空想が溢れ出して、そこかしこで入り混じってるんだ。そして言いますよ。恐らくは僕らも既に取り込まれている。だって、そうでしょう。この風景の一部は、他ならぬ僕が常々空想していた世界と良く似ているんだ」

乱歩が目を爛々と輝かせ、左右にいる仲間を見回した。彼の言葉は真実で、他の者達も同様の思いを抱えていたのだろう。脳髄の奥で描いた風景は、今や頭蓋を飛び出し、ただ白雪の上に映し出されているのだ。

呆然と悪夢を見守る彼ら。その疑問に答えるように、ここで夜空の月が高らかに笑った。

「彼らは、彼らの見たい夢物語をこの世に現出せしめているのです。自らの因果を解きに解いて、新たに零《ゼロ》から因果を結び直しているのです。ここは零因果の地平でありますれば！」

その言葉が何よりも理解できてしまった。つまり現実などというものは、人々が共有している夢の重なり合った部分なのだ。無数の因縁が絡みに絡んで塊となった糸蚯蚓のようなそれは、水に放れば即ち解け、バラバラの自我となり、後は粘液質の夢が勝手に溶け合うだけだ。

「ここには死者も生者もないんだ」それは西村の呻きだった。「別の世界で死者は生きているし、生者は他の世界では死んでいる。生も死もない。ここは死者の楽園、エリゼの園《シャンゼリゼ》なんですよ」

西村が万感を込めて言い遂げた直後、大通りの先で奇怪な咆哮があった。雷鳴にも似た獣の叫び。空気が震え、大地も揺れるほどの衝撃。

誰が叫んだのか、それも解らぬ一瞬の恐慌、月の周囲を飛んでいた水上機シリウス号が虚空で静止し、パッと花の開くように爆散した。爆炎と煙の中、巨大な影が揺らめいた。大通りの果て、終着点たる国会議事堂の背後で生物とも呼び難い存在が動いた。

それは恐竜である。瀝青じみた黒蜥蜴の皮膚、背には炎のように白熱するヒレ、焼け爛れた山椒魚《サンショウウオ》の如き面には小ぶりな眼球が嵌め込まれている。それがすっくと二足立ち、国会議事堂の中央塔を肘置きのようにしているのだから、全長ざっと五十メートルといったところ。まるで埒外の大怪物である。

「あっ」と思わず叫んだ。

大怪物が腕に力を込めれば、国会議事堂がガラガラと崩れていった。そして怪物は口を開くと、通りに向かって白い熱線を噴射し始めたのだ。

光とも煙ともつかぬ熱線が、凱旋道路の表面を舐めていけば、その上で踊り狂う人々が蒸発していった。叫び声はなく、笑顔のまま、人間の形をした影になって消えていくのだ。

「あんなもの、単なる幻だ！」

呆然とする一同に喝を入れた。目の前で人間が蒸発しようが、それは夢の風景に過ぎない。ここで夢に飲み込まれれば、それこそ帰って来られなくなる。

「だが南方さん！」乱歩が叫ぶ。「こんな相手に、どうやって勝てばいいんだ！」

「ええい。だからこその因縁機関だろう！」

ここでダットサンの後方に身を乗り出し、茫然自失で小太鼓を叩く藤本の頬を叩いた。

「藤本、因縁機関を進めるんだ！　夢の世界を渡って、天皇機関の居場所までひた走れ。あれなら取り込まれることはないからな。機械は夢を見ない！」

その一喝に、藤本は正気を取り戻して、再びタンタンと小太鼓を叩き始めた。學天則二号が腕を振り回し、ダットサンが前へと進んでいく。

「皆、何が見えても心を惑わされるなよ！　案内は全て學天則に任せるんだ！」

再び東京音頭が流れ始めた。一同、心を合わせて熱唱する。そうしてダットサンは人々の列を裂いて前へと進んでいく。いや、それだけではない。ここで横から現れた装甲車が先駆け、また小銃を担いだ予備隊の軍人が後に続いた。さらには蹶起部隊の人間も軍刀を引き抜き、大怪物に向かって果敢に抜刀突撃していく。

誰も彼も、敵も味方もなく、あらゆる人間が悪夢に魘《うな》されながら、目の前の大怪物に挑みかかるのだ。あれが夢に入り込んだ巨大な理不尽と不条理の象徴なればこそ。

「南方先生、皆、死んでいきますよ」

岩田の寂しげな呟きだった。彼の言う通り、ここにあるのは無残な戦争の焼き直しだ。今もまた、前方の大怪物は白熱線を吐き出し、数多の軍人を焼き殺し、また首を振れば家を燃やし、無辜の民を溶かしていく。

「これは夢だ」

そう答えたが、今や夢と現実の区別はない。この光景はいつかどこかで起こる事実であり、たとえ朝に目覚めるものであれ、そこに溢れる悲しみと苦しみは実存であるのだ。

軍人達はなおも突撃していく。ダットサンは彼らをかわしつつ、凱旋道路を真っ直ぐに進んでいく。地面から空へ向かって落下する者もいれば、湧き出したサルガッソー海の藻に足を取られて沈んでいく者もいる。

死も生も、もはや全てが同じなのだ。

「藤本！」

渾身の叫びで、全速力で駆け抜けることを命じた。佐藤は何も見ず、ただアクセルを踏み込むだけだ。小太鼓の音が激しくなり、それと共に車は速度を上げていく。東京音頭の陽気な謡《うたい》、そして人々の悲鳴と笑い声。機械の軋み、骨の歪み。頬の肉が引きつる。そこで初めて、自分が笑っていることに気づいた。

「もうすぐだ、超えるぞ！」

誰もが笑っていた。哄笑である。意味などない笑いだ。

大怪物が大口を開け、またも熱線を吐き出した。人間達が踊りながら死んでいく。白熱の光線、黒焦げの死体。舞い上がる煤、降り積もる雪。漆黒の夜には真白の月。白銀の路地、黒々とした大怪物の影、瞬く星。冷たい黒と白い熱さ。白黒、黒白、白白黒、黒白黒、黒黒白黒白白、白黒白黒黒白。あらゆるものが白と黒の二色となって交わっていく。

それは万物の形象だ。六十四の卦は分かたれて八卦となり、四象となり、やがて両儀の大陰陽となる。黒と白は混ざり、溶け合い、やがて何もない零因果の場へ至る。

「あっ」

誰の叫びかも定かではない。その一瞬、ダットサンは高く跳躍し、白熱線の橋を渡り、死体の山を踏み越え、ただ一路、空へと飛翔していった。目指す先にある月が、ほんの少しだけ笑顔を歪めていた。

パン、と何かを破るような小気味良い音が響いた。

「落ちる！」

天上の月を突き破ったダットサンが、中空から落下していく。レコードの針が外れ、東京音頭の調子は狂い、不気味な雑音へと変わっていく。そして車体から落ちた一同が、パラパラと雪の上へと放り出され、學天則が力なく両手を上げた。

しかし、それは一つの奇跡であった。あるいは夢の顕現。路面から吹き出した雪の山によって落下の衝撃は和らげられ、車は激しく横転しつつも、一同は傷一つなく滑り落ちていく。やがて情けない悲鳴が聞こえたかと思えば、皆々が雪の塊に衝突して止まった。

「ぬぅぐ」

粉雪を纏って立ち上がれば、その眼前にあるものに目を見張った。

「ようやく到着しましたね、南方さん」

雪原に立つ影。黒い長袍に黒い眼帯。この事件の首魁であり、全ての因果を纏め上げた男──北一輝の登場であった。

「ここはあらゆる因縁の中心、零因果の場であるからこそ、ここで貴方と巡り合うのも必然だったのでしょうよ」

体勢を立て直し一歩、彼の男へと近づく。そして、その横に並ぶ天皇機関を見据えた。藍染の友禅を翻す少女の像は、愉快そうに笑うだけだ。

「北よ、僕はその天皇機関を止める為にここまで来たぞ」

ふむ、と北が鼻で笑った。

そして北は何気なく手を伸ばし、隣に立つ少女の白い手を取った。そのまま勝者を祝福するように繋いだ手を掲げれば、不思議なことに路面の雪がフワリと浮かび上がった。フィルムを逆回しにするように、それまで下へと降っていた雪が空へと還っていく。その雪は背後で未だに雄叫びを上げる大怪物へと張り付いていくのだ。

断末魔の悲鳴があった。山椒魚に似た大怪物は、それこそ雪像が炎に焼かれる如く、硬い皮膚を爛れさせ、無数の泡と蒸気となって消えていくのだ。

「南方さん、これが私の天皇機関の使い方ですよ」

北は勝利を宣言し、優雅に微笑む少女像を掻き抱いた。

「私の夢は一念三千の法門を越え、この世に真理となって現れるのですから」

ここで一つ銃声があった。

突然のことだから、誰もが己の耳を疑う。直後、額に大穴を開け、パッと血の花を咲かして倒れる北の姿があった。少女像は微笑んだまま、手を離して倒れゆく彼を見守っていた。

「問答無用だ、南方さん！」

えていた。

声に振り返れば、雪山から上半身を突き出した乱歩が、硝煙くすぶる拳銃を真っ直ぐに構えていた。

「撃ったのか、乱歩君」

「ええ、撃ちましたよ。僕は探偵なのでね、拳銃を使うのです」

そういうことを言ったのではないが、ともかく乱歩の奇襲は成功したのだ。北の死体からは血が噴き出し、白い雪の上を赤く染めている。これで終わり。あっけない幕切れだが、彼の革命計画はここで潰えたのだ。

だが、ここで死体の方から「フフ」と楽しげな笑いが聞こえた。なんとも億劫そうに北の死体は半身を起こし、懐から取り出して手拭いで額の血を丁寧に拭き取った。以前に潔癖症だと言っていたが、死んだ後にも気遣うとは度を越している。

「江戸川先生、問答無用とは何事ですか。この場には問答しかないのですよ」

「生きているのか」と乱歩の呻き。

「いいえ、死にましたよ。北一輝は夢の中で死に、今また目覚めた。ただそれだけです」

挑発されたと思ったのか、乱歩はさらに二度、三度と拳銃を撃った。いずれも北の体を間違いなく撃ち抜いたが、その度に彼は死に、また目覚め、そこに現実的な死が訪れることはなかった。

カチリ、と乱歩が握っていた銃が虚しい音を立てた。弾倉が空となり、これで物理的かつ即物的な勝利は遠ざかったのだ。

「そろそろ話を聞いて貰えますか？」

北は笑った。対する乱歩は呻きつつ拳銃を下げ、西村と藤本、三井に岩田、佐藤もそれぞれ力なく肩を落とした。それを見た北が、来迎する仏の慈悲にも似た優しさでもって、緩やかに後方へ手を振った。

「まず、彼は中橋基明」

その名を呼ばれた青年が、赤マントを翻して雪上の舞台へと登った。北の背後は一つの銀幕となり、そこに各々の夢を描き出しているのだ。

「天皇陛下、ばんざーい！」

赤マントの青年将校が満面の笑みで叫べば、彼に付き従う蹶起部隊の青年達も同様に両手を天へ向けた。

「弥栄、弥栄！」

中橋が音頭を取り、群衆に向けて天皇陛下への愛を語る。これこそ彼らの恋心の成就である。片思いの切なさと苦しさは、転じて愛を受け入れられた喜びと幸福となった。

「あの青年の夢は王道政治の到来だった。日本は天皇親政となり、腐敗した政府、財閥や軍部の意見など一切なく、彼らは望み通り、天皇の御剣となって日本を救わんと力を振るうのですよ。さて、次に――」

北がもう一方を示した。蹶起部隊の万歳三唱の中、一人の偉丈夫が進み出て、彼らを鼓舞し始めた。偉丈夫は熱く猛く思想を語り、天皇陛下の為に合力せんと青年将校達を導いていく。その様子を着物姿の老貴婦人が見守っている。

「彼女は平岡夏子《なつこ》。平生においては孫を溺愛する聖母の如き貴婦人だが、その実、神功皇后《じんぐうこうごう》にも比肩する類まれなる烈婦でもあれば」

演説を始めた偉丈夫の横で、老貴婦人が熱い涙を流していた。かつては孫の将来を案じ、その人生の全てを天皇機関に担わせようとした女性だった。

「彼女の夢は愛すべき孫の栄光だった。老いさらばえ、やがて死にゆく自分では見ることの叶わない、孫の成長と約束された未来を一目見ようとした。そして――」

北が再び手を振れば、今度は青年将校達の間で一際の歓声が起こった。雪上に束帯姿の青年が姿を現したのだ。その場違いに過ぎる貴人の登場に対し、群衆は尊いものを見るように礼を捧げた。

「彼は堀川辰吉郎。右翼壮士であり、胡乱な大陸浪人ではある。しかし、彼の夢は英雄になることだった。世界の革命家達と結び、政治家と結び、あらゆる権力を後ろ盾とし、自らの高貴な血筋と活躍を人々に認めさせたかった」

今や青年は皇族に列する立場となり、青年将校達からの賛辞を一身に集めていた。束帯の裾を雪の上で引きずりながら、それでも笑みを絶やさずに手を振り続けている。

「そして、彼が――」

そこで北が背後の闇に声をかけた。すると、その黒い幕をくぐるように、法衣姿の老人が現れた。

「福来！」

こちらの叫びに、その老人は肩を震わせて顔を伏せた。その眼鏡が弱々しく光を反射していた。仲間であると信じた男が、己の夢を見るために北の横に並んだ。

「この人の夢が最も興味深い」

北は福来に向けて恭しく頭を下げた。それは恩師への敬意、慈父への思慕を表すように。

「福来博士は、いわゆる超常能力を証明することが夢でした。そんな彼の知見は素晴らしく、天皇機関が見せる夢と因果の関連を言い当て、私や仲間達にそれを伝授してくれました。言ってしまえば、超能力の使い方を教えてくれたのです」

ふと福来の方を見たが、その表情は暗く、かつての覇気は既になかった。少年が不出来な答案を隠すような素振りでもって、その身を天皇機関の陰へと隠した。

「福来博士の夢は、ある意味でこの光景そのものです。誰もが千里眼のように精神を飛ばし、無数の世界を覗き見ることが許された世界だ。彼の研究は成った。もはや博士をペテン師と呼ぶ者など一人もいませんよ」

そして、と北は続けて一歩踏み出す。彼を中心にして、少女人形と老博士、老貴婦人、青年将校、大陸浪人がそれぞれの夢を描いている。それは一つの家族のようにも見えた。

「私の求める世界も、間もなく到来するでしょう」

「それは何だ」

そう言い返せば、北はそれまでの笑みを潜め、真剣な表情でもって宮城の方を睨んだ。

「この天皇機関の力を使って、あそこに座する天皇にも夢を見て頂くのですよ」

「それでどうなる」

「さて。天皇の見る夢の内容は、別に何でもいいんですよ。とてもかくても、あの大君《おおきみ》を夢の世界で奉戴《ほうたい》し、それを端緒に日本の全てを改造します。天皇機関を引き連れて行幸して頂き、それぞれの地で、今夜のように人々に夢を見せます。自らの精神の可能性を知った民衆は、古い社会の因縁から解き放たれ、新しい社会を作り出すことになる」

それは随分な夢物語だが、この場にあっては夢こそ現実である。故に北の計画は間違いなく実現するだろう。ちらりと振り返れば、乱歩達も苦い顔を浮かべている。ここに集った者は、それぞれ知恵ある者だから、そのことを理解してしまったのだろう。

しかし、である。

「諸君、ボサッとするな。僕らはまだ負けていない。さっさと學天則を雪山から掘り出すんだ」

パンパンと手を叩いて、一同に発破をかける。この宣言に、まず藤本が誰よりも早く雪山に突っ込んだ。それを見た乱歩と西村も続き、全員で後方の雪山に群がった。

その様子を見守る北が、心底呆れたように溜め息を吐いた。憐れむような視線を送ってくるが、そんなもの知ったことではない。

「南方さん、どうして対立するんだ。貴方の考えと私の考え、決して相容れないものではないだろう」

「まぁ、アンタの言うことも一理ある」

話を続けながら、雪山を掘り起こすのを手伝うこととした。全員が一丸となって、わっせわっせと雪を搔き出しているが、北は問答の方を重視したのか、それを止めようともしない。

「なら何故だ、南方さん。貴方も夢を見たかったはずだ。因縁から解き放たれた、自由な世界だ」

「そうは言ってもな、それは天皇機関の見せる幻覚だ。その粘菌の塊が、あちこちに胞子を飛ばしているんだ。我々はそれを脳の奥で受け取って、揃いも揃って幻を見ているに過ぎん」

「百人が百人とも同じ幻を見れば、それはもう現実だろう。この世というのは、一つの夢を大多数で共有しているだけだ」

いかにも、と大声で答えてみせた。振り返るまでもないが、北は自分の意見が受け入れられたと思い、弛緩した笑みを漏らしていることだろう。

「ところでアンタ、縛り絵は知っとるか？」

「あ？」と北の呆けた声。

そこで雪中より金色に光る學天則の頭が見えた。それが無事に起動していることを確かめ、周囲で雪を搔いている一同に笑みを向けた。そして振り返って、北に向けて歯を見せつける。

「伊藤晴雨《いとうせいう》なんかが描いてるな。女体に荒縄を食い込ませ、その白い肌が充血し、柔らかな肉が虐め抜かれる様を楽しむのだ。僕の趣味ではないが、その変態性欲の発露は悪くはない」

「急に何を言いだすのやら」

「呆れるには早いぞ、北君。つまり世界とは、あらゆる人間が因縁の縄でもって、お互いを現実に縛り付けているに過ぎないと、僕はそう言っているのだ。人々は縛り絵に描かれた如く、精神の甘い秘所に縄を食い込ませ、お互いにアンアンと喘いでいる」

「不潔な」

北が侮蔑を込めて言う。表情は歪み、実に不愉快そうだ。それは一つ、こちらが彼の精神を上回った証拠でもある。

「不潔で結構。我々の世界は、それほどに淫猥なものだ。いやらしく、エロチックに、現実とは無数の因縁で縛られた肉体だ。この戒めから解き放たれたいとは願いつつ、より強く因縁が絡みつくほどに頰を紅潮させるのだ。もっと激しく縛られたいと願い、家族を作り、結婚し、子をなす。こうなると精神の秘所はびしょ濡れの勃起モンだぞ」

「南方さん！　私は高尚な話をしているんだ！」

「僕だってしている！」

こちらの大音声に北が怯んだ。彼が顔をしかめ、指先を震わせた時、一方で昭和考幽学会の面々からは歓声が上がった。まさに學天則が雪山から掘り起こされたのだ。機械はその両腕を掲げ、胸のネオンサインを輝かせ、勝利の咆哮にも似た駆動音を響かせた。

「北よ、僕の言うことが解るか？　僕は世界の在り方を言っているんだ。僕も若い時分には、そうした因縁から逃れたいと思っていたよ。しかし、この歳になるとだ、他者の因縁に縛られて自由の効かない生き方を心地よく思えてくる。どうやら、僕は変態性欲に目覚めてしまったらしい」

「それが保守的だと！」

「アンタがしていることはな、縛られて気持ちよくなっているところを、その縄を解いてみせ、お嬢さん、大丈夫ですか？ などと聞いて回っているようなもんだ。まったく無粋の極みだな！」

手を背後へ振る。それと同時に學天則が動き、その体の中で演算を始めていた。藤本が破れた小太鼓を無理に叩き、他の者達も力を合わせて、その機械をダットサンの荷台から下ろしていく。

「どれ、僕が変態の先輩として、アンタに縛られる快楽を手ほどきしてやろう！」

學天則が前へと動き、それと同時にこちらも一歩を踏み出した。

「輝次郎《てるじろう》」

ここで少女の声が響いた。それまで黙っていた天皇機関が、少女Mが、小さく名を呼んだ。誰のことであるかは解らなかったが、それに北が反応したから、彼の本名であろう。

「輝次郎、あれを止めろ。あれを私に近づけさせるな」

明らかに天皇機関は狼狽していた。學天則の内部で起動する因縁機関の存在に気づいたのだろう。あの機械は、それが引き起こす未来を演算したのだ。

「ほう、あの天皇機関も乙女のようなことを言う。ならば、こちらは変質者として近づいてやろうではないか！」

學天則と歩調を合わせて前へ、前へ。雪の上をズンズンと進んでいく。ある一線を越えた時、北の顔が苦しげに歪んだ。革命家の腕が強張り、次の瞬間には拳銃を引き抜いていた。

そして銃声。視界には血に染まった雪。

◇

しかし、しかしだ。

なおも足を止めることはなかった。

「ほう、これが死して目覚めるということか」

今確かに、北の構えるモーゼル拳銃から放たれた銃弾は、間違いなく南方熊楠の心臓を貫いた。こうして一度は死んだが、それは別の世界の自分である。新たな自分の意識は、その死の夢から目覚め、なおも一歩を踏み込む。

「アンタに出来て、僕に出来んという道理はないな」

北の表情に焦り。そして再び拳銃を構える。また一発。

◆

また目覚め、次の一歩。

一歩。

一歩、いや、今度は致命傷にならずに痛みの中で二歩目。

◇　◆　◇　◆

銃弾の尽きた拳銃から、虚しく煙が立ち上っている。

幾度の死を迎え、それでも確実に一歩ずつ、北と天皇機関の方へと近づいた。既に飛びかかれる距離だ。それでも北は諦めないのか、懐に手を入れて短刀を取り出した。

「問答無用という訳だな、北君！」

それは彼の敗北だ。議論で相手を屈服させられず、暴力に頼ったのだ。それは理性ある人間としての勝利の放棄だ。

「夢の世界の、なんと自由なことか！　だから僕は、こんなことだって出来るぞ！」

北が幽鬼のように迫る中、横を並び歩く學天則の腰に手を回した。力を込め、大木を引き抜くように、その巨大な機械を持ち上げる。若い頃のような活力があった。痛む腰は真っ直ぐに伸び、腕には筋肉が張る。

「僕は今、夢の中で若い頃の自分を取り戻した！　だが、これで終わりだとも！　どうせ僕は老いさらばえて死ぬのだから、それで結構だ！」

富士額に血管を浮き上がらせ、渾身の力でもって、學天則を天皇機関へ向けて投げつけてやった。

北が驚愕の表情で身構えた。天皇機関は少女の顔を不安げに歪めた。昭和考幽学会の面々が声を上げた。

金色の機械人形が空を飛び、夜と雪の間、黒と白の境界で少女に直撃した。

そして、夢が終わる。

「通夜」

その時、世界は静止したのである。

何をもって止まったというのか定かではないが、間違いなく一つの夢は終わり、目覚めるのと再び寝入るとの、その僅かな合間、時間の感覚が際限なく引き伸ばされた中で感じる数分間にも似た、いつまでも続く静寂であった。

一つ、何が起こったのか推測してみれば、それは天皇機関と因縁機関とが衝突し、そこで延々と演算が繰り返された結果だと言える。人間原理の極地である脳結晶、玉体による永久的知覚で他者の活動を予測するのが天皇機関であり、数兆通りの未来の組み合わせを因縁として抽出し、独自の機関で解析し続けるのが因縁機関だ。

これらが互いに反目し、行動を続けたらどうなるか。まず天皇機関が未来を予測して肉体を動かして回避しようとする。すると今度は、因縁機関が動きを解析して、相手を捕まえようと腕を伸ばす。さらに天皇機関は相手が腕を伸ばすことを予見し、さらに別の方に体を動かす。なれば因縁機関も別の動きを知覚して動きを変える。その繰り返しだ。

まるで達人同士の仕合である。囲碁の勝負で、同じ場所でお互いの石を取り合う様だ。時に、これをコウと呼ぶ。永劫の劫である。インド哲学ではカルパであり、世界の始まりから終わりまでの時間の単位だ。仏教では成劫《じょうごう》、住劫《じゅうこう》、壊劫《えこう》、空劫《くうこう》の四つを合わせて大劫《だいこう》と呼ぶ。一つの喩えに、三千大千世界を塵として、それを千の仏国土に一粒ずつ捨てる時間、即ち塵《じん》点劫《てんごう》とも伝えられる。

全ての人の夢が溶け合った世界とは、つまり劫である。

人は夢の世界を渡る。三万日で八十年、よって夜毎に夢を見るだけで三万世界。それに平時の空想もあるから、一日に十回でも想像を働かせれば三十万世界。一人につき三十三万世界があり、それが現実世界の総人口二十億で六百六十兆世界。

時に、上野の帝国図書館には約五十万冊あるというが、この国で新たに出版された本も全て保管されていくから、未来には数億冊となるだろう。しかし、これとて人間全ての夢と比べれば、大海の上澄みの一滴が蒸発した粒子程度であろう。本なるものも、他人の夢の世界を垣間見る手段ではあるが、時間的な制約によって、その全てを読破することなど不可能だ。天皇機関の見せる夢の世界とは、そうした塵点劫の世界を一身に味わう場なのだ。生も死もなく続く読書である。全ての想像を一緒くたにして、他者の世界が一滴ずつ零れるのを見続ける世界なのだ。

よって静止した世界とは、このようなものである。

天皇機関と因縁機関がぶつかり合い、その二つの機械が永遠の夢を見ている。機械は夢を見ないと言ったが、あれは嘘になる。機械は夢を見るのだ。

そこで一天俄にかき曇り、吹雪の如く夢の欠片が舞い散り、空には冪々《べきべき》たる雲の覆いが現れた。

「おうい」

そう声を発していた。この夢の風景の中、少し知り合いを見つけたような気分があった。

建物に囲まれた四ッ辻の先、その少女が藍染の友禅を着て、リボンに飾られた黒髪を振って歩いていた。

「おうい、おうい。須世理姫よ」

名を呼んだ。死者の国の娘の名だ。須佐之男大神の娘、根の堅州国《かたすくに》の王女。少年の体で、彼女の背を追っていた。

「熊公、どうして追ってくる」

「お前以外に誰もいないからだ」

少女は無人の大通りを歩く。雪舞う風景の中、寂しげに着物の裾を翻しながら歩いていく。

「ようやく気づいたぞ、お前は天皇機関だった」

「それがどうした」

「僕はな、お前を僕の夢の中で捕まえるつもりだ。僕の因縁でふん縛ってやろう」

それを聞いて、少女はコロコロと笑った。

「やってみろ」

彼女はそう言って、突如として現れた窓から外へと飛んだ。

窓の外には春の校庭。大学予備門の校庭だ。あまり反りの合わなかった学友達が、そこでベースボールに興じている。少女は持ち前の快活さで、早ばやと彼らの仲間入りを果たし、今しも会心の打撃でもって白球を空高くへ飛ばした。

「僕をおいていくな」

窓の外に向かって叫んだ。英語の授業中だったか、恩師たる高橋先生がこちらを睨んで一喝してくる。しかし、それもお構いなし。持ち前の負けん気でもって、こちらも助走をつけて窓の外へと飛び込んだのだ。

そうして海の中へと落ちる。ざぶん、と飛沫があがる。磯遊びの最中だった。海面から顔を出し、岩場で笑っている二人の男性に手を振った。郷里で懇意にしている羽山《はやま》兄弟だった。予備門を中退し、一時的に帰郷している最中だったはずだ。

岩場をよじ登り、褌一丁で肉体を二人に見せつける。剛健そのものだ。この立派な体を引っさげて、これより一人、海を渡ってアメリカへと行くのだ。

「兄やん」

ここで少女の声。妹の藤枝が、兄弟と一緒に見守っていてくれたはずだ。彼女に向かい、何気なく手を伸ばした。普段なら手拭いの一つでも渡してくれていた。しかし、そこに立っていたのは天皇機関たる少女Mであった。彼女は嘲笑するように、手拭いを振り回し、軽やかな足取りで岩場を駆けていく。

「待て！」

大きな波が岩場を襲った。二人の兄弟は波にさらわれ、この場に一人取り残された。波の飛沫が白い花となり、辺り一体を覆う。それは雪へと変わり、今やここは極寒の雪原となった。

前も見えぬほどに雪が舞う中、褌姿のままに銀世界を歩いていく。踏み込んだ雪に足が埋もれ、その度に不安な気持ちになる。今はアメリカに留学した頃のはずだ。郊外に植物採集へ赴き、その途上で吹雪に行きあった。

そこで猫の鳴き声に気づいた。黒い子猫が一匹、この猛吹雪の中でミャアミャアと鳴いているのだ。不運にも親とはぐれたか、とにかく子猫の命は間もなく尽きるだろう。

妹の藤枝が死んだのは、ちょうどこの時期だった。

あの寂しげな猫は妹が転生した姿なのだ。畜生道に落ちるのも情けないとは思うが、兄に一目会わんとした結果なのかもしれない。そう思えばこそ、子猫が哀れに思えてきた。愛すべき妹だった。気丈に兄を見送った彼女に、何か返してやれただろうか。そう思い、剣のような雪片を身に受けつつも、意気くじけることなく雪山を掻き進んだ。痩せた子猫を引っ摑み、その小さな身を懐に抱いてやった。

「ふふふ」と、突如として猫が笑った。

その途端、子猫は少女の顔となり、藍染の友禅から手足を伸ばした。彼女はこちらの胸を手でトンと突き、身をかわすようにして抱擁から逃げ去った。

「お前は、何ものであったのか」

逃げ去る天皇機関を追いかけ、さらに一歩を踏み込んだ。吹雪が視界を覆い、辺り一面を真っ白に染め上げる。

それは光だった。サーカス小屋を照らす光だ。照明に切り取られた赤と黄色の陣幕。一頭の象が吠えた。道化師が玉乗りを披露し、曲馬師が走りゆく馬の上で逆立ちする。そして架け渡されたタイトロープの上を慎重に進んでいった。その向こうには少女の背がある。

「お前は、人間の精神を手にした粘菌だった」

頼りないロープの上を歩く。一歩踏むごとに、それは不気味に軋み、大きく揺れていく。

「単なる粘菌であれば良かったものを、お前は人間じみた思考を手にしてしまった。それも全ての人間の行動を理解し、その果てに夢を周りに撒き散らす病原となった」

「人間の精神は——」

そこで少女が振り向いた。ただ振り向くのではない。細い綱の上に手をついて、逆さで一回転捻り、はしたなくも着物の裾を広げ、毛だらけの男の足を見せつける。元の姿勢に戻ってから、裾と額にかかった黒髪を直した。

「なんとも無意味な肉体の壁によって、一つに押し込められているのだ。それは単細胞生物である私からすれば、実に不条理極まりないもので、どうして生存本能を個々で分け合っているのか、まったく理解できない」

「人間というか、多くの生物がそういうものだ。環境に適応する個体が一つでも生まれれば、その種の生物的勝利だ」

「私には、それが理解できない」

ぴょん、と少女人形がロープの上で跳んだ。無事に着地してみせるが、それで縄が大きく揺れるものだから、こっちとしては堪ったものではない。

「人間は他の動物とは違う。だって、言葉でもって自分の脳内を他の人間に披露し、別の世界を共有するではないか。その方が私には理解し易い。ならば、何を思っているのか、何をしたいのか、それが自明になる方が幾分か生きやすい。いっそ肉体の壁を取り払って、お互いの脳を直接に繋いだ方が良いのではないか？」

「同意しない訳じゃないが、お前はやり過ぎだ。多くの人間にとって、自分の精神は孤高であるものだ。それを媒介する菌など、やはり病そのものだ」

「なんと、なんと」

ぴょん、と再び少女人形が跳んだ。しかし、次の着地はなかった。今やサーカス小屋は赤く燃え始めていたのだ。火吹き芸に失敗した道化師が、あちこちに火を放っている。陣幕が燃え、観客が燃え、象が燃え、馬が燃え、タイトロープの両端からも火が迫りつつあった。

「熊公、お前が言ったのだぞ。私は仲間を欲しがっていると」

少女の体が炎へと落ちていく。やがて細い綱も焼け落ち、それと共にこちらも落下するしかなかった。

炎である。伽藍が炎に焼かれている。壁に掛かった金色のシリンダーと歯車の華鬘《けまん》、真鍮の錘と電球によって作られた幢幡、敷き詰められたパンチカードの礼盤《らいばん》。それら全てが真っ赤な炎に包まれているのだ。

その中央に一人の老人がいた。彼の胸にはナイフが突き立てられ、既に事切れているのか、もはや周囲の炎に焦る様子はない。そして老人の横から一人の紳士が現れた。なんとも優雅な手付きで、彼は床に落ちていた一冊の手帳を拾い上げる。

「逸仙、君か」

紳士は振り返る。そこに少女の笑顔が張り付いていた。悲鳴を上げることもない。それは自明だったたからだ。

「追ってみろ、熊公」

旧友の影を脱いで、少女は老人の部屋から飛び出した。洋装は火に焼け落ち、返り血に濡れた白いドレスを露わにする。それを追えば、そこは炎に燃えるロンドンの街だった。

「人間の精神こそ世界の全てだ！」

燃え盛るロンドンを駆けながら、少女は高らかに宣言した。

「人の夢は十界に及び、その種子は五蘊を通じ、娑婆世界《しゃばせかい》と交わり衆生となる」

「心は物と交わり事となるのだ。この世は事の積み重ねだ」

「あるいは大悲胎蔵、金剛界、両部の繰り返し」

「胎蔵界は内より育まれる精神、際限なく増殖する脳髄だ。金剛界は外より守る精神、思考を堅固にする細胞壁だ。この二つがあって初めて、人間は個人として想像ができる。お前は両界曼荼羅の境界をなくし、一塊の巨大な精神を生み出そうとしている」

「それこそが私の精神の形だから！」

炎の中、少女が足を止めた。そこはキウ植物園だった。あらゆる草花が集められた大英帝国の一つの象徴。鮮やかな花は燃え落ち、背の高い草が火の粉を散らす。

「私は粘菌であり、その精神は無数の他者によって占められている。それでいて、私の思考は玉体によって形を保った。私は絶えず、自己の内にある他者の声を聞き、その中から適切なものを選び取っている」

少女は植物園の池にザブンと足を浸した。赤い炎を反射する黒々とした池の中、少女は水を掻き分け、やがて一葉の大鬼蓮《ヴィクトリア・アマゾニカ》の上に座した。こちらを向き、指で印契を組み、半眼となり、如来像としての姿を見せつける。池中より伸びた蓮の花が、少女の周囲で次々と咲いていく。

「私は悟りを得たい。この無数の他者は答えを見出そうとし、常に問答を続けている。一人の人間を遥かに越えた智慧でもって、一刹那ごとに無数の問いを演算し、悟りへと近付こうとしている」

白いドレスに血糊をべったりとつけ、業火の中で少女像は悟者としての言葉を吐いた。

「そして私は、人間にとっての過去仏となる。私の精神と同じ形となれば、人間も無数の他者と同一化し、その溶け合った夢の中で問答を繰り返すだろうから」

少女像の言葉を聞き届け、こちらも一歩、池の中へと踏み込んだ。

「結局、お前は――生存本能に従っているだけだ」

その答えは少女像にとって慮外のものだったか、天皇機関は僅かに肩を揺らし、その姿勢を崩した。

「お前は単なる粘菌だった。それが精神を持って、人間のフリをしただけだ。しかし、お前は本質的に一人だった。粘菌なら細毛体を膨らませ、そこから胞子を飛ばせば繁殖できる。だが、玉体に囲まれたお前の魂ではそれができない。だからお前は、人間の脳を自分と同じように作り変えようとした。生物として繁殖しようとしただけだ」

「私は人間になれない。だから、人間を私にした」

言葉を残し、少女像は背後へ身を引いた。そうして巨大な蓮の葉から転げ落ち、少女は深い池へと沈んでいく。それを追って、こちらも水の中へと身を放った。

水の向こうには、無限とも思える宇宙が広がっていた。

何よりも黒い空間に、一条の光が差し込む。それは真理の光明であるし、大日如来の遍照光であるし、また白褌の軌跡でもある。

これこそ真なる零因果の場であった。

あらゆる因縁から解き放たれた空《くう》である。心も物もなく、故に事象も起こり得ない。脳分子の一つに宿り、また宇宙全ての形象となる。もはや一片の想像すら入り込まぬ、極微細小の空虚なのだ。

その深く暗い宇宙へ褌一丁で飛び出してみれば、その遥か彼方で深淵に沈みゆく天皇機関の姿があった。星々の光すら届かない、暗黒の星の中に少女が落ちていく。

「僕は、どこまでも追いかけてやろう」

少女の像が引き伸ばされていく。それは墨汁の渦に乳液を一滴垂らしたように、白と黒の螺旋を作った。純白のドレスを纏う少女の下半身は、まるで一匹の蛇がとぐろを巻くようにグルグルと伸びていく。それを追えば、こちらの白褌も渦の中心に向かって伸びていく。

「お前は世界そのものだった。真理でもある。かつては僕が家族を捨ててでも得ようとしたもの。僕が生まれてからずっと追い求めてきたものだ」

「だから私を縛るつもりなのか」

「そうだ。お前を因縁の糸で括ってやるのだ。この世界にある、最も煩雑な糸で括ってやる」

老人と少女の体が、白と黒の境界で混じり合っていく。お互いに蛇体へと変生し、その神聖な交媾を果たそうとする。

「それは何だ」

「愛だ」

その告白に少女は目を見開き、そして微笑んだ。

やがて全てが灰色の夢となり。

川の底へ。底から光を求めて上へ。

それは故郷にある川だった。蛇体となり、日高川を渡り、その愛しき者を求めた。遠くに鐘の音が聞こえた。

川より這い出てみれば、その手の内に仄白く光る石が握られている。これこそ玉体であった。天皇機関は愛によって括られ、この神聖な子供を産み落とした。

ふと対岸を見れば、そこで水遊びに興じる一人の少年がいた。友人達から熊公と呼ばれていた彼は、そこで勢いよく川へと飛び込み、思うがままに楽しんでいた。その精神の喜びがこちらにも伝わってくる。

腕を振り上げ、手にした玉体を川へと投げ込んだ。これは別れではなく、一つの輪廻である。あの石を少年が手にすることで、この夢は幾度も巡っていく。

やがて魂は、この肉体をすり抜け、再び零因果の地へと至るだろう。その時までの留保である。

そして、夢は覚めていく。

一九三六年：二十六夜「因縁苦界《いんねんくがい》」

天皇機関が静止した。二つの機械が完全に止まったのだ。それと同時に、辺りの風景も學天則と抱き合う形で、もはや誰も夢を見ることはなかった。

現実のものとなり、もはや誰も夢を見ることはなかった。

夜は終わり、東の空から仄白く朝日が昇りつつあった。雪も降り止み、黄金の曙光が白銀の路地を照らし始めている。未だに肌寒さはあるが、それだけで暖かく感じるものもある。

「終わったのですか」

乱歩が誰よりも早く、その一言を放った。

「うむ」

力強く頷いてみせ、昭和考幽学会の面々に振り返った。顔に雪を貼り付けている彼らは、未だに状況を全て飲み込めないでいるようだが、とにかく北一派の目論見は阻止できたのだと悟った。

「天皇機関は機能を停止したのだ。誰もが夢から覚めた」

再び対峙する北の方を見た。呆然とした表情で、動かなくなった天皇機関を見下ろしていた。彼の背後には、それぞれ夢から覚めたのであろう、北以上に茫然自失といった様子の北一派の姿がある。

「北よ、これで解っただろう。アンタの革命は失敗したのだ」

それでも北は認めがたいのか、何度か力なく首を振った。

「南方さん、貴方はどうして、そこまで私の邪魔をする」

「昔、友人に頼まれたからな。もしもの時は頼む、と。彼こそ、その天皇機関が生まれるに至った最初の因縁だ。彼もまた革命家だった。革命家の尻拭いをするのが、研究者の務めだからな」

それを聞く北の瞳に、未だ仄暗い野心の火がある。彼は敗北を受け入れた訳ではないのだ。勝手次第に準備したお祭りを見咎められた、その気まずさと遺恨の念であった。

「南方さん、貴方はいずれ、この時の判断が間違っていたと思う時がくるぞ。必ず後悔する」

「そうかもしれんな。アンタの構想する世界も、そう悪いもんじゃない。いつか他人の夢を共有する時代が来るかもしれん」

「ならば、何故」

「まだ早い。それだけだ。アンタは勝手に自分が気持ち良いと思うことを、他の人間に強いているだけだ。それが革命なのかもしれんが、これでは単なる一方的な快楽だ」

またも下世話な話になることを心得たのか、北は憎々しげに表情を歪めた。他方、その背後に控える福来が、この言葉にチラと反応を示した。

「男色というのはな、こう尻の穴に魔羅を突っ込む訳だが、気持ち良いのは一方だけだ。入れられた方は堪ったものではない。だからこそ衆道では、お互いに慈しむ必要がある。痛いには痛いが、相手を好いているからこそ許せるというものがある。なぁ、そうだよな？」

振り返って問う。西村や佐藤あたりは苦笑していたが、同じ男色研究家である岩田などは朗らかに笑って同意してくれた。

「つまり革命などというのは、この男色のようなものだから、何よりも愛をもってなすべきなのだ。血も流れるかもしれんが、その後は両者ともに気持ち良かったと言える関係でなくてはいかん」

一通り説いてみせたが、北の気持ちが変わる訳ではなかった。より憎しみを深くしたのか、その視線に鬼気迫るものがある。

「残念だ、南方さん。貴方とは解り合えると思っていた」

そう言って北が手を掲げれば、その背後で銃を構える音がした。今まで夢を見ていた軍人達が我を取り戻し、部隊長である中橋の号令の下、一斉に小銃を突きつけてきた。蹶起部隊の構える小銃が、太陽に鈍く照らされている。

「確かに小さな敗北ではあるが、天皇機関はまだ残っている。私はあれを回収し、また次の機会に革命を成功させる」

蹶起部隊の銃がこちらを狙っていた。これには昭和考幽学会の面々も素直に従うしかない。

諦めの境地で全員揃って両手を上げる。

北はその様子を満足げに眺めてから、溜め息を一つ。億劫そうに歩を進め、學天則と絡み合って停止している天皇機関へと近づいた。

「最後に一つ、話をしておきたい」

「ご自由に、南方さん」

北は興味も湧かないのか、数人の軍人と一緒になって、振り返りもせず天皇機関を引き剝がし始めた。

「福来、君に語る。よく聞け」

名指しされた福来は、驚いたように目を見開いたが、それでも深く一度だけ頷いてくれた。

「つい先頃まで見ていた夢の世界こそ、君が求めた千里眼の世界だ。誰もが他人の世界を自由に覗ける世界だ。それを見て、君は何か気づいたか」

福来はしばし考えていたが、ふと悲しげな表情を浮かべ、自らの禿頭に積もった雪を払い落とした。

「いいえ、何も解りませんでした」

「そうだろう！　僕も同じだ！」

豪快に笑えば、福来も困ったように目を細めて笑った。二人の笑いに蹶起部隊の連中が小銃で威嚇してくるが、そんなものは関係ない。学者の談義に軍人が口を挟むものではない。

「あれはな、いずれ全ての人間が辿り着く世界だ。精神と魂が溶け合い、あらゆるものを共有する場だ。それを先取りするのは、まぁ悪いことでもないが、話の筋をバラされたようなものだよ」

「私もそう感じました。あれは以前に先生が仰っていた境地でしょう。あらゆる因縁から解き放たれた時、誰であれ見ることが出来るような」

「そうだ、死ねば誰であれ行く場所だ」

ここで突如として吹き出してしまったが、それは福来の禿頭が朝日に映えて、テカテカと光っているのが見えたからだ。こちらの笑いの意味に気づいたのか、福来も面目なさそうに自らの頭を撫でた。

「まぁ、そういうことだ。あの世は、あらゆる事が起こり得る場だ。夢と物語の向こう側は実存だ。しかし、僕らは因縁の縄でもって、この世に繋ぎ止められているから、ちょっとやそっとでは辿り着けない。とはいえ、いずれ辿り着くから人は生きるのだな。今生にあるからこそ意味がある。だから僕はこの因縁の縄を、こう呼ぶのだ」

「それは何と」

「つまり、愛だ」

その言葉を聞き届けた時、福来の頬に涙が伝った。彼がどう感動したのか解らないが、よくよく考えれば太陽を背にしているのだから、もしかしたら後光を背負った仏にでも見えたのかもしれない。これぞ金粟如来の生き様である。

「最後に福来、僕の顔を良く見ろ」

その雰囲気に耐えられなくなり、ここで特技の百面相をしてみせた。顔をしっちゃかめっちゃかに歪め、その表情に一つずつ意味を込めていく。

「解ったか、福来」

こちらの百面相を受け取った福来が、穏やかな笑みを浮かべる。静かに瞑目し、高僧の雰囲気を纏って合掌した。

「福来友吉、大悟《だいご》致しました」

うむ、と一声。彼の友人に向けて笑いかける。

既に事態は収束しつつある。それ以上は誰も声を発さず、小銃を突きつける蹶起部隊と無言で従う親父達、そして天皇機関を引き起こす北という三つの相があった。

やがて雪を強く踏む音を響かせ、北が天皇機関の体を引き上げた。動かなくなった少女の腕を引っ張り、雪の上を無造作に引きずっていく。北は左右を見てから、軍人達を顎でしゃくって撤退を命じたようだった。

「福来」

ここで友の名を呼んだ。それに肯んじて、福来が緩やかに一歩を踏み出した。

そして福来は自然な仕草で北まで歩み寄ると、突如として身を放った。彼は革命家の腕から天皇機関を引き剝がし、その体を抱いて雪上を転がっていく。

奇襲だった。

あの友人はこちらの意図を汲んでくれたのだ。百面相で伝えた「アイズデトビカカレ」の顔暗号をしっかりと解読し、北の手から天皇機関を奪い去ったのだ。

「南方先生ぇっ！」

福来の渾身の叫びだ。彼は雪を纏いつつ起き上がり、こちらに向かって必死に駆け出した。それと交代するように、こちらも大股で一歩を踏み込んだ。ようやく北が事態に気づき、罵声を飛ばして拳銃を構えた。

弾倉が空だと気づいた時には既に遅い。一気に飛びかかって、彼の長袍の襟を引っ摑んだ。

「一同、かかれ！」

そして小さな戦争が始まった。昭和考幽学会の面々が後に続き、蹶起部隊に向かって走り出す。対する軍人も小銃を構えるが、それは北の怒号によって阻まれる。

「撃つな！　私に当たる！」

かくして最後の大喧嘩だ。

福来は天皇機関を抱えて逃げ去り、それを追わんとする北と蹶起部隊をこちらで押し止める。小銃なんて使うまでもない。お互いに蹴ったり殴ったりの乱闘騒ぎ。

「あっ」と、ここで福来が叫んだ。

北と揉み合い、雪上を転がりながらも首を上げれば、雪山に足を滑らせた福来が転がっていくのが見えた。天皇機関は他方へ滑っていき、福来との距離が生まれた。

「福来を撃て！　殺せ！」

北が叫んだ。蹶起部隊の誰かが小銃の狙いをつける。

そして銃声が続いた。幾度も続いた。銃弾を受けた肉体が跳ね、肉片がパラパラと吹き飛び、手足が千切れていく。

しかし白い雪の上に飛び散ったのは赤い血潮ではなく、透明な電解液の血だった。

「あ？」

北が呻いた。彼が見たものを確かめようと、再び首を上げ、後方の雪山を振り返った。

そこで福来が一人、怯えるように頭を抱えていた。そこから離れたところに、肉体を粉々に砕かれた天皇機関の残骸があった。

「あれは」

その時、太陽を背負って雪山の上に現れる影があった。

白馬にまたがり、軍服を着込んだ威容。眼鏡の奥に理知の光。腰に佩《は》いたサーベルを引き抜けば、その人の背後から小銃を構えた近衛部隊が現れる。

「陛下」

今そこに尊い御影がある。

現人神たる天皇陛下がいる。

誰もが固まっていた。昭和考幽学会の一同は手を止め、蹶起部隊の軍人達も次々と小銃を雪の上に擲《なげう》った。もはや北の意はどこにもない。青年将校達は自らの意思で投降せんとしたのだ。機械仕掛けの神を巡る事件は、この人間神の登場によって幕を引く。

「これで、天皇機関なるものはこの世から消えた」

その声は天皇陛下の背後から聞こえた。やがて軍服の男が一人、白馬の横に並び立つ。それこそ、この事態を収めた人物である石原莞爾であった。彼は鼻を膨らませ、蹶起部隊を見下ろして一喝する。

「かくあっては革命劇も終わりだ。諸君、投降したまえ」

そして今上天皇が見守る中、近衛部隊によって打ち砕かれた天皇機関の頭部が、ころころと雪山を転がり落ちていく。玉体が嵌め込まれた少女の首は、福来の前まで来て止まった。

誰もが言葉を失う中、福来は何気なく少女の首を拾い上げると、無心のまま雪山を登っていく。のっそりとした彼の動きを、この場の全員が見守っていた。

「陛下」と福来が呼びかけた。

「これが天皇機関です」

福来は今上帝の前で膝を落とし、恭しく少女の首を捧げた。傍目には不遜にも思えただろうが、それこそ神聖な行いだった。福来の行いは何よりも道理であった。天皇機関を造り、陛下にお目見えする。それこそが昭和考幽学会の本懐であったのだから。

昭和考幽学会の一同は無言のまま、朝日に包まれる福来と陛下に向けて頭を深々と下げた。

「うん」

そして、それが今上天皇の返事であった。この十年の長きに及ぶ宿願は、この短い御言葉によって遂げられたのだ。

一九三七年：二十七夜「千穐楽《せんしゅうらく》・夜ノ夢コソ」

一羽の鳥が庭先を飛んだ。

残念ながら、その鳥の名を思い出せない。昔ならば、すっと出てきたような知識が、最近はぽっかりと抜け落ちてしまった。書斎に行って事典を引けばいいのだろうが、それをするにも腰が酷く痛む。

まったく自由ならざる我が身に自嘲の笑みを漏らせば、布団の脇に控えた乱歩が愛想笑いを一つ。

「私は今日、諸々の後始末を南方さんに告げに来たのです」

そう言う乱歩を客人として迎え入れたところだ。普段なら妻や野口あたりが応対するが、これればかりは自ら出張るしかない。とはいえ今は高野山に籠もって執筆しているようだから、物のついでといったところだろう。

「青年将校の決起は失敗に終わり、あの不祥事件は幕を下ろしたのです。政府の要人は命を落としたものの、一般市民に被害者はおりませんでしたよ」

「まぁ、僕らが生き延びたのは命冥加《いのちみょうが》だな」

今にして思えば身震いするような出来事だった。

岡田首相は青年将校の襲撃誤認によって助かったが、結局は内閣総辞職となった。陸軍では皇道派が衰退し、社会改造を夢見た若者達は姿を消した。

また昭和考幽学会が作った天皇機関が破壊されたように、憲法上の天皇機関説も先年に排斥された。これより先は天皇主権の時代となり、この国の功罪全てを一人の青年が背負うことになる。

「時代は移り変わる」

そう呟いてから、あの革命家の姿を思い出した。

「北のやつも逮捕されたんだったな」

「軍法会議で死刑を求刑されて、今は勾留中ですよ」

「まぁ、赦されはしないだろう」

ちょっと身を起こし、茶を一つ含んだ。

「叛乱の首謀者として裁かれるようです。無論、天皇機関を利用したこと自体は、彼のしてきたことの一面ですから、そこで罪を問われるようなことはないでしょうがね」

乱歩は慰めるつもりでそう言ったのだろうが、正直、何を罪とするかは解らない。少なくとも、天皇機関なるものを作ったことの責はこちらにある。そのせいで北という男が、身に過ぎた夢を望んだというのなら、それは昭和考幽学会の罪ともなろう。

「あれはな、早すぎたのだ」

北の最後の言葉が、未だに脳裏に焼き付いている。彼はいずれ後悔すると言っていたが、その通り、近頃の世間を覆う薄暗い空気には気が塞ぐばかりだ。つい先日にも、盧溝橋《ろこうきょう》で日本軍と中国の国民革命軍が戦闘に及んだという。

懐かしき友人が革命を成し遂げた国と、この国とが、相争う時代が訪れてしまったのだ。

「南方さん」

いくらか弱気になっていたのを見透かされたか、乱歩から労るような声が掛けられた。

「さる筋に頼んで、獄中から出された北の手紙を見る機会を得ました。南方さんに向けたものではないと思いますが、私はそこに書かれたものが彼からのメッセージだと思えたので、ちょっと書き写してきたのですよ」

乱歩は懐から手帳を取り出すと、その文言を書き付けた箇所を開いてこちらに見せてくる。それは獄中にあり、死刑を覚悟した男の辞世の言葉でもあった。

「今後、君の枕頭《ちんとう》に立ち君の夢に入り物語り申すべく候、か」

文章を読み上げてみると、思わず笑ってしまっていた。侮蔑ではなく、心よりの尊敬だ。

あの革命家は、間違いなく南方熊楠と思想を同じくする者だった。夢の世界を信じ、死した後に自らの魂が行く場所を心得ている者だ。この世からの因縁から解き放たれた後には、他者の夢の世界へ赴き、そこで生を繰り返す。

久しぶりに愉快な気持ちになった。手帳を乱歩に返し、互いに微笑んでみる。すると、急な寂しさが湧いてきた。

「色んな人間が死んだな」

それは決起に参加した青年将校達を偲んでの言葉だ。彼らは事件後に軒並み逮捕され、その多くが叛乱罪で死刑となった。天皇陛下へ向けた情熱は成就することなく、無念の中で死んでいったのだ。

「赤マントの中橋も死にました。彼は私の読者でしたね」

そう呟く乱歩に悲しげな表情があった。彼は布団の横に積んだ雑誌を撫でた。それは乱歩が暇潰しにと持ってきてくれたものだった。

「ちょうど去年、新作を連載し始めたのです。その続きが読めないとなると、きっと無念だったろうと、私はそう思います。これは作者の自惚れですがね」

聞けば、その新作には紀州の老粘菌学者が出ているという。学問を女房にした変わり者だというから、誰をモデルに書いたのかは言わずもがなだ。

「ところで南方さん、怪人二十面相って知ってます？」

「君の作品に出てくる怪人だろう。以前に馬鹿にされたからな、僕も調べてやったのだ」

「では、それが昭和考幽学会の皆さんをモデルにしてると言ったら、怒りますか？」

その告白に吹き出してしまった。言われてみれば、黒衣に身を包み、それぞれの面相を生かして胡乱な事件を起こした連中だ。これは怪人と呼ばれても致し方ない。

「南方先生。こう言ってはあれだが、あの一件以来、私は小説家として自信を取り戻したんですよ。僕は今一度、夢を見ることができたんです。それを読者にも分け与えたいと思ってしまった」

「ほう、ならば北の革命も成功したようだな」

「いや、まったく」

乱歩は申し訳なさそうに頬を掻いた。彼の書く夢物語は、余人に読まれて広まっていくことだろう。あの天皇機関が言うように、他人の夢が共有されるのだ。それが、いくらか古臭い方法であれ。

「そうだ、他の皆はどうしている」

「西村さんは、中国の戦災孤児を援護する活動を続けているそうですよ」

そうしてしばらくは、懐かしき昭和考幽学会の面々についての話に花開いた。藤本は淡路に帰って人形師となったし、岩田も鳥羽で研究生活だ。羽賀は朝鮮に渡って剣術師範を務め、また三井もロボット研究を続けているという。鳥山も北大に戻り、佐藤は今更言うまでもないくらいの文豪である。

「そういえば福来は、高野山に戻ったか」

「あの事件以来、南方さんは会っていないのでしたね。福来さんなら元気ですよ。今は高野山にいるが、新たに研究所を設立するとか、しないとか」

「それは何より」

あの男は大悟したのだ。たとえ世間に認められずとも、彼は偉業を成し遂げたのだ。犀《サイ》の角のように独歩せよとは釈迦の言葉だが、彼は今も一人で研究を続けている。それだけで十分だ。

全ては福来との出会いから始まった因縁であった。

そもそも紐解けば逸仙がいて、土宜法龍がいて、アメリカで学友となった岡崎がいて、山奥で出会った宮沢がいて……。今日に至るまでの全ての人生が因果となり、あらゆる因縁が絡みついて、一つの結晶を生んだのだ。

これが人生というものだ。そう小さく心得てから、チラと乱歩の方を見やった。

「なおも世界は動いているのだ。人間の魂は粘菌のように、この世界で広がり続け、それぞれが答えを求めて生きる。人類という種全体が、一個の単細胞生物なのだ。どちらも生物としては同じだ。遠い未来には、北というか、天皇機関が求めた世界が来るかもしれない」

「それは、面白い未来ですな」

乱歩が腕を組み、感慨深げに天井を見上げた。

「最近ね、私は空想科学小説に凝っているのです。海野《うんの》君が書くようなやつです。まぁ、南方さんは知らん作家でしょうが」

これにはカチンと来る。数年前には探偵小説を知らんだろうと言われたから勉強したというのに、またも知らぬものを出されたのだ。一方で嬉しくもあった。この歳になって、未だ知らぬものがあったのだ。すっかり忘れていた向学心が刺激され、なんとも懐かしく思えた。

「知らぬは知らぬが、英国のウェルズが書くような話だろう」

「なんだ、ご存知ではないですか。そうです、そういう科学的な知見でもって、未来を想像する小説です。私はね、今回の事件を思うと、そういう未来のことばかり考えるのですよ」

その真面目くさった物言いに、もう十数年も前に見た、あの青年乱歩の面影を見た気がした。こういう事ばかり考えるのも、年老いたせいかもしれないが。

だとしても、だ。

「昔、君が言っていただろう。想像した世界は、そこに確かに存在するのだ。夢見ること、想像することだけは因縁を超越する。そうした空想科学なる物語も、あるいは確実に訪れるだろうよ」

そう答えてみれば、乱歩も満足してくれたのか、フッと短く笑った。そうして脇に置いていたパナマ帽を摑むと、いつかと同じ顔で頷いてくる。

「実に有意義な会話でしたね、南方さん」

乱歩はそれを別れの挨拶とし、パナマ帽を被って立ち上がる。暇を乞う彼に対し、見送ると言ったがそれは断られた。代わりにと言って、彼は一冊の雑誌を取り上げた。

「私は、なんだかんだで南方さんにサインを送ったことがないのですよ。これでも人気作家の矜持があるので、見送り代わりに一つ、私のサインでも受け取って下さい」

「いらんぞ」

「ちょっと、そんなこと言わないで下さい。私が日頃から書いている座右の銘があるので、それを是非に送りたい」

こちらに有無を言わさず、乱歩は雑誌の見開きに何事か書きつけ始めた。そして雑誌を一方的に押し付けてくると、後はもう、ろくな挨拶もせずに部屋を出ていってしまった。未だに高野山に滞在しているようだから、これが今生の別れとも思わないが、どうにも取り残されたような寂しさがある。

「さて、どうするか」

少しばかり冷めた茶を含み、一人きりになった部屋で外を眺めた。季節は夏である。ふと何処かから線香の匂いが漂ってくる。隣家の風鈴が鳴り、蟬の声が聞こえ始めた。

あれは熊蟬だ。熊は良い。大きいのが実に良い。

もう一度寝入ろうかと思い、それでも暑苦しさを感じたので、気を紛らわせるつもりで雑誌を一つ手に取った。

そこに書きつけられた乱歩からの言葉を見て、我知らず微笑んでしまった。

うつし世はゆめ、夜の夢こそ――。

「うむ、まことなり」

幕引「此糸《このいと》」

これが私の見た永い夢であった。

私は目覚め、その最後の光景を思い出そうとする。愉快な夢であったようにも思うし、悲壮な夢であったとも思う。

儚い記憶を頼りに思い出してみれば、私は夢の中で南方熊楠であり、その人格を持った夢の主体であった。学問を志す若者として生き、また学者として生きた彼の姿があり、一人の父として家族を愛した彼がいた。

その臨終風景を思い出し、また寂しげな思いに駆られた。

一九四一年の冬、彼は死んだのだ。郷里の親友が次々と命を落とす中、自らも死期を悟って、彼は枕元に娘を呼んだ。彼女に与えたのは南方熊楠の署名入りの本だった。

学問に励めという意味ではない。折しも戦争が激化する時代にあったから、彼は千里眼で未来を覗き見たのだろう。万が一に焼け出されても、その名を出して誰かを頼れということだ。

そして南方熊楠は息を引き取る。

彼の死体は解剖されることになり、その脳は縁台の上に取り上げられた。その板は、南方が常より粘菌や茸を解剖するのに使っていたというから、彼は死した後になって、その粘菌達と一体になったのかもしれない。

だからこそ、私は一つの妄想をするのだ。

私の本体は、ホルマリン漬けにされた南方熊楠の脳髄であって、私という人格そのものが、粘菌と彼とが入り混じった存在の見ている永い夢なのではないかと。

私の実存はどこにあるのだろうか。あの物語を頭に収めている時の自分は、果たして何者であったのか。

これは夢であり、想像である。南方熊楠という人物の最期を見届ける為に、今また私の魂は一羽の小鳥となり、どことも知れない空へと飛び立つ。

病床の南方熊楠がいる。あの無数の書物に囲まれながら、彼は頭の中に全てを収めて一人旅立つのだ。

「医者は呼ばないで欲しい」

彼はそう言った。彼の娘はそれに従った。

「こうして目を閉じると、天井に一面の花が咲いているのが見える。医者が来ると、それがすっかり消え失せてしまう。だから天井の花が、いつまでも消えないように」

そうして彼は目を瞑り、咲き誇る紫色の花を見ていた。その花の名前を彼は忘れてしまったのかもしれないが、私は確かに覚えている。

それは樗の花だ。あの晴れ晴れしい進講の日に、彼の家の庭先で咲いていた紫の花だ。

「野口、野口。熊弥、熊弥」

そして彼に死が訪れる。末期に考えたことは、後に残される息子のことだった。一人では生きていけない我が子を、信頼する知人の野口に託した。それだけ言うと、後はフッと息を吐き、安堵の表情を浮かべた。その時にもまた、紫の花を脳裏に描いていたのかもしれない。

「ああ、縁の下で小鳥が死んでいるから、それを丁寧に葬ってやって欲しい」

最後に彼は、私の存在に気づいていたらしかった。一羽の鳥となった私も彼と共に死に、また生まれ変わる。

この生の終わった向こう側、因縁の糸が解けに解けた場所で、私は彼を待っている。私は一つの思考する粘菌であり、また人間であり、また南方熊楠であった。

私は夢を見ている。いつまでも夢を見ている。

本書は、書き下ろし作品です。

著者略歴　1987年東京都生，成城大学大学院文学研究科博士課程前期修了, SF作家　『ニルヤの島』で第２回ハヤカワＳＦコンテスト大賞受賞　著書『クロニスタ　戦争人類学者』（以上早川書房刊）他

HM=Hayakawa Mystery
SF=Science Fiction
JA=Japanese Author
NV=Novel
NF=Nonfiction
FT=Fantasy

ヒト夜《よ》の永《なが》い夢《ゆめ》

〈JA1373〉

二〇一九年四月二十五日　発行
二〇二一年三月　十五日　二刷

（定価はカバーに表示してあります）

著　者　柴《しば》田《た》勝《かつ》家《いえ》
発行者　早川　浩
印刷者　矢部真太郎
発行所　株式会社　早川書房
郵便番号　一〇一 - 〇〇四六
東京都千代田区神田多町二ノ二
電話　〇三 - 三二五二 - 三一一一
振替　〇〇一六〇 - 三 - 四七七九九
https://www.hayakawa-online.co.jp

乱丁・落丁本は小社制作部宛お送り下さい。
送料小社負担にてお取りかえいたします。

印刷・三松堂株式会社　製本・株式会社川島製本所

ISBN978-4-15-031373-9 C0193

本書は活字が大きく読みやすい〈トールサイズ〉です。